『源氏物語』創成と記憶

平安から江戸まで

渡邉裕美子
田渕句美子 編

花鳥社

はじめに

『源氏物語』が、もし存在しなかったら、と想像してみる。その後の日本文学・文化は、まったく違ったもの――恐らくもっと貧しく寂しいものになっていたに違いない。

『源氏物語』は、光の当て方によってさまざまな姿をみせる。どんなに語っても語りつくせないと思わせる。いったん歴史上に姿を見せると、尽きることのない泉となって流れ出し、時代・ジャンル・メディア・階層・ジェンダー・空間を超えて広がり、浸透し、豊饒な実りをもたらした。

本書は、『源氏物語』が何を創造し、どのように伝播して、人々に共有される記憶となり、そこから何が新たに創造されたのかを、物語誕生の時代から江戸時代後期にわたって示そうとしたものである。

それぞれの論に示された深い洞察や新たな視界をここで総括することは、わたくしにはとてもできそうにない。それは、各論をお読みいただくこととして、以下、わたくし個人の研究上のフィールドである中世和歌から、文化資源としての『源氏物語』について考えたことを述べてみたい。

＊　＊　＊

現在、『源氏物語』は、一般的に藤原定家が書写に関わった系統の伝本で読まれている。その定家に『源氏名所』という小さな書物がある。『源氏物語』から〈地名〉を抜き出しただけのもので、同じ体裁の『古今名所』と対になる書である。どちらもほとんど流布した形跡がなく、現在も、まず注目されることがない。『古今名所』には定家自筆本が伝わっており、室町期の冷泉家の蔵書目録には、この二つの書物は並んで記されているので、歌道家で秘蔵されてきたものと思われる。書物としては、抜き書きノートのような性格を持っていて、同じような性格の定家の著作『定家小本』や『五代簡要』も、ほとんど流布していない。そう考えると、歌集や秀歌撰、歌論書などと違って、積極的に流布させにくい、あるいは書写を求められることが少ないテクストだったのだろう。

『源氏名所』が抜き出した〈地名〉は八十ヶ所ある。ただし、「涙川」のような想像上の地名が含まれるし、「飛鳥井」のような催馬楽の曲名にも大きな関心を寄せている。また、神遊び歌に歌われた「笹の隈」といった地名ではない表現も見える。そのため、抜き出されているのは、地名というよりも、地名に類する表現と言ったほうが正確だろう。いわゆる歌枕ではない地名が多く含まれていて、一見、定家の創作活動とはあまり関係ないようでもある。

また、『源氏名所』は、物語に出てきた地名を網羅しようとはしておらず、物語の進行に沿って、気になった〈地名〉をそのままの順で挙げているのだと思われる。「抜き書きノート」と言ったのは、このような分類整理して体系化する前の、手控えとしての性格がうかがえるからである。しかし、そうした性格ゆえに、かえって、定家がどんなふうに『源氏物語』と向き合っていたのかをうかがい知ることができ、その息遣いまで聞こえるようなところがある。

＊　＊　＊

『源氏名所』で最初に挙げられるのは、桐壺巻の次の例である。

大液〈芙蓉〉

桐壺巻と長恨歌の深い関係は、改めて述べ立てるまでもないだろう。「大液の芙蓉」は「未央の柳」と対になって、長恨歌で楊貴妃の容貌の美しさの比喩に用いられ、『源氏物語』でもそのまま引用されている。定家は、桐壺巻を読みながら「大液の芙蓉」の比喩で立ち止まり、それは具体的にはどんなところだろう、芙蓉はどんなふうに咲いているのだろう、と桐壺巻の向こう側に広がる、唐土の空間へと想像を膨らませているのではないだろうか。その想像は物語の展開から外れているし、「大液」をそのまま歌に詠み込むことは考えられない。しかし、こうした心の動きは、物語を楽しむ者なら誰しも思い当たるものであろう。

『源氏名所』の中で特に目を引くのは、玉鬘巻からの抜き書き部分である。

まつらの宮　かゞみの神　うきしま　ひゞきのなだ　かはじり　からとまり　はこざき　やはた　はつせ　ふるかはのべ　みしま江

巻別に見ると、この玉鬘巻からの抜き書きがもっとも多い。玉鬘が、九州を地盤とする無骨な大夫監の求婚を振り切って筑紫を脱出し、恐ろしい船旅を乗り切って、都にたどり着くまでに出てくる地名が、「まつらの宮」から「からとまり」まで順にあげられている。その先には、都に到着してから、玉鬘の運命を大きく展開する初瀬詣の地名などが続く。都から遥か彼方の松浦の風俗や、そこから都までの船旅など、『源氏物語』の中で、もっとも大きく地理的な物語空間が広がるところであろう。定家が、『源氏物語』を文机において、一枚一枚冊子をめくりながら物語の展開を追って、出てくる地名を抜き書きし、その空間的な広がりをたどろうとしている姿が目に浮かぶようである。

＊　＊　＊

承元元年（一二〇七）、後鳥羽院の御願寺である最勝四天王院の御所を飾る障子歌の計画が進められた。その障子は日本全国の名所絵で統一するというコンセプトを持ち、完成した御所の内部は、後鳥羽院が統率する〈幻想の王国〉の体をなした。その名所の選定などを、中心になって担ったのが定家である。

その名所の中に「松浦山」（現在「鏡山」）が含まれる。「松浦山」は、唐津湾の奥、松浦潟に臨み、鏡神社の背後にそびえる山である。古来、松浦佐用姫の領巾振り伝説で知られ、『万葉集』に既に歌われているのだが、その後、『最勝四王院障子和歌』までほとんど歌に詠まれていない。この名所を障子に採用するという提案は、おそらく定家によってなされたものである。『源氏名所』と『最勝四天王院障子和歌』の先後関係はわからない。しかし、定家は『源氏物語』を通してこの万葉名所を発見したのではないだろうか。

『最勝四天王院障子和歌』では、後鳥羽院、定家を含む新古今時代を代表する十人の歌人が競作して、障子に添える歌が一首だけ選ばれた。「松浦山」で選ばれたのは、次の定家の歌である。

たらちめやまだもろこしにまつら舟ことしもくれぬ心づくしに

この歌はなかなか解釈が難しいのだが、おそらく状況設定は、定家作とされる『松浦宮物語』と重なっている。作中主体の男は、遣唐使のような立場で唐土にいて、故郷を恋しく思いながら帰国できずにいる。しかし、松浦船は来ず、年がまた暮れてしまい、「たらちめや（母よ）」と故郷にいる母に呼びかけているのだろう。松浦は海に面し、朝鮮半島や中国に向かう起点となる地であった。『源氏物語』では、「松浦の宮の前の渚」が玉鬘にとって忘れがたい美しい浜辺とされている。

「松浦山」を詠む歌の中で、定家の歌だけが他の歌人とは大きく趣が異なり、遠く唐土まで想像の翼を広げている。それは、あまり唐土の設定が成功したとは評価されない『松浦宮物語』も同じである。こうしたことが、直接的に『源氏物語』に由来すると言うつもりはない。しかし、『源氏物語』が定家の心に蒔いた小さな種が、いつかしら芽吹いて、どこかでこのような定家の創作活動につながっているのではないだろうか。

＊　＊　＊

以上は、わたくしの研究上の経験の中で気が付いた、ささやかな事例である。『源氏物語』の誕生の時代から現代にいたるまで、物語の読者の広がりを考えれば、『源氏物語』が文化資源として影響を及ぼした例は、恐らく無数に存在しているのだろう。

『源氏物語』とは日本文化にとってどういう存在なのか、ということを考えようとするとき、テクストとしての『源氏物語』の読みを深めるのと同時に、文化資源としての『源氏物語』を大きな視野から捉え返すことが必要なのではないか。時代・ジャンルなどの異なる、さまざまな専門的な知見を結集して初めて見えてくるものがあるに違いない。そのような意図をもって本書は企画された。幸い優れた執筆陣を迎えることができて、一冊の本でありながら、広くて深い『源氏物語』の世界の一端を提示できたのではないかと編者としては感じているのだが、いかがだろうか。未来につながる源氏研究のひとつの方向性を示していると受け取っていただければ幸いである。

渡邉　裕美子

目次

Ⅲ　空間・階層・ジェンダー

I

物語の創造

六条御息所から六条院へ

——源氏物語の時間と空間——

高田祐彦

「六条御息所」の登場は、葵巻である。もちろん、夕顔巻にも「六条わたり」の女として出て来るが、先坊妃でかつ斎宮の母という属性を以て、新たに造型し直されたという意味では、葵巻での登場ということになる。そこから、車争い、生霊事件、野宮の別れ、伊勢下向と鮮烈な軌跡を描いたこの女君も、澪標巻で息を引き取り、やがてその邸は光源氏が継承して、六条院として生まれ変わる。

六条院の造営は、薄雲巻における光源氏と斎宮女御との対話において、明確な端緒が見えているが、絵合巻あたりから次第に姿を現しつつあったと言ってよいであろう。六条院がいつから作者の頭の中に宿り始めたか、ということはむろん不明であるが、「六条御息所」の登場が六条院造営といかに関わるかという問題は、邸の継承ということにとどまらない、この物語の本筋に関わる重要な問題だと考えられる。

本稿は、この問題について、人物造型と住まいとの関連に注目しつつ、時間と空間両面にわたる把握を試みるものである。

一　「六条御息所」と「六条（京極）わたり」

六条御息所が「六条御息所」と呼ばれるのは、よく知られるように、葵巻冒頭部の次の箇所、一度だけである。

まことや、かの六条御息所の御腹の先坊の姫宮、斎宮にゐたまひにしかば、大将の御心ばへもいと頼もしげなきを、幼き御ありさまのうしろめたさにことつけて下りやしなまし、とかねてより思しけり。(1)（葵②一八）

「かの」という指示語があるものの、「六条御息所」という呼称は初出であるために、夕顔巻に登場した「六条わたり」の女と同一人物かどうか、すぐには判断できないが、読み進むにつれて、どうやら同一人物らしいとわかる。とはいえ、「かの」という指示語からすると異例の表現であり、しかも、「先坊」との間に姫がいて、その姫が斎宮になっている、とまで語られるのであるから、いささか情報過多の表現である。知られざる巻があるのか、なども思うところであろうが、この〈六条御息所の生んだ先坊の姫宮が斎宮に即いた〉という、矢継ぎ早に新情報を繰り出してくる凝縮した表現は、かえってそれが最初の情報提供であることを示しているのである。(2)

巻冒頭に示された桐壺帝から朱雀帝への代替わりに連動するように、こうした「新たな」人物が登場することの意味は重く、それはこの巻で大きな事件につながり、光源氏の人生に重大な影響を及ぼすことからも明らかである。

この人物は「六条御息所」として現れる以前、「六条わたり」（夕顔巻、末摘花巻）、「六条京極わたり」（若紫巻）として登場していた。まず、この人物が、光源氏の忍びの通い所としてそのような呼ばれ方で現れるということが、夕顔巻と若紫巻の物語にどのように関わっているか、という問題から始めよう。

（A）六条わたりの御忍び歩きのころ、内裏よりまかでたまふ中宿りに、大弐の乳母のいたくわづらひて尼になりにけるとぶらはむとて、五条なる家たづねておはしたり。（夕顔①一三五）

（B）秋の末つ方、いともの心細くて嘆きたまふ。月のをかしき夜、忍びたる所に、からうじて思ひたちたまへるを、時雨めいてうちそそく。おはする所は、六条京極わたりにて、内裏よりなれば、少しほど遠き心地するに、荒れたる家の、木立いともの古《ふ》りて、木暗う見えたるあり。

（若紫①二三五）

（A）は、夕顔巻冒頭、「六条わたり」への忍び歩きの途次、光源氏は「中宿り」として病身の乳母を訪ねる。（B）は、若紫巻後半部の叙述である。「六条京極わたり」の「忍びたる所」へ出かける途次、光源氏がたまたま見かけたこの「荒れたる家」は、故按察大納言の邸であり、北山の尼君が療養中であると惟光が告げる。

この二つに共通するのは、宮中から「六条（京極）」に出かける途中で、病身の尼を見舞うというモチーフである。（A）では、五条の乳母邸訪問は予定されていた行動であったが、（B）では、偶然北山の尼君の家を見かけたという設定になっている。そうした違いはあるが、宮中から「六条（京極）」までは距離があるという共通点は、（A）では予定された「中宿り」で示され、（B）では、「少しほど遠き心地」と示されている。

巻序の点では、夕顔巻は若紫巻に先行するが、若紫巻には夕顔巻を承ける記述は見えず、夕顔巻の出来事があった後、若紫巻の出来事が展開される、というようには読めない。この二つの巻が巻序どおり、夕顔巻が年次の上で先行すると言えるのは、末摘花巻が夕顔巻を承けながら若紫巻と同年の出来事を語っていることによる。したがって、年立として整理するならば、夕顔巻は若紫巻の前年に位置づけられるのではあるが、それは、若紫巻を読む上で夕顔巻を前提にしなくてはならない、ということではない。

夕顔巻では、光源氏は、大弐の乳母の見舞いかたがた隣家の女たちに関心を抱くとともに、予定どおり「六条わたり」に出かけたことも語られている。また、その後も、「六条わたり」を訪れた折の印象的な場面が構えられる。それに対して、若紫巻の方では、「六条京極わたり」への通いは、あくまで源氏の偶然の故按察大納言邸訪問を導き出すための背景、またその日に限って言えば、きっかけに過ぎない。特定の場所としての「六条京極わたり」を示さなくとも、どこかの忍び所へ出かける途中ということでも済むのであった。実際、この時、故按察大納言邸を訪問した源氏は尼君と対話をして、紫の上のあどけない声を聞き、そのまま帰っている。

　では、なぜここで「六条京極わたり」という具体的な場所の提示が必要であったのか。

　一つの可能性としては、この按察大納言邸が「六条京極わたり」の近くにあるからなのではないか、ということが考えられる。古くからそうした読み取りもあり、合理的な推定に見える[3]。だが、そうした想定は、後に源氏がこの邸から紫の上を連れ出した時、「二条院は近ければ、まだ明うもならぬほどにおはして、西の対に御車寄せて下りたまふ」(若紫①二五五)とあることによって、成り立たない[4]。

　したがって、「六条京極わたり」という場所の提示は、内裏から南東方向にやや遠く、道中長い場所であるため他の邸に目がとまる、という展開を導く機能以外のものではない。言い換えれば、光源氏が偶然故按察大納言邸の前を通る、その背景となる状況として、「六条京極わたり」への忍びの通いがほとんど無条件に設けられている体である。夕顔巻と重複気味であるだけに、かえって確固としたモチーフとして反復されていると見てよい。

　ただし、それは前述のように、夕顔巻を承けたものではない。共通のモチーフが、夕顔巻と若紫巻の双方に現れたと見るべきものであり、夕顔巻と若紫巻とに共通するいくつかの設定の一部であると理解すべきである。先に述べた年紀上の問題とも相俟って、夕顔巻と若紫巻との間には一種の平行関係というべきものが見出される[5]。

　そうしたモチーフの共通性に対して、この「六条わたりの女」が物語の中に現れるかどうかという違いは、決定的に大きい。夕顔巻では、源氏と夕顔との恋に対比される存在として、その風流な住まいのありさまや源氏を見送る姿が描写されているが、若紫巻では、人物として登場することはない。「六条京極わたり」と、夕顔巻よりも場所が限定されていながら、逆に人物は出てこないのである。同じく、中心として語られる恋物語の背景として存在しながら、その扱われ方はまったく異なるわけだが、その違いをまとめてみると、以下のようなことになる。

夕顔巻では、「六条わたりの女」は、単に夕顔と対照的な存在として、光源氏と夕顔の物語の背後に存在しているというだけでなく、叙述や描写もあり、物語じたいに登場している。なにがしの院で源氏の夢に現れた女も、「六条わたり」の女と関わるのではないかという読み方もあるほど、物語の主筋と関わっている。その女の出現の直前に、源氏は「六条わたり」の女に対する一種の気兼ねといったものを感じているのであり、物語の展開として二人の女を絡める書き方をしていることは間違いない。ただし、巻の中心は、光源氏と夕顔との恋にある。

一方、若紫巻では、あくまで「六条京極わたり」という場所が示されるだけで、光源氏にとっての忍び歩きの相手の姿はまったく見えてこない。わずかに、(B)に「からうじて思ひ立ちたまへる」とある箇所が、源氏との関係において、夕顔巻の「六条わたり」の女と共通するものをうかがわせるだけであり、「六条京極わたり」の女と紫の上とはまったく関連がないのである。紫の上と関連があるのはもちろん藤壺であり、同じ若紫巻に密通のことが語られ、慕る藤壺への思慕から紫の上引き取りへの展開が必然的なものとして語られる。夕顔巻では、「六条わたり」の女が源氏の忍び歩きの相手として登場していた、その背後には暗示的な表現で藤壺の存在が表されていた。[6]若紫巻では、藤壺が前面に出てくる反面、「六条京極わたり」の女は一瞬姿を現しかけたものの、奥に隠れた。二人の位置関係が、夕顔巻とは逆転しているのだといってもよいだろう。

二　二条院への引き取り

夕顔の物語と紫の上の物語とは、共通のモチーフを有していることを見てきたが、この二つの物語の結末として決定的に異なるのは、二条院にその女を引き取ったかどうか、という点である。

それは、桐壺巻末で抱かれた光源氏の次のような思いと関わる。

内裏には、もとの淑景舎を御曹司にて、母御息所の御方の人々、まかで散らずさぶらはせたまふ。里の殿は、修理職《すりしき》、内匠寮《たくみづかさ》に宣旨下りて、二なう改め造らせたまふ。もとの木立、山のたたずまひおもしろき所なりけるを、池の心広くしなして、めでたく造りののしる。かかる所に、思ふやうならむ人を据ゑて住まばやとのみ、嘆かしう思しわたる。（桐壺①五〇）

源氏は、六歳で祖母と死に別れた後、「今は内裏にのみさぶらひたまふ」（桐壺①三八）と宮廷住まいを続けていた。元服とともに、左大臣の姫君と婚儀を挙げ、「その夜、大臣の御里に源氏の君まかでさせたまふ」（四七）と左大臣家に婿取られるが、「上の常に召しまつはせば、心やすく里住みもえしたまはず」（四九）というように、依然として帝が源氏を傍に置きたがるため、左大臣邸にゆっくりもできない。この「里住み」は、「大臣の御里」とあった左大臣邸での滞在であり、二条院ではない。元服をして藤壺と顔を合わせることはできなくなったが、御遊びの折々、琴笛の音に聞こえ通ひ、ほのかなる御声を慰めにて、内裏住みのみ好ましうおぼえたまふ。五六日さぶらひたまひて、大殿に二三日など、絶え絶えにまかでたまへど、（桐壺①四九）

とあるように、むしろ「宮仕え」の日々の方が長く、左大臣邸に赴くより好ましいのである。そのような源氏の宮中での部屋は、前掲のように淑景舎（＝桐壺）があてられる。淑景舎の名を挙げることから、「母御息所の御方の人々」の存在が語られ、さらに実家としての「里の殿」、すなわち祖父の大納言（以下、本稿では「桐壺大納言」と呼ぶ）の邸の改修が呼び起こされてくる。「里の殿」という表現は、直前の「母御息所」との関連では、かつての桐壺更衣の実家という意味にとってもよいだろうが、ここで、源氏にとっての「里」が、少し前までは左大臣邸であったのに対して、新たに桐壺大納言邸であると語り直されたことは、重要である。(7)

帝の意向によって、修理職や内匠寮まで動員される異例の改修であったが、そこに源氏は、「思ふやうならむ人を据ゑて」住みたいと願う。もちろん、理想の人は藤壺であり、「藤壺の御ありさまをたぐひなしと思ひきこえて、さやうならむ人をこそ見め、似る人なくもおはしけるかな」（桐壺①四九）という思いを抱いて苦しむが、藤壺に代わる理想的な人がいるならば、そのような人を住まわせたい、という源氏の願いで桐壺巻は締め括られる。

このように光源氏の「里」が語り直されるということは、左大臣の婿でありつつ、その関係とは別の人生をも歩み始めたということである。「思ふやうならむ人を据ゑ」るという願いは、今はまだ願望に過ぎないが、新たな実家を与えられることによって、主体的な選択と行動を、源氏は求め始めているのであり、その願望が青年光源氏を突き動かす原動力となってゆく。藤壺のような理想的な人を自邸に住まわせてみたい、という願いは、左大臣の婿として定められた光源氏の、もう一つの自己実現としての切実な思いである。とりわけ、「思ふやうならむ人を据ゑて」という願いは、桐壺大納言邸という足場を得ることによってはじめて抱かれるものであった(7)。

この願望は、帚木、空蟬の物語の中では顕在化しないが、夕顔の物語に至って、次のように現れてくる。

> 人目を思して隔ておきたまふ夜な夜ななどは、いと忍びがたく苦しきまで思ほえたまへば、なほ誰となくて二条院に迎へてむ、もし聞こえありて、便なかるべきことなりとも、さるべきにこそは、わが心ながら、いとかく人にしむことはなきをいかなる契りにかはありけむ、など思ほしよる。（夕顔①一五四）

どこの誰であろうと、ともかくも二条院に迎えたい、というこのやみくもなまでの情熱の根底には、桐壺巻末で抱いた願望がずっと持続していたものと見るのが、自然であろう。

残念ながら、この恋で、光源氏のこの望みはかなわなかったが、同じようなモチーフを以て展開される若紫の物語では、藤壺や兵部卿宮、その北の方など、人物関係においてまったく異なる要素を持つものの、二条院への引き取りという点では、桐壺巻末の望みが一応達成されたものといえる。北山での垣間見以来、周囲の人々にとって異様に映る源氏の情熱は、藤壺との関係を背景として、切迫したものとなっていた。藤壺との血のつながり、容貌の類似を備えたこの少女を「思ふやうならむ人」に育ててゆきたい、という光源氏の願望は、北山からの帰京後も継続し、故按察大納言邸との遭遇によって、決定的なものとなった。「思ふやうならむ人」というには、若紫はあまりにも子供ではあるが、そうした女性への成長も含めた形で、桐壺巻末の願望は成就したのである。

この引き取りの実現に向けた物語は、前述したように、具体的には「六条京極わたり」への通いの途次、偶然故按察大納言邸の傍を通りかかったことによる。尼君のいるその邸に、源氏は北山から帰京した後も、時々文を送っていたが、相変わらずつれない返事であり、源氏の心は密通を犯した藤壺のことで占められていた。

しかし、按察邸に立ち寄り、対面した尼君からほぼ遺言の形で若紫の将来を託されたことによって、源氏は、継子いじめの待つ兵部卿宮邸への引き取り寸前に、若紫を二条院へ奪い去ってきた。いわゆる女盗みの話型ではあるものの、当時の歴史的な現実と物語的な虚構の実在感とが実によく噛み合ったスリリングな展開の物語となっている。邸の名前や場所が、六条京極わたり、故按察大納言邸、兵部卿宮邸、二条院、と次々に提示され、二条院への引き取りのモチーフを達成すべく、『落窪物語』なども思わせるような躍動的な物語を実現させているのである。

三　回想の場としての二条院

桐壺更衣の母北の方が、弔問の使者である靫負命婦と語り合ったのは、二条院である。桐壺巻では「二条院」という名称は出てこないが、巻末で光源氏が受け継ぎ、帚木巻で源氏の住まいとしてその名称が出てくる。北の方が亡き大納言の娘の入内に対する並々ならぬ執心を語ったことからは、ここは当然、亡き大納言の邸と見られる。

北の方は、亡き夫の遺志を次のように語っていた。

生まれし時より思ふ心ありし人にて、故大納言、いまはとなるまで、ただ、「この人の宮仕への本意、かならず遂げさせたてまつれ。我亡くなりぬとて、口惜しう思ひくづほるな」と、かへすがへす諫めおかれはべりしかば、はかばかしう後見思ふ人もなきまじらひは、なかなかなるべきことと思ひたまへながら、ただかの遺言を違へじとばかりに出だし立てはべりしを、（桐壺①三〇）

大納言の執念を受け継ぎ、北の方は更衣の入内を実現させた。しかしながら、過酷な宮仕えは更衣の命を奪うこととなった。父親という後ろ盾のない宮仕えがいかに大変なものであるか、大納言ももちろん承知のはずであり、それゆえ、この大納言の執念がどこから来るのか、桐壺巻だけからでは十分に理解できない。後に、須磨巻に至って、明石の入道の父大臣とこの大納言が兄弟であることが明らかにされ、この一族の強い望みの由来がある程度理解できることになるが、当初は、桐壺大納言の遺志の背後にあるものが見えないまま、更衣の悲劇のいきさつが語られていたのであった。

この命婦と北の方の対話の一晩は、そうした更衣の入内に関わる過去の時間を引き込みながら、帝の異常なまでの寵愛の深さと父大納言の執念との間に、なにがしかの関係があるような語られ方をしているのであり、父親の望みは、更衣の悲劇的な死に一種の必然性をもたらすものとして、位置づけられることにもなっていた。

この対話の一段は、よく知られるように、一晩の時間と、更衣の入内前後から現在に至るまでの時間が重層し、邸内の景物をもふんだんに取り込んだ、『源氏物語』の特徴的な時間と空間の語り方が現れた一段である(8)。

そして、更衣の死から三年、孫の皇子の立坊への期待が潰えた絶望を抱きながら、母北の方も身まかる。

桐壺巻巻末、すでに元服を済ませ、左大臣の姫君との結婚もとりおこなった光源氏は、この邸を受け継ぎ、前述のように、「思ふやうならむ人」を住まわせてみたい、という願望を抱くに至り、桐壺巻は閉じられる。

やがて、成長した光源氏は、夕顔との恋に夢中となり、二条院に迎えたいと思うに至った。

桐壺巻末に抱いた夢想が、現実の恋の中ではっきりと願望の形をとった初めての箇所である。あまりに一途な恋は、現実的に女君を二条院に迎え入れる算段をつける前に、恋の風流を楽しもうと出かけた「なにがしの院」で、夕顔の急死という悲劇によって、突如終わりを迎える。死後の源氏の惑乱ぶりと的確に措置を講じる乳母子惟光との対比がみごとな展開を見せ、源氏は重く煩う日々を送る。病癒えた源氏は、二条院に迎えていた夕顔の乳母子右近に夕顔のことを語らせる。ここに再び、二条院は回想の場となる。右近は、夕顔の父のことを次のように語った。

親たちははや亡せたまひにき。三位中将となむ聞こえし。いとらうたきものに思ひきこえたまへりしかど、わが身のほどの心もとなさを思すめりしに、命さへたへたまはずなりにし後、はかなきもののたよりにて、頭中将なむ、まだ少将にものしたまひし時見そめたてまつらせたまひて、（夕顔①一八五）

この「わが身のほどの心もとなさを思す」とあるのは、三位中将が、自分の官位などが足りないため入内させるのは難しい、というような思いを抱いていたと解釈してよいだろう。入内へのひそかな望みを抱いたまま亡くなったのである。次の「命さへ」には、父親の地位が低いことに加えて、死去によって宮仕えはまったく不可能となった、という意味合いが読み取れる。将来性豊かな頭中将が通うようになったことは僥倖であったが、頭中将の正妻からの圧迫は、夕顔の人生に深い苦しみと悲しみをもたらした。

娘への期待を抱きながら死にゆく父親の無念が、右近による回想で語られるが、かつて祖母北の方と靫負命婦の対話の折、すやすやと眠っていた皇子は、今、青年に成長して、そうした悲しい回想を聞く立場になったのである。そうして、ここで右近はようやく自分が夕顔の乳母子であることを語るが、これは光源氏と惟光がやはり主人と乳母子との関係であったことと見事に照応しているのである。

この後、二条院における故人の回想はしばらく影を潜める。光源氏にとって回想されるべき人物としては、たとえば葵の上や桐壺院がいるが、葵の上への哀傷の場面は左大臣邸であり、桐壺院への哀傷は、四十九日過ぎに三条宮での兵部卿宮や王命婦との唱和となる。

そして、時は流れ、薄雲巻に至って、二条院に里下がりしてきた斎宮女御と光源氏との対話が構えられ、そこで、光源氏は三年前に亡くなった六条御息所のことを語る。

「過ぎにし方、ことに思ひ悩むべきこともなくてはべりぬべかりし世の中にも、なほ心から、すきずきしきことにつけて、もの思ひの絶えずもはべりけるかな。さるまじきことどもの心苦しきがあまたはべりし中に、つひに心もとけずむすぼほれてやみぬること、二つなむはべる。一つは、この過ぎたまひにし御事よ。あさましうのみ思ひつめてやみたまひにしが、長き世の愁はしきふしと思ひたまへられしを、かうまでも仕うまつり御覧ぜらるるをなむ、慰めに思うたまへなせど、燃えし煙のむすぼほれたまひけむは、なほいぶせうこそ思うたまへらるれ」とて、いま一つはのたまひさしつ。（薄雲②四五九～四六〇）

ここでの光源氏は、桐壺巻の場合はもちろん、夕顔巻の場合とも異なり、聞き手ではなく語り手になっている。「むすぼほる」という語を自分にも御息所にも用いているように、自分と御息所とは、どちらにとっても心塞ぐ間柄であったと語る。同じ回想であっても、ここでは物語内に語られてきたことを光源氏の立場から語り直し、斎宮女御に共感を求める趣であり、桐壺巻や夕顔巻のように語られざる過去を開陳するというものではない。しかも、共感を求めるといっても、そこには色めかしい気持ちが潜んでいて、この後の源氏の言葉やふるまいに女御は違和感や嫌悪感すら感じている。ここで源氏が「二つ」と語ったもう一つが藤壺のことであるのは疑いない。そのように、光源氏にとって二人の女君の存在の大きさが示されることは、この後の女御との春秋優劣の話題とも相俟って、光源氏の女性との関わりが大きくまとめられることにほかならず、それははっきりと六条院への道筋を見せている。

ここで斎宮女御が里下がりしてきたのが二条院であったことには、少し注意しておく必要がある。というのは、この人の入内にあたって、源氏は藤壺と諮って事を進めたが、二条院に連れてくることも考えていた。しかし、絵合巻冒頭では、この人に思いを寄せていた朱雀院に配慮して、しばらくそれは見送り、入内も六条邸から行われた。藤壺との相談の中では、朱雀院の気持ちには知らないふりをして、この前斎宮の入内を進めるということで合意していたのだから、この予定変更の真の理由は朱雀への配慮ではない。たとえ源氏の養女となるにしても、本来の実家は六条邸だということなのであろう。したがって、薄雲巻で二条院に里下がりしているのは、源氏の養女として当然のことに映るが、実は二条院は仮の里下がり先とでもいう位置づけになるのである。

少し角度を変えて言えば、六条御息所が亡くなり、娘の前斎宮が入内する見込みとなった澪標巻末では、六条邸の扱いについては何も語られていなかった。御息所の遺言によって、源氏がきちんと前斎宮の面倒を見ることとなり、それはとりもなおさずこの母娘の邸である六条邸の保全をも導くのだろう。絵合巻冒頭では、朱雀院への顧慮から前斎宮を二条院に引き取ることは見合わせたが、それはあくまで表面的な理由であって、物語としてはその奥に六条邸の再興を見据えていると見るべきであろう(9)。

その観点から見るとき、薄雲巻の光源氏と斎宮女御との対話が二条院で行われ、源氏が、狭い邸の中でも春秋の風情を生かした庭造りをしたいと語ったことは、単に六条院構想の露頭というだけでなく、そこから、二条院と六条邸とを関連させて捉える視座が要求されると見るべきであろう。節を改めて考えるが、その問題に移る前に、二条院で回想された桐壺大納言や夕顔の父三位中将に即した問題を見ておきたい。

四　父親の娘への期待

二条院における回想として、桐壺巻の故大納言、また夕顔巻の故三位中将は、いずれも、娘の父親が娘の幸福な将来を願いつつ亡くなった、というモチーフによっている。これは、さらに、空蟬の父衛門督や紫の上の祖父按察大納言などにも共通に見られるものであり、『源氏物語』の冒頭の巻々において重要なものであった。もちろん、広く当時の貴族一般のあり方を背景としている。

空蟬の父衛門督も、やはり娘を宮仕えに出す望みを持ちながら、それを果たせずになくなった。

上にも聞こしめしおきて、「宮仕へに出だし立てむと漏らし奏せし、いかになりにけむ」といつぞやのたまはせし。世こそ定めなきものなれ。（帚木①九六）

雨夜の品定めの翌日、左大臣邸から紀伊守邸に赴いた光源氏は、目に留まった十二、三の少年（小君）が故衛門督の末の子であると紀伊守から聞かされ、その子の姉（空蟬）が紀伊守の父伊予介の後妻になっていることも知って、紀伊守に「似げなき親をもまうけたりけるかな」（九六）とからかうような言葉をかけた後、右のように語った。「上」は桐壺帝、「漏らし奏せし」人は、故衛門督である。紀伊守は、故衛門督が小君をとてもかわいがっていたが、「幼きほどに後れはべりて、姉なる人のよすがにかくてはべるなり」（九六）と語っていた。衛門督が亡くなってから何年も経っているのであろう。父の望みであった宮仕えはかなわず、受領の妻になった空蟬の境遇を、源氏は「世こそ定めなきものなれ」と語り、それに対して紀伊守も、

不意に、かくてものしはべるなり。世の中といふもの、さのみこそ、今も昔も定まりたることはべらね。中についても、女の宿世はいと浮かびたるなむあはれにはべる。（九六）

と応じていた。そのように語られていた空蟬は、その晩、光源氏と出会うことになる。

次に、紫の上の祖父、故按察大納言である（以下、本稿では「若紫大納言」と呼ぶ）。光源氏は、垣間見た少女の面影が忘れられず、僧都に探りを入れる。僧都は、だいぶ前に亡くなった「故按察大納言」の北の方は自分の姉妹であり、出家して今、具合が悪くこの山に来ている、と答える。少女が尼君（若紫大納言の北の方）の娘だと思っている源氏が、「大納言にはご息女がいたと聞いているが」と鎌を掛けると、僧都は次のように語った。

娘ただ一人はべりし。亡せてこの十余年にやなりはべりぬらむ。故大納言、内裏に奉らむなどかしこういつきはべりしを、その本意のごとくもものしはべらで過ぎはべりにしかば、ただこの尼君ひとりもてあつかひはべ

りしほどに、いかなる人のしわざにか、兵部卿宮なむ忍びて語らひつきたまへりけるを、もとの北の方やむごとなくなどして、安からぬこと多くて、明け暮れものを思ひてなむ亡くなりはべりにし。もの思ひに病づくものと目に近く見たまへし。（若紫①二一二～二一三）

あたかも、桐壺更衣、空蟬、夕顔のケースがとりまぜられているような経緯である。若紫大納言の死後、北の方が大切に娘を育てたことは、桐壺大納言の死後、北の方が更衣を育て上げたこととよく似る。他方、宮仕えを果たせなかったことは空蟬と共通し、宮仕えに至る前に兵部卿宮が通ってきてしまい、その北の方からの圧迫を受けたことは、夕顔の例と似ている。

光源氏は、この話を聞いて、昼間見た少女は、大納言の亡くなった娘の子であると理解する。また、藤壺とよく似ているのも、藤壺の兄兵部卿宮の娘であることで合点が行った。源氏自身の感慨としては語られていないが、源氏と紫の上の境遇がよく似ていることは言うまでもない。

少し違いも含めて整理しておくと、宮仕えの望みが達せられたのは、桐壺大納言のみである。娘が亡くなったという点では、大納言二人と三位中将とが共通である。さらに、娘が、通ってきた男の正妻から圧迫を受けたという点は、夕顔と若紫大納言の娘とは共通し、桐壺更衣の場合も、後宮という場であるが、やや近い。なお、四人の父親は、いずれも物語に語られる段階で故人として登場してきている。

また、光源氏との関係では、桐壺大納言は祖父、桐壺更衣は母、空蟬と夕顔は恋の相手、若紫大納言は、紫の上の祖父であり、大納言の娘は紫の上の母ということになる。

このように反復される父娘関係は、それ自体として、家の浮沈がかかる王朝貴族の願いと、そうした境遇を生きる女性たちの運命との関係を照らし出す大きな問題に広がる糸口をなすが、ここでは、光源氏の恋や境遇との関連に絞った形で、六条御息所の場合を加えて考えてみたい。

六条御息所が「六条御息所」として登場してきた時、先坊妃、斎宮の母という関係の他に、その父が大臣であったことが明らかにされた（以下、「六条大臣」と記す）。葵の上がもののけに苦しむ中、世間では、六条御息所の「生霊」や「故父大臣の御霊」などが取り沙汰されていた。六条大臣も、先坊や斎宮同様、葵巻から新たに登場した人物なので、その来歴はまったく不明であり、左大臣家との確執などが想定されないでもないが、それは一つの可能性にとどまる。ここでは、この六条大臣もまた、娘への大きな期待に生きた人物であったことに目を向けたい。御息所が斎宮とともに下向する折の宮中での場面である。

心にくくよしある御けはひなれば、物見車多かる日なり。申《さる》の刻に、内裏に参りたまふ。御息所、御輿に乗りたまへるにつけても、父大臣の限りなき筋に思し心ざしていつきたてまつりたまひしありさま変りて、末の世に内裏を見たまふにも、もののみ尽きせずあはれに思さる。十六にて故宮に参りたまひて、二十にて後れたてまつりたまふ。三十にてぞ、今日また九重を見たまひける。

そのかみを今日はかけじと忍ぶれど心のうちにものぞかなしき（賢木②九二）

「限りなき筋」という表現は、意外にも同時期の作品に見えないが、当然后になることを意味するだろう。ここで御息所が輿に乗るのは、斎宮とともに伊勢に下るためであり、東宮入内の折にも同じように輿に乗っていたわけではないらしい。宮中で輿に乗るのは、天皇や中宮、斎王および関係者に限られるからである(10)。同じ宮中で輿に乗るにしても、父大臣も夢見たであろう中宮としてではなく、斎宮の母としての斎宮との同輿である、という境遇の転変が鋭く現れているのである。

この父大臣がいつ亡くなったのかは、はっきりとしない。娘の東宮への入内前か、入内後で東宮薨去の前か、あるいは東宮薨去後か、断定する材料がない。入内前であれば、桐壺大納言の場合と近い例になり、入内後であれば、この物語では独自の人物ということになるだろうが、むろん、その時点を定めることじたいが重要なのではない。

娘の将来を思いつつ亡くなる父親のモチーフの中で、大臣という点でもっとも地位が高く、娘の東宮への入内をも実現しながら、それにもかかわらず娘の御息所の悲劇という運命は免れなかった、という形で、このモチーフを集約的に語り直しているところが重要なのである。[11]

「六条御息所」の登場が、娘への期待を持ちつつ亡くなる父親のモチーフと緊密に結びつく形で、都を去らねばならない悲劇的な一人の女の肖像は完成して、以下、物語は光源氏の失脚に向けて明確に動き出してゆく。

実は、このあと、娘への期待を抱く父親としては、明石の入道が描かれる。期待を抱きながら亡くなった存在としてではなく、その期待を光源氏本人に語る、いわば欲望をむき出しにした存在として、物語に導き入れられるのである。本来であれば常識外れの存在であるこの入道は、先のモチーフを基準にして言えば、それが少し変形される（帝や東宮への入内ではなく貴人光源氏との結婚を望む）ことによって物語世界に登場の場を与えられ、そのように変形を伴って反復されたモチーフは、新たな源氏の運命を切り開くものとして作用してゆく。

入道の存在は、すでに若紫巻にその露頭は見えていたが、それはあくまで変わり者の親子として噂話の材料に過ぎず、そうした存在が物語世界に実際に登場するまでには、物語世界の方でお膳立てを整えておく必要があった。

この明石の入道が海辺の長者としての面影を持ち、それが海幸山幸神話の枠組みから、わだつみの神をも連想させる存在であることは、よく知られていよう。その娘と結ばれ、子をなした光源氏は、都の世界に返り咲いて、やがて六条院を造営するが、それが明石巻の物語で連想された海竜王の館の地上的な再現であることも、見やすい構図である。しかも、明石の君は、源氏のもくろみとしては当初二条東院に入る存在であったにもかかわらず、その源氏の意向を受け入れず、明石から移った大堰の邸で源氏の来訪を待つ生活を持続させていた。そのような明石の君にとっては、六条院こそ入るべき館であったともいえる。[12]

五　二条院と六条邸

薄雲巻の光源氏と斎宮女御との対面場面は、次のように始まる。

秋の雨いと静かに降りて、御前の前栽の色々乱れたる露のしげさに、いにしへのことどもかきつづけ思し出でられて、御袖も濡れつつ、女御の御方に渡りたまへり。（薄雲②四五八）

この「いにしへのことども」は、もちろん過往のさまざまなことであるが、女御が里下がりしている状況では、当然六条御息所のことが含まれ、むしろそれが中心といってよいだろう。六条御息所は、夕顔巻以来秋との結びつきが強いが、たとえば、夕顔巻の霧の深い朝の場面などは、当然引き合わせてみてよいだろう。

霧のいと深き朝、いたくそそのかされたまひて、ねぶたげなる気色にうち嘆きつつ出でたまふを、中将のおもと、御格子一間上げて、見たてまつり送りたまへとおぼしく、御几帳ひきやりたれば、御ぐしもたげて見出したまへり。前栽の色々乱れたるを、過ぎがてにやすらひたまへるさま、げにたぐひなし。（夕顔①一四七）

色とりどりの前栽に目を向ける光源氏の姿は、よくありそうだが、「前栽の色々乱れたる」という表現は、『源氏物語』では意外にもこの二例ぐらいである。もっとも、夕顔巻のこの場面は、続く源氏と御息所の侍女中将の君との歌のやりとりの方が、読者にとっては印象が強いかも知れない。

二条院の庭の風情から源氏は、野宮の別れを斎宮女御に語る。

「前栽どもこそ残りなく紐ときはべりにけれ。いとものすさまじき年なるを、心やりて時知り顔なるもあはれにこそ」とて、柱に寄りゐたまへる夕映えいとめでたし。昔の御事ども、かの野宮に立ちわづらひし曙などを聞こえ出でたまふ。（薄雲②四五九）

「ものすさまじき年」とは、この年、藤壺や左大臣、桃園式部卿宮などが立て続けに亡くなったことをいう。しかし、季節は変わらずに巡ってきて秋の草花が盛りになったことを「時知り顔」と語る。この「時知り顔」という表現は、めずらしい。しばしば出てくる「折知り顔」は、人間の思いを汲み取るような自然の風情をいうが、この「時知り顔」は、あくまで自然が自然として、その時の到来にふさわしい姿を見せることをいうものと思われる。たとえば、「訪ふ人もなき宿なれど来る春は八重葎にもさはらざりけり」（古今六帖・二）という歌などと通う表現であろう。ここでは、そうした自然の摂理を源氏は「あはれ」と受け止めているが、この「あはれ」には深々とした感慨が籠められている。次の「昔の御事ども」は、斎宮卜定のことなども含めて、女御と御息所母子に関わることであり、「野宮に立ちわづらひし曙」とは、次の場面である。

殿上の若君達などうち連れて、とかく立ちわづらふなる庭のたたずまひも、げに艶なる方に、うけばりたるありさまなり。思ほし残すことなき御仲らひに、聞こえかはしたまふことども、まねびやらむ方なし。

やうやう明けゆく空のけしき、ことさらに作り出でたらむやうなり。

あかつきの別れはいつも露けきをこは世に知らぬ秋の空かな

出でがてに、御手をとらへてやすらひたまへる、いみじうなつかし。風いと冷やかに吹きて、松虫の鳴きからしたる声も、折知り顔なるを、さして思ふことなきだに、聞き過ぐしがたげなるに、ましてわりなき御心まどひどもに、なかなかこともゆかぬにや。

おほかたの秋の別れもかなしきに鳴く音な添へそ野辺の松虫

悔しきこと多かれど、かひなければ、明けゆく空もはしたなうて出でたまふ。道のほどいと露けし。

（賢木②八九～九〇）

「立ちわづらふ」という語は、この野宮の場面では殿上人たちについて用いられていたが、「出でがて」という源氏の様子が、近接した「立ちわづらふ」に置き換えられて「立ちわづらひし曙」となっている。また、この「出でがてに、御手をとらへてやすらひたまへる」という表現は、前掲夕顔巻の「過ぎがてにやすらひたまへる」とも通じ合っている。

いま、「野宮に立ちわづらひし曙」という一節を直接には右の叙述と引き合わせて見たが、もちろんそれに先立つ源氏の野宮到着時の時間からの一晩全体が回想の対象である。その秋の風情は、桐壺巻の北の方と靫負命婦との対面場面とも、景物や時間の点で通うところがある。(13)

翻って考えると、六条邸の風情は、六条御息所が「六条御息所」として登場し直した葵巻からは影を潜めていた。源氏の足が遠のいていたこともあるが、娘が斎宮に卜定されたため、その邸に源氏が通うわけにはいかなくなったからでもあろう。御息所が伊勢下向を決心し、野宮に移ったことによって、六条邸の秋の風情は野宮に移し替えられたのであった。六条邸が再び姿を現すのは、御息所が臨終の床についた澪標巻末であり、そこでは、よく手入れがされて「みやびかに」住んでいるとは書かれているものの、風情ある庭の描写はない。源氏の見舞いの場面はほぼ御息所との対話で占められ、御息所の亡くなった後は、冬の寂しい風情が描かれるばかりであった。六条邸の秋の風情は、六条院造営によってようやく復活する。

以上のように、光源氏と斎宮女御との対座の場面が、当然のことながらふんだんに六条御息所の記憶を想起させるものとなっているが、そうした六条邸の記憶を引き込むことによって、二条院にも大きな変質の時が近づいているのではないか。

それは、次の朝顔巻にも及ぶ問題である。

朝顔の姫君への求愛を拒まれた後、光源氏は紫の上を相手に、藤壺をはじめ朝顔の姫君、朧月夜、明石の君、花散里といった複数の女君のことを語る。この中で、藤壺だけは、紫の上に対しては、恋人ではない存在として語られ、また、亡き中宮として別格でもあり、さらに、すでに故人であるという点でも、他の女君とは異なる。紫の上との対話は、よく知られた雪と月の風景の中で行われ、源氏が世の人とは違って好むその風景の中では、「この世のほかのことまで思ひ流され」（朝顔②四九〇）るのであったが、これは斎宮女御との対話に関連付ければ、そこで口をつぐんだ藤壺の話題ということでもある。もちろん、女御との対話では、「さるまじきことどもの心苦しき」「つひに心もとけずむすぼほれてやみぬること」二つのうちの一つとして、語らなかったのだから、まったく同じというわけではない。しかし、ここで他の女君と並べた場合、先に述べたように異質の存在ではあるものの、源氏の恋の相手という点では等しいのである。そのような二重性を負った存在として藤壺は話題に上せられている。

二条院における回想という問題に戻ってみれば、この藤壺追想によって、光源氏にとって死した恋人たちは、いずれも二条院で回想されたことになる。夕顔、六条御息所、藤壺である。源氏の祖母北の方による亡き更衣と大納言の追想に始まって、まことに重い位置を与えられたこの邸も、朝顔巻末に至って、源氏による女君たちの追想が完了した。

六条御息所の思い出が語られる斎宮女御との対話場面が、六条院への道筋を示す一方で、源氏にとってかけがえのない邸である二条院は、ここまで担ってきた回想の空間としての「機能」を果たし終えたのだといってよいだろう。そのような関係で六条院は準備されてゆくのである。

注

（1）『源氏物語』の引用は、『新編日本古典文学全集』により、巻名、分冊番号、頁を記す。表記を私に改めるところがある。また、巻名や分冊番号は適宜省略する。

（2）高田祐彦「六条御息所の〈時間〉」（『源氏物語の文学史』東京大学出版会、二〇〇三年）

（3）『花鳥余情』は、「六条京極わたり」の叙述の少し前、「かの山寺の人は、よろしうなりて出でたまひにけり」の箇所に、「紫のうば君、心地わづらひしが良くなりて、京の六条の里に出で給ふことなり」という注を付している。『花鳥余情』の本文は、源氏物語古注集成本に拠り、表記を私に改めた。なお、『花鳥余情』の掲出する源氏本文は、「山寺の人」を「山里人」に作り、河内本と一致する。

（4）高田祐彦「若紫の邸」（『むらさき』第六〇輯、二〇二三年）

（5）高田祐彦「光源氏の忍びの恋―『源氏物語』冒頭諸巻の仕組み―」（『文学』隔月刊第七巻第五号、二〇〇六年）

（6）「かかる筋におほけなくあるまじき心の報いに、かく来し方行く先の例となりぬべきことはあるなめり」（夕顔①一六九）など。

（7）高田祐彦「光源氏と二条院・桐壺―源氏物語の空間と時間―」（『文学』隔月刊第八巻第一号、二〇〇七年）

（8）清水好子「場面と時間」「野分の段の遠近法について」（いずれも、『源氏物語の文体と方法』東京大学出版会、一九八〇年）は、今なお指標的な論考である。また、松井健児『源氏物語に語られた風景　風景和文への招待』（ぺりかん社、二〇二二年）からは、風景の問題について多くを学んだ。

（9）積田文子「六条御息所と六条院構想」（『関根慶子教授退官記念　寝覚物語対校・平安文学論集』風間書房、一九七五年）は、絵合巻冒頭に作者の六条院構想の発端を見る先駆的な論考。本稿では、作者の構想に限定せず、物語としての動きに焦点をあてている。絵合巻冒頭の問題も含め、六条院造営の道筋に関する稿者の基本的な見方については、「六条院への道―『源氏物語』の長編構造の仕組み―」（寺田澄江・高田祐彦・藤原克己編『二〇〇八年パリ・シンポジウム源氏物語の透明さと不透明さ―場面・和歌・語り・時間の分析を通して―』青簡舎、二〇〇九年）参照。

（10）高田信敬「御息所御輿に乗り給へるにつけても―大臣の女、斎宮の母―」（『源氏物語考証稿』武蔵野書院、二〇一〇年）

（11）娘の将来に期待を抱いた大臣として、この物語では、すでに左大臣と右大臣が語られている。左大臣は、東宮からの所望を袖にして葵の上を光源氏と結婚させた。右大臣は、桐壺帝に娘（弘徽殿）を入内させたが、藤壺に圧倒され、朧月夜の東宮への入内も、光源氏との関係によって断念している。六条大臣が娘の東宮への入内を実現したことは、これらとの関係においても考えるべきであるが、本稿では、紙幅の関係で扱いきれない。

(12) ただし、六条院の住人として明石の君を過大に評価すべきでないことについては、藤原克己「たけき宿世―明石の君の人物造型―」(『国文学解釈と鑑賞別冊 人物造型からみた『源氏物語』』至文堂、一九九八年)に周到な論述がある。

(13) 多くの論考があるが、上野英二「平安朝における物語―長恨歌から源氏物語へ―」(『源氏物語序説』平凡社、一九九五年)には、『長恨歌』受容の問題から解き及ぶ綿密な分析がある。

父としての光源氏
——明石の姫君の教育をめぐって——

鈴木裕子

一　はじめに

明石の姫君（中宮）という作中人物が気になっている。言うまでもなく、明石の入道一族と光源氏の母方・按察大納言の家を繋げる要でもあり、[1]源氏の栄華が実現するために重要な役割を果たす姫君である。明石の地での誕生より二条の院に引き取られて成人し、入内して母になるまで人生の歩みをたどることができる。そのわりには一人の人物としての肉声や内面について語られる場面は少ない。内面の表現としての和歌も四首あるが、明石の君への返歌一首の他は身内でのやりとり・唱和の歌で、心情を誰かに訴えかけたり、思いを吐露する手習歌などは描かれない。人となりを表すものとしての筆跡についての記述もない。

簡潔に言うならば、明石の姫君は物語世界に誕生した時から将来后になるという運命のもと、その実現のために親に定められた教育方針に従い、敷かれたレールを（例えば朧月夜のようには）逸脱することなく、期待どおりの役割を果たした「優等生」である。[2]そのような側面からは、源氏の教育は成功したように見える。

ただし、第三部の物語世界では、少々様子が変わってくる。理想的な后としての威厳ある姿ではなく、第三皇子・匂宮を管理するような言動が目立ち、病がちで物の気に悩まされる様子などが描かれるようになる。島田とよ子氏は、第三部の世界では「俗臭を帯びたように感じる」(3)として姫君が変貌したとする。私も以前、第三部での明石の姫君が、周囲の期待に応え続けるゆえの不安に苛まれ、圧せられていったのではないかと読み解いたことがある(4)。理想的な娘であり続けた明石の姫君は、成長したあかつきにさらに后という重荷を背負うことになるのだが、それゆえ心中に広がる不安の闇を自己管理できなくなったのではないか。源氏が教育方針を立てて、皆で大切に育てた姫君教育の成果を、源氏死後の世界においてそのように見取るとすれば、源氏の姫君教育は必ずしも思い通りにうまくいったとは言えないように思われてくる。明石の姫君教育の成果に、源氏自身は満足したのか、そうではなかったのか。蛍巻〈教育論〉の場面を始め、女子教育への考えが記される場面を本文に即して確認したい。なお、源氏には息子もいるが、ここでは娘の父としての源氏に特化していることを断っておく。

この稿での『源氏物語』の原文引用は、新日本古典文学大系『源氏物語』(岩波書店)に拠り、頁数と冊数及び巻名を記した。表記は私にあらためた箇所がある。

二　蛍巻の物語論の場面から

長雨が降り続く日々、六条の院の女君たちは絵や物語に興じて過ごしていた。明石の君は、さまざまな方面に並々ならぬ才覚のある人(5)だが、ここでも趣向を凝らした物語を仕立てて、明石の姫君のもとに贈り届けたという。物語から姫君たちは人間関係など社会の様相を学ぶ。明石の君はどのような物語を贈ったのだろうか。わからないが、こんなふうに折に触れて、離れて過ごすわが子への気配りをしていることが、さりげなく物語に差し挟まれている。(6) 姫君の教育環境がしのばれることとして留意しておきたい。

一方、紫の上は、と言えば、物語を姫君のために用意することに託けて、自分でも楽しんでいた。この場面では、『くまの物語』に心惹かれ、絵を鑑賞しつつ「昔のありさま思し出でて」(蛍巻・二・四四〇頁)と、無邪気でいられた少女時代の思い出に浸っていた。紫の上にとって、絵や物語の虚構世界は「現実」と地続きになり得るもので、記憶を再生する装置として機能する。蛍巻では最初の「物語論」の場面で、玉鬘も紫の上と同じように物語を通して自分の人生を反芻し、記憶を再生して意味づけている様子が描かれている。現実の貴族社会の女君たちにとっても物語がつれづれを慰める娯楽の具以上のものだったことが推察される。(7)

しかし、源氏自身には、そのような物語の機能への共感はなさそうだ。恋物語の絵に見入っている紫の上に「かかる童どちだに、いかにされたりけり」と、物語の人物を揶揄する発言をし、「まろこそ、なほ、ためしにしつべく、心のどけさは人に似ざりけれ」(同・四四一頁)などと戯れ言を飛ばす。この戯れ言は、紫の上が無邪気な少女時代を強制的に終了させられた、葵巻での新枕の出来事を想起させる。その折、紫の上は、源氏の妻となったという現実を受け入れるのに長い苦悩の時間を要した。その折の源氏のふるまいは「心のどけさは人に似ざりけれ」どころではなかった。絵を見ながら再生された記憶の時を過ごしていた紫の上にとって、源氏の戯れ言は、そうした紫の上の心情への理解が及ばぬ、いささか無神経なものにほかなるまい。

源氏にとって、姫君の目に触れる物語は「教材」として有用なので、「今」そして「これから」の姫君にとって有意味なものでなければならない。だから「姫君の御前にて、この世馴れたる物語など、な読み聞かせ給ひそ」と指示を出す。言うまでもなく、恋愛物は、姫君から遠ざけなければならない「悪書」なのだ。紫の上としては、自分の生き様まで否定されたように感じただろう。聞き流すわけにはいくまい。言うべきことはきちんと言う女君なのだ。その鋭い反論は、源氏の戯れ言から引き出されたものだが、紫の上の教育論としても注目したい。

心浅げなる人まねどもは、見るにも傍らいたくこそ。『うつほ』の藤原の君の娘こそ、いと重りかにはかばかしき人にて過ちなかめれど、すくよかに言ひ出でたることも、しわざも、女しき所なかめるぞ、一様なめる。

（蛍巻・二・四四一頁）

それにしても、紫の上は、なぜ『うつほ物語』のあて宮を引き合いに出したのか。『枕草子』からもうかがえるように、『うつほ物語』は熱心な読者の多い物語だった。特にここで挙げられたあて宮は春宮妃となり、恋の過ちとは無縁の女君だ（確かに、仲忠に対しても理性的だった）。その点においては、入内が期待される姫君のロールモデルとしてよさそうだ。長編『うつほ物語』の中から適切な部分を切り出し、源氏が「安心」して与える教材として、うまく書き調えることもできそうだ（源氏は、「いみじく選りつつなむ、書き調へさせ、絵などにも描かせ給ひける」（同・四四二頁）と、作品の取捨選択だけでなく、既存の物語を都合良く書き換えさせもしたようだ）。それを紫の上は、源氏が排除する恋物語と同様、姫君の手本にはならないと明言した。曰く、「あて宮には、恋の過ちはないようだが、その言動に女らしい所がないように見える」と。「女しき所（女らしい所）」は、女性がもつべき美質を言うが、千年前の貴族社会での考え方なので、現代では通用しがたい。

あて宮へのかなわぬ恋のために多くの人が人生を狂わせたが、それらの人に惻隠の情ほどのものを示してもよかったのではないか。さらに、後にあて宮は、わが子の立場（立坊のことなど）をめぐり政治的にふるまう（仲忠も巻き込み）が、それもまた、女性として好ましくないのではないか。紫の上にとって、他者を思いやる心（「情け」の心）を持つのみならず、女性の立場をわきまえて振る舞うことこそ身分も教養もある立場の女性に望ましいということになろう。そして、それは様々な体験（恋も含めて）によって会得されよう。現実の生活では多くを体験できない姫君には、多様な物語の世界に触れることは大事なことではないか、恋物語も必要でしょう、という趣旨の反論だ。物語全体から読み取れる当時の家庭教育では、父親が示す大きな指針に沿い、母親たちが具体的な世話をするというものだったようだが、源氏の家では、源氏の指示を母たちが厳守するだけという硬直したものではなく、紫の上が異論を述べるような柔軟な雰囲気が、このような対話の場面からうかがえる。

もっとも、この時源氏は紫の上の主張をすんなり受け入れたわけではなさそうだ。長々と教育論を述べた後に、「継母の腹汚き昔物語も多かるを……いみじく選りつつなむ、書き調へさせ、絵などにも描かせ給ひける」(同・四四二頁)と、結局源氏の意に沿った物語だけを与えるという方針を貫いたことが記されている。むろん、恋物語も除かれたことだろう。あるいは、紫の上が源氏の意図に反する「恋物語有用論」を述べたことから、ますます姫君に与える物語の内容に目を光らせることになったというのかもしれない。父としての源氏は、この点については妥協することなく自身の教育方針を貫こうとする。それに対して紫の上がどのように思ったかは描かれない。

次に確認したいのは、紫の上の反発を受けた源氏が長々と繰り広げる発言部分、物語内容の談義ではなく、女子教育論へと展開させる部分の解釈である。玉鬘との物語論でもそうだが、源氏は反発されると一旦は相手の言い分を容認するようにし、論点をずらして発言を続け、結局煙に巻いてしまう。客観的に読めば、そのような源氏の態度はいかにも戯画化されているのだが、発言内容には真理を突くところが見える。戯れながら真実を述べているという趣である。そういう意味で、まとまった発言で源氏の教育方針が読み取れるものとして、詳しく確認したい。実は、以前『源氏物語の鑑賞と基礎知識』(至文堂)のシリーズの一冊『初音・胡蝶・蛍』で、注釈と現代語訳等を室城秀之氏との共同で行ったことがある。その後、特に改めたい箇所も見出したので、この機会に再考したい。なお、蛍巻のいわゆる「物語論」については多くの先行研究があるが、本稿では紙幅の限りもあり研究史についての総括は省略する。

三　蛍巻の〈教育論〉再考

まず、源氏の紫の上への発言を引用する。長い発言ということもあり、なかなか解釈しづらい点がある。

「うつつの人も、さぞあるべかめる。人々しく立てたるおもむき異にて、よきほどに構へぬや。よしなからぬ親の心とどめて生ほし立てたる人の、子めかしきを生けるしるしにて、後れたること多かるは、『何わざしてかしづきしぞ』と、親のしわざさへ思ひやらるるこそ、いとほしけれ。げに、さ言へど、『その人のけはひよ』と見えたるは、効あり、面立たしかし。言葉の限りまばゆく褒め置きたるに、し出でたるわざ、言ひ出でたることの中に、げにと見え聞こゆることなき、いと見劣りするわざなり。すべて、よからぬ人に、いかで人褒めさせじ」など、「ただ、この姫君の点つかれ給ふまじく」と、よろづに思しのたまふ。

（蛍巻・二・四四一頁）

この中で、特に難解なのは傍線部「人々しく立てたるおもむき異にて、よきほどに構へぬや」の部分である。現代の主な注釈書では次のような解釈となっている。

・一人前にそれぞれが自分を譲らず　物の加減というものを知りません　（古典集成　割り注・四・七八頁）[8]

・一人前にその人その人が違った主義をもっていて、ちょうど具合よくはふるまえないのです。　（新全集　現代語訳・③・二一六頁）[9]

・一人前にそれぞれ自分を主張する趣で、ほどよい具合には振舞わぬもの。　（新大系　脚注三四・四四二頁）[10]

・それぞれが自分なりに立てた考えが違っていて、誰に対しても満足できるように振る舞えないのですよ。　（『源氏物語の鑑賞と基礎知識　初音・胡蝶・蛍』⑱・二二二頁）[11]

・一人前にそれぞれの主張する趣は違っていて、ほどよい具合に身構えない（のがよいのだ）。長所は短所に通ずるから自分の長所だと主張し過ぎないのがよいとする。

（岩波文庫　注2・四・二六三頁）[12]

最新の注釈である岩波文庫が新説を提示していて注目される。が、「よきほどに構へぬ」のが「よいのだ」という判断を示すことになり得るのか、充分に検討したい。その他諸注釈での解釈についても、原文の一つ一つの言葉そのものに拘って理解しようとすると、すんなりとは納得しがたい点も出てくる。

まず、「人々しく立てたるおもむき異にて」について確認する。類似した表現が帚木巻の雨夜の品定めでの頭中将の発言に出てくるので比較検討しておこう。

中の品になむ、人の心々、おのがじしの立てたるおもむきも見えて、分かるべきこと方々多かるべき。

（帚木巻・一・三五頁）

下二段動詞「立つ」は、「物事をはっきりとわかるように表す、確立させる」の意。「おもむき」は、「趣旨、意図するところ」で、この場合、特に中の品の女性の心のありようを言う文脈なので、その女性の「心持ち、個性」とでも言うべきだと思う。傍線部は「人それぞれがしっかりと持っている個性」という意味になる。引用文全体の意味は、「中の品の女性にこそ、それぞれの人が持っている個性がはっきりしていて、さまざまな面で他の人との違いがわかることが多いに違いない」となろう。親たちから大事に育てられて欠点が隠されることが多い上の品の女性の様子は、ひとしなみにすぐれて見えるものだが、中の品の女性はそうではない。そこまで温室育ちではないので、その人それぞれの個性の違いがわかるのだという趣旨の発言であろう。『源氏物語』世界の男君たちが共有する女性論の一端である。

蛍巻での源氏の発言では、専ら姫君の教育論へと展開する文脈なので、「おもむき」は、「（親が）教育に関して意図するところ、教育への考え」ということになるのではないか。「人々し」は、「人並みである、一人前である」

の意の表現で『落窪物語』や『うつほ物語』その他同時代の作品にも用例があり、『源氏物語』には一〇例見られる。ここでは、後に「よしなからぬ親」という表現が出てくるので、ここも親のありように関しての表現として、親が人並みに持っている教育への考えのことを言うと判断してよいと思う。「異にて」は、何が何と異なっているというのか、わかりにくい。貴族社会においては、姫君の育て方についての考え方が、それぞれの家で格段大きく異なっているようには思えない。もちろん、具体的な方針についての違いは当然あろうが。だから、ここは親たちがそれぞれ異なる考えを持つというのではなく、親が決めている教育方針・育って欲しいと思う方向性に対して、子どもがそれとは異なる状態にあることを言うのではないかと思う。

次に「よきほどに構へぬや」を確認する。「よきほど」は、「ほどよい具合」などと、極端に偏らない、調和の取れた状態との解釈が一般的にはなされている。しかし、「よろしきほど」ではなく「よきほど」なので、とても優れている状態、理想的なありようを言うのだと思う。例えば、ここは親の教育のありようを話題にしているので、「充分な、満足できる」様子を言うものと解するのがよいのではないか。下二段動詞「構ふ」は、前もって準備したり、計画したりする意、あるいは、そのような様子をする意と解釈できるが、源氏の発言内容は、女子教育に関することなので、「よい計画」つまり「完璧な教育方針」が「立たない」と解釈できるのではないか。

以上の検討をまとめて解釈案を試みた。

解釈試案

親が人並みに（わが子の育て方について）しっかりと決めたことが思ったようにならないものだから、充分な教育方針を立てられないのでしょうか。

源氏は、姫君の教育にふさわしくないとして恋物語を全否定したものの、紫の上から物語内容のみならず人間としての理想的なありように深く関わる反論を受けた。思いがけない反応だったと見える。それで「うつつの人も、さぞあるべかめる（現実の世の中の人も、あなたがおっしゃるようなものでしょう）」と、物語世界での理想的な姫君のありようとしての紫の上の発言を一度容認し、実際に姫君を教育する親の立場に変換して、「親の思ったように子はならない」という現実認識ゆえに「満足できるような教育方針を立てる難しさ」があることをつなぎの発言として、現実の教育論へと話題をすり替えていった。その先に源氏の姫君教育への本音が垣間見えるという仕組みになっているのだと思う。

この部分は特に難解であり、また、この部分を含む全体の発言についても、姫君教育に関する内容という点で源氏が物語の中でたびたび発言している他の箇所の発言とも併せて読み解く必要があるので、今はこのような試案を示し、なお継続して考えたい。続く発言部分をいささかの説明をほどこして通釈しておく。

通釈

「それなりの嗜みのある親が充分に配慮して育てた娘が、おっとりとしているのは取り柄ですが、それにしても劣っているところがたくさんあるというのは、『この娘をどんなふうにして育てたのか』と、親の育て方まで思いやられます。それは、（そのように育てられた娘にとって）気の毒なことです。ほんとうに、娘の様子から親のしつけが想像されると言っても、『いかにもその親の娘としてふさわしい感じだ』とまわりから思われるのは、その子を育てた効があり、親の面目が立つものですね。娘の身近な者が口を極めて、（聞く者が）恥ずかしくなるほど褒めちぎっていたのに、当の本人の言動に、『ほんとうに褒められていたとおりだ』と思われることがないのは、とてもがっかりさせられるものです。どんなことであっても、いい加減な人には、なんとしても姫君を褒めさせたくありません」などと言って、「ただもう、姫君の欠点を指摘されなさることのないように」と、何かにつけて思ったり口にしたりなさる。

いい加減な者から姫君が褒められることがないようにというのは、褒め言葉というものがかえって欠点を暴露してしまうことがあるという点で、真理をついている。明石の姫君は后がねなので、養女格の玉鬘のように世の色好みたちの耳目を集める必要などない。むしろ世間の評判になることで、明石で生まれたという出自が話の種にされることもあり得る。源氏にとって、姫君の唯一の「欠点」は出自が劣っていることだ。源氏が明石の姫君の教育実践上とりわけ苦慮するのは、何にせよ噂となり、目立つことで姫君の「欠点」が取り沙汰されるのを防ぐことだった。恋物語だけでなく継子いじめの物語を排除するというのは、言うまでもなく、紫の上と姫君の間柄への配慮であるが、特に継母と生母の二人の母を持つ姫君の場合、物語から「継母は意地悪をする」という知識を得ることで、生母を慕わしいものとして、その存在をより強く意識させることになりかねないということもあろう。ともかく、早くから、源氏がよくないと判断したものをあらかじめ排除し、安全策を講じて、懸念の種を取り除いていくのだ。

姫君は八歳、物語と親しむようになった頃とて、源氏にとっては、成長段階にあわせての具体的で必要な指示だったのだ。このような指示について「継母」たる紫の上自身がどう思ったのかはわからない（紫の上は、継子いじめの物語も排除せずに姫君と一緒に読み聞かせを楽しめるような人なのではないかと思われてならない）。また、姫君自身が「教材」の物語を与えられている場面も具体的には描かれてはいない。夕霧の目を通して記されているのは、「まだいはけたる御雛遊びなどのけはひ」なのだった。

一般的な姫君教育は、音楽（琴の演奏）、書、和歌を習うことと言われているが、もちろん源氏の場合も同様である。そのいずれについても、劣っていると人から指摘されるようなことがないように、何か一つのことにのめりこむことがないようにと配慮しつつ学ばせた。いろいろなことについて人から劣った点として指摘されるようなことがないように（平均点に届かないことのないように）、教育するという方針である。

何より姫君の出自が劣ることを欠点として意識し、目立って話題にならないようにとの防御的な配慮をするのだろう。生みの母の出自について源氏は必要以上に（と思われてならない）拘りを持ち続ける。それは、更衣腹の御子として生まれた源氏自身の出自の「欠点」と通うものがあると、源氏自身が認識しているからではないか。源氏の姫君への教育方針の根幹に、源氏自身の出自への複雑で無意識的な拘りが作用しているのかもしれない。

なお、蛍巻に先立って、源氏が紫の上に姫君の教育方針について述べている場面がある。ここでの発言と通じる点があり、併せて理解するべき内容であるので確認しておきたい。それは、末摘花の歌をめぐって、やはり紫の上を相手に源氏が述べた、和歌に関する談義の部分である。以前末摘花から届けられた、常陸親王執筆の和歌の髄脳を返却したと言う源氏に対して、紫の上は、書きとどめて姫君にも見せればよかったのに、と惜しんだ。それに対して、源氏は「姫君の御学問」には、そのようなものは全く役立たないと言い切り、以下に引用する文が続く。

すべて、女は、立てて好めること設けて染みぬるは、さまよからぬことなり。何ごとも、いとつきなからむは、くちをしからむ。ただ、心の筋を、漂はしからずもて静め置きて、なだらかならむのみなむ、めやすかるべかりける。（玉鬘・二・三七一頁）

「女性は、何か一つ好むことを決めてそれだけに打ち込むのは見苦しいが、何につけても心得がないというのもよくない」とう主張、そして「心の持ちようは沈着で落ち着いていながら、見た目は賢しげではなくておっとりと見えるのがよい」という考えも、常に一貫しているもので、源氏の基本的な教育方針として理解できる。こんなふうに折に触れて、紫の上に教育方針を語っていたことがわかる。そして、このような源氏の教育方針を他者のまなざしから明確に批評されている場面もある。常夏巻、内大臣の雲居雁に対する発言の中での言葉である。

太政大臣の、后がねの姫君ならはし給ふなる教へは、よろづのことに通はしなだらめて、かどかどしきゆゑもつけじ、たどたどしくおぼめくこともあらじと、ぬるらかにこそ掟て給ふなれ。げにさもあることなれど、人として、心にもするわざにも、たてて靡く方は方とあるものなれば、生ひ出で給ふさまあらむかし。この君の、人となり、宮仕へに出だし立て給はむ世の気色こそ、いとゆかしけれ。（常夏・三・一六頁）

内大臣は、雲居雁の転た寝を諫め、女性の心構えを説く流れの中で、源氏の姫君教育を批評している。ポイントは、源氏の教育方針「あらゆることを偏ることなく習わせて、際立った才芸を身につけさせないようにしよう、よくわからなくてとまどうこともないようにしよう」ということへの批判である。「人は、何かを考えるにしても、何かをするにしても、その人の個性がはっきりと現れる。その人に向いていることはあるものだ」として、子どもの個性を伸ばす教育がなされていないことを批判している。雲居雁へのお説教であり、源氏への対抗心を隠さぬ、遠慮ない本音が述べられている。姫君が入内した際に、源氏の姫君教育の成果がどんなものか見物だと言うわけだ。戯画化されてはいるが、既に立派に姫君（弘徽殿の女御）を育てた経験のある内大臣の言葉として、それなりの重みがあろう。では、その成長した明石の姫君を父としての源氏はどのように評価することになったのだろうか。

四　姫君教育の「完成」、そしてその後

十一歳の明石の姫君が裳着の儀を挙げたのは梅枝巻、腰結役は秋好中宮であった。紫の上と中宮の対面もあり、「御方々の女房おしあはせたる、数知らず見えたり」（梅枝巻・三・一五九頁）と、参加した女房たちがぎっしりと居並ぶ様子を記すことで、盛儀の様子が表現される。中宮は、ほのかな灯りで姫君を「御けはひいとめでたし」と見たとある。姫君の様子が直接語られるのはこの箇所だけである。姫君が無事に成人したことを祝う裳着は、紫の上や乳母たちにとっても格別の慶事であるが、その様子が具体的に描かれることはない。また、生母であっても明石の君は、儀式の場に加わることができない。例によって源氏は、生母の身分が世間の噂になることを懸念し参席さ

せなかったのだ。この盛儀の次第に何も不満などないはずの源氏だが、相変わらずただ一つ、姫君の出自の劣りが「欠点」としてあげつらわれることが気がかりであり、未然に防ぐことが重要なのだった。盛儀の様子は省筆されるが、儀式以前の薫物合のことやその試み後の宴の華やかな様子が源氏の家の栄光を証するものとして描かれていた。姫君の裳着の儀も入内のことも、六条の院の権力・秩序が維持されることを表すことにほかならない。

姫君の裳着の後、春宮の元服もあり、やがて春宮への入内も決まってその支度が調えられる。女御となる姫君には、もう今までのようには源氏の目も届かない。入内に持参して姫君が学び続けられるようにとの配慮もあり、様々な名筆の草子に、源氏自身の手書きの書も草子の箱に加えられた。その際に源氏は「須磨の日記」を持たせようと思ったが、「いま少し世をも思し知りなむに」と思いとどまっている。姫君の出自にかかわる日記なので、そのことを知って理解するには、まだ姫君は充分に成熟していないと判断したのだろう。姫君は、このように源氏の手が離れる最後の最後まで、父としての源氏の配慮に守られて（管理・保護されて）いることがわかる。

とは言え、それまでにきちんとしつけられ、豪華な入内の支度が調えられた姫君に、何の劣った点も見受けられまい。養母紫の上はもちろん、当時の女性として充分過ぎるほどの教養を身につけた生母明石の君も付き添い、源氏が懸念する出自が劣っていることも大きな傷とはならず、何も心配なことはなさそうである。やがて姫君は期待通りに懐妊し、六条の院で皇子を出産する。その折、明石の尼君から一族の物語を聞かされるなど予想外の出来事が生じるが（結局源氏の「須磨の日記」の出番はない）、素直な心で無難に切り抜けるのだ。物語世界に登場した幼い時から一貫して周囲の大人たちの秩序に順応し、素直に期待どおりにふるまっていく。

源氏は、「女御の君は、今は、公ざまに思ひ放ち聞こえ給ひて」（若菜下・三・三二九頁）と、もう帝にすっかり託しているのだとして、肩の荷をおろしたことが語られている。姫君入内という運命的に定められた「目標」のために、源氏が配慮し手がけた教育は、ここで「完成」したと言えよう。

ただし、親の役目から解放されて気ままに晩年を送るということにはならない。正妻となった女三の宮が相変わらず幼くおっとりしていて、妻と言うよりも「教育」しなくてはならない「娘」のようであったからだ。明石の姫君教育は終わったものの、源氏は妻である女三の宮を「いと心苦しく、幼からむ御娘のやうに思ひ育み奉り給ふ」（若菜下・三・三二九頁）と、擬似的な「親」であり続けることになる。ただし、この「教育」には、明石の姫君の時のようには、具体的な「完成」のための目標があるわけではない。

その女三の宮に、源氏は朱雀院や帝の手前、琴の琴を教えなくてはならなくなった。女三の宮「教育」のための当面の「目標」を朱雀院から与えられた形である。源氏が女三の宮に琴を教えていると聞けば、紫の上も明石女御も、その琴の音を聞きたいと希望する。特に女御は懐妊中であることにかこつけて六条の院に退出し、「などて我に伝へたまはらざりけむ」（若菜下・三・三三二頁）と「つらく」思っているという。「つらし」とはかなり強い表現で、明石の姫君にしては珍しく心の内が記されている箇所である。姫君は、源氏の血を引くたった一人の姫君として大切にされているという自負があって、その自負心が傷ついたのかもしれない。「優等生」として成長した姫君が思わず見せた、父への小さな反発心として、興味深い（なぜ、そんな姫君の気持ちが描かれるのだろうか）。

源氏の姫君教育に琴の琴の奏法を伝授する計画はなかった。[13] 若菜下巻の女楽の後、夕霧を相手にした音楽談義の中で琴が特別な楽器であることを言い、「なまなかにまねびて、思ひかなはぬたぐひありける後、これを弾く人よからずとかいふ難をつけて」（若菜下・三・三四四頁）と、中途半端な取り組みではかえってその人を不幸にしてしまうなど、伝授じたいの難しさを語っている。[14] 確かに琴の琴の演奏は難しく、女三の宮が源氏に習う様子からもうかがえるように、かなり打ち込んで練習しなくては身につかない。『うつほ物語』では、仲忠は犬宮に琴を教えるために、家族とも隔離して伝授した。それは「すべて、女は、たてて好めること設けて染みぬるは、さまよからぬことなり」と言った教育方針からは外れることだ。

源氏の教育方針により与えられた／与えられなかった楽器というものがあり、その楽器の習得のありようがその人の人柄を表すものとすれば、姫君を象徴する楽器の音は、次のような記述から読み取れる。

筝の御琴は、物の隙々に、心もとなく漏り出づる物の音がらにて、うつくしげになまめかしくのみ聞こゆ。

（若菜下・四・三三八頁）

女楽で披露された筝の音色にこそ、明石の姫君が、源氏や紫の上、明石の一族の思いに守られ、導かれて生かされてきたことが象徴的に表れている。それが、成人した姫君の「個性」と言うべきものなのだ。この時、姫君は懐妊中である。懐妊の身であるということも含めて、いや懐妊の身であることこそが姫君の姫君としての役割がどのようなものであるかを表している。

懐妊七ヶ月の姫君は気分もよくないのに女楽に参加して苦しそうな様子が描かれている。姫君には、懐妊ゆえ大事をとってこの催しに参加を遠慮するという選択肢はなかった。女楽に参加する女君たち三人は源氏を楽の師として学んだ者たちであり、琵琶の明石の君を加えた四人で総ての琴が揃う。そうして、源氏の音楽教育のみごとな成果が披露され、はなやかで滅多にない催しとなる。この女楽は、四人の女君たちの誰が欠けても成り立たない。さらに、その中での明石の女御の役割は、帝の御子を懐妊している身であることに重い意味があるのだ。帝に寵愛され続け、御子たちの母であり続けるという役割、源氏の家の栄華を補強し維持する役割を担う姫君として、六条の院の女楽を構成する一人となり、源氏の期待に応えなければならなかった。そして、その役割をみごとに果たしたのだ。四人の女君たちの合奏が無事に終わり、満足げな源氏の様子が描かれてもいる。

ここまでのところ、源氏は育て上げた姫君に満足しているようだ。しかし、ほどなく（女三の宮と柏木の過ちを知った後）、源氏は姫君に対して不安を覚えることになる（なぜ、この物語ではそこまで描かれるのか）。

五　さいごに、若菜下巻における源氏の明石の姫君評価

女三の宮の密通の証拠となる柏木の手紙を見つけた源氏は、深く憂悶する。しかし、女三の宮をすっかり見放すこともできず、複雑な心境だ。女三の宮のほうでは、源氏が柏木の手紙を見たとはっきり言わないので、「いとわりなく（どうしようもなくつらいと）」（若菜下・三・三八九頁）思うばかりだ。女三の宮は、けしからぬ柏木のふるまいに対して毅然と対応することもできなかったし、今は源氏との関係に危機が生じているのに、自ら考えをめぐらせて対処することもできない。源氏は、そのあまりにも受け身で頼りない様子に、「よきようと言いながら、あまり心もとなく後れたる、頼もしげなきわざなり」（同・三八九頁）と、おおらかであるにもほどがあると慨嘆する。その姿からは、遠く蛍巻で、源氏が紫の上に「子めかしきを生けるしるしにて、後れたること多かる……」（蛍巻・二・四四一頁）と語った、姫君教育の失敗例が想起されよう。そう言えば、源氏は以前、朱雀院の女三の宮の育て方に「などてかくおいらかに生ほしたてたまひけむ」（若菜上・三・二四七頁）と、不満を懐いたことがあった。その時から七年ほど経っても女三の宮の心の幼さが嘆かれている。女子教育の成果について、その責任は結局父が負う。自ずと源氏の思いは、親の手から離れたと思った明石の姫君へと向かう。

「女御の、あまりやはらかにおびれ給へるこそ、かやうに心懸け聞こえむ人は、まして、心乱れなむかし。女は、かう晴るけ所なくなよびたるを、人も侮らはしきにや、さるまじきに、ふと目とまり、心強からぬ過ちはし出づるなりけり」と思す。（若菜下・三・三八九頁）

傍線部の「おびる」とは珍しい語彙で、おっとりとおおらかな様子を言う言葉と解されるが、同時代の物語作品を探しても、『源氏物語』二例の他に例を見ない。もう一例は、やはり源氏が藤壺の宮を評する「やはらかにおび

れたるものから、深うよしづきたる所の、並びなくものし給ひしを」（朝顔巻・二・二六九頁）であり、「やはらかなり」とともに用いられている。おっとりした様子を言うなら「おびる」は美質である。ものやわらかでおおらかなのは理想的な女性の美質であった。とは言え、どんな美質も視点を換えれば欠点にもなり得る。もの柔らかで優しくおっとりしていることは、反面、受け身で他の人の言動に左右されがちであり、頼りないということになる。もっとも藤壺の宮は、「深うよしづきたる所」を併せ持っていて、「おびる」の弱点を補えていたとみなされている。それは姫君（女御）には身につかなかったようだ。つまりは、源氏の教育方針では身につけられなかったものということだ。さらに源氏は、柏木のような思いを懐いた者が姫君の周りに現れたら、女三の宮の場合に「まして」男は取り乱してしまうだろうなどと思い、「晴るけ所なくなよびたる」（執着心をかきたてるばかりで柔弱な様子）とまで否定的な思いをめぐらせている。あまりにも物事が計画通りになると、自ら心配事の種子を見つけて育てようとするものかもしれない。娘が親の期待に応えて安定した人生を送っていると思えば、自らの教育方針に間違いなかったと安堵できよう。が、このように姫君本人が意図せずとも色恋沙汰（后の過ち）が心配されるというなら、それまでの自分が行った教育が充分なものではなかったかもしれないと不安になろう。物語には姫君の具体的な人となりについて源氏が詳しく批評する箇所がないので、この場面は重要だ。

思うに、后の過ちということなら、源氏自身に（露見はしなかったが）、藤壺の宮との秘密の恋の過ちがあったものだから、罪の意識から（自業自得）そのようなことを懸念しているのではないか。言わば源氏自身の問題なのだが、このような懸念は、一度生じると払拭しがたいものだ。先に「女御の君は、今は、公ざまに思ひ放ち聞こえ給ひて」として肩の荷をおろした源氏だったが、女三の宮の人柄との共通点が思われると、心配は尽きない（やはり、源氏の教育は万全ではなかったと言うことなのだろうか。常夏巻での内大臣の批評の言葉が思い出される）。

朧月夜が出家したことを知った源氏が紫の上に思い出話を語る際に、女子教育と明石の姫君について話が及んでいるので、最後にその部分を見ておきたい。

女子を生ほし立てむことよ、いと難かるべきわざなりけり。宿世などいふらむものは、目に見えぬわざにて、親の心にまかせがたし。生ひ立たむほどの心遣ひは、なほ力いるべかめり。……中略……。若宮を、心して生ほし立て奉り給へ。女御は、物の心を深く知り給ふほどならで、かく暇なき交じらひをし給へば、何ごとも、心もとなき方にぞものし給ふらむ。御子たちなむ、なほ、飽く限り、人に点つかるまじくて、世をのどかに過ぐし給はむに後ろめたかるまじき心ばせ、つけまほしきわざなりける。……後略。（若菜下・三・三九二頁）

前半で、源氏は、女子を育てることはとても難しいことだったと、今になって気づいたと言う。女三の宮の過ちを知ったことに加えて、明石の姫君への心配も含めての言だ。その子の運命というものは定められたものだから、親の思うようになるものではない。しかし、一人前になるまでは親が配慮して育てなければならないと思われるとも言う。蛍巻での源氏の〈教育論〉（蛍巻・二・四四一～四四二頁）が思い出される。

さらに、後半では、姫君（女御）が子どもの教育を充分にできないことを心配している。姫君が入内したのは十一歳、初めての懐妊が十三歳という若さだった。その後皇子や皇女を続けて出産するという多産ぶりを発揮した。実に皇室や源氏の家にとって「都合」のよい姫君なのだった。それはすべて源氏や明石の一族の夢の実現のためによいことであり、そうした宿命を担って姫君はけなげにふるまってきた。その姫君のことが今源氏の不安の種となっている。しかし、どうなるものでもない。できることは、予測される悪い事態を回避すること。それが、女一の宮の養育を紫の上に頼みおくことなのだ。

さらに、源氏は皇女たち（女一の宮だけでなく）に平穏な人生を過ごして欲しい、と言葉を続ける。暗に妻の女三の宮をも含めている。「人に点つかるまじくて……」（他の人に欠点を指摘されるようなことはなく）というのは、蛍巻での「ただ、この姫君の点つかれ給ふまじく」に同じく、女子教育の指針として一貫していることだ。

「御子たちなむ……」〈皇女たちが平穏な生活をお過ごしになるのに心配のない程度の心の持ちようは、できる限り、身につけさせたいことなのでした〉と、続けた言葉は注意深く読み取りたい。「心ばせ」は、嗜みや教養も含めてしっかり働く心の持ちようを言う。「わざ」は意識的に身につけるもの、「親」がしっかりと教育して子に身につけさせることができる。ここで、心の持ちように言及するのは、女三の宮の密通事件を経験し、さらに入内した明石の姫君への思いも込められての言葉だろう。文末の「ける」も気になる。今にしてそのことに気がついた、というニュアンスで、今に思い至った女子教育の重要点なのだということだと思う。

女一の宮の教育について念を押された紫の上は、「はかばかしきさまの御後見ならずとも」と言葉を濁しつつ請け負うが、心中は出家を許されない寂寥感で一杯だ。言うべきことはきちんと発言する紫の上だが、ここではもう本当に望むたった一つのこと、出家への願いを訴えたりしない。既に源氏に願い出たものの許してはもらえないのだからそう幾度も繰り返すことは憚られる。ただ「心細げに」、朝顔の姫君や朧月夜など、出家を果たした女君たちを羨ましく思うばかりだ。ここでも源氏と紫の上の思いは噛み合わない。遠く蛍巻、源氏と紫の上の物語談義という形での〈教育論〉の場でも、結局紫の上の主張は源氏に受け入れられなかったらしいことが思い出される。

若菜下巻、源氏や紫の上の晩年まで来て、源氏は、姫君教育の成果に不安を覚えているように見える。朱雀院が育てた女三の宮のありようからも、女子教育は難しいのだ、と身に染みて思う。ここに至って、女子を育てる難しさを口に出して言うことじたい、思いどおりでなかった点があることをほのめかしているようなものだ。ただし、姫君への不安や自身の教育方針への後悔があっても、それを紫の上と共有することはできない〈口にすれば紫の上に落ち度があると言っているように思われるだろう〉。不安は源氏の心中に込められたまま〈姫君が過ちを犯すなど杞憂であって〉、光源氏の物語の綴じ目へと向かって、物語は語り進められていく。

蛍巻での、思えばまだ若き父であった源氏の〈教育論〉の場面からここまで長い歳月が流れ、源氏は多くの孫を持つ身となった。それでも結局父としての源氏は、教育の成果に満足しているようには見えない（判然と口に出すわけではない）。父である源氏の教育方針のもとに、紫の上や明石の君たちのこまやかな心配りと深い愛情を注がれて、姫君は傍から見れば完璧に育てあげられた。それでも源氏は父親の役割の難しさを吐露せざるを得ない。親が思ったようには、子どもはならないものだ。完璧な教育方針など立てられない。それでもできる限りのことをして育てるのだ。親というものはそういうものなのだ……はからずも、既に蛍巻での〈教育論〉の場で、親の教育という営みの行方がどのようなものか、源氏自身の何気ない言葉に示されていたように思われてならない。確かに、ここに至って悔やまれることがありそうだ。そうではあってもすべて受けいれるほかない。できる限りの手立てを尽くし、さまざまな体験を経て源氏がたどり着いたのは、かくのごとき孤独な父の境地だった。「きれいごと」ではない、リアリティある父の姿として描き出されていると思う。

注

（1）明石の姫君が両義性（按察使大納言と某大臣の二つの家を統合する）をもって人物設定されていることは、倉田実「明石の中宮の両義性」（森一郎編『源氏物語作中人物論集』、勉誠社、一九九三年）に詳述されている。

（2）理想的な子どもとして描かれた意味については、原岡文子「『源氏物語』の子どもをめぐって―紫の上と明石の姫君―」（『むらさき』三二、武蔵野書院、一九九五年一二月）、「『源氏物語』の子ども・性・文化―紫の上と明石の姫君―」（『源氏研究』一、翰林書房、一九九六年四月）など。

（3）島田とよ子「明石中宮―光源氏崩後―」（『大谷女子大国文』一五、一九八五年三月）。なお、中宮の病の意味については、三村友希「明石の中宮の言葉と身体―〈いさめ〉から〈病〉へ―」（『姫君たちの源氏物語―二人の紫の上―』翰林書房、二〇〇八年。初出『中古文学』六九、二〇〇二年五月）。第三部世界での明石の中宮を論じた最近の論として竹内正彦「夢の後の明石中宮―明石一族物語の宇治十帖―」（『源氏物語の具現』武蔵野書院、二〇二二年、一二月。初出『源氏物語の新研究―宇治十帖を考える―』新典社、二〇〇九年）がある。
（4）拙著「〈母〉のパラダイム・『源氏物語』明石の中宮を中心に」（『駒澤日本文化』一、二〇〇七年一二月）。
（5）明石の君が身につけた教養が身分に比して尋常ではないことについては、秋澤亙「『源氏物語』明石の君の育ちと素養」（『平安文学研究』一、二〇〇九年九月）に詳しい。
（6）その他にも例えば、初音巻での姫君への新年の贈物と贈歌の場面など。
（7）女子教育での物語の有用性についての指摘は従来数多くなされている。例えば、玉上琢彌『物語文学』（塙書房、一九六〇年）や『源氏物語評釈』五（角川書店、一九六六年）の蛍巻での「十六、源氏の物語教育論」の評釈箇所など。また、原岡文子「『源氏物語』の子ども・性・文化―紫の上と明石の姫君―」、「『源氏物語』の物語論・美意識―『蜻蛉日記』『枕草子』受容をめぐって―」（『源氏物語の人物と表現』、翰林書房、二〇〇五年）では、源氏の女子教育のあり方について、蛍巻での物語論の場の読み解きも含めて源氏の管理的なありようが指摘されている。
（8）新潮日本古典集成『源氏物語』四、新潮社、一九七九年。
（9）新編日本古典文学全集『源氏物語』③、小学館、一九九六年。
（10）新日本古典文学大系『源氏物語四』四、岩波書店、一九九六年。
（11）鈴木一雄監修室伏信助編集『源氏物語の鑑賞と基礎知識　初音・胡蝶・蛍』⑱至文堂、二〇〇一年。
（12）岩波文庫『源氏物語』四、岩波書店、二〇一八年。
（13）源氏が姫君に琴を教えなかった理由は、島田とよ子「『源氏物語』に於ける「后がね」教育」（『大谷女子大国文』一一、一九八一年三月）に詳しい。氏には「教育者光源氏―姫君教育について―」（『時代と習俗』源氏物語講座五、勉誠社、一九九一年）もあり、一貫して源氏が「中庸」を理想とし、「理想の后」藤壺を模範として姫君の教育がなされたとする。が、私は、藤壺を模範としていたとは考えない。なお、源氏が姫君に教えなかったことは琴の琴以外にもある。『源氏物語』に登場する后の中で、藤壺中宮、そして弘徽殿大后も漢詩文の素養があった。しかし、源氏は姫君に漢詩文の手ほどきをした形跡はない。漢詩文の素養があるとされた后たちは、漢学を重んじる桐壺帝の后たちである。また、絵をよく描くとされた秋好中宮も絵を好む冷泉帝の后であった。これらの后たちの教育がどうなされたかは不明だが、基本的な教養（音楽、書、和歌）以外の教養・技芸は、姫君の資質や嗜好もあるが、配偶の春宮・帝の文化的嗜好に鑑みて付加され得る学びだったのではないか（入内後の学びで身につけることは可能）。

(14) 源氏の琴の琴伝授については、西本香子「源氏の琴」（『古代日本の王権と音楽　古代祭祀の琴から源氏物語の琴へ』高志書院、二〇一八年）を参照。第四章二節に、物語における琴の伝授と皇権力との関わりとその意味や、琴が幸いと禍という「両極性」をもつ楽器であることなどを論じている。

『源氏物語』の和歌があらわにする傲り

——その眼差しと逸脱が意味するもの——

田渕句美子

はじめに

『源氏物語』には七九五首の和歌があり、約八割が贈答歌である。物語の歌は「作中人物の内なる心を開示し、人間関係を形づくり、ときには人物の個性を端的に表す具ともなる」[1]という機能をもち、「物語のさまざまな状況や場面の中に、その反映のようにしてはめ込まれたと見られる和歌が、けっしてそれほど単純な存在ではないということに気づかされる事例が多々あるであろうとの予想に導かれる」[2]、また「和歌を、日常に交わされる非日常、特別な言語とみる感覚が作者側にあるためか、和歌が作中人物の心の奥底を浮かび上がらせ、以後の展開の予兆となる場合も多い」[3]などと論じられている。その研究は多数積み重ねられているが、古くからの研究史を辿ることはここでは省く。[4]

さて、旧稿[5]において、『源氏物語』の朝顔斎院との贈答歌を中心に論じ、従来の解釈を見直すとともに[6]、六条御息所、玉鬘などにも言及した。そこで、身分が高く権力をもつ光源氏から女性に対して歌を詠む時には、女性との身分関係・人間関係が詠歌の姿勢や言葉を左右しており、その点を重視しながら和歌を読み取る必要性などについて論じた。

本稿ではこの旧稿の論旨を一つの出発点にしながら、光源氏を中心に、それ以外の人物も含めて、女性との贈答歌をいくつか検討する。彼らの和歌の表現は、時として圧倒的に優位な者からの視線や心理的な傲慢さをあらわに示している。それは作品の中でどのような役割を果たしているのか、大きく逸脱する時には何をあらわしているのか、『源氏物語』作者はこれらの和歌表現による演出に、どのような意図をこめているのか。正篇の贈答歌を中心にこれらの観点から考え、『源氏物語』の和歌が語ることに耳を傾けたい。なお、和歌は自然と人事の二重の文脈を作り、多義的であるが、本稿の和歌の説明では自然の側の意は省き、人事の側の意を取り上げて述べていく。

一　所有と欲望の眼差し──若紫への歌──

若紫巻で、光源氏は少女若紫を故按察大納言邸から強引に連れ出し、自邸二条院の西の対に隠し住まわせた。翌日から源氏は若紫のためにあれこれ心を砕き、手習手本、絵なども見せて楽しませようとした。その中に、紫の紙に源氏が書いた「知らねども武蔵野といへばかこたれぬよしやさこそは紫のゆゑ」（『古今和歌六帖』三五〇七）があり、その脇に小さい字で、源氏は次のように書き付けていた。(7)

ねは見ねどあはれとぞ思ふ武蔵野の露分けわぶる草のゆかりを　（六八）

この歌は、前掲「知らねども……」の歌と、「紫のひともとゆゑに武蔵野の草はみながらあはれとぞ見る」（『古今集』雑上・八六七）の古歌二首をふまえる。武蔵野の紫草のイメージを紫の紙に投影し、源氏の藤壺への思慕、そしてその藤壺のゆかりの若紫に惹かれる心を表現する歌であるが、(8)この初句「ねは見ねど」は異様な歌ことばである。

これは紫草の「根」に「寝」を掛けており、「寝てみることは（まだ）ないけれど」という意を露骨にあらわす。「寝（根）」「若草」が歌の中で連鎖するものとしては、表現は異なり「武蔵野」でもないが、『伊勢物語』四十九段、兄が妹に詠んだ歌がある。

　うら若みねよげに見ゆる若草を人の結ばんことをしぞ思ふ（九〇）

『古今和歌六帖』三五四八にもある古歌である。これは素朴な愛の表現としてはかつてあったが、洗練された貴族社会では、恋する女性に対しては通常は使われない言葉とみられる。この後、中世に「寄木恋」などの題詠で「根」に「寝」をかける詠み方が行われたが、王朝和歌の現実の贈答ではあまり使われていない[9]。「寝」が生々しすぎるのであろう。

同時代では『赤染衛門集』の物語制作の有名な場面にこの表現が見えている。

　殿の御前、物語つくらせ給ひて、五月五日あやめ草をてまさぐりにして、けぢかうみるをむなつし（マヽ）をとて

　我が宿のつまとはみれどあやめ草ねもみぬほどに今日はきにけり（一三六）

　これがかへしせよと仰せられしかば

　あやめふく宿のつまともしらざりつ根をば袂の玉をこそみれ（一三七）

道長が、女房たちに物語制作をさせている場で、赤染衛門に戯れかけて詠んだもの、あるいは制作中の物語の歌ともされている[10]。贈歌は「根」に「寝」をかけて、「我が宿のつま」と思うあなたとまだ共寝していないねと詠み、返歌は「寝」ではなくあくまで「根」として押し返し、内容を転じて切り返している。また『和泉式部集』一二九「花よりもねぞみまほしき女郎花おほかる野辺をほりもとめつつ」は「女郎花」の題詠で、女との共寝を欲求する男歌である。歌ことばの「女郎花」は誘惑的な美女を指しており、女房階層の女性に使われることが殆どである（第三節で後述）。いずれも大人の性的な戯れの雰囲気を含んでいる[11]。

しかし『源氏物語』では、引き取ったばかりの十歳ほどの若紫に対して、無心な少女にはわからないことを前提に、内に秘めた性愛の欲望をあからさまに詠み、それを小字で書いて見せているのだ。源氏は若紫に「いで、君も書い給へ。」と返歌をさせるが、若紫の返歌は「ねは見ねど」の掛詞の意図を理解しておらず、「かこつべきゆゑと知らねばおぼつかないかなる草のゆかりなるらむ」（六九）と、当然の疑問を呈するのみである。

一連の若紫の物語において、『源氏物語』作者は、一首のうちのわずか一句の選択に（他の語も可能なのに）、少女に対する光源氏の所有的な眼差しと内なる欲望を、意図的に露骨な言葉にして読者に示している。優雅に流れる散文では許されない、ひっかかりのあるいびつな表現による異化と言っても良い。読者はここでかなり違和感を抱くことになる。

約四年後、賀茂祭に出かける前に、源氏は若紫の髪を削ぎ、次のような歌を詠みかける。

　　はかりなき千尋の底の海松ぶさの生ひゆく末は我のみぞ見む（一一〇）

と聞こえたまへば、

　　千尋ともいかでか知らむさだめなく満ち干る潮ののどけからぬに（一一一）

と物に書きつけておはするさま、らうらうじき物から、若うをかしきを、めでたしとおぼす。（葵巻）

言祝ぎつつも、若紫が成長した将来を「我のみぞ見む」と言う末句は、少女を我が物と見る強い所有感を露わにしている。この表現は、和歌では次のように花、月、宿などに対して詠まれるが、うら若い少女に対して詠むような歌は他に見られない。

　あたらしく我のみぞ見む菊の花うつらぬさきに見む人もがな（『躬恒集』四七八）

　人はみな春に心をよせつめり我のみや見む秋の夜の月（『更級日記』六五）

　鹿のねはつたふる遠の哀れにて宿の気色は我のみや見む（『拾遺愚草』四四五）

ここでも若紫は源氏の「われのみぞ見む」には反応せず、「千尋」に対して返している。この年の冬、源氏は若紫と初めて契りをかわす。この源氏の和歌における、少女への独占的願望を示すいびつな表現は、その予兆のような役割を果たしているようにも見える。

なお、成長して教養と見識をもつようになった紫上に対しては、源氏はこうした性愛の欲望を語る無礼な歌や、所有感を顕示するような歌は詠みかけていない[12]。

二　身分意識に起因する傲りの表現

(1) 軒端荻への歌

偶然のなりゆきによって、源氏は空蝉巻で軒端荻と契りを結んだ。そして夕顔巻で、軒端荻が蔵人少将を通わせていると聞いた源氏は、彼女に歌を贈る(夕顔巻)。

ほのかにも軒端の荻を結ばずは露のかことを何にかけまし　(三九)

源氏は軒端荻を想っているわけではなく、結婚した軒端荻に好奇心をもっているに過ぎない。だがこの歌では、かつて一度だけ契りを結んだことを「軒端の荻をむすばずは」と言葉に出して言い、既得の感情を自ずとあらわす口吻である。深く想い続けているというような言辞は、形の上ですら歌にはない。その上源氏は、軒端荻と契りを結んだことをはっきり示すこの歌を、もし使者がひそかに届けるのに失敗して少将が見つけても、相手が自分なら少将は許してくれるだろう、と不遜にも思う。ここで草子地は、「……と思ふ御心おごりぞあいなかりける。」という批判的なコメントを意図的に付している。『源氏物語』の草子地は、読者の受容・理解のためのコメントを加える場合があり、解釈の導き手ともなっている。読者にわきおこる感情を代弁し、共有させるものでもあるだろう。

『源氏物語』は源氏の人格を「我はとおぼし上がりぬべき御身の程なれど、さしもことことしくもてなし給はず。所につけ、人の程につけつつ、さまざまあまねくなつかしくおはしませば、ただかばかりの御心にかかりてなむ、多くの人々年を経ける。」（初音巻）と、博愛的で謙虚であると述べ、他の箇所にも礼讃的な記述は多い。源氏の日頃の配慮ある言動などでもそれは裏打ちされている。だが時として、身分が低い女への歌は、源氏の心に潜む傲りや冷酷さを一瞬だが強く映しだす。それは作者の意図的な操作であろう。

（2）「いと忍びて通ひ給ふ」女との贈答

若紫巻に一度だけ登場し、源氏との関係の経緯や出自などすべて不明の女がいる。

いみじう霧りわたれる空もただならぬに、霜はいと白うおきて、まことの懸想もをかしかりぬべきに、さうざうしう思ひおはす。いと忍びて通ひ給ふ所の、道なりけるをおぼし出でて、門うちたたかせ給へど、聞きつくる人なし。かひなくて、御供に声ある人してうたはせたまふ。

朝ぼらけ霧立つ空のまよひにも行き過ぎがたき妹が門かな（六六）

と、二返ばかりうたひたるに、よしある下仕ひを出だして、

立ちとまり霧のまがきの過ぎうくは草のとざしに障りしもせじ（六七）

と言ひかけて入りぬ。又人も出で来ねば、帰るもなさけなければど、明けゆく空もはしたなくて殿へおはしぬ。

風が吹き荒れた夜に、源氏は若紫の邸を訪れて一夜を過ごすが、性愛の契りは当然ない。ゆえに源氏は満たされない気分であったが、帰路でこれは前に忍んで通った女の家がある道だと思い出した。つまり殆ど忘れていたような存在の女である。その家の門を叩かせたが応答がなく、良い声の供の者（河内本では随身）に、素通りし難いあなたの家の門であるよ、という歌を門外から詠わせた。この歌は、女への愛や情熱を真剣に訴えるという内容ではなく、

通り過ぎ難く思われるので、門を開けてくれるなら寄っていきますよ、という傲慢な呼びかけである。しかももう明け方であり、女の家にわざわざ来たのではないことは明らかである。それに対して女は侍女を出して返歌を言わせたが、『後撰集』（恋五・九〇〇）の「草のとざしにさはるべしやは」をふまえ、入りたいなら「草のとざし」は障害にはならないでしょう、という意で、あなたのお心がそれほど深いはずはないという皮肉を込めている。「行き過ぎがたき」と言うだけの高慢な貴公子に対して、長い間忘れられていた女が冷ややかに切り返した歌である。門は開けられず、その後誰も姿を見せず、源氏は仕方なく自邸へ帰った。ここの源氏は戯画化されているような趣でもあり、むしろこの素姓不明の女へのほのかな賞讃が漂う。ここには源氏への冷徹な眼とリアルな描写があり、同時に、ざらざらした現実のありようが背後に透けて見えるようだ。

この夜の源氏が若紫に付き添って過ごした場面は詳しく描かれるが、この女との贈答歌は帰路のエピソードに過ぎず、あまり注目されることもない。だがわざわざ『源氏物語』作者がこの贈答歌を入れた意味は大きい。後世、『源氏物語』を深く読み込んでいる『無名草子』作者は、この短い断章を見逃さず、「いみじきこと」の中に入れて高く評価している。[13] それは女房たちの『源氏物語』受容のあり方の枢要な部分を語るものであろう。

（3）女性の齢を詠む歌――筑紫の五節と朝顔斎院――

少女巻で、光源氏（この時三十三歳）は今年の五節を見て、昔の五節の舞姫だった女性を思い出して文を送った。筑紫の五節と呼ばれ、太宰大弐の娘で、若い時の源氏の恋の相手であり、その後も文のやりとりがあった。これより前の花散里巻に、既に「まづおぼし出づ」とあるので、二人のなれそめは少女巻から十年以上前のことである。そして筑紫の五節との贈答歌は、物語内でこの少女巻の場面が最後である。その贈答を掲げよう。

をとめ子も神さびぬらし天つ袖ふるき世の友齢経ぬれば（三二九）

年月の積りをかぞへて、うちおぼしけるままのあはれをえ忍びたまはぬばかりの、をかしうおぼゆるも、はかなしや。

かけていへば今日のこととぞ思ほゆる日かげの霜の袖にとけしも（三三〇）

青摺りの紙よくとりあへて、紛らはし書いたる濃墨、薄墨、草がちにうちまぜ乱れたるも、人のほどにつけてはをかしと御覧ず。（少女巻）

「神さぶ」は、「ふりにし」「石上」「住吉」「松」「杉」など、歴史あるもの、長い時間を経たもの、神々しいものなどについて詠み、祝意をこめる時も多い。人に対しては「かみさびたる翁」（『宇津保物語』蔵開・中）のように言う。戯れに我が身の老いを「むばたまの神さびまさるわが身かなはらひもあへず年のつもりて」（『周防内侍集』八五）のように言うことも稀にあるが、自分以外の、しかも女性に対して用いる例は見出せない。

源氏は三二九の下句で、自分も齢を経たので、と詠む。しかし、五節舞姫を十代前半で務めたならばこの時まだ二十代後半～三十歳ほどか、という年齢の女性に対して使う語ではない。五節は神事なので、それに絡ませて「神さぶ」と言ったのだが、うら若い少女だったあなたも年を取ったであろうね、という意が明瞭に含まれている。そのような無遠慮なまなざしと尊大な言い方は、やはり彼女が受領の娘であり、女房階層であるゆえであって、その視線は最後の「人のほどにつけてはをかしと御覧ず」とも呼応している。

このような歌を、作者が源氏にあえて詠ませていることに注目したい。歌の後の「年月の積りを……」は、源氏にとっては時の流れを実感した「うちおぼしけるままのあはれ」であったが、女はそれを「をかし」と思った、とあり、それは源氏の歌の尊大な響きをやわらげる効果もあるが、同時に、二人の間の距離や格差を浮かび上がらせている。

続いて作者は、女の返しを詳しく描写する。女の歌は、五節舞姫の装束に関係する「かけ」「日かげ」「袖」「解け」を連鎖的・縁語的に歌に詠み込んで、言語的に舞姫のイメージを歌の裏側に張り巡らせている。さらに青摺の紙はビジュアルに舞姫の青摺の衣のイメージを表している。[14] 墨と用字も凝ったもので、草仮名を多く使っていた。筑紫の五節は教養豊かで知的な女性であることを、この返書は鮮やかに示している。源氏は彼女を二条東院に引き取って、将来「思ふ様にかしづき給ふべき人」[15]の後見（養育係）にしようかと考えたことがあり（澪標巻）、結局そうはならなかったが、それは彼女のこうした優れた資質によることがわかる。

短い贈答の場面ではあるが、『源氏物語』作者は源氏の傲慢なまなざしと言葉のままに放置せず、むしろ女の返書の見事さ、その知性を礼讃する形で終わっている。

このように筑紫の五節に対しては、年齢を揶揄するような言い方をしているのだが、これに関連して触れておく。光源氏から朝顔姫君（前斎院）への歌、「見し折のつゆ忘られぬ朝顔の花の盛りは過ぎやしぬらむ」（朝顔巻）は、年を経た朝顔の容貌の衰えを言う無礼な歌という解釈が多くなされてきた。しかしこれについては旧稿（注5）で関連歌も含めて検討した結果、そうした意はなく、穏やかな懐旧の歌であると考えられる。誇り高い朝顔はこの歌を全く無礼とは感じておらず、歌ことばの分析からもそのように推定できる。

光源氏は、柏木、匂宮などとは違って、常に身分関係・人物関係を敏感に意識してその枠の中で詠歌しており、高貴な女性に対しては無礼、あるいは尊大な歌は詠まない。それは光源氏の、最高貴族にふさわしいふるまいと礼節を示していると言えよう。しかし時として、社会的に下の身分・立場の女の側から見れば、傲慢な眼差しや冷酷なことばを——それは当時どこにでもあった現実のリアルな反映でもあるかもしれない——作者は意図的に織り交ぜ、物語をある方向へ導くとともに、虚構の中のリアリティを際立たせている。

三　非対称性と抑圧と——玉鬘への歌——

前掲の若紫への「ねは見ねど」によく似ている歌がある。引き取った玉鬘に初めて恋慕を訴え、添い臥して、純真な玉鬘を困惑させた源氏は、翌朝この歌を玉鬘に詠み送った。[16]

うちとけてねも見ぬものを若草のことあり顔にむすぼほるらむ（三七一）

幼くこそものし給ひけれ。（胡蝶巻）

ここでも、源氏の上位からの視線があらわである。前掲の『伊勢物語』『古今和歌六帖』の「うら若み寝よげに見ゆる……」、及び「筑摩江《つくまえ》におふる三稜草《みくり》の水はやみまだねもみぬに人の恋しき」（『古今和歌六帖』三九五四）の歌句をふまえる。また同じく『古今和歌六帖』（三八七八・貫之）に「いかさまに生ふるものぞと玉鬘いかでしのびにねもみてしかな」があり、これも「寝」を掛けている。が、前述のようにこの類の「根」「寝」を掛ける語は、『古今和歌六帖』等にはあるが、王朝貴族社会では男性が身分高い女性に対して使うことはなく、上位者から下位者（多くは女房）に向けて使う言葉である。『源氏物語』でも、前掲の若紫への歌と、この玉鬘への歌にしか見られない。

これを見た玉鬘は返歌をせず、気分が悪いので、とだけ書くが、その抵抗を見た源氏は、「うらみどころある心地し給ふ」、つまりこれから口説き甲斐があると思って微笑しており、強者の優越的な態度が秀逸に描かれる。ここでも作者は草子地で、「うたてある心かな」というコメントを加えて、源氏の言動を冷静な視線で相対化し、非難する。

この後も源氏は玉鬘に添い臥すことを続ける。このような異常な身体的接触は続き、それは少女若紫の場合と同じであった。[17]野分巻で、源氏は玉鬘を引き寄せ、玉鬘は嫌がる様子であったが「いとなごやかなるさま」で源氏に寄りかかるという姿を、十五歳の夕霧が見てしまい、驚き、異様に感じる。ここは外側から垣間見する夕霧の眼を通して、玉鬘と源氏の様子、及び次のような歌の贈答が描かれるという、秀逸なカメラワークである。

吹き乱る風のけしきに女郎花しをれしぬべき心地こそすれ（玉鬘・二八七）

下露になびかましかば女郎花荒き風にはしをれざらまし（光源氏・二八八）

玉鬘は自分を意図的に卑下して女郎花にたとえ、吹き乱す風のように横暴なあなたの言動に翻弄され、苦しくて死んでしまいそうだ、とぎりぎりの抗議をする。外から二人の姿だけを見るなら、玉鬘は柔らかく源氏に寄り添うように見えるが、和歌が、立場から強ちに拒否できない女の内面の苦しさを鮮やかに語っている。ここでは鮮烈に二つの眼差しが交差する。

「女郎花」は、魅惑的な美女との戯れを表象する言葉であり、平安前期を最盛期として用いられた歌語である。前掲の『和泉式部集』一二九（語に不詳部分があるがあるいは『赤染衛門集』一三六も）の「根」「寝」の歌は、「女郎花」を詠んでいることも重要であろう。

近藤みゆき[18]は、『源氏物語』の和歌を、『古今集』の歌ことばのジェンダー規範と照らし合わせ、脱規範的側面から、作者が物語の虚構の男女をどのように描き分けたかについて精細な検証を行い、「物語の中核を担う女の命がゆらぐ時、あるいは、源氏、夕霧、薫といった男性主人公がその欲望をむき出しにした時、まさにそれらにあらがう場面で、女の歌の「ことば」は、規範を超えて特殊なゆらぎを見せるのである」と論じており、卓抜な論である。そこで述べられるように「女郎花」は男性に偏る語であり、それを意識的に使う玉鬘の歌はまさにこの典型である。小山香織[19]が、「『源氏物語』における「女郎花」は、「『古今集』以来の和歌の伝統に則った浮気な女性を連想させる花であるという以上に、そのように男性から見られざるを得ない、女の身の生き難さを示すことば」であり、「「女郎花」に喩えられるようなことも甘受せねばならない、女房の身の苦しさを語るもの」と述べる通り、まさしく女房階層への眼差しの表現なのである。また本稿では正篇のみを扱うので、薫には触れないが、井野葉子[20]の論は示唆的であり、宇治十帖では総じてさまざまな変化が起きていると考えられる。

つまり「女郎花」は主に男性によって使われる歌ことばであると共に、貴族女性に真剣に思いを訴え、相手を賛美する時の喩ではない。藤壺、六条御息所、朝顔姫君、朧月夜のような高い身分の女性たちに思慕を訴える際には、決して使われない表現である。

後の夕霧巻で、一条御息所は娘の落葉宮と夕霧の一夜の関係を誤解し、落葉宮を女郎花に喩え、故意に卑下した言い方で、「女郎花しをるる野辺をいづことて一夜ばかりの宿を借りけむ」（五三四）という、強く夕霧を詰問する歌を詠む。夕霧はこの「女郎花」という語を返歌で繰り返さず、「秋の野の草のしげみは分けしかど仮寝の枕むすびやはせし」（五三五）と詠み、何もなかったのですと弁明する。ここで夕霧が「女郎花」ではなく「秋の野の草のしげみ」と言い換えたのは、「女郎花」が発する語感を避けたのだとみられる。相手は愛する落葉宮の母であり、御息所という身分の女性であるから、これは当然の配慮であろう。『源氏物語』作者はこうした和歌の語法を、当然ながら熟知して和歌の表現を形成している。

しかし源氏は、前掲の贈答で、玉鬘が「女郎花」であることを否定するどころか、返歌では贈歌と同じ位置で「女郎花」を詠んで意図的に鸚鵡返しにし、下葉に置く露のように密かな私の思いに靡いてくれれば、女郎花は激しい風にしおれて苦しんだりしないでしょうに、と言う。「女郎花」と「露」は夫婦の関係にあるとされるが（『拾遺集』秋・一六〇など）、源氏は自分を「下露」にたとえる関係性を入れ、さらに「なよ竹を見たまへかし」、折れずに撓むなよ竹をごらんなさい、という残酷な言葉を添える。源氏の玉鬘への支配的な意識があらわである。ここでもこの歌の後に「ひが耳にやありけむ、聞きよくもあらずぞ」[21]という言があり、批判されている。これは歌の不出来を言う言ではなく、源氏の歌が「ひが耳」を疑われるほど酷薄なものであることを読者に示している。

玉鬘はこの時二十二歳位なので、もう少女ではないが、年齢にかかわらず、若紫との贈答歌と同様の傾向がある。(22) それは単に話型・表現の再現ではない。玉鬘への源氏の歌は、前掲の歌が最も抑圧的であるが、他の歌にもその傾向がみられる。それは、若紫と玉鬘には源氏以外に庇護してくれる人はおらず、源氏の手が届く所で生きるしか術がないことを示している。玉鬘には実父の内大臣がいるが、実父にアクセスするためには、源氏と良い関係を保って源氏を媒介としなければならない。それは若紫も全く同じである。作者は、光源氏は玉鬘に敬意を払うことなく、欲望に満ちた言葉を戯れめかして投げかけ、自分が領有する女という眼差しをもっていることを、歌が端的にくっきり映し出すように仕組んでいる。二人の非対称性とこの状況の非情さを、散文に加えて、和歌でも繰り返し表現する。

やがて玉鬘は髭黒大将と結婚、その正室として玉鬘は、六条院で養父源氏に若菜を献じて四十賀を行った（若菜上）。三年を経て対面した二人は、対等な口調で祝意と返礼の歌を贈答し合う。賀が終わり帰邸する玉鬘は、「ありがたくこまかなりし御心ばへを、年月に添へて、かく世に住み果て給ふにつけても、おろかならず思ひきこえ給ひけり。」と思い、今の幸福な生活をもたらした源氏の処遇に、年を経た今、感謝の思いを抱いている。

作者は、玉鬘への源氏の傲慢な言動と心理を、冷徹な筆致と皮肉な眼で書き尽くしたが、結局は玉鬘の物語を六条院の栄華世界の中に調和的に収めた。その後、栄華の本格的な崩壊の始まりへ、即ち女三宮の物語へと歩んでいく。そこでも和歌が大きな役割を果たしている。

四　逸脱する歌があらわすもの——柏木の歌——

若菜巻から女三宮の物語が始まる。そこで物語をつき動かしていく柏木を取り上げる。柏木は家柄への自負が強く、誇り高い性格であることが、散文部分で描写されている。しかし偶然女三宮の姿を見てしまってから、高貴な女三宮に異常に執着していく。偶々女三宮を垣間見できたことも、「おぼえぬ物の隙より、ほのかにもそれと見たてまつりつるにも、我昔よりの心ざしのしるしあるべきにやと、契りうれしき心地して、飽かずのみおぼゆ。」のように、自分の昔からの気持が奏功したのか、運命的な巡り合わせかと思う。帰途の車中での夕霧との会話でも、柏木には異様な発言が多く、夕霧は強く違和感を感じる。そして柏木は、女三宮の女房小侍従に、次のように書いた手紙を送る（若菜上）。

一日、風に誘はれて、御垣の原を分け入りて侍りしに、いとどいかに見落とし給ひけん。その夕べより乱り心地かきくらし、あやなく今日をながめ暮らし侍る。

など書きて、

よそに見て折らぬ嘆きはしげれどもなごり恋しき花の夕かげ（四八一）

送り先は小侍従であるが、女三宮に恋情を訴える歌である。「あやなく今日をながめ暮らし侍る」は「見ずもあらず見もせぬ人の恋しくはあやなく今日やながめくらさむ」（『古今集』四七六・業平。『伊勢物語』九九段）を引歌としたもので、その措辞「見ずもあらず見もせぬ」と「よそに見て」「なごり恋しき」によって、「あなたを見た」「もっと見たかった」ということを意図的に伝えている。あからさまな言い方であり、このようなことを貴女に伝えるのは通常では考えられない。これまで述べてきた源氏の場合と違って、相手は自分よりも身分が高いのだ。その上「よそに見て折らぬ嘆き」と訴えており、常套から外れた異様さが、物語に亀裂を入れている。花の枝を折ると詠むのは、男が女を我が物にすることを、直ちにあらわす。この歌では、見るだけで折れない嘆きを訴えているのだが、それでも、相手が女房ならばこのように詠む例があるものの、后腹の高貴な内親王で源氏の正室である女性に対して、この直裁な言い方で愛を訴えることは、逸脱的に無礼である。

そのことの例証として類歌を示しておく。『源氏物語』の椎本巻の贈答歌である。

つてに見し宿の桜をこの春は霞隔てず折りてかざさむ（六五一）

と、心をやりての給へりけり。あるまじきことかな、と見給ひながら、いとつれづれなるほどに、見どころある御文の、うはべばかりをもて消たじとて、

いづくとか尋ねて折らむ墨染に霞みこめたる宿の桜を（六五二）

匂宮は中君にこの歌を贈り、去年は行きずりにあなたの家の桜を眺めただけだったが、この春は「霞隔てず折りてかざさむ」、あなたにじかに逢ってわがものにしたいという意を明瞭に込めた。中君は世に忘れられた八宮の姫君であるのに対して、匂宮は母中宮から溺愛され、次の東宮とも目されており、皇族の中でも格差がある立場である。しかしその中君ですら、匂宮の傲慢な言い方に「あるまじきことかな」と思い、強い不快感を覚えた。しかし徒然の時でもあり、「うはべばかりをもて消たじ」[23]、礼儀上、歌の上辺だけでも雰囲気をこわさないようにしようと考え、一体どこの家のことでしょう、こちらは父の喪中でございますが、と切り返して返歌するさまが描かれている。ここでも作者は、「心をやりての給へりけり」と、匂宮[24]が思うままに放恣に言葉に出すことについての批判的記述をさりげなく挿入し、読者に説明して共有している。

　さて柏木の歌に戻って、柏木の手紙に女三宮はもちろん返歌しないが、柏木を無礼であると感じる神経はなく、見られたことを源氏に叱責される事を恐れるばかりである。小侍従は垣間見されたことを知らないが、それでもさすがに「めざましうとゆるし聞こえざりしを。見ずもあらぬやいかに。あなかけかけし」などと書いて強くたしなめる。しかし、この柏木の消息に対しては、主従共に強い危機感を持つべきだった。そうしなかったことがこれ以後の密通を呼び起こす。作者は、この柏木の逸脱的な和歌表現によって、柏木は精神のバランスを崩し始めており、やがては危機が訪れることを暗示していると思われる。そして柏木は女三宮の唐猫を手に入れ、周囲から不審をも

たれるほどに偏愛する。

その後、柏木は女三宮の異母姉である女二宮と結婚するが、相変わらず女三宮に強く執着し続け、ついに密通する。その後に妻女二宮について、このような歌を詠んでいる（若菜下）。

もろかづら落葉を何に拾ひけむ名はむつましきかざしなれども（四九三）

と書きすさびゐたる、いとなめげなるしりう事なりかし。

更衣腹とはいえ、朱雀院第二皇女との結婚を「落葉を何に拾ひけむ」と言うとは、驚くべく無礼で身勝手な歌である。そもそもこの結婚は、柏木の父太政大臣が、朱雀院と一条御息所（元更衣。落葉宮の母）に懇請して実現させた降嫁である[25]（柏木巻）。ここでも草子地は「いとなめげなるしりう事なりかし」と厳しく批判し、この言辞の異様さに注意を促している。『源氏物語』作者は、柏木の内なる人間性を刻み出す詠歌に、意図的にこうした異様な言葉づかいを与えた。とは言え、これは独詠歌であり、さすがに贈答歌ではない。

柏木の死後、秘密を知る源氏は柏木について、「さばかり思ひあがり、およすげたりし身を、心もて失ひつるよ」と概嘆する。その言葉通り、外面では世間から高い評判を得ている野心的で高慢な貴公子が、弱さのある自己を内に抱えており、常軌を逸した執着から離れられず、内側から崩壊していった物語なのであろう。そのことを作者は、柏木の歌にも端的に示した。こうした時に作者は、和歌の言葉を意図的に奇妙ないびつな表現にねじっていく。それは、その後に壊れていくものの前奏のようになって、物語に響きわたる。

ちなみに夕霧はどうだろうか。夕霧は光源氏の嫡男という高い身分に生まれながら、歌に傲りがあらわになることは少ない。時には不遜さも見え隠れするが、逸脱的ではない。夕霧は柏木と対照的に、バランスのとれた礼節を備えていることを、歌も示している。

五　帝・上皇たちの歌――尊貴の品格――

帝（上皇）たちの歌をみてみよう。『源氏物語』には在位時と譲位後をあわせて、桐壺院は四首、朱雀院と冷泉院は各八首、今上帝は二首の歌がある。[26]至尊である彼らから女性への歌には、上位からの支配・傲りを感じさせるような表現は全くみられない。

桐壺帝の四首のうち三首は、愛する桐壺更衣を失った後に詠んだ哀傷の歌であり、テーマは喪失であって、恋ではない。そして桐壺帝と藤壺中宮との贈答歌はない。

では、朱雀院の歌のうち、長年思慕した前斎宮（後の秋好中宮）に送った歌を掲げよう。

別れ路に添へし小櫛をかごとにてはるけき仲と神やいさめし（二七四）

身こそかくしめのほかなれそのかみの心のうちを忘れしもせず（二八一）

傲りどころか、長きにわたる恋心を訴えながらも、穏やかで控えめな態度である。本来は圧倒的上位の存在であるが、そうした視線や、女を困惑させるような言葉は全くない。

また冷泉帝は、玉鬘の髭黒との結婚を残念に思い、「いとなつかしげに、思ひしことの違ひにたる恨みをのたまはするに」と本文にあるように、玉鬘を恨み、歌を詠みかける（真木柱巻）。

などてかくはひあひがたき紫を心に深く思ひそめけむ（四一七）

九重に霞み隔てば梅の花ただかばかりも匂ひこじとや（四一九）

四一七は自身の恋心を問う歌であり、四一九は髭黒に隔てられてしまうから、もう僅かでも宮中で会えないのかと、梅に託して悲しむ。髭黒を「憎ませ給ふ」とはあるが、強圧や支配をあらわすような言辞はない。

女への歌に刻まれる傲慢さは、源氏に多くあり、宇治十帖では匂宮にも薫にも多くある。しかし絶対的な上位者である天皇（上皇）たちの歌には見られず、穏やかな言葉で恋を訴える歌が多い。それはなぜなのだろうか。単純には言えないが、天皇（上皇）が愛する女性への私的な思いを表現する歌が、物語内に少ない（例えば朱雀院から朧月夜への歌はない）ということもあるだろう。また最高貴の天皇の歌は臣下の歌とは異なるものであり、品格や調和が求められる面もあるだろう。また彼らは公的な存在なので、臣下に何かの意向を半ば公的に直接伝達する手段として歌が詠まれる場合が多い、ということもある。

このように色々な背景が考えられるが、加えて物語の人物造型という点で憶測すれば、光源氏は高貴な身分に属し、礼節のある人物だが、至尊ではないゆえに、どこかにわずかな劣等感を含むアイデンティティがあり（故に女三宮と結婚するとも考えられる）、相手によっては無意識に抑圧的な言辞が引き出されてくるのかもしれず、その意味で、天皇（上皇）のような絶対的至尊の存在とは異なる人物表現を意図しているのかもしれない。もしそうだとすれば、作者の周到な人間観察と心理的形象の方法であると言えよう。

六　『源氏物語』作中和歌の特異性

(1) 他の物語の作中和歌

以上のような作中和歌の表現方法は、『源氏物語』ではない王朝物語にも同様に見られるのだろうか。帝・后妃ら貴顕、上流貴族、女君、女房といった身分の階層分岐は同じなので、他の物語ではどうか、瞥見したのみだが、少し触れておく。

『源氏物語』と並び称された『狭衣物語』の贈答歌はどうだろうか。理想の男主人公の恋の物語という点では同様の作品構成であるが、『狭衣物語』の恋歌は全体に自閉的な傾向が強い。一方で、狭衣が無教養な今姫君をからかう歌は、『源氏物語』行幸巻で源氏が末摘花の歌を嘲弄する歌と似ている趣がある。また狭衣と軽薄な女房が戯れ合う贈答歌や、たまたま垣間見した年かさの美しい女性への興味を「折り見ばや朽木の桜ゆきずりに飽かぬ匂ひは盛りなりやと」（巻四・一五五）と詠む独詠歌などには、かなり不遜で品がないものもある。しかし、狭衣が恋をしている女性に対して直接歌を詠みかける時に、相手が貴女であれ、上層貴族ではない身分の飛鳥井女君であれ、『源氏物語』の前述のような、相手に直接向ける傲りの歌、抑圧的な歌、逸脱的な歌などは、殆ど見られないように思う。

また『夜の寝覚』は登場人物の心理の襞をきめ細やかに描き出す物語であるが、その作中和歌には、意外にも上述のような特徴を持つ歌は殆ど見出されない。おそらく作中和歌に、『源氏物語』にみられるような機能を付与していないのだとみられる。

『和泉式部日記』は、「女」という三人称叙述をとり、『和泉式部物語』という題号の諸本の方が多いことなどから、これを物語とみることは十分可能である。高貴な宮と女房階層の女との恋の贈答歌を編み上げる物語であり、さまざまに移りゆく状況に合わせた恋歌を載せ、身分の遙かな隔たりを超える心の響き合いと「奇跡のような恋の成就」[27]を、歌によって構築する。しかしこの作品の中には、作品のテーマでもある身分差[28]を、あえて歌の表現で示すような歌や、上位者の驕慢・優越の意識をあらわすような歌は全く見出されない。

物語の歌の方法として、『源氏物語』の贈答歌は色々な点で特異性をもっている。[29]『源氏物語』の作者は、歌によって人物関係を相対的にはっきりと映しだしており、そこでは登場人物たちに、物語の散文部分に必ずしも叙述されない心の奥底や人間の心の負の側面をあらわに示す贈答歌を、あえて詠ませている。時には散文では書くことができない何かが和歌に託されている。時には、逸脱的な表現が予兆のように読者に衝撃を与えて、以後の物語を動かしていく。そして、そこでは草子地が重要な役割を果たしている。

（2）中世歌人の視点

以上のような『源氏物語』の歌にある特質は、中世の人々に、たとえば『源氏物語』歌の受容が多い新古今時代の歌人たちには、どのように意識されていたのだろうか。

以前、おおまかなものではあるが、新古今時代の『源氏物語』歌の受容を概観するために、『新古今集』で本歌・参考歌とされた『源氏物語』の歌五十五首、及び多く受容された歌を列挙した[30]。その中には、上述のような、傲り、無礼、抑圧、所有のまなざしなどをあらわに示す歌は、軒端の荻への歌一首を例外として、基本的に含まれていない。

受容を具体的に示す材料として、藤原定家編『物語二百番歌合』（『源氏狭衣歌合』と『後百番歌合』）がある。定家は、七九五首の『源氏物語』和歌から『物語二百番歌合』に二百首を撰んだ。その二百首の『源氏物語』歌は、恋の傷心・憂愁、愛の陶酔と絶望、亡き人への哀傷、何らかの喪失の悲しみ、かえらぬ過去への愛惜などの感情を、自然の景物などに重層させながら、あわれ深く美しく、表現に沈潜させて詠むものが殆どを占めている。『物語二百番歌合』は歌合なので、左右の歌の対照性や次の番への連続性という撰歌軸も無視できないが[31]、基本的にはできる限り表現上の美的基準をもとに撰歌していると考えられる。そこにはこれまで述べてきたような、傲りや抑圧などを表象する歌は僅かしか採られていない[32]。とは言え、これはそういった歌を定家が忌避したというよりも、上記のような美しく哀艶な歌を重視して撰歌した結果、自ずとそうなったのであろう。

この『物語二百番歌合』とは異なり、『無名草子』は社会的視点からの評価軸をもち、宮廷社会に生きる女房の立場に立ち、物語の人々が味わう人生の移ろいや喪失の悲哀に心を重ねながら、宮廷人が、その時と場、立場に即して、どのような歌を詠むか、詠むべきかを、『源氏物語』から読み取って見せていることを、前掲拙著で論じた。『源氏物語』作者は、物語を絵空事の理想の世界に描くことなく、その中に身分の上下関係、社会的格差、ジェンダーなどに由来する哀しみ、そしてそこでの抑圧の具体相を、人物を枠取りながら、焦点化し、和歌表現にも刻み込んでいる。『無名草子』の作者は、そのような部分を見逃すことなく読み取り、女房の立場から批評を加えた。つまりそれが可能であったのは、『源氏物語』の作者が宮廷女房であり、社会的視点をもち、歌の一部にそうした表現を意識的に組み込んで物語を編成しているからである。

おわりに

多くの研究者たちが、『源氏物語』の中に女性たちの苦悩、絶望、救済を読み取り、それが『源氏物語』の主題の重要な一つであると考える。近年、『源氏物語』の作者は紫式部という個人ではなく、紫式部を含めた女房集団であり、その共同制作であり、しかも公的事業であることが言われており[33]、これは種々の観点から首肯すべきと考える。『源氏物語』の形成と達成は、紫式部一人の天才的な才能の中に閉じていくのではなく、当時の女房集団に共有されていた知と意識の上に構築されており、開かれた機能を持つ。

『源氏物語』について、ラジャシュリー・パンディ[34]はその論の中で、「このテクストは、エロティシズムの表現や性愛関係の構築にあたって、男女間の性・社会的地位に基づく上下関係と非対称性がどれほど中心的な条件であるかということについて極めて敏感であり、そのような主題に繰り返し焦点を当てている。」と述べ、端的に『源氏物語』の重要な特質を指摘している。『源氏物語』はこの「条件」について、そこに含まれる問題のさまざまを相対化し、焦点化して叙述しているのであり、それは本稿で述べてきたように和歌にも顕著にあらわれている。

『源氏物語』作者の女房集団は、藤原道長、彰子に仕える女房たちであり、道長という権力者が後援して成った『源氏物語』は、当初から宮廷の人々を読者を想定していた可能性が高い。さすればこの物語は、権力者の眼差し、貴族男性たちの眼差しに沿った形で、彼らが渇望する権力・好色・富・救済などをふまえて、物語を展開し表現しなければならない面があったに違いない。けれどもそこには必然的に作者の女性たちの眼差しが入り込み、混淆する。例えば男が女を見る時の眼差しに潜むものに、作者である女房たちの眼差しが注がれ、それが、物語の言葉になり、物語の和歌になっていく。

それゆえに、例えば光源氏が若紫や玉鬘を見る時の眼差しに潜在する傲り、欲望、支配感などを、作者の女房たちの眼差しが相対化しているのだ。それが和歌に端的に示されることがある。その落差や矛盾が、『源氏物語』の複雑な語りを形成しており、それは『源氏物語』の大きな魅力のひとつであろう。そして本稿で見てきたように、作中和歌の表現の一部を、洗練された歌表現から離れたいびつな形にして見せたり、逸脱的な言葉を与えてねじっていったりして、周到にテクストに組み込む。そこでは必要に応じて、草子地によって読者に説明を加え、批判的なコメント等を付すことで、意味する所を明示するという操作を加えている。それは作者と読者を繋ぐ共感装置としても機能している。

以前、『源氏物語』について、「物語とは、非現実の舞台の上で人の世の現実が読者に語られる劇場のようなものであり」、独詠歌はもちろん贈答歌もオペラの歌のように、「作中人物の心の声であるとともに、作者が状況を集約して読者に相対的に示し、解説するような役割と意味を担っている」[35]ということを、若紫巻の垣間見の贈答歌などから論じた。本稿で述べた和歌にも、読者に向けて、広くそうした役割と機能があったと考えられる。

『源氏物語』には、身分社会における厳しい非対称性、ジェンダーを含む格差と差別、心の断裂、不可解な運命の行方、こうしたものへの視線と哀しみが、散文部分にも和歌にも流れている。その中で、以上述べてきたように、ある和歌が、地の文ではできないような、短詩である和歌の特質を生かした異化を行い、虚構の物語の人物表現に決定的な刻印を刻み、時には和歌のある言葉によって何かを切り裂くようにあらわし、時には物語空間に瞬間的な衝撃をもたらして、以後の展開についての予感を与えている。

『源氏物語』の和歌は重層的で多義であり、しかも多様な性格をもって物語に据えられている。本稿はその一側面についてのささやかな考察である。

注

（1）鈴木宏子「作中歌・引歌・歌ことば」（河添房江・松本大編『源氏物語を読むための25章』武蔵野書院、二〇二三年）。

（2）高田祐彦「光源氏の歌」（池田節子・久富木原玲・小嶋菜温子編『源氏物語の歌と人物』翰林書房、二〇〇九年）。

（3）今井久代「玉鬘十帖の和歌―玉鬘・螢宮―」（同右）。

（4）なお、吉井祥「『源氏物語』は和歌で何をしているのか―三者以上の詠歌に着目して―」（『日本文学研究ジャーナル』一七、二〇二一年三月）に、『源氏物語』の和歌の研究史のおおまかな流れが、端的にまとめられている。

（5）田渕句美子「『源氏物語』の贈答歌試論―六条御息所・朝顔斎院・玉鬘など―」（『早稲田大学大学院教育学研究科紀要』二九、二〇一九年三月）。この中の「第四節　無礼・傲慢があらわれるとき―玉鬘など―」と本稿の論述が、一部重なっているところがある。

（6）高松寿夫「朝顔の姫君とその物語の造型」（久保朝孝編『源氏物語を開く　専門を異にする国文学研究者による論考54編』武蔵野書院、二〇二一年）も「朝顔」「ねびまさる」「ほほゆがむ」などに注目して論じている。

（7）『源氏物語』の本文は岩波文庫『源氏物語』（一）～（九）（柳井滋ほか校注、二〇一七～二〇二一年）により、漢字仮名、おどり字、句読点等の表記は私意により、歌番号は『新編国歌大観』による。なお本文は『源氏物語大成校異篇』（池田亀鑑、中央公論社、一九五三年～五四年）・加藤洋介『河内本源氏物語校異集成』（風間書房、二〇〇一年）・同「『源氏物語校異集成（稿）」（https://www2.kansai-u.ac.jp/ok_matsu/）によって、異同を確認した。他の作品の歌番号も『新編国歌大観』による。

（8）これより前、祖母の尼君が逝去する前に、源氏は心中の独詠歌で「手に摘みていつしかも見む紫の根に通ひける野辺の若草」（六三）と詠んでおり、当該歌「ねは見ねど……」はこの歌も受けるが、この「紫の根」は藤壺とのゆかりを指し、「寝」との掛詞ではない。しかし「手に摘みていつしかも見む」も少女への渇望を露骨に示し、本質的に似通う。

（9）『後撰集』（恋一・五九九・読人知らず）の「白浪のよるよる岸に立ちよりてねも見しものを住吉の松」は、男は「住み良し」と思っていたが、女が逢ってくれなくなった時の歌で、これも素朴な表現構造の恋歌である。

（10）この贈答歌の先行研究については、諸井彩子『摂関期女房と文学』（青簡舎、二〇一八年）第二章第三節に詳しく、同論は制作中の物語の歌と解釈する。

（11）『赤染衛門集』『和泉式部集』の二首は、若紫巻「ねは見ねどあはれとぞ思ふ……」（前掲）と胡蝶巻「うちとけてねも見ぬものを……」（後掲）との影響関係も考えられる。

（12）しかし一方で、玉鬘巻で右近の話として「我に並び給へるこそ、君はおほけなけれ」と源氏が冗談で紫上に言うとある。源氏が紫上の美質を愛でながらも、自分と紫上とは対等の一対ではないことを、自讃の戯れにせよ直接口に出していることには驚かされる。

（13）これについては田渕句美子『女房文学史論—王朝から中世へ—』（岩波書店、二〇一九年）第五部第三章で述べた。

（14）『枕草子』八六段におそらく中宮定子の指示で、直前まで秘して、青摺をかしづきの女房・童女らにも皆、上から着せて宮中の人々を驚かせたこと、また『栄花物語』巻八（はつはな）に、後に実成が小忌の夜に同じような趣向をしたことが見えており、関心ある話題であったとみられる。

（15）これが誰をさすか諸説あるが、今井上『源氏物語　表現の理路』（笠間書院、二〇〇八年）Ⅰ—四の論は、明石姫君と推定している。

（16）中西智子『源氏物語　引用とゆらぎ』（新典社、二〇一九年）第二章は、玉鬘の歌二十首のうち五首に「根」があることから、玉鬘の造型に「根」の語が与える表現効果などについて論じ、その中でこの源氏の歌「うちとけて…」にも言及している。今井久代（注3）は玉鬘十帖の和歌を玉鬘、源氏、螢宮を中心に検討し、「六条院を彩る妻妾たちの詠歌は、玉鬘十帖で描かれる玉鬘と光源氏の恋や栄華や「みやび」が、過去の帰結としての現在であり、またその現在は善美にして醜悪な人間存在そのものに連なり、醜怪で陰湿で背徳性すらまつわる真情から生まれるものであることを、示唆している」と述べる。

（17）若紫巻に「御懐に入りゐて」「隔てなきさまに臥し起きなど」と記されている。

（18）『王朝和歌研究の方法』（笠間書院、二〇一五年）第Ⅲ部第6章。

（19）「『源氏物語』の女郎花―玉鬘の詠歌を起点として―」（『むらさき』二〇〇四年一二月）。

（20）「あしたの原の女郎花」―薫の和歌に秘められた欲望―」（廣田收・辻和良編『物語における和歌とは何か』和泉書院、二〇二〇年）。

（21）ここで夕霧は既に立ち去っているとして、この言はこれまで草子地又は語り手の言葉とされることが多かったが、陣野英則「『源氏物語』において揺り戻される時間」（川村裕子編『平安朝の文学と文化―紫式部とその時代―』武蔵野書院、二〇二四年）は、ここでは時間が揺り戻されており、夕霧の評であると論じていて、これに従いたい。

（22）若紫の物語と玉鬘の物語の対応関係については、池田和臣「玉鬘の魅力―奇談性と日常性」（『国文学解釈と鑑賞』六九―八、二〇〇四年八月）、高田祐彦「恋の歌―胡蝶巻を例に」（加藤睦・小嶋菜温子編『源氏物語と和歌を学ぶ人のために』世界思想社、二〇〇七年）、ほかが論じている。

（23）中君の「うはべばかりをもて消たじ」という内心は、正篇第一部ではなかなか書かれない心理描写であるが、女が返歌をする際の内なる意識を語っている。ちなみに贈答する際の当事者の内面描写は、周知のように『和泉式部日記』では細やかに描かれている。

（24）匂宮については、『無名草子』が「けしからぬほどに色めき好きたまふさまこそ、ふさはしからね。」ときっぱり言っており、その逸脱的な好色さを厳しく非難している。詠歌のことばも逸脱的である。

(25) 松本美耶「『源氏物語』柏木の結婚について―父太政大臣の野心―」(久保朝孝編『危機下の中古文学2020』武蔵野書院、二〇二一年)は、父太政大臣には皇女降嫁への執着があり、それは后腹内親王(大宮)を母としている自身が、政治提携のための結婚をし、内親王を妻にできなかった後悔・無念によると推定しており、首肯される。
(26) 室城英之「帝の歌―桐壺帝・朱雀帝・冷泉帝―」(『源氏物語の歌と人物』前掲)参照。
(27) 近藤みゆき訳注・解説『和泉式部日記』(角川ソフィア文庫、二〇〇三年)による。
(28) 宮の「日ごろもの言ひつる人」が遠くに行くに際して、別れの歌の代作を宮が和泉式部に依頼し、和泉式部は「あなしたり顔」と思いつつも代作したことが見え、これは身分の懸隔を示す逸話である。しかし二人の贈答歌の言葉自体にはそうした性格は見られない。
(29) 『源氏物語』の贈答歌の特質は、前述のように、これまで諸氏によって様々指摘されている。近年の論ではたとえば、北原圭一郎「『源氏物語』における詠歌場面の類型―後朝の贈答歌をめぐって―」(『香川大学国文研究』四六、二〇二一年)は、「それぞれの男女関係を差異化しつつ特徴づける役割がある」「物語内に語られる人物関係に強く規定されており、歌集などの定型的詠みぶりとは隔たりがある」と指摘しており、首肯される。
(30) 『女房文学史論』(前掲)第五部第三章参照。
(31) 田渕句美子「『物語二百番歌合』の成立と構造」(『国語と国文学』八一―五、二〇〇四年五月)などで論じた。
(32) 『源氏狭衣歌合』の百首には、前掲の軒端の荻の歌一首(十五番左)のみである。『後百番歌合』の百首には、柏木が落葉宮を詠む歌(四十三番左)と小侍従への歌(九十八番左)があるが、これは右歌との対照性を重視した撰歌と推定される。また『源氏狭衣歌合』と『後百番歌合』の編纂態度には、総体的にやや相違があるように感じている。
(33) 新美哲彦「公的事業としての文学作品とそれに関わる女性作者―『源氏物語』『栄花物語』『枕草子』を中心に―」(『日本文学研究ジャーナル』三〇、二〇二四年六月)がこれまでの諸論を整理し、明快に論じている。
(34) 「『源氏物語』におけるジェンダーと行為主体を再考する」(寺田澄江・陣野英則・木村朗子編『身と心の位相―源氏物語を起点として―』青簡舎、二〇二一年)。
(35) 『女房文学史論―王朝から中世へ―』(前掲)第二部第三章。

『源氏物語』から平安後期物語にわたる笑い
――『御津の浜松』の例から――

陣野英則

はじめに

平安時代の物語文学における笑い[1]について、筆者は検討を開始している。平安時代前期の物語文学（つくり物語）については、現存する『竹取物語』、『落窪物語』、そして『うつほ物語』のいずれも、少なからぬ諧謔的な場面と表現を有しているということが大方によってみとめられるだろう。それに対して、『源氏物語』を主たる対象とした笑いに関する論考、研究は決して多いとは言いがたいようである。この点については、近時の拙論で確認をしており[2]、本稿でも一節においてその要点を確認する。さらに、二節以下では、笑いの要素、もしくは諧謔性が、十一世紀後半以降、すなわち平安後期の物語文学においていかに見いだされるかということを検討してみたい。

ただし、筆者は、『堤中納言物語』の短篇物語における諧謔について論じたことがあるものの[3]、平安後期の代表的な長篇物語作品に関しては、これまでに研究対象として正面から取り組んだ経験がない。そして、平安後期物語全般にわたる笑いの傾向をとらえるための準備もまったく整っていない。それゆえ、本稿のみでは甚だ不充分となるのだが、まずは『御津の浜松（浜松中納言物語）』という一作品内の、しかもごく限られた部分に絞って笑いの様相を確かめてみる。すなわち、平安後期物語の笑いに関する研究のパイロットスタディを目指すこととした。

平安後期物語における笑いについては、『堤中納言物語』を除くと、論じられることがきわめて稀であったようだ。というのも、安易な方法ながら、国文学研究資料館の「国文学・アーカイブズ学論文データベース」(4)の活用により、傾向を確認したのである。具体的には、

A　十一世紀半ば以降に成立したとみられる『御津の浜松』、『夜の寝覚』、『狭衣物語』という三作品の書名の一部（「浜松」、「寝覚」、「狭衣」）のうちの一つ

B　「笑い」という語、もしくは笑いに関わる術語などの一つ

これらAとBの二つをさまざまに組み合わせて入力するという方法で検索を試みた。なお、「笑い」に関わる術語については、金小英論文を参考にして、(5)「滑稽」、「諧謔」、「機知」、「諷刺」、「皮肉」および「反語」、「パロディ」の計七つと、それらに相当する片仮名表記の語（たとえば「コミック（コミカル）」、「ユーモア（ヒューモア）」、「ウィット」等々）を検索語とした。そうした試みの結果は、悉く「該当データ無し」となった。例外といえるのが、『狭衣物語』のアイロニーを論じた二篇の三谷邦明論文であった。(6)(7)なお、「浜松」または「寝覚」と、「可笑」とを検索語として入力すると、松尾聰論文がヒットするが、(8)この論文は「可笑味」が欠如しているということを殊更に指摘するものであった。

もちろん、一篇ずつ仔細に見てゆけば、平安後期物語の笑いに関わる論述をふくむ論文が多少は見つかる可能性もあるだろう。とはいえ、笑いに関して正面から論じられることが甚だ乏しかったということは確実とおもわれる。『御津の浜松』、『夜の寝覚』、『狭衣物語』などにおいて、平安前期の物語文学と同様の笑いなどはおよそ見いだしにくいということがあるだろうし、『源氏物語』に比べても笑いの要素が少ないことは確かなのかもしれない。

しかしながら、「笑い」の要素がさまざまなかたちで織り込まれている可能性については探究してみてもよいのではないか。そうした問題意識から、本稿では次のような構成で論じてみる。まず一節では、『源氏物語』の笑いに関して論じた別稿の要点を整理するかたちで、『源氏物語』の笑いに対する研究のあり方を相対化しつつ、研究上の観点もしくは研究史をふまえた上での笑いの分類案を示す。次いで二節では、平安後期物語のうち本稿でとりあげることにした『御津の浜松』という作品についてごく簡単に概観するとともに、物語内容、および物語表現の両面について、笑いとの関わりの可能性ということを予告的に述べてみる。つづいて、三節では、『御津の浜松』の中でも笑いの要素が見いだしやすいとおもわれる大弐とその娘に関わるエピソードに注目し、特に現存本の巻二の前半から一部をとりあげ、詳細に検討する。そして最後の四節で、『御津の浜松』をふくむ平安時代後期、とりわけ十一世紀後半の物語文学における笑いの特徴について推察を試みる。

一　『源氏物語』の笑いに対する研究のあり方

十一世紀初頭に成立したとされる『源氏物語』の本文とじっくり向きあってみると、たくさんの笑いの要素が織り込まれていることに気づかされる。しかし、これまでの『源氏物語』研究では、たとえば末摘花の物語、近江君の物語などのように明らかに笑える物語こそ多くの論で対象とされてきたものの、さまざまな笑いが織り込まれているということが充分にはとらえられていなかったのではないか(9)。

一方で、物語・小説などの散文作品に笑いの要素がちりばめられているのは当然のことだという見方もありうるだろうが、『源氏物語』にみられる多様な笑いの要素をしっかりと対象化しておきたいことから、別稿ではまず、『源氏物語』の笑いが論じられる場合、明示的かつ典型的なものにほぼ限られていたということをおさえた。その確認にあたっては、『源氏物語』の「講座」「研究集成」などの類い、また『源氏物語』についての事典類を参照して、笑いに関連する項目の有無を調べてみた。詳細は別稿に譲るが、要点のみ示すと、「講座」と「研究集成」の類いでは、笑いに関わる項目、章などが立てられる場合がほとんどなく、また學燈社の『源氏物語』の「必携」シリーズでもおおよそ同様であった。[10]そうした中で、藤井貞和編『別冊國文學32 王朝物語必携』の「王朝物語術語・話型事典（術語の部）」には「笑い・をこ」の項目があり、[11]また林田孝和ほか編『源氏物語事典』（大和書房、二〇〇二年）には「烏滸物」「滑稽譚」「人笑へ」の項目があった。[12]これらのうち前者（倉田実執筆）では、「をこ者」の物語と「「すき者」の求婚譚」との縁が深いこと、また求婚者の系譜とは別に、容貌、性格などが笑われる人物たちの「をこ」の系譜があることなどが述べられた上で、一九七〇年代あたりまでの研究史、すなわち歴史社会学派に連なる研究と、民俗学もしくは神話学的研究の要点がおさえられている。おそらく、平安時代の物語文学における笑いに関する標準的といいうる解説であろう。

一方、これらと異なる類いの笑いに言及するのが、岡一男『源氏物語事典』の、「文体と語法」の章にみられる項目「滑稽諧謔の美」である。[13]ただし、その内容は五十嵐力『平安朝文学史 下巻』の論述[14]にほぼすべて依拠している。五十嵐は、『源氏物語』の価値のひとつとして「いろいろの興趣」をとりあげつつ、それらの中でも「高級なものは、詞の品位と調子の雅致とに包まれて居」るため、見過ごされがちだという。たしかに、そうした「興趣」は、それ以降の『源氏物語』研究において、積極的に論じられることは少なかっただろう。

別稿では、右のように『源氏物語』研究における笑いのとらえ方を確認したのち、ゆるやかに三つの笑いに分けてみた。それは、研究史を意識した分類、換言すれば、物語文学研究で積極的にとらえられてきた笑いかどうかという観点からの便宜的な分類である。

まず一つめは、「をこ」の物語の類いである。『源氏物語』では、懸想、求婚などに失敗する男君たち、また末摘花、源典侍、近江君などの女君、そして「玉鬘」巻の大夫監などの田舎者、さらには身分の低い博士たちなどがあてはまる。当然、論考の類いは多い。

二つめは、特徴的な言葉遊び、韻律の工夫、藝能的表現などが見られる例、さらに藝能的なやりとりをふくむような例である。なお、これらは「をこ」の物語の中で目立つというような重なりもみられるだろう。『源氏物語』では、特に引歌表現などによる諧謔がありうるし、催馬楽、風俗歌などの詞章を用いた表現も、笑いと関わりやすい。そして、韻律的な表現、同語の反復表現なども、可笑しみを感じさせることがありうるだろう。

そして三つめは、これまでに笑いの例として注目されたり論じられたりすることがほとんどなかったような類いである。たとえば、先述の五十嵐著書が留意した「興趣」もふくめてよかろう。あえていうならば、「〈非－笑い〉の物語」の中に織り込まれている笑いである。別稿においては、この三つめの笑いを重視して、特に、密通、人の死、出家などが語られるシリアスな物語の進行中にあってさえ見いだされるさまざまな笑いを『源氏物語』の中から拾いだしてみた。平安後期の物語文学に対しても、同様の姿勢でのぞむつもりである。

二　『御津の浜松』における笑い

平安後期の代表的な物語文学作品のひとつである『御津の浜松』といえば、男主人公の中納言が渡唐する物語として、かつは夢告による転生がくり返される物語として知られる。全体にわたって『源氏物語』、特に「宇治十帖」からの影響が顕著であるといわれてきた。なお、鎌倉時代初期に書かれた『無名草子』では、『夜の寝覚』、『狭衣物語』ほどの世評を得てはいないものの、できばえのよい作品であると評価されている。さらに、男主人公が薫の造型を踏襲している点についても、『無名草子』では好意的に受けとめられている。

周知のとおり、藤原定家自筆の『更級日記』（皇居三の丸尚蔵館蔵）の識語においては、「よはのねざめ」、および散逸した「みづからくゆる」、「あさくら」などとともに、「みつの浜松」も『更級日記』作者の作だとする言い伝えが示されている。仮に孝標女の作であるとすれば、『源氏物語』に深く耽溺していたことを『更級日記』に記している彼女であるから、『源氏物語』からの影響が色濃いのも当然とはいえそうである。

以下では、『御津の浜松』という物語の全体像と笑いとの関わりを考えてみる。『御津の浜松』は首巻が散逸しているものの、その内容はおおよそ把握されてきた。首巻、ならびに現存する巻一から巻五の物語内容の全体を瞥見してみたとき、笑いの要素がはたして見いだされるのかといえば、先にもふれた松尾論文[15]が夙に述べたとおり、「可笑味」が欠如していると受けとめるのが当然であるのかもしれない。

しかし、本当にそうだろうか。松尾論文は、その副題が明確に示すように、『更級日記』の作者たる菅原孝標女が『御津の浜松』と『夜の寝覚』の作者でもあるという説をより確かなものにしようとして、『更級日記』もまた「可笑味」に欠ける作品であると評し、作者がユーモアを解さない性格の人であると推察していた。今から九十年近くも前の論考であり、『御津の浜松』と『夜の寝覚』はもちろんのこと、『更級日記』さえその研究があまり進展していなかった当時のことゆえ、やむを得ない面はあるだろうが、『更級日記』の叙述には、そもそも「可笑味」がないなどといえるものだろうか。たとえば、この作品の比較的新しい注釈書である福家俊幸『更級日記全注釈』[16]を繙くと、機知的な表現に関する言及、説明が多数見いだされる。むしろ、そういうレヴェルでの面白みが発揮されているともいえよう。

本稿では、菅原孝標女が『御津の浜松』の作者であるかどうかを論じるつもりはないが、孝標女が祐子内親王のもとに出仕していることと、当時の藤原頼通の「文化世界」[17]の中で祐子・禖子両内親王、および後冷泉天皇の皇后寛子に仕える多数の女房たちによる文藝活動の活発な展開とを結びつけてみるとき、さらには（特定は困難ながら）

『御津の浜松』がこの後冷泉朝（西暦一〇四五～一〇六八年）の時代に創作された可能性をみとめるとき、孝標女であれ、ほかの作者であれ、諧謔的もしくは機知的なもの、すなわち広い意味での笑いを表現しえないということは、到底考えにくいとすらいえるのではないか[18]。

＊

とはいえ、仮に『御津の浜松』の物語内容を梗概としてまとめた場合、それなりに字数を費やして詳しく書いてみたとしても、たしかに諧謔性のようなものは一切見えてこないかもしれない。先の松尾論文と近い時期に書かれた、柿本奨「更級・浜松・寝覚とその浪漫的精神[19]」は、巻五で物語が完結していないという説を提唱した論文であった。今日では支持されていないその非完結説はともかくとして、その題目にみえる「浪漫的」という言葉は、『御津の浜松』の特徴を要約するときに、その後もしばしば用いられてきたようである。なるほど、その物語内容にふさわしいのかもしれないが、浪漫的な、あるいは浪漫性に充ちた物語だから笑いの要素が欠落している、と決まっているわけではあるまい。

ここまでは、『御津の浜松』の表現に即して論じてこなかった。以下では、よく知られている現存の巻一の冒頭部を例にして、笑いの要素の有無を確認してみてみよう。

①孝養の心ざしふかくおもひたちにし道なればにや、おそろしう、はるかにおもひやりし波《なみ》の上なれど、あらき波風にもあはず、おもふ方《かた》の風《かぜ》なん、ことに吹《ふ》き送《おく》る心ちして、もろこしの温嶺《うむれい》といふ所に、七月上の十日におはしましつきぬ。…〔中略〕…歴陽《れきやう》といふ所に船《ふね》とめて、それより イ華山《（くわざん）》といふ山、峰《みね》たかく谷《たに》ふかく、はげしき事かぎりなし。あはれに心ぼそく、ロ「蒼波《さうは》路遠《みちとほ》し雲千里《くもせんり》」とうち誦《ずん》じ給へるを、御供《とも》にわたる博士《はかせ》ども、涙《なみだ》をながして、ハ「白霧山《はくぶ》深《ふか》し鳥《とり》一声《（ひと）こゑ》」とそへたり。山越《やまこ》えはてぬれば、ニ函谷《かんこく》の関《せき》につき給ひて、日くれぬれば、関《せき》のもとに泊《と》まり給《たま》ひぬ。「この関《せき》は、鶏《とり》の声《こゑ》を聞《き》ゝてなんあくる」といふ事を「しか」と聞《き》ゝて、ホ御供《とも》の人

の中に*いはけたる者《もの》ありて、「いざ心見ん」とて、夜中《よ》ばかりに鶏《とり》の声《こゑ》にいみじう似せて、はるかに鳴《な》き出《い》でたるに、関《せき》の人おどろきて、その戸《と》をあく。「いとよしなきことしつるかな」と、人〳〵いひにくむを、君（＝中納言）も聞《き》ゝ給ひて、「ふるき心《こゝろ》、さすがにおぼえけるにこそ」とうち笑《わら》ひ給ふ。

（〈一〉―一〜四頁／三一〜三二頁）

＊いはけたる―いはへたる（底本）

亡き父宮が唐土の第三皇子に転生していると知った中納言は、帝から三年間の渡唐の許しを得て唐の都へ向かう。亡父への「孝養の心ざしふかく……」と語り出されるこの冒頭は、たしかに笑いとは無縁のようにも見える。しかし、本文①の中略箇所以降ではどうか。

まずは、傍線部**イ**「華山」のあたりの道の険しさに心細くなった中納言が、傍線部**ロ**で『和漢朗詠集』（巻下・行旅・六四六）の橘直幹の作を朗誦し、同行する「博士ども」が傍線部**ハ**のように続きを吟じている。日本から唐土へとやってきた中納言一行の感慨を直幹の名句の引用によってあらわしていて、笑いに結びつくような引用とはいいがたい。

つづいて、『史記』「孟嘗君列伝」にみられる故事にもとづく場面へと移る。傍線部**ニ**「函谷の関」の故事は、『枕草子』の「頭の弁の職にまゐりたまひて」の段における引用でも知られる。『御津の浜松』成立当時も、きわめて有名であっただろう。ちなみに、諸注が指摘するとおり、「華山」から「函谷の関」へという移動は、長安に向かう順序としては逆である。『御津の浜松』の唐土の描写にさまざまな限界があるのは周知のことだが、ここで留意したいのはその問題ではない。傍線部**ホ**のように、「いはけたる者」、すなわち子どもっぽい者が供人の中にいて、故事と同じように鶏鳴を真似て声をあげてみたという箇所である。なお、この「いはけたる」は、底本「いはへたる」を改めた校訂案[20]にしたがっている。

こうして、巻一の冒頭近くでは、おなじみの故事に拠りつつ、「いはけたる」従者におどけたことをさせている。渡唐の実現から間もないこの一節で、早速、読者の歓心を得ようという意図を汲みとってもよいのではないか。ちなみに、男主人公もまた、傍線部ヘ「うち笑ひ給ふ」とあるように、つい声を出して笑っているのだ。

本文①において連続する、橘直幹の名句、ならびに函谷関の故事という二つの引用は、笑いの観点からとらえると、きわめて対照的といえる。前者は、異国の見慣れぬ山、険しい道に心細さを感じていて、まさに「浪漫的」であろう。対する函谷関の故事引用は、明らかに笑いをもたらす明るいエピソードである。あるいは読者へのサービスにも相当するだろう。物語の叙述というのは、こうして対照的なものを並べたり、緊迫する状況の中に緩んだ様相も織り交ぜたりしながら進めてゆくものなのであろう。『御津の浜松』の「浪漫的」な物語世界に、あるいはまた「主題」（的なもの）に焦点を当てると、笑いの要素などには注意が向かなくなるだろうが、引用の問題だけでも、右のように一様ではないことを意識したい。

さらに、引用もしくは影響ということでは、誰もが容易に確認しうる『源氏物語』との関係も、場合によっては笑いに関わることとして受けとめられるのではないか。これは、もちろん『御津の浜松』だけでなく平安後期から鎌倉時代の物語文学に共通することながら、そもそも『源氏物語』の内容をあれこれとよく知っている読者であれば、『源氏物語』との関わりを見いだすたびに、クスリと笑いたくなるというようなこともありうるだろう。ほかならぬ筆者は、そう感じることがたびたびある。先に言及したような、後冷泉朝のサロン内の読者たちであれば、尚更のことではないか。この点は、次節の分析でより詳しく述べる。

基本的に、引用に次ぐ引用という様相の『御津の浜松』の本文は、それゆえに笑いをもたらすこともしばしばであったということがありえたとおもうのである。

三　『御津の浜松』の大弐とその娘の物語における笑い

ここからは、『御津の浜松』の巻二で、帰国した中納言が筑紫にて大宰大弐たちに出迎えられた直後、その大弐が自身の娘を中納言と結ばせようとする場面に焦点をしぼってみる。亡き式部卿宮を父とする男主人公からみれば、格下の人物たちとのやりとりがつづく箇所であり、いわば「傍系」の物語ともいえよう。藤岡作太郎は、この物語作品の「冗漫ならざる」点を評価し、「無要の人物を容れ」ることがないと認めつつも、「たゞ大弐の女などは、源氏に擬する餘に、已むを得ず引き出でたるやうにて、あらずもがなと覚ゆ」と批判している。[21] たしかに、「あらずもがな」と感じられる面はあろう。しかし、むしろそれゆえに、大弐とその娘をめぐる物語がこの巻二以降で語られてゆく、その理由を考えてもよかろう。

ここでは、大弐が娘を中納言と結ばせたいということが語り出される少し前あたりから本文を引用する。中納言は、この引用本文の直前で、左大将の大君（尼姫君）が既に出家し、さらに出産もしていることを聞かされ、衝撃を受けている。

②たちはなれにし、此世《よ》のほかの思ひをのみなげきのもとにて、わが世《よ》はこの人（＝大君）、この程をやもてなし給ふ方《かた》なくは、これをこそうちしのびつゝ、ゆるされなくとも、心のかぎりは浅《あさ》からぬよるべにはせめ、と、ふかくたのみきこえ給へる人をさへ、むなしう聞《き》ゝなしつる口惜《くちを》しさは、ト枕《まくら》よりあとより恋のせめくる心地《こゝち》して、いとゞ心のひまなう、なげきしづみ給ふをもしらず、そのころの大弐《だいに》、心ばへいみじうすきて、ものめでする人にて、かぎりなく思ひかしづく娘《むすめ》のあるを、この君《きみ》にたてまつらばや、とむかしより思へど、さやうにおぼしよるべくもあらず。思ひ解《と》くには、チこよなくおよびなき事にはあらねども、人がらのいみじう思ひあが

り、世《よ》をことのほかにおぼし澄《す》みたるさまの、もの遠《とほ》く、雲居よりもはるかなる心ちするに、思ひわづらふを、年《とし》ごろ経《へ》て見たてまつるに、いとどさかりになりまさり給ひにけり、御かたち、ありさま見《み》るにめでたし、命《いのち》延《の》ぶる心ちするに、かくておはしますほど、見《み》せたてまつりなん、わざとおぼしとゞめずとも、年《とし》に一《（ひと）》夜《よ》なりともおぼしだに出《い》でば、見《み》るかひある彦星《ひこぼし》の光《ひかり》なりかし、と思ひよるに、御けしきなどふと取らむも、なほいと心はづかしう、うち出《い》でがたかりければ、おもしろき所に、めづらしきさまなる楼台《ろうだい》をつくりて、行《ゆ》きかよひつゝあそぶに、月いといみじうあかき夜、しのびて娘《むすめ》をそこにわたして、あそびなどして、中納言のおはし所《どころ》、いと近《ちか》かりければ、**リ**甥《をひ》なる筑前《ちくぜん》の守《かみ》をまゐらす。

〔大弐〕**ヌ**古郷《ふるさと》の三笠《みかさ》の山に思ひなし今宵《こよひ》の月はこゝに来《き》て見《み》よ

中納言、月をながめつゝ、よろづおぼし出《い》で給ひて、「今は」とてたちよりたりし**ル**一の大臣《じん》の家《いへ》の、紅葉《もみぢ》のかげの月の夜、五の君の「なぐさめやは」と弾《ひ》きたりし琵琶《びは》の音《ね》も耳《みゝ》につきて、などありしほど、絶《た》えずたちより聞《き》ゝならざりけん、と、さしもおぼえざりし事さへ心にしみて、くやしきまでにおぼされて、

〔中納言〕立ちよりてなどか月をも見《み》ざりけん思ひ出《い》づれば恋しかりけり

（〈一〉一二四〜一二七頁／一三九〜一四二頁）

この本文②の最初のあたりでは、中納言の感情に焦点があてられている。遠く離れてしまった唐后のことが嘆きの種であった中納言だが、帰国してみれば、「ふかくたのみ」にしようと思っていた大君（尼姫君）が、かつて自身が契りを結んだことが原因で既に尼になってしまったということから、傍線部**ト**のような引歌表現をともなって「なげきしづみ給ふ」ということが語られている。ここで留意すべき諧謔的な表現が、ここに引かれる「枕よりあとより恋《こひ》のせめくればせむ方《（かた）》なみぞ床中《とこなか》にをる」という『古今集』の誹諧歌（巻十九・雑躰・一〇二三・詠人不知）である。なお、この歌は『夜の寝覚』巻一でも引用されている。本文②では、唐后に加え、大君のことでも嘆きに沈

む男主人公のありようが、（擬人化された）恋が枕の方からも足元の方からも迫ってくるため寝床の真ん中で身動きもとれないという、実に可笑しなイメージと重ねられている。当該の誹諧歌のもつ可笑しみが反映するのである。

次に傍線部**チ**以下に注目する。これ以降、大弐の心中の言葉が長々と語られている。大弐は、昔から娘を中納言にさしあげようという考えをもっていたというが、中納言について、かつては「こよなくおよびなき事」とまでは思わないものの、一方で「もの遠く、雲居よりもはるかなる心ち」もしてしまって悩んだが、いま、数年ぶりに中納言の「御かたち、ありさま」に接すると、あまりにすばらしいことから、この筑紫滞在中に娘をお目にかけようと考える。そして、中納言が娘のことを心にとどめないとしても、「年に一夜」だけでも思い出してもらえれば……、などというように、「彦星の光」と中納言とを重ねている。この大弐の思考の経過は、矛盾している。元々は、渡唐前の中納言に対して「雲居よりもはるかなる」という印象をいだいて躊躇したのにもかかわらず、その中納言の姿を数年ぶりに見たら格段に立派になっていたので、娘を逢わせてしまおうという。これは、大弐が「心ばへいみじうすきて、ものめでする人」であるとはいっても、かなり奇妙ではないか。さらに娘のことを「年に一夜」だけでも思ってくれればというのも、いささか滑稽な感じがともなうだろう。

次に注目する傍線部**リ**、すなわち「甥なる筑前の守」を大弐が使者としている点は、『源氏物語』「須磨」巻の大弐と『御津の浜松』の大弐との関わりについて考える契機を与えてくれるだろう。石川徹が夙に「須磨」巻からの影響について言及しているが、[22]これは影響を確認すればよいというレヴェルにはない問題であろうと考える。「須磨」巻に登場する大弐は、筑紫《つくし》の五節の父親であり、大宰府からの上洛の途上、須磨に滞在する光源氏へ挨拶状を送っている。その消息を届けるのが、大弐の息子の「筑前の守」であった。

ここで、いささか迂遠ながら、土方洋一論文を参照してみよう。[23]この論考では、「『源氏物語』の制作に関わった女房集団の存在を前提として」（二七六頁）、考察が展開されている。一例として、「花散里」巻で「唐突に話題になる女性たちが複数存在する」（二八二頁）ことが留意されている。すなわち、中川わたりの女であり、筑紫の五節である。そしてたびたび言及がなされる後者については、「はじめて話題になった時点でもう役目が終わってしまっているという趣」（二八三頁）が指摘される。さらに、「花散里」巻は、制作者集団内で出された「逸話をまとめて提示し、構想段階にとどまったアイディアをも含めて、源氏の若き日の恋物語にひと区切りをつけておこうというような意図を感じさせる巻」（同頁）だとする。

大変興味深い推察であるが、ここでは、『源氏物語』内で断片的に語られる筑紫の五節の、その父親たる大弐とその子の筑前の守を想起させるような、『御津の浜松』の大弐とその「甥なる筑前の守」について留意しよう。「須磨」巻の大弐、さらにその子の筑前の守を記憶にとどめている読者は多いとはいえないだろう（制作者集団内の人たちならばすぐにわかるかもしれないが）。『御津の浜松』において、大弐の息子を甥にずらしつつ、使者としての「筑前の守」を登場させているのは、作者側からの読者に対する一種のクイズ的な演出ではないだろうか。短篇物語の享受に関する稲賀敬二のクイズ論があるが[24]、クイズは長篇の中にあってもよかろう。巻二冒頭近くの筑紫を舞台とする物語で、読者たちがどこまで『源氏物語』との照応に気づくことができるか、それを作者側から問いかけているようにおもわれる。

次いで、傍線部**ヌ**については、現代人にとっても『百人一首』で馴染みの歌、阿倍仲麿の「天《あま》の原ふりさけみれば春日《かすが》なる三笠《みかさ》の山に出《い》でし月かも」（『古今集』巻九・羇旅歌・四〇六）をふまえていることがすぐにわかるだろう。先の「筑前の守」とはきわめて対照的なわかりやすさである。ここでは、特に「三笠の山に思ひなし」て、こちらへ「来て見よ」というところが、諧謔的といえるのではないか。

つづいて傍線部**ル**に注目する。ここでは、『御津の浜松』という物語作品内からの引用がなされているだろう。すなわち、巻一の最終盤の場面からの引用である。いよいよ唐土からの帰国が近づいたとき、一の大臣の五の君から届いた手紙に惹かれた中納言は、一の大臣家を再び訪れていた。そこでの別れの宴、特にその時の五の君の琵琶の演奏などが、傍線部**ル**では想起されている。その巻一の当該場面から、関連のある箇所を抜粋してみる。

③……一の大臣の御もとに、しのびてたちより給へり。ふかき夜《よ》の月、浮雲《うき》だになびかず澄《す》めるに、はるかに広《ひろ》き池《いけ》の中島《なかじま》につくりかけたる楼台《ろうだい》に、三、四、五の君、琴《こと》ゞもかきあはせて、月をながむるほどなり。やがて、「こなたに」とて入《い》れたてまつれば、中島《なかじま》のみぎはより横《よこ》たはれ生《お》ひ出《い》で、、楼台《ろうだい》の上《うへ》にさしおほひたる紅葉の、着《き》てもまことに夜《よる》の錦《にしき》かと見えたるに、御簾《みす》巻《ま》き上《あ》げて、几帳《きちやう》ばかりをうちおろして入れたてまつれり。

……〔中略〕……

〔五君〕かたみぞと暮《く》る丶夜《よ》ごとにながめてもなぐさまめやは半《なか》ばなる月

いとよく聞《き》こえて弾《ひ》き澄《す》ましたる、似《に》るものなくおもしろし。**ヲ**などて月ごろ聞《き》ゝならさゞりつるぞ、と、これさへあかぬもの思《おも》ひそひ給ひぬる、とぞ。　（〈一〉―一五六～一五九頁／一二〇～一二二頁）

この一の大臣邸の二重傍線部「楼台」を引き写すように、先の本文②でも、大弐によって二重傍線部「楼台」が作られていた。また、②の傍線部**ル**は、右の本文③の世界を中納言がほぼそのまま想い起こしている趣である。特に③の傍線部**ヲ**「などて月ごろ聞《き》ゝならさゞりつるぞ」と、②の傍線部**ル**の末尾「絶えずたちより聞《き》ゝならさゞりけん」との類似度は高い。

なお、一の大臣の五の君と大弐の娘とは、年齢も重なる。すなわち前者は、巻一で「十七八ばかりにて」（〈一〉―五五頁／六二頁）と語られていたのに対し、後者も、中納言が契ることなく夜をともに過ごした際、「十七八のほどなるべし」（〈二〉―一三三頁／一四五頁）とされている。五の君から大弐の娘へと、二人の脇役の女君が継承されてゆく点については既に論じられているが、[25] 右のように重ねすぎとみえるほど一致する点については、いかに評すべきか。作者の力量の問題と批判しうるかもしれない。だが、むしろこれは、読者から面白がってもらうことを狙っている可能性もあるのではないか。中納言が、まだ大弐の招きに応じてはいないのに、大弐の用意が中納言の今の感傷と呼応するというおもしろさである。

＊

つづいて、先の本文②の直後から引用してみる。

④河陽県《かうやうけん》の御あたり〔＝唐后〕の事は、たゞかけても片端《かたはし》おぼし出《い》づるに、我が身もうかぶ心ちしていとわびければ、ワゆくへもしらずはてもなく、むなしき空《そら》に満《み》ちぬばかりにながめ入り給へるに、カすきぐ〳〵しさはあらはれて、〔筑前守ガ〕いざなひたる、はしたなからんもいとほしうて、またわびしきに、心もやなぐさむ、と、しのびやかにわたり給へれば、人しげうはあらず、すこしものおぼえたる者《もの》五、六人、かすかにさびしうもてなして、待《ま》ちよろこびきこえたるさま、いみじげなり。ヨ所のさま、山と海《うみ》と帯《お》びたり。みぎは見えていとおもしろきも、蜀山《そく（さん）》の大臣の御すまひ、まづ思《おも》ひ出《い》でらる。…〔中略〕…いそぎ帰り給はぬに、夜いたうふけぬ。今宵《こよひ》は猶こゝにおはしますべく、〔大弐ガ〕せちにとゞめきこえさすれば、わりなう*てやすらひ給ふに、明け方ちかうなれば、内《うち》へ入《い》り給ひてうち休《やす》まんとし給ふに、〔大弐ハ〕うれしくて奥《おく》の方《かた》よりタさゝやかなる女をおし出《い》でゝ、レ「御足《あし》まゐらせさせ給はなん」とて、退《の》きぬ。

（〈二〉一二八〜一三〇頁／一四二〜一四三頁）

＊わりなうて〜ちかうなれば—ナシ（底本）

右の④では、まず唐后への思慕が語られる。傍線部**ワ**では、その不安と困惑が、『古今集』の著名な恋の歌二首、「わが恋《こひ》はゆくへ《ゑ》も知《し》らずはてもなし逢《（あふ）》を限《（かぎり）》と思許《（おもふばかり）》ぞ」（巻十二・恋歌二・六一一・躬恒）、および「わが恋《こひ》はむなしき空《そら》に満《み》ちぬらし思ひやれどもゆく方《（かた）》もなし」（巻十一・恋歌一・四八八・詠人不知）を引くことであらわされる。いずれも「わが恋は」と始まる歌の第二・三句に拠る。「唐后への思いの深さを叙情的に構成する手法(26)」とも評されるが、こうして判で押したように引歌を連続させているのも、可笑しみの一種か。

さらに興味深いのは、右のようにして「ながめ入」ることになった中納言が、直後の傍線部**カ**では「すき〲しさはあらはれて……」と語られ、筑前の守の誘いに応じてゆくところである。中西健治の口語訳では、「恋に悩む様子が自然にあらわれて」とされているが[27]、「すき〲しさ」をそう解するのはいかにも無理であろう。また、松尾聰は、「後文をよんでも、中納言は、理性をはたらかせてこの大弐のむすめと契らないほどなのだから、中納言の好色の気があらわれるとするのは、合わないよう」だとしつつも、「中納言の唐后に対する恋慕の情の切なさが異常なまでなので、それがけはいにあらわれた」ものと解している[28]。一方、池田利夫による現代語訳では、「中納言本来の好色な性分がにじみ出て」とされている[29]。

ここは、ひとまず中納言の内面に隠されていた「すき〲しさ」が表にあらわれてきた、という意でよいと考える。そもそも「すき〲しさ」とは好色という意ばかりでなく、風雅に深く心をとらわれている状態などをもあらわす。そうした意味と解すれば、何も無理はない。また、「すき〲しさ」が表情にあらわれたので、それを見て取った筑前の守が「いざなひたる」という因果関係があるわけでもなかろう。筑前の守の役目は、当初から「いざな」うことだからである。「あらはれて」は、おそらく直接には「心もやなぐさむ、と、しのびやかにわたり給へれば」へとつづいてゆく構文であろう。間に挟まれた「いざなひたる、はしたなからんもいとほしうて、またわびしきに」は、「しのびやかにわた」ることを選択する中納言の判断の内実を示している。

このように傍線部**ワ**・**カ**の部分を丁寧にとらえると、唐后を思慕する中納言があえて大弐からの誘いに応ずる理由は、風雅、風流を求めつつ、自身の心もなぐさめられようか、と期待することにあったのだとわかる。そうすると、このあとの中納言が大弐の娘のことであれこれと心を悩ませた挙げ句、大弐の娘と契りを結ばないという展開のあやにくさがよりクリアにみえるだろう。中納言のあり方には、いささか「をこ」的な面がある。

傍線部**ヨ**は、これまた物語内引用で、今度は巻一の「蜀山の大臣の御すまひ」が想起されている。ここは中納言が唐后との一夜の逢瀬を経験した邸宅であった。その後、琴の合奏をたのしみ、また「聞《き》、どころあり、をかしく、わりなき〔中納言ノ〕御心なぐさむばかり」に「むかし物語《がたり》」（〈二〉一二九頁／一四三頁）を聞かせもらっているうちに夜がひどくふけてしまったという。そうして、いよいよ「明け方ちか」くに中納言が室内に入るのにあわせて、大弐は傍線部**タ**の「女」、すなわち大弐の娘を中納言に接近させる。その際、傍線部**レ**のように、大弐は自身の娘が召人待遇でもよいという姿勢をとっており、歴史上の大弐の「立場からずれた卑下の態度」が指摘されている。(30)この「御足まゐらせ」からは、『源氏物語』「葵」巻の中将の君、また「玉鬘」巻の右近といった人物が想起されよう。『源氏物語』引用の観点からみれば、ここでも『源氏物語』内の端役といいうる人物との重なりが留意される。

本文④のあとでは、中納言と大弐の娘のあいだで契りを結ぶことなく一夜を過ごしたことが語られる。紙幅の都合でその一連の叙述を解析することができないが、ひとまずこのパターンが巻一、一の大臣の五の君に対したときと同様であることは一読して了解しうるだろう。さらに注目すべきは、ここでの中納言の思考のあり方である。松浦あゆみ論文では、中納言が大弐の娘と結ばれることを思いとどまる理由などが多角的に検討されていて、(31)教えられるところが多い。ただし、ここでは次のような展開について考えたい。唐土の一の大臣のこと、また大将の大君のことを慮り、自分が大弐の婿になるという噂が伝わることを回避しようとして契りを結ばなかったものの、中納言は、「海《うみ》の見《み》ゆる方《かた》の戸《と》をおし上《あ》げて」（〈二〉一三三頁／一四五頁）、大弐の娘の姿をとらえてみると、思いがけないほど魅力的であることが確認されたため、「さすがに見《み》すてん事口惜《くちを》しうて」（〈二〉一三四頁／一四六頁）、後の逢瀬の機会を頼みにおもわせるような発言をすることになる。さらに、その後の大弐とのやりとりでは、中納言と娘とが結ばれたと誤解したまま感激している大弐に対して、実に長々と〔言わずもがなのことまでふくめて〕契りを結ばなかったことを釈明している。

こうした展開について、これまでは薫型の男主人公らしいあり方と見られてきた傾向があろう。ただし、鎌倉初期の『無名草子』では、「また、中納言、まめやかにもてをさめたるほど、いみじと言ひながら、まことの契り結びたる人のなくて、いづこにもただ夜とともの丸寝《まろね》にて果てたるほど、むげにすさまじく、……」（二三九頁）というように、批判的にも受けとめられている。契りを結ばぬ中納言のあり方を肯定的に見るか、批判的に見るかは、それぞれの受けとめ方次第でひとまずよいとおもうのだが、筆者がまず感じとるのは、このような男主人公の「をこ」性である。それは「宇治十帖」の薫の場合も同様であったが、とりわけ『御津の浜松』巻二の中納言の場合、この大弐の娘に対する、また大弐に対する釈明こそが、きわめて可笑しな言動とみえる。それは、作者の稚拙さが関係するだろうか。確かに、大弐に対する釈明の異様なまでの詳しさなど、そのように見てよいかもしれないが、一方で、可笑しみが生じているということにも留意すべきではないか。

＊

最後に、このあとの大弐とその妻（母君・北の方）のやりとりが語られる箇所にも注目しておく。中納言が、大弐の娘に手紙を届けさせたあとの場面である。

⑤さまことに思ひおきてつる事の、あいなく本意《ほい》なきを、うち泣《な》きて、母《はゝ》君、「…〔中略〕…」などいひてむつかるを、〔大弐モ〕ことわりにて、くやしう思ひみだるゝに、この御文《ふみ》いとうれしうて、ひきあけて見《み》るに、なにとなく暮《く》れ行く空を眺《なが》めつゝ＊ことあり顔《がほ》にうれしきはなぞいみじうぞ書《か》ゝれたるや。母《はゝ》君に「なほこれ見給へ。…〔中略〕…」と、せめていひなだめてよろこびあはれがりきこゆるを、あながちなる事など＊聞《き》き見ながら、北《きた》の方《かた》も、この御文をうちも置《お》かず見《み》つゝ、まことにいとめでたし、と思ふ。

（〈二〉―四四〜四六頁／一五二〜一五四頁）

＊ことあり顔《がほ》―ことはりかほ（底本）　＊聞《き》き見ながら―きみ見なから（底本）

このあたりの夫婦のあり方については、明石入道と尼君の様子と重なる面があろう。夙に、藤岡作太郎は、「大弐がその女を中納言に奉らんとするは、源氏の明石巻に通へり、大弐夫妻はそれ〳〵明石の新発意老夫婦に似たり」と指摘していた[32]。このあたりも諧謔性という点で共通するところがあるだろう。

四　『御津の浜松』の笑いの特性――むすびにかえて――

本稿は平安後期物語の笑いに関する研究のパイロットスタディを目指すものであって、『御津の浜松』のごく一部のみをとりあげることに終始している。多数の実例に即した検討にはいたっていないゆえ、当然、『御津の浜松』の笑いを論じるというレヴェルにはないのだが、そのごく一部、特に巻二の大弐とその娘に対して男主人公がいかに関わってゆくのかということが語られる箇所に限って解析してみた結果にもとづき、推察をまとめてみる。

まず、言い古されていることながら、多くの引用がなされているその物語本文においては、『古今集』などの和歌、中国の故事、そして『源氏物語』との照応がさまざまに確認される。さらに、物語内引用といえる箇所も見いだされる。それらの中には、わかりやすすぎるといえるような引用がある一方で、特に『源氏物語』に関しては隅々まで読み込んでいない者には気づくことができないような類いの引用もあった。それらの各種の引用は、読者へのサービスにもなりうるし、他方ではクイズ的な性質を帯びるものでもあったと考えられる。

また、作中人物、特に主要人物たちのあり方をみると、『源氏物語』に比べれば滑稽であったり諧謔的であったりする例が少なめであることは想像に難くない。とはいえ、特に男主人公のあり方などは、薫型ということで済ませられない面があり、そこに可笑しみがともなうこともあるということをとらえてみた。今回とりあげた大弐とその妻、そして娘をめぐる物語は、主人公よりも格下の人たちだからこそ、男主人公とのやりとりにおいても可笑しみがあらわれやすいということはあるかもしれないが、ほかの人物との関わりについては別に検討してみたい。平安後期、特に十一世紀中盤あたりの物語制作の空間が、頼通文化圏と重なる可能性は、かなり高い。そうであれば、『源氏物語』のことを隅々まで知っている読者もいるだろうし、また物語の面白さ、可笑しさを求める読者もいて当然であろう。広い意味での笑いの要素が織り込まれた可能性を積極的に考えたい所以である。

※『御津の浜松』巻一・巻二の本文は、池田利夫編『浜松中納言物語〈一〉・〈二〉国立国会図書館蔵』（笠間書院、一九七二年）の影印に拠り、筆者が整定した。また、本文のあとの（ ）内には、上記影印本の頁数、次いで池田利夫校注・訳『新編日本古典文学全集27 浜松中納言物語』（小学館、二〇〇一年）の頁数を記した。本文整定の方針は、柳井滋・室伏信助ほか校注『源氏物語』全九冊〈岩波文庫〉（岩波書店、二〇一七～二〇二一年）に近い。

※『古今集』の本文は、久保田淳・高野晴代・鈴木宏子・高木和子・高橋由記『和歌文学大系5 古今和歌集』（明治書院、二〇二一年）に拠り、『無名草子』の本文は、樋口芳麻呂・久保木哲夫校注・訳『新編日本古典文学全集40 松浦宮物語 無名草子』（小学館、一九九九年）に拠った。

注

（1） 笑いの定義は容易に決めがたい。たとえば、武田庄三郎「笑い」（長谷川泉・高橋新太郎編『国文学解釈と鑑賞5月増刊号 増補改訂版 文芸用語の基礎知識』至文堂、一九七九年）では、「滑稽が美的概念であるのに対して笑いは心理・生理学的概念である」というように、「滑稽」と峻別し、かつ狭い意味に解している。しかし、本稿では、金小英「「笑い」論の展開と文学における笑いの領域―特に平安前期の和文に照らして―」（『平安時代の笑いと日本文化『土佐日記』『竹取物語』『源氏物語』を中心に』（早稲田大学出版部、二〇一九年）を参考にして、笑いを広い意味でとらえている。金論文では、古代ギリシャ・ローマ時代から現代に至るまでのさまざまな笑い論の要点を整理した上で、笑いを上位概念としたときの下位概念として、「滑稽（comic）」、「諧謔（humor）」、「機知」、「諷刺」、「皮肉・反語」、「パロディ」の六つを例示している。

（2）陣野英則「『源氏物語』における笑い―〈非―笑い〉の物語の中で―」（『国語と国文学』一〇一―一〇、二〇二四年）。本稿では、以下においてこの拙論を「別稿」と呼ぶことにする。

（3）陣野英則『堤中納言物語論 読者・諧謔・模倣』（新典社、二〇二一年）。

（4）国文学研究資料館のウェブサイト内、「電子資料館」の「国文学・アーカイブズ学論文データベース」（https://ronbun.nijl.ac.jp/ 二〇二四年五月四日検索）。

（5）注（1）、前掲の金小英論文。

（6）三谷邦明「『狭衣物語』の方法―〈引用〉と〈アイロニー〉あるいは冒頭場面の分析―」（『物語文学の方法Ⅱ』有精堂出版、一九八九年〈↑初出は一九八四年〉）、同「狭衣物語の位相・「時世に従ふにや……」―狭衣物語の語り手あるいは影響の不安とイロニーの方法―」（狭衣物語研究会編『狭衣物語が拓く言語文化の世界』翰林書房、二〇〇八年）。

（7）なお、『とりかへばや』については、「アイロニー」と「諧謔性」を論じた片山ふゆき『『とりかへばや』の研究―変奏する物語世界―』（新典社、二〇一九年）をはじめ、若干の笑いに関わる研究がなされているといえよう。

（8）松尾聰「更級・浜松・寝覚に描かれたる可笑味に就いて―更級日記奥書所載の更級・浜松・寝覚同作者伝説を確実化させようとするための試論の一齣として―」（『国語と国文学』一二―八、至文堂、一九三五年）。また、松尾聰には、一九三九年初出の「浜松中納言物語の「面白くなさ」」という論考（『平安時代物語論考』笠間書院、一九六八年）もある。

（9）筆者には、『源氏物語』が笑いを主題とする文学である、などということを主張するつもりはまったくない。このことに関しては、注（2）、前掲の別稿で、「主題」という術語に関する筆者の見解を示した拙論（「『源氏物語』の多種多様な「読者たち」と享受」『源氏物語論―女房・書かれた言葉・引用―』勉誠出版、二〇一六年〈↑初出は二〇〇五年〉）を引用しつつ述べている。

（10）ただし、日本古典文学全般の術語を扱う企画では様子が異なる。たとえば、「キーワード100古典文学の術語集」という特集が組まれた『国文学 解釈と教材の研究』（四〇―九、學燈社、一九九五年）では、河添房江「笑い」が見開き二頁分で一項目とされている。なお、そこでは国内外の思想、哲学、文化人類学などをふくむさまざまな分野の笑いに関する著作が多数紹介されていて、特に「「笑い」の文化創造の意味を広くとらえる上で有益」であるような本が重視されている。

（11） 倉田実「笑い・をこ」（藤井貞和編『別冊國文學32 王朝物語必携』學燈社、一九八七年、「王朝物語術語・話型事典（術語の部）」）。

（12） 津島昭宏「おこもの【烏滸物】」、同「こっけいたん【滑稽譚】」、内野信子「ひとわらえ【人笑へ】」（林田孝和・植田恭代・竹内正彦・原岡文子・針本正行・吉井美弥子編『源氏物語事典』大和書房、二〇〇二年）。

（13） 岡一男『源氏物語事典』（春秋社、一九六四年）。

（14） 五十嵐力『平安朝文学史 下巻』（東京堂、一九三九年）、第十六－一五・一六。

（15） 注（8）、前掲の松尾論文「更級・浜松・寝覚に描かれたる可笑味に就いて」。

（16） 福家俊幸『更級日記全注釈』（KADOKAWA、二〇一五年）。

（17） 和田律子『藤原頼通の文化世界と更級日記』（新典社、二〇〇八年）。

（18） 後冷泉朝当時の物語生成とその享受がサロン内で密着している様相、ならびにそうした「場」における物語の受けとめ方については、陣野英則「生成と享受の密着した「場」の文学―「逢坂越えぬ権中納言」論―」（注（3）、前掲書）で推察している。

（19） 柿本奨「更級・浜松・寝覚とその浪漫的精神」（『国語・国文』八－八、京都帝国大学国文学会、一九三八年）。

（20） 池田利夫校注・訳『新編日本古典文学全集27 浜松中納言物語』（小学館、二〇〇一年）、三二頁の頭注六。なお、中西健治『浜松中納言物語全注釈 上巻』（和泉書院、二〇〇四年）では、本文を改めずに「いばへたる」とし、「鶏ならぬ馬の鳴き声でためしてみた、あるいは馬のいななきを工夫して鶏鳴に似せてためした」との解釈を示すが（一一頁）、すぐあとの「鶏《とり》の声にいみじう似せて」と合わないので、支持しがたい。

（21） 藤岡作太郎『国文学全史 平安朝篇』（東京開成館、一九〇五年）、第三期―第十四章。

(22) 石川徹「源氏物語の影響を受けた平安後期の文学」(『古代小説史稿』刀江書院、一九五八年〈←初出は一九五六年〉)。
(23) 土方洋一「『源氏物語』の成立と作者―物語のできてくるかたち―」(助川幸逸郎・立石和弘・土方洋一・松岡智之編『新時代への源氏学4 制作空間の〈紫式部〉』竹林舎、二〇一七年)。
(24) 稲賀敬二「平安末期物語の遊戯性―短編物語クイズ論―」(三谷栄一・今井源衛編『鑑賞日本古典文学 第12巻 堤中納言物語 とりかへばや物語』角川書店、一九七六年)。
(25) 中西健治「傍系的人物構想論」(『浜松中納言物語の研究』大学堂書店、一九八三年〈←一九七二年初出〉)。
(26) 注(20)、前掲の中西注釈書、三五九頁。
(27) 注(20)、前掲の中西注釈書、三五八頁。ただし、同書の注釈では「恋人を慕う心が顔に表れて」(三六〇頁)となっている。
(28) 遠藤嘉基・松尾聰校注『日本古典文学大系77 篁物語 平中物語 浜松中納言物語』岩波書店、一九六四年)、四六三頁、補注二八六。
(29) 注(20)、前掲の池田校注・訳書、一四二頁。
(30) 松浦あゆみ「『浜松中納言物語』の大弐考―男主人公の渡唐・唐后思慕と〈女の物語〉との一接点―」(横井孝・久下裕利編『平安後期物語の新研究―寝覚と浜松を考える―』、新典社、二〇〇九年)。
(31) 注(30)、前掲論文。
(32) 注(21)、前掲書。

Ⅱ 伝播と再創造

『源氏物語絵巻』制作をめぐって
――王家・女院・源氏――

松薗　斉

私自身、長らく天皇や貴族の日記・記録の問題に関わってきたが、近年、文字による記録のみならず、絵画による記録の可能性について関心を持ち、中世の絵巻物についていくつか論じてみた(1)。

これまで絵巻物の研究は、当然美術史の分野を中心に絵画の一ジャンルとして古くから研究が進められ、一方で当該期の物語や説話などの文学をよりビジュアルに表現し楽しむ一つの有力な手段として、文学のジャンルで活発に研究が進められてきたように思われる。歴史学においても、かなり遅れてであるが、絵画史料の有力な供給源として研究が進められ、今日では古文書や古記録などと並んで重要な史料の一つとして扱われている。ただし、歴史学では、中世の文化を論じる際に必ず言及される要素ではあるが、和歌や物語を中心とする貴族文化との関係や、当時社会的に大きな影響力を持っていた前代以来の寺社や新たに勢力を伸ばしつつあった新仏教の宗教的活動の一環として論じられることはあっても、この時代に優れた作品が大量に制作されることの意義について正面から論じられることは少なかったように思われる。

特に徳川美術館などに所蔵されている国宝『源氏物語絵巻』は、絵巻物の代表作品というだけではなく、王朝文化を代表しその象徴というべき位置に置かれて、専門的な歴史書ばかりでなく、高校の教科書などにも必ずと言ってよいほどその写真が紹介されながら、例えば描かれている内容が、作り物語を描いているという点のみならず、その成立が、紫式部が『源氏物語』を執筆した時代から、半世紀以上の年月を経ており、そこに描かれた絵画が史料として扱いにくいこと、さらにその制作にかかわる情報が乏しいこともあり、歴史研究者たちは、美術や文学の研究者の議論を少し離れたところから聞いているような感じで受け止めてきたのではないだろうか。

そのような研究状況の中で、この『源氏物語絵巻』とその同時代の歴史研究との間に橋を架けたのは、やはり歴史学サイドではなく文学研究者からであった。一九九八年に三谷邦明・三田村雅子によって刊行された『源氏物語絵巻の謎を読み解く』（角川選書、以下『読み解く』と略す）は、選書という体裁で一般向けの本として刊行されているが、その内容は『源氏物語絵巻』の見方・読み方をわかりやすく手ほどきするものでありながら、中世から近世まで長い時間的なスタンスの中で、『源氏物語絵巻』の制作が、天皇や上皇など日本の王権をさまざまな形で保持し続けた人々の「歴史」と密接な関係があったことを具体的に描き出し、学問的にも極めて刺激的なものであった。特に院政を開始する白河院、承久の乱後の新たな皇統である後堀河天皇、鎌倉幕府に送り込まれた皇族将軍の嚆矢となった後嵯峨皇子の宗尊親王、さらに中世後期、分裂する持明院統の天皇家においての復権を目指す伏見宮貞成親王など、実は、当時の歴史学ではそれほどその重要性が認識されていなかったこれらの人々に一早く光を当てられ、歴史学の方でも改めてその重要性を認識して、後を追うように研究を進めていった感がある。ただし、両氏がこれらの問題の歴史的背景を理解するために援用した研究は、当然の当時の歴史学の成果であり、私のつたないそれも引用されているが、その後の研究の進展からみると、『源氏物語絵巻』制作とそれぞれの時代の王権との関係性は確かに存在し、結論的な部分は揺るがないと思われるが、その後の歴史学の成果からすれば、個々の問題の意味付けにはいささか違ったアプローチも可能と思われる。以下、『読み解く』で最初に取り上げられている白河院を中心とする『源氏物語絵巻』制作の問題について若干の検討を加えて見よう。

一　『長秋記』元永二年十一月二十七日条

『読み解く』において、白河院と待賢門院による『源氏物語絵巻』制作を示す史料として紹介されたのは、次に示す源師時の日記『長秋記』に見える記事である。

① 「午刻参院、加賀権守忠基於二中宮御方一申二昇殿慶一、平等院僧正被レ参、依二中宮御悩平癒一、昨日被レ給二院御馬一云々、其次語云、今夜除目三位中将可下任二中納言一給上、其間関白并民部卿被レ成二障㝵一云々、入夜参二東面御方一、上皇毎レ事有二恩□一云々、参二中宮御方一、以二中将君一被レ仰云、**源氏絵**間、紙可二調進一、申二承由一、又上皇仰云、画図可レ進者、同申二承由一」（『長秋記』元永二年十一月二十七日条）

元永二（一一一九）年、記主の源師時[2]（参考系図＊1）は白河院の御所に出かけ、史料①として掲示したこの日の日記に以下のことを記している。

㋐ 加賀権守藤原忠基が、内昇殿を許されたことの慶（その報告と感謝を申し上げること）のために中宮（藤原璋子、後の待賢門院）のもとに参上したこと。

㋑ 院の御所には、平等院僧正（行尊）も来ており、中宮の病気の回復の褒美として昨日白河院から馬を賜ったこと。

㋒ この行尊からの情報として、今夜行われる除目において、三位中将（源有仁）が中納言に任ぜられるが（いわゆる中納言中将）、その事について関白（忠実）と民部卿（藤原宗通、権大納言で中宮大夫を兼ねていた）からクレームが出たこと。

㋓ 師時自身のこととして、夜に入って白河院のもとに伺ったら、（有仁に関わる?）すべてのことについてお許

源有仁関係系図

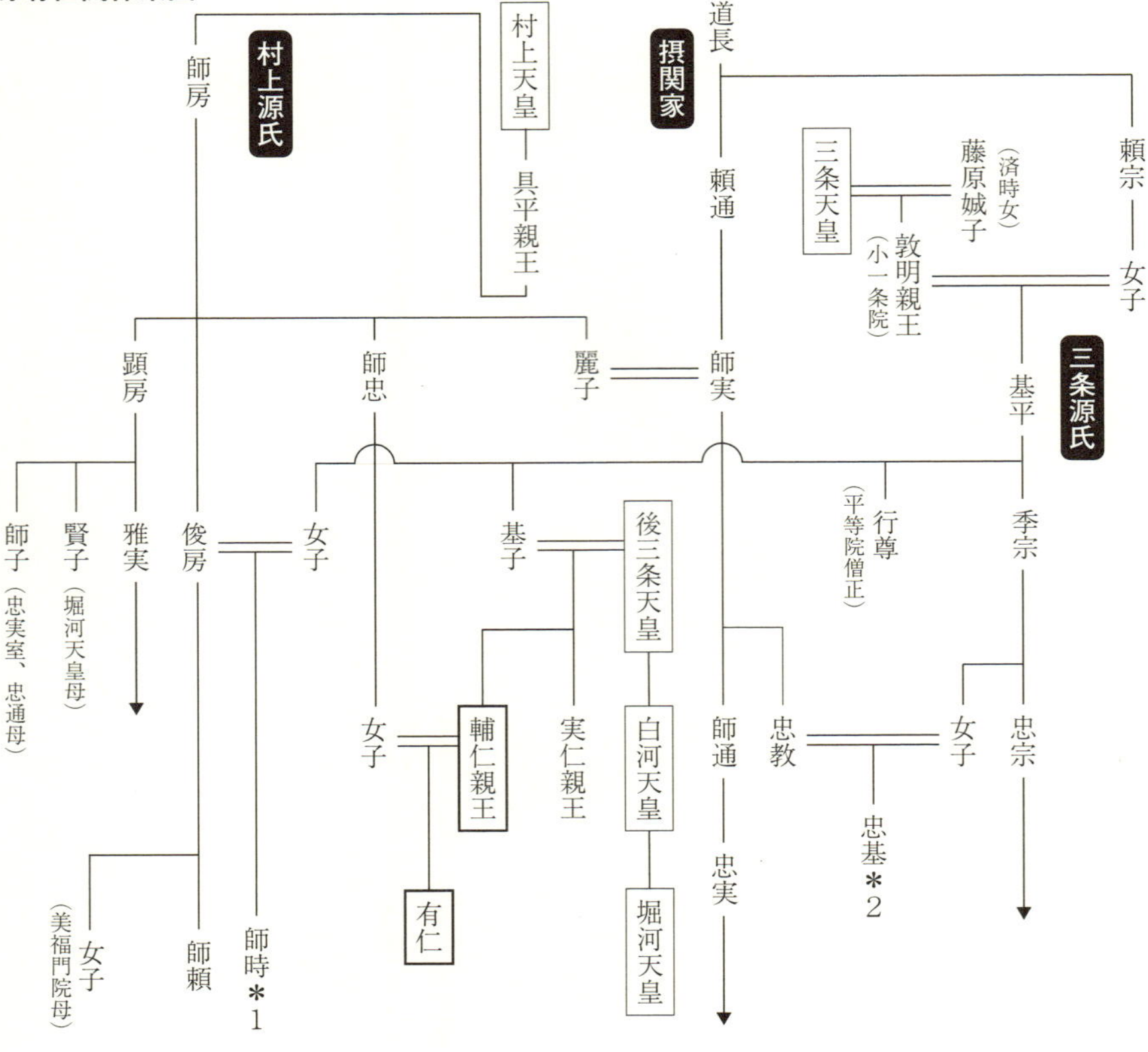

しになられたとのこと、さらに中宮の御所では、「中将君」を介して、「源氏絵」のための料紙を準備することを命ぜられ、この件については、白河院からもその「画図」を用意することを命じられ、師時も承諾したこと。

『読み解く』では、この記事について、㋓に見える「中将君」を源有仁と比定され、㋒に見えるように、この日、摂関家の嫡子しか許されない中納言中将となることになった有仁への白河院の厚遇に応えるために、有仁の後見的な立場でもある師時は、白河院と中宮璋子の共同制作による『源氏物語絵巻』をプロデューサー的立場で請け負うこと（有仁も協力）を承諾したと理解されている。そして、当時の朝廷内部の隠された秘密（皇子の出生に関わること）と『源氏物語』のストーリーをからめながら、その制作の意味を追っていかれるのである。大変刺激的な内容で私自身も興味深く読んだが、この記事については、もう少し考えるべき点があるように思われる。

一つは、㋓に見える「中将君」の理解で、たしかに記主の師時も日常的に有仁を中将の君と親しく読んでいた可能性はあると思うが、日記のような公的な記事ではそのような表現は使わないであろう（実際、㋒では「三位中将」と表記している）。また、この「中将君」を中宮の女房とする説について、「長秋記は女房名に君をつけて呼ぶことはないので採らない」と退けられているが（『読み解く』九五ページ）、次の史料に見えるように、師時は待賢門院の女房を「きみ」付けで呼んでいるようである。

② 「自二女院**女房中納言公**一承次云、故右京大夫俊家深草領、女房一条殿尚執二中少事一也、可三避申一者、令レ申二承之由一了、近日七道諸国門々戸々庄園領地、彼院女房侍等、触レ縁尋レ便、不レ謂二理非事由一、皆所レ令二押領一也、天下欲レ及二千万人一、一身何為レ愁哉」（『長秋記』大治四年三月二十四日条）

この記事は、女院（この場合待賢門院）の女房や侍がさまざまなコネクションを用いて所領を集積しつつあったことを示す史料として、女性史のテキストなどにも引用される有名なもの[3]であるが、「女院の女房中納言公より承る次いでに云はく」と見えるように、師時は、取り次いでもらった女院の女房中納言を「公」と表記しており、これは「君」と同じ意味で「きみ」と呼んだと考えられる。とすれば「中将君」も女房と考える方が自然であろう。そのように理解すると、白河院らの絵巻制作と源有仁は一応無関係と考えた方がよいと思われる。

次に、『読み解く』では、史料①の説明で、中宮藤原璋子のことを女院号である待賢門院と表記されて叙述を進められているが、この点については、次章で述べるように院号宣下を受けて以後とそれ以前は区別して考えるべきと思われ、ここでは中宮もしくは藤原璋子として検討していく。

この史料①の㋑にみえる「平等院僧正」行尊[4]が、三条源氏の出身で、白河院が自分の子孫に皇統を継がせるための大きな障壁となった、異母弟輔仁親王の母源基子（後三条天皇女御）の弟にあたることは、『読み解く』でもすでに指摘されている（輔仁親王の叔父にあたる）。さらに言えば、一見無関係のように見える㋐の記事も、記事に見える藤原忠基（参考系図＊2）は、その母が三条源氏の季宗の娘であり（父は摂関家庶流忠教の子）、季宗は基平の子、つまり季宗と有仁の父輔仁親王は、参考系図に見えるように伯父・甥の関係にあるのである。

㋒の有仁は、参考系図に示したように、村上源氏の師時にとっても、叔父師頼の娘の子にあたり、一方で自身の母の姉基子が後三条天皇との間に儲けた輔仁親王の子が有仁となり、二重の閨閥関係で結ばれている。師時も母方で三条源氏に連なっていることになり、つまるところ師時の日記のこの日の記事は、自分も含めすべて三条源氏に関わる情報を書き留めたものになっているのである。当該期の源氏の問題は、皇統や王朝中枢部の理解と関わっていると考えられるので、後で別に考えてみよう。

もう一つ視点を変えてみると、この師時が白河院と中宮璋子から『源氏物語絵巻』制作を命ぜられた記事は、これ以降関連の記事が見えないため、どのような規模のものなのか、どれくらいの時間を要したのかなどについても不明で、国宝『源氏物語絵巻』と関係があるかもつまるところわからないのであるが、現存する貴族の日記において、絵巻物の制作に関する記事としては最初のものと言ってよいもののようである。『源氏物語』の絵合の巻など開くと、物語を絵画化することが日常的に行われていたことが看取され、絵巻物作成が盛んであったように読めるのであるが、平安中期の男性貴族の日記類には、仏画（絵像など）や屏風・障子などの絵のことはしばしば登場するが、絵巻物らしきものを開いたり作成したりする記事はほとんど見当たらない。それどころか物語（草子）の類の話題もほとんど記されることはない。その点については別に考えてみたいが、管見に入った限りでは、この記事は明らかに絵巻物作成に関する最初の記事といってよく、それが「源氏絵」でスタートするのは象徴的である。

貴族の日記は、現在の感覚から見てもかなり私的な個人的なことを記しているように見えるが、やはり当時の公務についている貴族たちが書き残しておくべき価値があると判断したことを記しているのであり、たとえ平安中期の頃に絵巻物作成が盛んに行われていても、公事を主とする男性貴族の日記では記録対象になっていなかったと考えられる。この中世の開始期である十二世紀初めになって、上皇や中宮から依頼を受けたその制作は公務として認識され始め、日記に書き留められ始めたと言えるかもしれない。実際、中世にかけて絵巻関係の記事は豊富になっていくが、それらの貴族社会における質的な性格の変化をそこに読み取る必要があると考えている。

二　中宮藤原璋子の院号宣下——王家と女院——

中世前期にかけて展開していく女院については、史料的に豊富なことにもより、その所領（女院領）の形成や伝来、女院によって運営される父祖の天皇に対する仏事や祭祀などの「後家」としての管理の問題などについて近年盛んに研究が進められ成果を上げているといえよう。しかし、女院を国家最上部に形成される「家」の問題の中で考える時、それだけで終わってよいかという疑問を持っている。紙面の都合もあり細かな議論は稿を改めたいが、女院がこの時期の最大権門の「家」形成において重要な役割を果たしたことは確かであるが、もともとは変質しつつある国家体制の中で生み出された新しい制度であり、時代の流れとともに役割を変えていった存在として考えてみる必要があろう。

ここではまず初期の女院について検討することから始めよう。

女院制度は、正暦元（九九〇）年、円融天皇の妃で一条天皇の生母である藤原詮子が出家したことによって院号

表1 初期の女院

	院号（氏・名）	宣下～崩御	父（上） 母（下）	配偶	御所生	経歴した身位
1	東三条院（藤原詮子）	991～1001	藤原兼家 藤原中正女	円融天皇	一条生母	皇太后
2	上東門院（藤原彰子）	1026～1074	藤原道長 源倫子	一条天皇	後一条・後朱雀生母	中宮・皇太后・太皇太后
3	陽明門院（禎子内親王）	1069～1094	三条天皇 藤原妍子	後朱雀天皇	後三条生母	中宮・皇后・皇太后・太皇太后
4	二条院（章子内親王）	1074～1105	後一条天皇 藤原威子	後冷泉天皇		中宮・皇太后・太皇太后
5	郁芳門院（媞子内親王）	1093～1096	白河天皇 藤原賢子		堀河准母	中宮

（東三条院）が宣下されたことによってスタートする。上に掲げた表1は、東三条院に続く、初期の女院というべき五人の女院について整理したものである。また、117頁の図1の1、2は、当時の三后（中宮（皇后）・皇太后・太皇太后）に就いた人物とさらに女院となった者たちをその地位の変化がわかるように天皇の代に沿って並べたものである。図中の明朝体・網掛けで示した女性たちは摂関家（道長子孫）出身、ゴチック体・白抜きはそれ以外の出自をもつ女性たちである。また身位の移動は矢印で示した。これらの表・図を参照しながら、当該期の女院の持つ特性について検討してみよう。

最初の女院である東三条院（藤原詮子）は、一条天皇の生母いわゆる国母であり、その立場から関白道隆の後任に伊周ではなく道長を選ぶように迫ったり、道長の娘彰子の入内を画策したりと、国政にしばしば介入がしたことが指摘されている。しかし、彼女の死後、その姪にあたる彰子が中宮から皇太后・太皇太后という三后をすべて経て女院（上東門院）となるまで二十五年ほどの空白期間があり、その女院としての活動を制度的にうかがわせる史料も乏しいことからも、いまだ制度的に定着していなかったと考えるべきであろう。そして図1-1・2に見えるように、上東門院の晩年にやはり中宮（皇后）から三后すべてを経た禎子内親王（後三条の生母）が院号宣下を受け陽明門院として並び立つことによって、複数の女院の存在が可能であることが示され、一人にとどまっていた時代とは異なったレベルでの展開が開始さ

図１－１　三后と女院（一条朝～後冷泉朝）

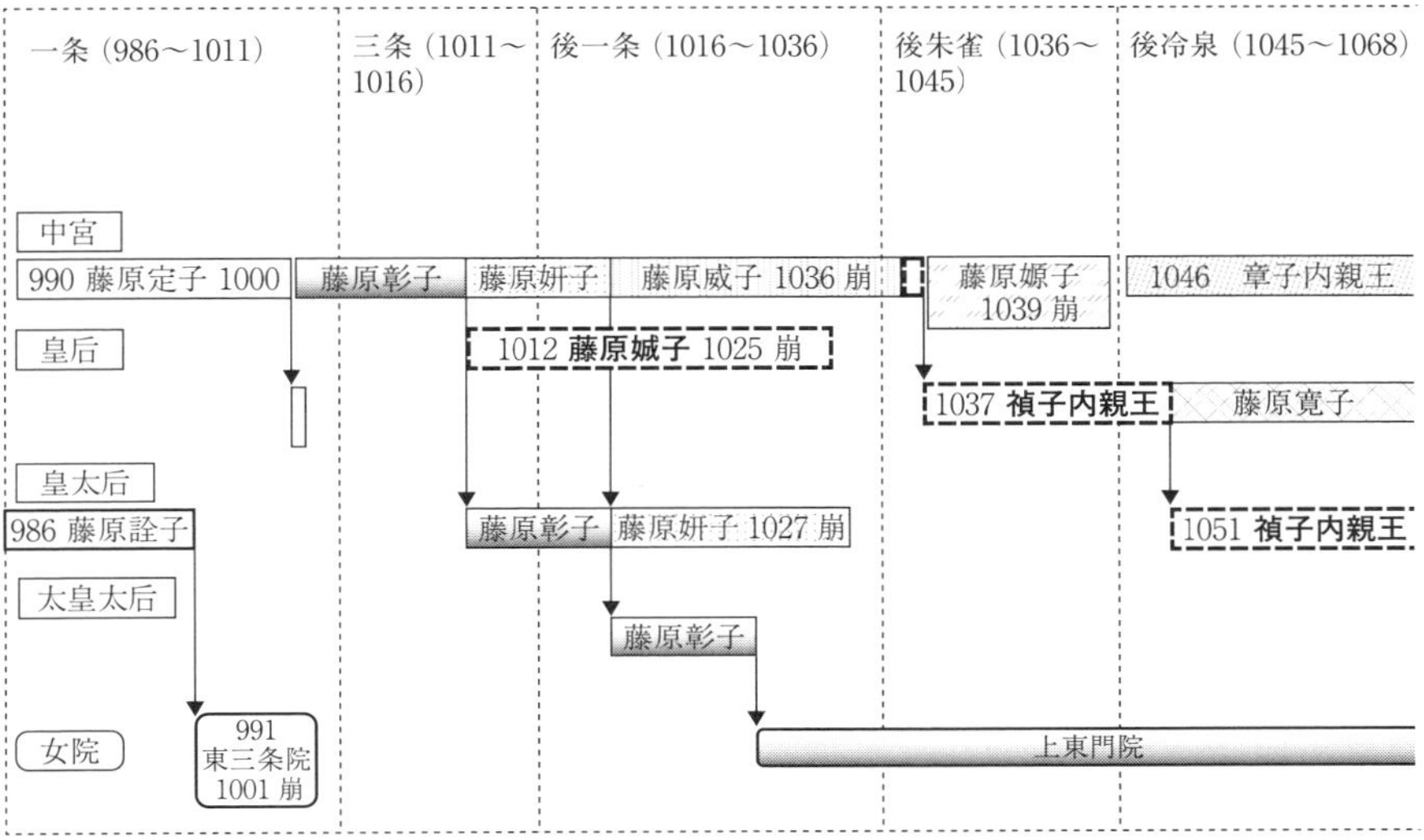

図１－２　三后と女院（後冷泉朝～崇徳朝）

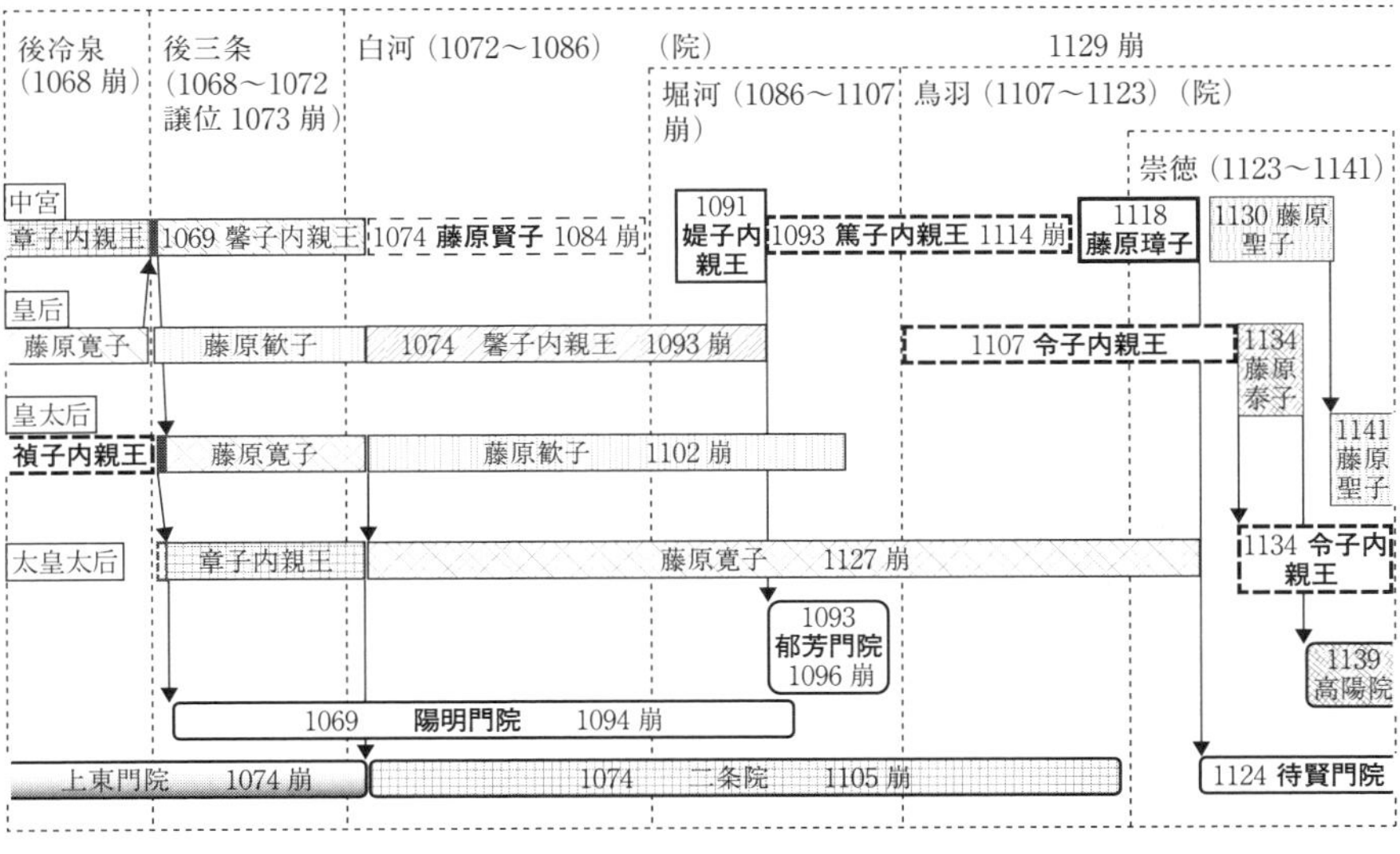

れることになる。

この陽明門院は、皇族として最初の女院であり、後三条天皇即位の翌年宣下されていることからも、そこに後三条の意志が強く反映していると見るべきであり、もしかしたら後三条の父後朱雀の遺詔的なものも存在していたのかもしれない。(5)

『栄花物語』(巻第三十六)には、後朱雀天皇が、病重くなり東宮親仁親王(後冷泉)に譲位した際、泣きじゃくる東宮に「かくな泣き給そ、上東門院によく仕うまつり給へ、二宮思ひ隔てずおぼせ」と言葉をかけているのは、東宮の祖母にあたる彰子とよく相談するようにという指示とともに、新帝の東宮に立つ尊仁親王について「御腹もかはらせ給、御後見もかはらせ給」うことへの配慮も言葉にしている。「故院も女院も関白殿も同じき事におはしましゝだに」とあるように、後一条院・上東門院・関白頼通が一つのファミリーとして強い紐帯をもっており、後冷泉がそのファミリーの一人だった嬉子(道長の娘)を母としていたため、女院と摂関の両方の後見が期待できるのに対し、それを持たない尊仁親王(母は三条源氏の基子)を立太子させることについては、先行きに大きな不安を持っていたことを示している。しかし、ここで二度にわたって『栄花物語』の作者が上東門院のことに触れている点は重要であり、後朱雀がこのような摂関家との関係の薄い尊仁を東宮に据えた時点で、摂関家と分離した天皇の「家」を構想し、将来の実現を尊仁に期待していたのであり、そのためには、女院の存在が鍵になると考えていた可能性があろう。

後朱雀は、彰子を生母としてだけではなく、女院としても見ていたのであろう。彰子が国母としてさらに女院として、さまざまな政治の場面や日常の政務、人事や后の選定などに大きな発言力をもち続けたことは、服藤早苗氏の研究(6)に詳しい。さらに上東門院のさまざまな事績が先例化され、後代の女院(王家・摂関家に関わらず)に大きな影響を与えたことは、高松百香氏によって明らかにされている。(7)『栄花物語』の表現を借りれば「大女院」彰子のような、皇孫たちがいつでも頼ることのできる女院を「家」に生み出すことができたならば、自身が構想する「家」の実現が可能なのではと後朱雀は考えたのではないだろうか。後朱雀が自分の子孫に皇統をというのだけならば、後冷泉でも十分であるが、それでは、いつまでも摂関家に包摂された状態が続いてしまう。天皇の政務に摂関家のサポートはたしかに欠かせないが、「家」としてのイニシアチブは天皇にある、そんな「家」である。

一方、天皇の「家」には欠かせない条件がある。当然のことであるが、あくまで天皇の血（皇位を継げる血筋）を絶やさないことである。そのためには、自身の子孫にこだわっていたら行き詰ってしまうことは確かであり、いざという時は自分の子以外の天皇の血を引く者をその座に据えなければならない。その不慮の事態への準備は、前代よりこの血筋を天皇として王権の主催者に据えてきた政権中枢部の人々も常に認識していたことであった[8]。

このような皇位に就ける資格を持った血族の範囲が、この段階の天皇の「家」となろう。ここでは貴族社会に形成される中世的な「家」とは区別して、「王家」という概念で表現したい。近年、歴史学ではこの概念はしばしば用いられているが、かなり使用する研究者によってイメージする対象に差があるように思われる。ここで新たな概念規定を持ち出してさらにややこしくしてどうするのかというご批判は覚悟のうえで、この古代から中世への移行期の王権の問題を考えていく視角の一つとして提示したいと考えている。

「王家」の家長は天皇もしくは上皇となるが、彼らは「王家」の存続のために一義的には自身の子孫への皇位の継承を望むわけであるが、それに不安がある場合には、「王家」内部で補えるようにスペアを常に考えていくことになる。そして「王家」の安定的な継続には、当該期では女院の存在が大きな意味をもったようである。

その理由の第一に、そのポストが終身制であることである。三后の地位が政治状況の変化で他のポストへの移動を余儀なくされたり、時にその地位を失うことがあるのに対し、女院に一度なると本人の死が訪れるまでそのポストを失うことはない。もともと女院制度のスタートが、皇太后藤原詮子の病による出家を契機としており、出家者でも女院であることに何の問題もない。また所属する「王家」が政治的に大きなダメージを受けても、その地位から追われることはないようである。例えば、高倉院の「王家」に属する建礼門院（平徳子）は、平氏政権の女院ともいうべき存在でもあったが、平氏滅亡後も女院であり続けたし、後鳥羽の生母七条院（藤原殖子）も順徳の生母修明門院（藤原重子）も承久の乱後、やはりその地位から追われることはなかった。「王家」内部に大きな変動があろうと、女院はその一員として常に守られるべき存在であったようで、この属性は女院制度開始時から帯びていたのではないだろうか。だからこそ、後には獲得した所領荘園や邸宅などをストックしておく存在として利用されるようになっていったし、「王家」内部であれば、それらの処分もある程度女院自身が自律的に行うことができたようである。

話を図1にもどそう。図1－2に見えるように、上東門院が承保元（一〇七四）年一〇月に八七歳で崩御した後、摂関家出身の女院はしばらく不在のように見えるが、上東門院の死の直前、つまりその年の六月に院号宣下を受けた章子内親王（二条院）は、後一条と道長の娘威子との間に生まれた皇女であり、図でも示したように摂関家の女院というべき存在である。

彼女の女院宣下は、すでに懐妊中であった白河天皇の女御藤原賢子（師実の養女、実父は村上源氏の顕房）を中宮に立てたいがため、中宮にあった馨子内親王（後三条妃）を皇后に、皇后にあった藤原歓子（後冷泉妃、教通の娘）を皇太后に、皇太后の藤原寛子（後冷泉妃、頼通の娘）を太皇太后にと玉突き人事が行われ、そこからはじき出された章子内親王になされたものである。『栄花物語』（巻第三十九）によれば、中宮の馨子内親王が後三条妃として白河の継母に当たるので、こちらを女院にすべきという意見もあり、また「后にてもおはしまさでと申す」と反対意見もあったようであるが、結局章子内親王に院号宣下がなされた。しかし、これは玉突き人事の結果というような消極的なものではなかったようである。やはり『栄花物語』に見える話として、章子内親王は「みかどの御親」ではないので女院の与えられるべき経済的給付の一部である院分受領は与えられないということになった時、上東門院が「我御院分を譲り申さん」と奏上されたと見えているように、すでに病勝ちで死を予感していた女院が自身の後継者として選び、その強い意志によって実現したと考える方がよいと思われる。

この二条院が長治二（一一〇五）年に崩御した後、しばらく摂関家の女院が不在なのは、康和三（一一〇一）年、師実が薨じた後を継いだ若い忠実の政治力不足によるものであろう。以前の摂関家であれば、長らく太皇太后のポストにある寛子を女院に就けたはずだったが、それができない状態が続いたのである。摂関家に再び女院が復活するためには、白河院崩後の保延五年に院号宣下を受けた忠実の娘泰子（高陽院）まで待たなければならなかった。

一方、後三条の生母禎子内親王を女院（陽明門院）に就けること[9]に成功した「王家」であったが、その強化をめざしながら途中で倒れた後三条院によって残された「遺詔」をめぐって問題が生じていた。

それは、摂関家の師実の養女源茂子との間に生まれた白河天皇（ある意味摂関家との妥協の産物であった）の東宮に三条源氏の基子との間に生まれた実仁親王を据え、さらに実仁に何かあった場合、その後には同じく基子との間の第三皇子輔仁親王（三宮）を就けるようにとの内容（史料的な確認はできないものの恐らく事実であろう）であったらしい。後三条は、譲位後自分が生きている間にそれを実行して見届ける予定であったと思うが、残念ながら病に倒れてしまい、その実現を託されたのは「王家」の女院陽明門院であったと思われる。

この後三条が実仁を立太子することによって次の皇位を決めただけではなく、その先の皇位の継承まで指示を残したのは、この時期の王権における新しい動きではないかと思う。嫡系（嫡子から嫡子へ）という原則でも、摂関家との外戚関係があることといった付帯条件も関係なく、「王家」の長が自身が指名した皇子のみならずその子孫（この場合、三条源氏の基子所生の皇子）に継承させることを決めること自体、単に皇位決定権を掌握したというだけではなく、皇統決定権[10]ともいうべきものを獲得したと考えられないだろうか。そして後三条にとって自分の死後、それを託せるのは、自分の母というだけではなく、三条天皇の皇女であった女院陽明門院であった。彼女は、摂関家の中の上東門院が持っていた力を「王家」の中で発揮することが可能な存在であり、「王家」内部の問題に関してのその発言権では、若い白河天皇を超えるものがあったと思われる。

白河天皇も在位の年月を重ねる中で、自身の子孫に皇位を継承させたい思いが強くなっていったと考えられるが、父後三条の構想する「王家」のもとでは、自分の子孫は「王家」内部のスペア的な存在に陥り、やがてその外に消えてしまうことが予想されたであろう。しかし、一方で自身が属する「王家」による皇統の存続は守っていかなければならないという使命は強く自覚していたと思われる。これまで古くから論じられてきた白河院にとっての三宮問題[11]は、単に院による自身の皇統を守るための、三宮とその子孫（有仁）の一方的な排除ではなく（それは院政という政治形態の形成過程の一プロセスとして扱われる）、「王家」内における皇統決定権を取り戻すことにあったのではないかと考える。そのためには、自身の皇子（善仁親王、堀河天皇）を皇位に就けること（応徳三年に善仁を突如立太子し、その日の内に即位させた）だけでは不十分であった。結果的には、白河院は長命であったため（七十七歳で崩）、曽孫の崇徳までその即位を見届けることができ、自身の「王家」というべきものを確立したが、堀河天皇が幼い宗仁を残して若くして崩じた頃はかなり不安定な状況であったと推測される。特に「王家」内でのイニシアチブを掌握するために、白河自身を長とする「王家」の形成のために、その核となる女院の擁立を模索していたのではないかと推測される。

白河の場合、生母藤原茂子は後三条即位以前に薨じてしまっており、寵愛が深かったという堀河の母中宮賢子も応徳元（一〇八四）年に若くして亡くなっている。寛治五（一〇九一）年、自身の皇女媞子内親王（母賢子）を堀河の准母にし、それを根拠に中宮に冊立するという先例のない強引な後宮人事を行ったのも、すでに八〇歳に達していた「王家」の女院陽明門院の後継者を自身のサイドで用意するためであったと考えられ、何とか二年後に女院に立てたが（郁芳門院）、彼女も嘉保三（一〇九六）年八月、二十一歳の若さで亡くなってしまう。白河は、女院運が悪かったというべきか、彼女が薨じた時にひどく悲しんで出家してしまったというのも、彼女への寵愛が深かったことだけではなく、自身の「王家」構想が一瞬に瓦解したことがその背景にあったに違いない。

媞子内親王が女院となった年、その空いたポストを埋めるかの如く、堀河天皇の中宮のポストにその叔母にあたる篤子内親王が入る。天皇より十九歳年上で皇嗣の誕生があまり期待できそうにない、やはり異例のこの後宮人事は、彼女が白河院の同母妹であっても、母の死別後、陽明門院のもとで養育されており、恐らく陽明門院サイドが白河院に対抗して起こした人事というべきであろう。図1－2に見えるように、郁芳門院崩御後も女院になることのないまま、永久二（一一一四）年に崩ずるまで中宮のままに据え置かれたのがその証であろう。陽明門院は、篤子内親王立后の翌年の寛治八年に崩じており、白河にとって彼女への院号宣下だけはかろうじて行わずにすんだのである。そして白河院は、嘉承二（一一〇七）年、鳥羽天皇即位の直後に皇女令子内親王（母賢子）をやはり准母としてその皇后に立てるが、二十五歳年上であったことは当然皇嗣を期待してのものではなく、また郁芳門院のように、急いで女院にして若死にしてしまったという悪しき先例を作ってしまった以上、この令子内親王を女院にすることには躊躇せざるを得ず、そのままそこに据え置かれたのであった。このように白河院は、後宮対策には打つ手が残っていなかったが、三宮輔仁親王の力をそぐことの方に意を尽くしたようであり、永久元（一一一三）年十月の千寿丸事件はそのような中で起こされたのである。

この事件の二年後、幼いころから養っていた養女璋子（実父は閑院流藤原氏の公実ですでに物故）が、摂関家の忠実の子忠通との婚姻を予定しながらうまくいかず、その三年後の永久五年十二月、すでに元服していた鳥羽天皇の後宮に女御として入れられた。そしてその翌年の正月、中宮に立后され、その年のうちに懐妊、翌元永二（一一一九）年五月、皇子を出産（顕仁親王）したのであった。本稿の主題である「源氏絵」制作が企画されたのはこの年の十一月のことである。顕仁親王は、保安四（一一二三）年正月、立太子と同日に践祚し（崇徳天皇）、翌年一一月には璋子に女院宣下が下ることになる（待賢門院）。

白河院にとって、璋子が顕仁親王を生んだことにより、天皇の生母である正式な女院を自身の「王家」に備えることができる可能性が生じたわけであり、「源氏絵」制作は単に皇統の跡継ぎの誕生というだけではなく、「王家」の完成という側面も合わせて考えるべきではないかと思う。この点について、次章では当該期の源氏の問題からもう少し考えてみよう。

三　源氏のこと

史料①の㋒には、元永二年の十一月に、その年の八月十四日に源氏を賜姓され（『中右記』）、従三位・右中将に任ぜられた輔仁親王の子有仁が、そのまま権中納言に昇進したことが見えている。有仁は、この三年ほど前に白河院の御所で元服しており（『永昌記』永久三年十月二十八日条）、その日の記事に「日来密々有二御猶子之約一云々」とあるように、白河院の猶子となっていたことが知られ、場合によっては親王となり、皇位への可能性が残されていたが、前章で述べたように元永二年に鳥羽天皇に皇子が誕生し、皇嗣のスペアを確保しておく必要がなくなり、その年のうちに臣籍降下となり、その可能性が断たれたというのがこれまでの通説的な理解である。しかし、ここで言う「王家」の概念から言えば、源氏となっても「王家」から除外されたわけではないと理解することも可能と考えており、場合によっては再び親王宣下がなされ、皇位継承の可能性も残されていたと思われる。

平安時代前期、嵯峨天皇の皇子女たちを対象にスタートした源氏であるが[12]、貴族社会の変化の中で、一見同じように見える臣籍降下による源氏賜姓といってもその意味に変化が生じ、同列には扱えない状況が生み出されていると思われる。中世前期の源氏を大雑把に分類する次のようであろうか。

Ａ　嵯峨～光孝源氏（それ以降でも庶流的立場の人々）―主に朝廷の経済的な事情によって源氏賜姓され、やがて貴族社会上層部から脱落し、以後中・下級官人として活動するか、地方に下向・土着して在地領主化（武士化）してしまった源氏。

Ｂ　宇多～三条源氏―摂関家との結びつきや天皇の外戚化、さらに雅楽などの芸能を家芸化するなどの様々な条件のもとに公卿の「家」として貴族社会に何とか残留しえた源氏(13)。

Ｃ　院政期以降、単発的に出現する源氏。王家をめぐる個々の政治的事情によって生み出される。

恐らく一般的に源氏のイメージとして持たれるのは、Ａのタイプ、つまり清和源氏に多い武士などを中心に社会的に多数派を占めている源氏と思われる。貴族社会においては、Ｂの中の特に村上源氏の師房の子孫が後代多く繁栄し、中世においても大臣にまで達することのできる上級貴族の「家」として生き残っていくために、貴族の源氏としてイメージされる。Ｃに属する源氏は、数が少ないこともあって、Ａ・Ｂの中に包摂されてしまい、イメージされにくい存在と思われる。

また、それぞれの源氏のスタート時点を見ると、天皇の皇子である一世源氏と親王の子が臣籍降下した二世源氏以降では大きな身分的格差があるように思われる。古くは、宇多天皇のように、父光孝天皇が即位前の時康親王時代（東宮でもない）に生まれ、当初は定省王にすぎなかったわけであるが、父が陽成天皇の後を受けて即位するも、基経に遠慮して、自身の子孫に皇位を継がせる意志がないことを示すために、皇子たちすべて臣籍降下して源氏にしてしまったので定省も源氏となった。しかし、父光孝は崩ずる間際に、定省を皇籍に復させて親王号を与え、さらに立太子させて崩御、同時に定省は践祚した。一旦臣籍に下っても天皇の皇子（一世源氏）ならば皇籍復帰し即位することも可能であることを示しているが、皇籍か皇籍でないかは極めて政治的な問題であることを示している。

ここで問題としている有仁は、親王の子であり、父輔仁はついに皇位に就けなかったのであるから二世源氏である。前代からの制度では、有仁が皇位の就く可能性は低かったとみなすべきだろう。しかし、「王家」の形成の中でそのハードルは下がりつつあったと考えられる。

鎌倉時代の事例であるが、後鳥羽院からその「王家」を継ぐべき存在であった順徳院は、承久の乱によって佐渡に流され、以後その子孫から皇位に就く者は出なかった。しかし、順徳院の皇子たちは、「王家」内部に生き残っていたとみなすことができるようである。その一流は、岩倉宮と呼ばれた忠成王の子孫たちで、その子彦仁の後、忠房・彦良・彦忠とたどることができる人々である。詳しくは、拙著[14]を参照していただきたいが、順徳院の皇子であった忠成は承久の乱のために親王号を得られず、王のままで終わり、その子彦仁に至って源氏を賜姓された。そしてその子忠房（順徳院の曽孫にあたる）も源氏として官歴をスタートするが、彼の場合、母が摂関家の二条良実の娘であり、本人も当時の関白であった兼基の猶子となったためか、正五位下という摂関家の子弟と同じ待遇でのスタートであった。その後順調に昇進し、徳治元（一三〇六）年九月には右中将に就くとともに、一二月にはそれを兼ねたまま権中納言に昇進する。つまり、有仁と同じ中納言中将についたわけである。忠房も後宇多院の猶子になっていたようであり、有仁と同様の境遇にあったようであるが、忠房の場合、文保二（一三一八）年二月、後宇多院の皇子尊治が践祚し（後醍醐天皇）、後宇多の院政が開始されると、その翌年源姓から皇籍に移され、親王宣下を受けることになるのである。血統的にはずいぶん天皇から遠ざかってしまっていても、院との猶子関係に加え、何らかの政治的判断が加われば、親王となれることを示している。

『読み解く』でも登場する室町期の皇族貞成親王も同様の状況であった。持明院統の皇統は、観応の擾乱によって南朝から皇位を奪われた崇光院の子孫にはもどされず、その弟の後光厳院の子孫に受け継がれていく。その崇光院の孫にあたるのが『看聞日記』の記主である伏見宮貞成であり、父栄仁は親王であったが、貞成は親王宣下をなかなか受けられず、五十四歳でやっと出家を条件にやっと親王となっている。彼も親王の子にすぎず、長らくただの王だったわけであるが、何らかの政治的判断が加わり、後小松院の猶子として親王となった[15]。それだけではない。親王となった貞成の子彦仁王は、皇嗣が絶えた後光厳院流の後小松院の養子となることで親王どころか皇位に就いたのである（後花園天皇）。さらに貞成親王は、天皇の実父ということで、晩年太上天皇号が与えられた（後崇光院）。後花園天皇も天皇の曽孫に過ぎないが、天皇（院）の養子になれば、血統的に遠ざかっていても、親王となり皇位に就くことも可能なのである。

前述の三種類の源氏のうち、Ａのタイプは、世代が下がるとともに、つまり天皇の血がうすまるとともに地位が低下し、貴族社会から脱落していくというのが基本的な性格であったが、Ｃの場合、順徳源氏の忠房のようにそうならないのであり、だからといってこの時代には、持明院統の天皇家や分裂しつつある大覚寺統の王家からは複数の宮家が生まれつつあり、忠房が親王となっても皇位に就く可能性は限りなく低い状態ではあるが、伏見宮の彦仁のようにまったく不可能というわけではないのである。

このようなＣタイプの源氏の嚆矢ともいうべき存在が、三宮輔仁親王の子有仁なのであるが、これまで見てきたような政治的・社会的状況下、白河院の猶子となっている彼は、たとえ源氏に賜姓されていても、場合によっては皇籍に復し親王宣下も可能であったはずである。めぐり合わせによっては皇位にも届く可能性があったわけで、このような有仁の立場は、この時代の人々にとってはそれほど特別な存在とは思われていなかったかもしれない。白河院も有仁を源氏にしたからといって、「王家」の外に追い出したとは考えていないと思われる。皇位に就くために、親王ならば不要な手続きが源氏には一つ多いくらい（皇籍に復帰させ親王号を宣下する）の認識であったと考えられるが、忠房の時代と比較すると、そのたった一つの手続きの重みが限りなく重いというのが現状であったのも確かである。

おわりに

『読み解く』では、元永二年の「源氏絵」制作について、その意義を次のように述べられている。

「ある意味では、ここでの命令者である白河院と待賢門院は光源氏と藤壺の関係を模倣しているのであり、そのことの居直りにも似た宣言がこの源氏物語絵の制作だったと考えられる」（九二ページ）

たしかに璋子が生んだ顕仁親王（崇徳）は、限りなく白河院の子であった可能性が高く、その事実だけを取り出すならば、この指摘は当たっていると言えよう。しかし、その皇子が即位し（冷泉帝）、国母となるところまではよいが、結局光源氏に帝の後見を託して先に亡くなってしまう訳であり、これは今まで女院に恵まれなかった白河院にとっては、絶対に避けたいストーリーであったはずである。璋子はやがて女院となり「王家」を託すべき存在である。そのスタートに当たるこの時、『源氏物語』の内容はあまりに多義的であり、晴れの場における記念品として白河院から彼女へのプレゼントというならば、ちょっと意味深すぎて、周囲の人々も固まってしまいそうである。

その絵巻物化の事業は、公的なものとして受け取られている以上、もっと一般的な建前が示されるべきであろう。例えば、当時においてすでに物語の最高傑作と見なされ、極めて大部な作品全体を絵巻物化するという事業は、「王家」のみが行うべきものという、というような。想像をたくましくすれば、「大女院」上東門院のもとで紫式部が著した『源氏物語』こそ、すでに日程にあがっている新女院誕生を寿ぐにふさわしい「王家」の事業という認識もあったかもしれない。

『今鏡』（みこたち第八）の中で、花園左大臣とよばれた源有仁を「光源氏などもかゝる人をこそ申さまほしくおぼえ給しか」と光源氏に例えている箇所があるが、単にその血統と抜群に和歌や管絃、そして有職の道に優れていた点を光源氏に例えたばかりではなく、その後の叙述の中で、白河院の猶子として、実父輔仁親王の薨去の際は「御ふくなどもし給はざりけるとかや、又うすくてやをはしけん」と軽く済ませ、一方、白河院の崩御の際には「いろこくそめ給へりける」とその喪服の軽重に着目しているように、『今鏡』の作者も有仁を単なる源氏と見なしていない点は注意すべきであろう。前述したように、源氏といっても、有仁は、A・Bタイプのそれとは異なり、「王家」の外の存在ではないのであり、「王家」の長に就こうとしていた白河院は、場合によっては（自身の子孫の断絶など）父後三条の遺詔を履行しなければならない日が来ることさえも想定していたのではないだろうか。

王統を絶やさないことが、王たちの第一の使命であり、日本の王制の主たちもその点を十分理解していたはずである。自身の血を引く皇子孫だけを期待していてはどうにもならない事態が訪れる。それを常に想定して、ある種の担保を用意しておかなければならなかった。中世社会において、さまざまな階層で「家」の形成が進行する中で、天皇のそれだけがなかなか前代からの要素を払拭できないのは、血統という条件を弱めることができないからである。

早くから「家」の形成が進行した摂関家の場合、「家」を構成する日記や所領などの相伝は問題であったが、その後継者たる者の条件は、天皇のそれに比べて時の政治が介入してくることも小さく、さらに五摂家に分裂していくと、互いに養子を迎えれば済む問題であった。天皇の「家」における当該期の段階のそれを「王家」としてとらえるならば、その血統的な範囲は、女院の存在で接続している摂関家や外戚（鎌倉期の西園寺家など）との関係で流動的にならざるを得ない。(16)Cタイプの源氏は、その「王家」の流動性を調整するものとして、以前のタイプの源氏とは異なった機能を持たされているともいえよう。

最後に話を再び『源氏物語』にもどしてみよう。このように「王家」内部の血であれば、時の天皇の実子でなくても問題ないとすれば、光源氏も「王家」の一員である以上（実際彼は太上天皇に準じた待遇を受ける）、その子が天皇となっても、「王家」の存続というレベルでは何の問題もないともいえる。
はたして紫式部は、ここでいう「王家」以前の段階から日本の王制に潜在していた特質を読み取って、物語の中に忍び込ませたのであろうか。中世以後の家父長制的な性格を基準とした「家」の認識では読み誤ってしまう落とし穴が隠されているのかもしれない。さらにそこに道長が実現しつつあった「王家」が限りなく投影されていると読んでしまうと行き過ぎであろうか。式部は「王家」の人々たちが生きている空間の中で、その「王家」がどのようなものであるかを冷徹に見つめているように思われる。

注

（1）「中世における記録の〝発生〟―『法然上人絵伝』と『西方指南抄』に見える夢想記事を中心に―」（坂上康俊編『古代中世の九州と交流』、高志書院、二〇二二）、「絵画による「記録」について―中世の絵巻物に見える行列絵をめぐって―」（『愛知学院大学人間文化研究所紀要・人間文化』三七、二〇二二）、「『蒙古襲来絵詞』について―その文化史的考察」（『愛知学院大学人間文化研究所紀要・人間文化』三九、二〇二四）

（2）当時、右中将兼皇后宮権亮、正四位下。彼が仕える皇后は、白河院皇女で鳥羽天皇准母の令子内親王。

（3）総合女性史研究会編『史料にみる日本女性のあゆみ』（吉川弘文館、二〇〇〇）。この記事に見える「故右京大夫俊家」の「俊家」は、『尊卑分脈』や当時の史料に該当する人物が見えないので、恐らく「後家」の写し誤りであると考えられる。ちなみに『本朝世紀』康治元年二月二十六日条に「是日、待賢門院〔璋子〕於仁和寺法金剛院御所、有御出家事〔法名真如法〕…、女房二人同為尼、故顕仲卿女〔号堀川殿〕・故右京大夫藤定実朝臣女〔号中納言〕、…」と見えるように、この「中納言公」と考えられる女房が、待賢門院の出家に際し一緒に出家しているが、彼女が「故右京大夫藤定実」の娘であることがわかる。藤原定実は、『尊卑分脈』によると、世尊寺流藤原氏伊房の子で源基綱の娘を室としており、元永二年正月二十二日に出家している（『中右記』）。没年は不明であるが、史料②の大治四年以前ということになる。もし「中納言公」が定実の娘であれば、この記事に見える「後家」は、定実の室の源基綱の娘の可能性があり、その所領を何らかの理由で預かっていた師時は、本来の所有者の娘から、同僚の女院女房一条殿に「避り渡す」ように指示されたということになる。

（4）行尊の伝記については、近藤潤一「行尊大僧正論（上・下）—生涯と作品—」（『北海道大学人文科学論集』一〇・一三、一九七三・一九七六）に詳しい。

（5）後朱雀の日記は、後三条に相伝され、さらに後三条の日記とともに白河に相伝され、「後二代御記」として、天皇の「家」の根本家記として位置づけられていく（拙著『日記の家』吉川弘文館、一九九七、第五章）。長い東宮時代を過ごす中で後三条は父の日記を読み込んでいたはずであり、その中で女院の問題に気付かされた可能性もある。

（6）服藤早苗「国母の政治文化—東三条院詮子と上東門院彰子—」（服藤早苗編『平安女性と政治文化—宮廷・生活・ジェンダー—』、明石書店、二〇一七）。

（7）高松百香「院政期摂関家と上東門院故実」（『日本史研究』五一三、二〇〇五）。

（8）中世的な「家」はそれが成熟していくと、つまるところ「家」の後継者に対して血統という条件は弱まっていくことになる。養子という制度も当初は近い親族から選ばれるが、やがて広範な一族、さらに血縁関係のない者でも「家」の存続の方を重視する社会の中では可能となっていく。しかし、天皇の「家」では原則許されない。しかし、不慮の事態が起きるのはどの階層の「家」でも同じである。そのため十四世紀あたりから「宮家」が複数生まれるようになり、皇位の継承を支えることになる。私の理解では、ここでいう「王家」の解体の中で、宮家が生み出されてくるようである（拙著『中世の王家と宮家』臨川書店、二〇二三）。

（9）『水左記』によれば、治暦五（一〇六九）年二月一七日、後三条天皇から陣定で禎子内親王の女院号を議するように諮問があった。この日の陣定の出席者は、関白・左大臣の教通の除くと十五人。女院号の候補としては、禎子内親王がその母妍子（三条天皇妃）から受け継いだ枇杷殿にちなみ枇杷院、もしくはその枇杷殿が面する大路（近衛大路）が大内裏の陽明門から東に延びていることから陽明門院があがった。そして前者を押したのが八人、後者が七人と二つに割れて拮抗したが、それを受けた天皇は後者に決定したのであった。ちなみに枇杷院を支持した公卿は、師実

（右大臣）以下道長子孫の御堂流四人、村上源氏二人、小野宮流一人、道隆流が一人、陽明門院の方は、能長（権大納言）以下御堂流四人、宇多源氏二人、小野宮流一人という状況で、何となくきれいに分かれすぎている印象が拭えなくもない。後三条がなぜ支持公卿が少ない方を選んだのかについては、もう少し考えてみる必要があろう。

(10) 注（8）拙著第一章。

(11) 龍粛「三宮と村上源氏」（『平安時代―爛熟期の文化の様相と治世の動向―』、春秋社、一九六二）以降、この問題に言及する論考は数多い。なお輔仁親王及びその周辺の人物については、関口力「輔仁親王」（『摂関時代文化史研究』、思文閣出版、二〇〇七、初出一九九八）に詳しい。

(12) 林陸朗「賜姓源氏の成立事情」（『上代政治社会の研究』吉川弘文館、一九七四）。

(13) 特に前述の師時は所属する村上源氏については、坂本賞三「村上源氏の性格」（古代学協会編『後期摂関時代史の研究』、吉川弘文館、一九九〇）参照。

(14) 注（8）拙著第三章。

(15) 『薩戒記』応永三十二年六月二十八日条。

(16) 摂関家出身の女院は、必ず后位に就く必要があり、それによって「王家」の一員に位置付けられるとも見なせよう。摂関家出身の女院を常に擁することで、「王家」と摂関家は接続され、貴族社会における独自の地位を保持したのではないだろうか。ただし中世では、皇女でなくとも、三后ではなく准三宮で院号宣下を受ける女性も多くあらわれ、この点は別に検討する必要があろう。

仏法の文芸と『源氏物語』

――法会・源氏供養・一つ蓮の言説をめぐって――

海野圭介

はじめに――『源氏物語』と仏法という課題――

『源氏物語』と「仏教」というテーマは、その表現を支える語彙の面からも、物語を進行させる理路の面からも数多くの議論がなされ、物語を読むための様々な視角が提示されてきた。そのことは、『源氏物語』を読むための指針として近時刊行された、川添房江・松本大『源氏物語を読むための25章』（武蔵野書院、二〇二三年）に、松岡智之「帚木巻×仏教 仏典精査の研究を基礎づける」の章が立てられ、古注釈の時代から問われ続けてきた、仏典と物語の相関に関する理解の歴史が概説され、今後の研究展開への道筋が示されていることからも窺われる。

その一方で、宗教学の領域から日本仏教の研究を先導してきた末木文美士は、近著『仏教からよむ古典文学』（KADOKAWA、二〇一八年）の中で、『源氏物語』と「仏教」のいわく言い難い関係を次のように評している。

『平家物語』が仏教文学と言ってもおかしくないのに対して、『源氏』をそう呼ぶことはしにくい。確かに仏教行事は多く催され、僧侶たちの出番も少なくない。しかし、仏教が中核的な位置を占めるかというと、ただちにそう言うことは躊躇われる。それは、当時の貴族たちの等身大の生活の中で占める仏教の位置を反映しているように思われる。むしろ俗世の愛欲と権力の問題のほうが関心の中心であったかもしれない。(同書一六頁)

この書は一般に向けて書かれた人文書であり、そのことには末木自身も触れているが(同書六頁)、「当時の貴族たちの等身大の生活の中で占める仏教の位置」の「反映」という理解は、この物語と仏教との関係性を考える上で心に留めるべき事柄であろう。しかしながら、「貴族たちの等身大の生活」に仏教が寄り添っていたこともやはり事実で、末木は先の引用に続けて、「だが、彼らにとって仏教がどうでもよいことであったかというと、現代人が考えるほど、単なる形式ではなかった。来世はきわめて切実にリアルな問題であり、それを保証してくれるのは仏教以外にはなかった」ことを改めて確認し、「それればかりでなく、霊のような訳の分からない異界のものから身を守ってくれるのも仏教であった[…]そう考えれば、『源氏』と仏教との関わりを問うことは、それほど不自然なことではない」とこの一節を結んでいる。

『源氏物語』とともにあった仏法の論理や所作が物語の一部となっていることは確かであろう。[1] だが、祖師や高僧の言葉として現在に伝わる仏法の姿と当時の在俗の理解の間に幾何かの不一致があったとしても、それは何ら不思議ではない。まして、作り物語の中にその理念が再生してそれを統一的に制約する原理となっているかと問われれば、その返答は容易ではない。[2] やや象徴的な物言いではあるが、「等身大の生活」を反映した物語という理解は、やはりこのテーマを考える際には念頭に置かなければならない。

この時期の人々が仏法に囲まれて生きていたとはいえ、紫式部をはじめとする僧侶ではない者が、それを知る場は実際には限られていただろう。[3] その機会の一つが仏教儀礼の場(以下、「法会」と称す)であったことは、種々の王朝物語にそうした場面が事々しく描かれることからも容易に想像できる。『枕草子』に「きらきらしきもの。大将、御さき追ひたる。孔雀経の御読経、御修法、五大尊のも。御斎会。蔵人の式部丞の白馬の日、大庭練りたる。

その日、靫負佐の摺衣破らする。尊星王の御修法。季の御読経。熾盛光の御読経」（二七六段。新全集四三二頁）と記される数々の法会の席は、荘厳な雰囲気の中に仏法と出会い、その教えに浸り、身にしみて感じ入る場であっただろう。その鮮烈な印象が、『枕草子』においては「きらきらし」と表現されていると理解される。

『源氏物語』の中にも繰り返し描かれる法会とそこで語られた言説の理解は、この物語を読み進める上で欠くことはできないように思われるが、そうした視角は、物語理解のための新たな視座としても評価されているようである。[4] こうした指摘に導かれつつ、本稿では物語の法会描写を関連する諸資料と付き合わせて読むことで、『源氏物語』と仏法の距離感や『源氏物語』が描き出した仏法の姿の継承などについて考えてみたい。

一　感慨の奥にある譬喩・因縁

『源氏物語』の諸処に描かれる仏事が、その展開を牽引する例は少なくない。賢木巻に記される、桐壺帝一周忌に続けて藤壺が催した法華八講（新全集二―一二九頁）のような盛儀は言うに及ばず、わずか数語で記されるものでも、その法会に向けられた祈りや願いが物語の理解に重要な意味を持つ例もある。例えば、紫上の没後の一年の流れを綴る幻巻末尾の次の場面もそのような箇所で、人目を避けた生活を送っていた光源氏が、明年の出家を念頭に置いて「今年ばかり」とこの年に催される最後の仏事である仏名会に臨む姿が次のように簡潔に描かれている。

　御仏名も今年ばかりにこそはと思せばにや、常よりもことに錫杖の声々などあはれに思さる。行く末ながきことを請ひ願ふも、仏の聞きたまはんことかたはらいたし。（幻。新全集四―五四八頁）

この場面で、光源氏が「あはれに」思ったとされる「錫杖の声々」の背景に、黒田彰・黒田彰子『仏教文学概説』（和泉書院、二〇〇四年）は「仏説を廻る様々な譬喩譚や縁起」を想起する。尾張国真福寺（北野山真福寺宝生院、名古屋市）四世・政祝（?－一四二二）の著した『九条錫杖略注』（真福寺・西教寺蔵）を参照しつつ、「さりげない数語で語られ」る場面ではあるが、「法会の荘厳の最中に、俗世を去ろうとする源氏の決意が固ま」り、「罪深い己れの救われる道を「錫杖の声」に聞き、出家に踏み切る」と源氏の感慨の内実が探られると共に、「読者にもその覚悟が共感される」（同書八九－九十頁）ことを説く。

手ニ執二錫杖一ヲ者、九条錫杖ノ文ハ華厳経ノ文ト云々。夫錫杖ノ声、三世諸佛ノ説法音声、驚二覚スル九界凡聖ノ長眠一ヲ義也。是ヲ以テ一度経レハ耳一ニ身中ノ三妄念滅シ、渡二シテ生死ノ苦海一ヲ、到二ル菩薩ノ覚岸一ニ法縁也云々。凡錫杖ニ有二三種一。一ニハ四輪ハ声聞ノ錫杖、表二四諦一ヲ故。二ニハ十二輪ハ縁覚ノ錫杖、表二十二因縁一ヲ故。三ニハ六輪ハ菩薩ノ錫杖、表二六度一ヲ故。故ニ天竺ノ佛弟子ハ皆不断ニ持二シテ錫杖一遊行スト云々。目連尊者以二天眼一ヲ見ル亡母処一ヲ、墜二無間地獄一ニ。即行テ無間地獄ニ見ントシニ亡母一ヲ、獄卒永劫不開トシテ不開二扉一ヲ。即目連還テ二霊鷲山一ニ白二佛一ニ。々錫杖ヲ給フ二目連一ニ。々々以テ佛ノ錫杖一ヲ行テ無限間地獄一ニ、当テ、門一ニ振二之ヲ三度一。即時ニ無間ノ扉破摧シテ終ニ見二亡母一ヲ云々。［…］（真福寺蔵『九条錫杖略注』）[5]

過去・現在・未来の三世にわたる諸仏の御名を唱えつつ、その年に犯した一切の罪障を悔過し、滅罪を祈る仏名会に響く九条錫杖の音声は、『三宝絵』下巻に叡山坂本勧学会に触れて「コヱ《（声）》仏事ヲナシ」と述べられたのと同じく、仏の存在を確信させ、その威光を体感させるものであっただろう。[6] その響きは、『九条錫杖略注』によれば、この世の迷いの九つの界を輪廻する聖俗の長い眠を覚ますもので、これを一度耳にすれば、身中の三妄念を滅して生死の苦海を渡す縁となり、菩薩の悟りに至る法縁となるという。また、罪を受けて落ちた地獄の責め苦は、著名な目連尊者の亡母の例の如くであるが、仏の錫杖はその無間地獄の扉をも破摧する霊験を約束するものであった。幻巻には、ここに記されるような譬喩譚が直接に説かれることは無いが、「錫杖の声々」に源氏が感慨を覚えたのは記される通りで、『枕草子』にも「たふときこと、九条の錫杖。念仏の回向」（二六一段。新全集四一七頁）と印象深く記し留められる尊き声に触発された情感がどの様のものであったのか、その理解なくては物語への「共感」へと至ることは確かに難しいようにも思われる。

成立年代を隔てる『九条錫杖略注』[7]の説々を『源氏物語』の読み解きに直接に参画させることは、聊か躊躇されることではあるが、それでもなお、こうした指摘が魅力的に感じられるのは、一つには、この時代の人々が仏名会に対して想起するイメージの中に、先の譬喩譚に類するものがあったように思われるからである。著名な記事ではあるが、『政事要略』（国史大系一七六頁）に引かれる『蔵人式』佚文に「十二月十九日、御仏名〔…〕仁寿殿〔…〕孫廂南第一間至第六間、立御屏風六帖。亦南妻立一帖〈並地獄御屏風〉」と仏名会に地獄変屏風が立てられたことが見え、その凄惨な図様を目にした清少納言は、「御仏名のまたの日、地獄絵の御屏風取りわたして、宮に御覧ぜさせたてまつらせたまふ。ゆゆしういみじき事限りなし」（七七段。新全集一三三頁）と『枕草子』に記している。[8]『九条錫杖略注』に説かれるように、地獄巡りを語る目連救母説話を伴う錫杖の霊威譚が仏名会をめぐる因縁として『源氏物語』の成立圏に共有されていた可能性は十分に想定し得るように思われる。光源氏が「あはれに思」った法会の生み出す情緒は、紫式部の時代の人々の「等身大の生活」の中の仏法理解とも重なりあうものであっただろう。[9]この時代の人々の感情を大きく揺さぶる存在としての仏事と、そこで説かれた譬喩や因縁の物語の理解は、この物語を読み進める上でやはり欠くことはできない。

先に加えてまた一つには、衆生を仏法に導くために説かれたであろう譬喩譚、因縁譚の痕跡が、『源氏物語』そのものの中にも記し留められていると考えられるからである。[10]例えば、夕霧巻で語られる紫上の述懐の中で、「無言太子とか、小法師ばらの悲しきことにする昔のたとひのやうに」（新全集四‐四五七頁）と記される無言太子の話は、『奥入』や『定家小本』にもその概要が引かれる『仏説太子慕魄経』（安世高訳・大正蔵一六七）、或いは竺法護訳『仏説太子墓魄経』（同一六八）を原拠とし、『六度集経』にも「太子墓魄経」と示してその引証が見える本生譚を指すが、この小さな経典に載る話を紫式部や定家が知ることができた環境について、三角洋一は、僧肇撰『註維摩詰経』に、維摩が妻妾を持っても五欲の汚泥を離れれば仏道を成ずることができることを述べる一文（佛道品第八）に付された鳩摩羅什の注にこの経の名が「什曰、如太子慕魄比也」とその類話として記されることを指摘し、維摩会或いは『維摩経』の講会の説法において譬喩譚として語られた可能性を想定している。(11)

「入不二法門」（言葉で説くことの出来ない平等の境地）について問いた文殊菩薩に対して、無言でいることでそれに答えた維摩の姿を記す（『維摩経』不二入品第九）など、黙して語らない話を交えて空の観念を説く『維摩経』と無言太子の話の親和性は確かに高いように思われるが、『維摩経』の講説に付随して実際に語られたものであったかは、記録も残らず判然としない。しかしながら、この話は太子の名を「慕魄」と訳す安世高訳が『経律異相』巻三十二に、同じく「沐魄」と訳す竺法護訳が『法苑珠林』巻四十五に収められていて、原拠経典に遡ることなくとも、種々の説話集の出典ともなったこうした仏教類書を通した参照も可能であった。また、十二世紀初頭に行われた阿弥陀三尊図絵の開眼供養における説法草案を含む唱導の記録と考えられている『金沢文庫本仏教説話集』（保延六年（一一四〇）奥書）にも、第七話目に因果応報を説く物語として無言太子譚が収められており、後代の例ではあるが、この話は確かに法会の場で説かれた譬喩譚の一つでもあった。(12) 仏法の因縁の物語は確かに『源氏物語』を形作る一つの要素となっている。

こうした譬喩、因縁の説法を交える法会の在り方は、九世紀前半頃に東大寺の僧侶によって著されたと推測される『東大寺諷誦文稿』に、施主の願意を述べる願文の要文と目される章句と共に種々の譬喩・因縁が記されていることが小峯和明によって確認されており、(13) 古くに遡ると考えられている。『源氏物語』が仏事儀礼を描くに際して直接に下敷きとした資料を同時代に探ることは、『東大寺諷誦文稿』以後の纏まった記録が残らず容易ではないが、(14) 逆に、先の例のような、『源氏物語』や『枕草子』、また『栄花物語』といった王朝物語や筆記に記し留められた仏事や講説に纏わる様々な事績は、この時代の仏法をめぐる文学的営みを考える際に重要な手掛かりとなる。また、法会で行われた様々な文事は、口頭で伝え語られたものであったため、『東大寺諷誦文稿』のような話者側の説法台本や『百座法談聞書抄』（天仁三年（一一一〇））のような受け手側の聞書のみでは、その場の復元は困難な場合が多い。その点においても、王朝文学は法会の場の設えやその用意の在り方、参加する人々の様相、法会への期待の心象やその与える印象といった諸事象についての充実した情報を提供する。そうした意味では、『源氏物語』は、仏法をめぐるこの時代の人々の記憶を留めて伝える「仏教」の文学であるとも言えるだろう。

二　鈴虫巻の法会

『源氏物語』には様々な法会の場が著されており、中にはその様子がこと細かに記される例もある。鈴虫巻の冒頭には、出家した女三宮の持仏開眼供養の様が、その設えを準備する過程から当日の集う人々の賑々しい状況、高座の講師の様子や聴衆の反応に至るまで次のように描き出されている（論述の都合上［a］・［b］・［c］の三つに区分し、何れの部分も途中一部を［…］の様に省略して示す）。

［a］夏ごろ、蓮の花の盛りに、入道の姫宮《（女三宮）》の御持仏どもあらはしたまへる供養せさせたまふ。このたびは大殿の君の御心ざしにて、御念誦堂の具ども、こまかにととのへさせたまへるを、やがてしつらはせたまふ。幡のさまなど、なつかしう心ことなる唐の錦を選び縫はせさせたまへり。紫の上ぞ、いそぎせさせたまひける。花机の覆ひなどのをかしき目染もなつかしう、きよらなるにほひ、染めつけられたる心ばへ、目馴れぬさまなり。

［…］

［b］経は、六道の衆生のために六部書かせたまひて、みづから《（女三宮）》の御持経は、院《（源氏）》ぞ御手づから書かせたまひける。これをだにこの世の結縁にて、かたみに導きかはしたまふべき心を願文に作らせたまへり。さては阿弥陀経、

唐の紙はもろくて、朝夕の御手ならしにもいかがとて、紙屋の人を召して、ことに仰せ言賜ひて心ことにきよらに漉かせたまへるに、この春のころほひより、御心とどめて急ぎ書かせたまへるかひありて、端を見たまふ人々、目も輝きまどひたまふ。[…]

[c] 堂飾りはてて、講師参上り、行道の人々参り集ひたまへば、院もあなたに出たまふとて、宮のおはします西の廂にのぞきたまへれば、狭き心地する仮の御しつらひに、ところせく暑げなるまで、ことごとしく装束きたる女房五六十人ばかり集ひたり。[…] 例の、親王たちなどもいとあまた参りたまへり。御方々より、我も我もといどみ出でたまへる捧物のありさま、心ことにところせきまで見ゆ。七僧の法服など、すべておほかたのことどもは、みな紫の上せさせたまへり。綾の装ひにて、袈裟の縫目まで、見知る人は世になべてならずとめでけりとや、むつかしうこまかなることどもかな。講師のいと尊く事の心を申して、この世にすぐれたまへる盛りを厭ひ離れたまひて、長き世々に絶ゆまじき御契りを法華経に結びたまふ尊く深きさまをあらはして、ただ今の世に才もすぐれ、ゆたけきさきらを、いと心して言ひつづけたる、いと尊ければ、皆人しほたれたまふ。これは、ただ忍びて御念誦堂のはじめと思したることなれど、内裏にも、山の帝（朱雀院）も聞こしめして、みな御使どもあり。御誦経の布施など、いとところせきまでにはかになむ事広ごりける。

（鈴虫。新全集四－三七三～三七八頁）

[a] 女三宮の持仏開眼供養には、源氏や紫上によって幡や机を始めとする数々の美麗な調度が設えられ、[b] 女三宮の持経は源氏が自ら筆を執って書写し、往生の願意を仏に伝える願文も作成されるなど準備が進められている。[c] 持仏堂の飾りも出来上がり、講師が参入して行道の人々も参集した。源氏もそこへ行こうとして女三宮のいる西廂を見てみると、手狭な仮の設えに仰々しく装束を着けた女房が五、六十人ばかり集まっている。開眼供養の当日の法会の場には、親王方も多く参集し、六条院からも競うように寄せられた供物が辺り一面に飾られてい

る。導師の法衣は立派な綾の装いで、そのすばらしさの一々を述べることもうるさい位に行き届いている。そうした荘厳の中で、講師が尊げに法会の趣旨を述べ、世の盛りに穢土を厭い離れて仏に帰依する女三宮の発願の尊き様子が伝えられて、学才に優れ弁舌に長けた僧侶が心を込めて述べ立てる。この催しは内輪に念誦堂の供養をと思っていたけれども、今上帝や朱雀院の耳にも入り、送られた布施が溢れんばかりになっているようだ。

［c］の傍線部に見える講師の描写には、法会に参集した七僧（講師、読師、呪願師、三礼師、唄師、散華師、堂達）の役割が十分に描き分けられていないとの指摘もあるが[15]、近しい時期の公家日記を見ても、七僧の名と役割が列記される例は少なくないものの、「今日、相府、家の念誦堂に於いて、七僧を請じ、万僧供の趣きを開白せしむと云々」（『小右記』長和元年（一〇一二）六月八日条。原漢文。古記録類の引用は、原文表記を必要とする引用以外は以下同様に読み下して記す）、「七僧、天台座主明快・大僧都慶範・少僧都長筭・律師円縁・法橋上人位戒源・同定聖・堂達阿闍梨兼寿等なり。僧侶、皆、著座す。慶範講師・円縁読師、各、高座に登る。行道の後、講説、例のごとし。事了りて、行香有り」（『春記』天喜二年（一〇五四）五月十九日条）のように、法会の趣旨を伝える表白が唱えられ、説経が行われたことが記される程度で、参集した僧侶それぞれの所作が逐一記録されることは殆どない。参加者の関心が奈辺にあったのかが理解される記述と言える[16]。法会に集う聴衆の視線を一手に受ける講師の華々しさは、『枕草子』にも、「講師もはえばえしくおぼゆるなるべし、いかで語り伝ふばかりと説き出でたなり」（三一段。新全集七五頁）と、後代まで記憶されるようにと意気込んで語り出す姿として記録されている。この鈴虫巻の法会の描写も、古記録類と同じく、『法華経』に取材し「長き世々に絶ゆまじき御契り」を説く表白が法会の開催に際して唱えられたことが述べられ、それに続けて「今の世に才もすぐれ、ゆたけきさきら」と才学に優れ才気に満ちた能説による説経が行われたことを記しているのであろう。

高座の導師がその座の本尊に法会の趣旨を述べ、併せて聴衆にも説き聞かせる文である表白は、文辞を凝らした美文を卓越した声技で伝えて感動を誘い、また、譬喩、因縁を交えた巧みな弁舌によって説かれる説経は、同座した参集の涙を誘うものであった。法会の規模は自ずと異なるだろうが、『権記』寛弘八年（一〇一一）三月二十七日条には、藤原道長（九六六―一〇二八）の金色等身の阿弥陀仏開眼供養の座における講師の振る舞いが次のように記録されている（原漢文。読み下して記す）(17)。

> 今日、金色等身の阿弥陀仏・墨字の弥陀経百巻を開眼供養せらる。五十口の僧を屈す。権大僧都院源を請じて講師と為す。説経、微妙なり。願主《（藤原道長）》の御本意に合ふと云々。是れ只、後生の為に行なはるる事なり。而るに丹波守匡衡《（大江）》朝臣の作る願文、事の忌みを避くる間、丞相の御意に合はず。然れども僧都《（院源）》、其の気色を見、事の忌みを避けず、人の聴くを憚らず、開講の旨を表白す。主人、感嘆に堪へず、落涙を抑へ難し。集会の衆人、一心に聴聞す。中より亥に至り、座席、久しと雖も、講食頃のごとく、敢へて他心無し。弁説、微妙なり。講了る後、阿闍梨心誉を導師と為て念仏す。事了りて、殿上人・地下の四位等、禄を取りて僧に施す。僧侶、退下す。丞相、大僧都定澄・院源を留めて饌を羞む。深更、事了んぬ。各、分散す。

この法会は、権大僧都院源（九五一―一〇二八）を講師として、五十口もの僧侶を擁して催された大規模なものであったが、そのために大江匡衡（九五二―一〇一二）が代作した願文は、「事の忌みを避」けたため、施主である道長の意に沿うものとはならなかったという。『御堂関白記』同日条には、「仏経を供養す。是れ只後生の為なり。願文を作る。匡衡作る。本日《（意）》に非ず、多く現世の事を云ふ」と見え、『権記』の記す「事の忌み」とは死後のことで、この日の法会は、後世の供養を目的として催行したものであったが、匡衡の願文にはそれとは異なる現世安穏の願いが綴られていたらしい。しかしながら、講師の院源は願主の意を汲み取り表白した。すると道長は感嘆に堪へず涙を落としたという。施主の願意を見事に見抜いて説き及んだことに対する感心も然ることながら、「説経、微妙」、「弁説、微妙」とその講説の巧みな様が記録されるように、類い希なる院源の弁舌に導かれた落涙でもあっただろう。道長自身も、「講師院源僧都、演説未曾有なり。心開本意のごとし。衆人の感ずる所比ぶる無し」（『御堂関白記』同日条）と、院源の「演説」は「未曾有」のものであったと記している。

法会に接して聴衆が感極まる様子は、「清範講師にて、説く事、はたいと悲しければ、ことに物のあはれ深かるまじき、若き人々、みな泣くめり」（『枕草子』二九段、新全集二四二頁）、「大后《藤原彰子》、弘徽殿に於いて一条院の奉為に法華経を供養せしむ。僧綱・凡僧等十一人を請僧と為す。殊に已講永昭を以て講師と為す。釈経、優妙にして、落涙、禁じ難し」（『小右記』寛仁三年（一〇一九）六月二二日条）など、道長に近しい時代の文学や日記にも数多く記録されている。先の［c］傍線部の末尾に「いと尊ければ、皆人しほたれたまふ」と、その説法の尊さに皆人が涙で袖を濡らしたというのも、施主の願意の尊さへの共感とともに、その深い志を見事に説き顕して雄弁に伝えた能説に触発されてのことでもあったのだろう。

古記録に記されるこうした様子は、『源氏物語』の描写における当時の法会の反映を想像させるものだが、それに加えて留意すべきことは、希代の能説として『続本朝往生伝』に「能説の師には清範・静照・院源・覚縁」（思想大系二二四頁）とその名の伝わる院源の説法を紫式部が直接に経験していることであろう。『紫式部日記』（寛弘五年（一〇〇八）九月十一日）には、「北の御障子、二間はなちて、廂にうつらせたまふ。御簾などもえかけあへねば、御几帳をおしかさねておはします。僧正、きやうてふ《（定澄カ）》僧都、法務僧都などさぶらひて、加持まゐる。院源僧都、きのふ《（藤原道長が）》書かせたまひし御願書に、いみじきことども書き加へて、読みあげ続けたる言の葉の、あはれにたふとく、頼もしげなること限りなきに」（新全集一三二頁）と、中宮・彰子のお産の無事を祈る祈願の場で、道長が書いた安産祈願の願文に基づき、「いみじきことども書き加へて」読み上げる院源の姿が記されている。院源が「書き加へ」たとされる具体的な内容は記されないが、先に見た寛弘八年（一〇一一）の道長の阿弥陀仏開眼供養の例のように、導師の判断と裁量でその場に相応しい言葉が添えられて語られたのであろう。それは、「あはれにたふとく、頼もしげ」と評されることからも、願書に綴られる文言の意を適切に汲み、それを正確に踏まえながら、更に頼もしげな先例としての尊い譬喩・因縁の物語の文言を加えて説くものであったと考えられる。

こうした記述は、この時代における唱導の師の説法の在り方や法会の遂行の理解に資するのみならず、『源氏物語』や『枕草子』といった王朝文芸に描かれる法会の情緒が、同時代の名匠の生み出した類い希な興奮の体験を直接に下敷にしたものであったことを改めて確認させる[18]。また、そこには祈りの声の響きと不可分に仏法による救いを譬喩・因縁を交えて説く物語があり、そこで表現された仏法の言葉と観念とが法会の施行を通して人々に深く浸透し、記憶されたであろうことも想像させる。

物語に描かれる登場人物の人生の節目に配置されてその時折の苦悩と向き合い、仏法の力によってそれを超克することを祈る法会を描く場面は、『源氏物語』と仏法との関わりを考え、また、この時代の人々の仏法への向き合い方を理解する上でも興味は尽きないが、こうした仏法の功徳を頼み、それを説き伝える法会の様子を描く場面が、殊更に注目され、謂わば、その場面を眼目として『源氏物語』が受容されることがあったのではないかという指摘がある。

三　結縁する人々の物語

先に示した鈴虫巻に描かれる女三宮の持仏開眼供養をめぐる法会の描写については、牧野淳司に見逃しがたい指摘がある[19]。牧野は、この場面と御法巻に描かれる紫上の法華経千部供養の二つの場面の分析を通して、そこに「お互いの縁（夫婦の縁を始めとする現世での縁）を確認し合い、来世で共に救済されることを願う（契る）様子」が描かれることに改めて着目し、次のように述べる。

物語中には断片的ではあるが、法会における説経師の言葉や願文の内容を窺わせる記述がある。そこからは、説経師が現世の縁を大切に考える人々の心情を突き放すのではなく、むしろそれに寄り添い、理解する立場から講説を行っている様子を知ることができる。『源氏物語』には御法の場に結縁し、お互いの契りを確認し合う人々と、それを肯定し讃える説経師の姿がたしかに描き込まれている。（同論文三一頁）

この指摘の通り、一方で出家を妨げる「絆《ほだし》」として物語中に繰り返し描かれるような、この世における縁者との強固な結びつきが、法会の場面においては確かに救済の証しとして強調されている。例えば、先に示した鈴虫巻の女三宮の持仏開眼供養の場面では、「これ（源氏が書写した女三宮の持経）をだにこの世の結縁にて、かたみに導きかはしたまふべき心を願文に作らせたまへり」（前掲［b］傍線部）と、源氏と女三宮との「この世の結縁」のしるしとして、手づから写した経が両者を導く機縁となるようにとの願いが願文に込められ、法会の場においても、その願意が「長き世々に絶ゆまじき御契りを法華経に結び」（前掲［c］傍線部）と肯定的に説かれている。こうした描写や、御法巻に描かれる紫上の法華経千部供養の場における明石の御方、花散里といった人々が紫上と和歌を交わしつつ御法へと結縁し、互いの古くからの縁を確認する例（新全集四－四九五頁）を手がかりとして、仏法に結縁する場である法会が、その座に同席した人々がお互いの強い因縁を改めて確認することで、来世での救済を願う気持ちを共有する場ともなったであろうことを牧野は指摘し、『源氏物語』が「法会による結縁を描く物語としての一面を持っていた」ことを強調している。

この論自体は、副題にも示されるように源氏供養の発生について論じることを主旨とするが、『源氏物語』に描かれる法会の描写に対する読み解きとしても示唆に富む。それに加えて、源氏供養[20]の本質が、その供養を通した法会に参集した人々の救済の願意であったことを改めて確認し、そのことと『源氏物語』に描かれる法会の場面の共通性に及ぶ指摘は、物語が法会を通して描き出した仏法の姿がどのように読み継がれ、理解されていったのかを考える上でも重要な視角を提示しているように思われる。
源氏供養とその歴史については、本邦における狂言綺語観の展開を説明する事例の一つとして、仏教史の視点の側から問われることが多く、紫式部の堕地獄とその救済の言説に焦点が絞られがちであったが、法会の施行を伝える現在知られる最初期の作品である、安居院澄憲（一一二六－一二〇三）による「源氏一品経供養表白」には、その後半部に「一つには彼の制作の幽魂を救はんが為に、一つには其の見聞の諸人を済はんが為に」（傍線部）と、法会の目的の一つが紫式部の幽魂の救済であり、また一つがそれを見聞きする人々の救済であったことが確かに記されている（原漢文。引用は、袴田光康「源氏一品経」（日向一雅編『源氏物語と仏教――仏教・故事・儀礼』青簡舎、二〇〇九年）の校訂本文と訓読による。以下同様[21]）。

［…］爰に信心大施主禅定比丘尼、
一つには彼の制作の幽魂を救はんが為に、一つには其の見聞の諸人を済はんが為に、
殊に道俗貴賎を勧めて、法花廿八品の真文を書写し、
巻々の端に源氏の一篇を図かしむ。蓋し煩悩を転じて菩提と為すなり。
経の品々は即ち物語の篇目を宛て、愛語を翻がへして種智と為す。
昔白楽天願を発し、狂言綺語の謬を以て、
讃仏乗の因と為し、転法輪の縁と為せり。
今比丘尼物を済へ、数篇の艶詞の過を翻がへし、
実相の理に帰一せしめ、三菩提の因と為す。
彼も一時なり此も一時なり。共に苦海を離れて同じくは覚岸に登らん。

また、「道俗貴賎を勧めて、法花廿八品の真文を書写し」、「経の品々は即ち物語の篇目を宛て、愛語を翻がへし

て種智と為す」（点線部）と、人々に『法華経』二十八品の書写を勧め、その縁を頼りに「共に苦海を離れて同じくは覚岸に登らん」（二重傍線部）と、「共に」往生することが末尾にも願われている。この「共に」とあるのは、先の傍線部の文言に照らし合わせれば、『阿弥陀経』に「舎利弗、衆生聞かんもの、まさに発願してかの国に生ぜんと願ふべし。ゆゑはいかん。かくのごときの諸上善人とともに一処に会することを得ればなり」（原漢文）と説かれる、所謂「倶会一処」[22]の願いのように、紫式部と「供に」結縁する「見聞の諸人」の往生が願われていると理解される。

結縁する類縁者も諸共に極楽浄土へと往生したいと願う発想自体が『源氏物語』そのものに淵源するのではないか、つまりはその言説自体が、『源氏物語』理解の一つの形として「広い意味での源氏物語注釈（『源氏物語』の読み方の一つを示したもの）と言うことができる」のではないかという牧野の指摘は、やや俯瞰的視点から見るのならば、浅田徹がやはり源氏供養を論じて、「一方では救済すべき罪の象徴となり、他方では礼拝すべき神聖なものとされることは、同じことがらの表裏をなすもの」で、「源氏供養は、和歌を中心に古典文学のステータスが上げられていったことによる歪み、ひずみの表現」であり、「古典和歌や源氏物語が、たかだか文学でありながら、人生を費やして深く鑑賞し、研究すべき重要なものと意識されるようになった時代状況の反映」[23]と説明したような、『源氏物語』の受容の歴史的展開の中で理解されるべきものでもあろう。

『源氏物語』のプロットや語彙に学び、それらを援用して文言を綴ることは、それ以後の文芸創造の方法として定着してゆく。王朝物語としての再生は言うに及ばず、その一部が次代の文芸創造の雛形となる例も少なくない。例えば、『源氏物語』に描かれる須磨・明石への下向は、旅や漂泊の文学にその発想と語彙やフレーズを提供しているが、そのことについては『方丈記』、『海道記』、『肥後道記』をはじめとする中世から近世へかけて著された様々な作品を対象とした検討があり、具体的な在り方が分析されている。[24]こうした作品は、『源氏物語』の一部が羈旅の物語として切り出され、物語の中へと自身の姿を投影して、その枠組みをもって著述者の現在を綴るための祖型として受容されていったことを伝えている。こうした例と同様に、物語を味読し、それに耽溺する人々として記される「源氏一品経供養表白」の結縁者が、『源氏物語』に様々に描かれる共に後世を願う人々の姿に自身のあるべき姿を投企したとして何ら不自然ではない[25]。また、稀代の唱導僧として知られる澄憲が、美福門院加賀（?－一一九三）が想定され、近年では八条院丹波（高階愷子）の可能性も問われる[26]施主とその周辺の人々の願意を遺憾無く汲み取り、「源氏一品経供養表白」を作成したのであるのならば、そのことは、先に見た『御堂関白記』や『紫式部日記』に記録される、施主の願意を十全に理解し、それを延べ広げて言葉を紡ぎ声に顕す能説の導師の姿に重なる。

「源氏一品経供養表白」は、その前半部に作り物語の作品名を列記して「皆虚誕を以て宗と為す」とある文言が、末尾の狂言綺語観を説く文脈に呼応するため、全編がそれに回収されて理解されがちであるが、一方でそれらの物語についても「皆唯男女交会の道を語る」と付言されており、紫式部の堕地獄の原因については、中間部分に次のように述べられている。

［…］艶詞甚だ佳美にして心情多く揚蕩たり。
男女の色を重んずる家、貴賎の艶を事とする人、
之を以て口実に備え、之を以て心機に蓄ふ。
故に深窓の未だ嫁がざる女、之を見れば偸かに懐春の思ひを動かし、
冷たき席に独り臥す男、之を披けば徒に思秋の心を労す。
故に彼の制作の亡霊と謂ひ、此の披閲の諸人と謂ひ、
定めて輪廻の罪根を結び、悉く奈落の剣林に墜つべし。
故に紫式部の亡霊、昔人の夢に託して罪根の重きことを告げけり。［…］

多くの言葉を費やして説かれるこうした「男女交会」の物語の罪過は、源氏供養を求めた施主や結縁者達の琴線に触れるものであったと推測される。『源氏物語』のストーリーを熟知していたであろうこれらの人々は、物語に描かれる「男女の色」が苦悩と共にあることも、その結末が幻巻や鈴虫巻のように仏法の物語として描かれ、有縁の者と共に一所へ往生することを祈る姿で締め括られることも承知していただろう。供養の対象が外ならぬ『源氏物語』とその作者としての紫式部であったことを考え合わせれば、こうした物語の展開を現実に置き換えたものが、源氏供養であったとするのも、故無き理解ではないだろう。従来、施主の問題として「源氏一品経供養表白」が考えられたことはあまりなかったように思われるが、貴人に伺候したと思われる女性が施主であることの意味は、改めて考究されるべきであろう。また、そうした施主の背後に美福門院（藤原得子、一一一七－六〇）とその女・八条女院（暲子内親王、一一三七－一二一一）の存在を想定し、美福門院の御忌にあわせた遂行の可能性を問う蟹江希世子の指摘は[27]、「予測に過ぎない」と断られてはいるように、具体的にそれを伝える資料は知られないものの、その蓋然性の再検証は、女院文化圏の理解に新たな視野を開く可能性を有しているように思われる。

四　一つ蓮への願い

先に見たような、現世での縁をもって一所に往生することを願う発想は、「一蓮托生」の語で説明されることが多い。この言葉は現在でも慣用的に通行するため、普遍的な観念であるように捉えられがちであるが、この語句それ自体は漢訳仏典に出典が確認できない。このことについては、前掲の牧野論文でも参照される、佐伯真一「「ひとつはちす」考」（『青山語文』四二、二〇一二年三月）が、「現世において個人が積み上げた因が来世に果として現れるという仏教本来の教えにはそぐわない」一つ蓮への往生を祈る表現が生じた道筋を丁寧に辿り、通説とは逆に

「一蓮托生」の語が「ひとつ蓮」を漢語のように表現した「和製仏教語ともいうべき」語であろうこと、その「ひとつ蓮」への往生を願う発想が確認されるのが、『源氏物語』とそれにやや先行する藤原為頼（?－九九八）の家集『為頼集』(28)辺りを上限とすることを明らかにしている。

この世での縁を契機として一つ蓮へと共に往生することを願う観念と表現は、『源氏物語』に複数回願われていることからも、十世紀末から十一世紀初頭には既に違和感なく受け入れられるようになっていたと考えられるが、人々が互いの縁を確認し、その縁を根拠として同じ場所への往生を願う表現にこの言葉を用い、『源氏物語』の影響下になったものとして注目される作品に『高倉院升遐記』がある。(29)

この記は、高倉天皇（一一六一－八一）の凶事の始終を源通親（一一四九－一二〇二）が日次記風に仮名で綴ったもので、院の危篤から崩御、葬送、月次の法要、一周忌の法要と凡そ一年にわたる哀悼の日々が記録されている。他の仮名日記と同じく、その文辞には『源氏物語』からの強い影響が認められるが、(30)そのことは、早くに久保田淳に詳細な読み解きを含む検討がある。(31)久保田は、「末代の明王と仰がれ、周の文王になぞらえられた新院高倉院の霊前に新院別当通親が捧げた、惣重華麗な誄である」と『高倉院升遐記』の性格を見据えた上で、「『源氏物語』の叙述――特に人の死や出家に関するその叙述――に拠ることが」多かったことを指摘する。また、「帝王の死を荘厳する物語からの影響について、「『源氏物語』が王朝美学の規範として機能しているといえないことはない」と断った上で、「それにとどまらず」「死すべき者としての人間の宿命を――換言すれば生の縮図を――この物語に探ろうという意図」を認めたいとする印象的な言葉を記している。

こうした著述内容の全てを通親自身に還元することができるか否かについては、この作品と常に併せて論じられる『高倉院厳島行幸記』を精緻に読み解いた小川剛生によって、やはり慎重を期すべきとの指摘があり、加筆増補による記録から物語への展開についての検討の既に備わる『安元御賀記』(32)とともに、近しい時期における改作を通した平家時代の造形と継承の問題として興味が引かれるが、[33]現時点では検討に足る材料を持たない。現在伝わる『高倉院升遐記』に限ってみれば、その表現は『源氏物語』をはじめとする先行する物語や和歌、漢詩の文辞を用いて著述されており、またその内容は往生伝的な要素を備えている。[34]例えば、この記の終末近くにあたる翌年一月の一周忌を控えた師走の月忌へと至る部分には、中宮（平徳子（一一五五－一二二四）。建礼門院。高倉天皇中宮）の六波羅池殿（平頼盛邸）への行啓などの昔を回顧しつつ過ごす日々の間に、高倉院に見《まみ》えるために法華堂（清閑寺。高倉天皇墓所）へ向かい、そこで感慨に耽る通親の姿が、『源氏物語』の表現を援用しつつ次のように描かれている。

中宮《（平徳子）》ことさら久しく入らせおはしまさで、よき日して六波羅へ忍びてあからさまに渡らせ給ける有様も、昔にはかはりて、内などへ入らせ給て、出でさせ給しには、まづいつしか御車寄へ渡らせおはしましゝことなど思ひ出でられて、

　いかばかり秋の深山にすむ月のさしいる影のさびしかるらん

常よりも袖も露けき時しも、深見草心地よげに咲きそむるを見て、

　深見草思ひそめてし君なれば露も心にかけぬ間ぞなき

池殿にて、常の御所にてありし、軒近き花橘の雨かきくらし降りしむ夕、にほひたゞならぬを折りて書きつけ侍ける。

　常よりも花橘の露けきは昔触れこし袖や露けき

次の日まいりたりしに、かく返し侍ける。

　かほる香をなれにし袖の匂かと花橘も昔恋ふらん

暮れがたき日ぐらし、心のどかなるにつけても慰めかねて、法華堂へまいりて見参に入ると思ひなして、ひきあけて見れば、普賢ばかりいませ給たるも恨めしく、「よし、後の世、花の中の栖、恒順衆生の誓ひあやま

たず、同じ蓮に迎へさせたまへ」と、「法界三昧普賢大士」と申つ、、庭の気色を見れば、いつしか草も青みわたり、石も苔むして、「なにがしが墓に草初めて青し」とうちながめられて、

　夏草の茂みにつけて思かなもえし煙にそはぬはかなさ(35)　（新大系六三〜六四頁）

法華堂での高倉院との邂逅は当然ながら叶わず、そこで普賢菩薩の像を目にした通親は、それすらも恨めしく思いながらも、普賢十願の一つである「恒順衆生」（恒に衆生に順《したが》い、普く回向する）の誓いのごとく、浄土での院との再開を「同じ蓮に迎へさせたまへ」（二重傍線部末尾）と願うが、この一節は、先に見た鈴虫巻の女三宮の持仏開眼供養の場面の［c］の中略した部分に記される、源氏と女三宮の間の次の贈答の場面の文言（二重傍線部）を踏まえている。

「（源氏）かかる方の御営みをも、もろともにいそがんものとは思ひよらざりしことなり。よし、後の世だに、かの花の中の宿に隔てなくとを思ほせ」とて、うち泣きたまひぬ。

　はちす葉をおなじ台と契りおきて露のわかるる今日ぞ悲しき

と御硯にさし濡らして、香染なる御扇に書きつけたまへり。

宮（女三宮）、

　へだてなくはちすの宿を契りても君が心やすまじとすらむ　（鈴虫。新全集四‐三六七〜三六八頁）

この法華堂の場面には『源氏物語』に描かれた数々の哀悼の場面を構成する言葉が鏤められており、続けて記される「法界三昧普賢大士」（傍線部）の一節は、葵巻で死去した葵上のために源氏が経を読み祈りを捧げる場面に「経忍びやかに読みたまひつつ、「法界三昧普賢大士」とうちのたまへる」（新全集二‐四九頁）とある部分の引用で、「なにがしが墓に草初めて青し」（傍線部）も、柏木巻で柏木への哀惜を呟く夕霧の言葉に「「右将軍が塚に草初めて青し」と、うち口すさびて」（新全集四‐三四〇頁）と見える場面を下敷きとしている。こうした描写は、この記が

『源氏物語』の表現の上に成り立っていることを改めて確認させるが、中でも「同じ蓮に」と願う姿が物語のコラージュの中に表現されていることは注意される。

高倉院の往生は『高倉院升遐記』の関心事であった。と言うよりはむしろ、それを綴ることがこの記の目的の一つでもあっただろう。先の掲出部を遡る四十九日に至る迄の日々の嘆きに伏す通親の夢の中に、「六波羅の中島」（平頼盛邸）と思われるところに平素と変わらない直衣姿で蓮の蕾を持った高倉院が現れる。その蕾は触れれば開くのだと言われ、院が触れると見事に開いたので、通親が何か申し上げようとしていると夢から覚めてしまう。何事かを果たせないままの目覚めを悔しく思いながらも、院の往生を確信した通親は、「おなじ蓮」を願い、「今はたゞ同じ蓮を願ひつゝこの世の夢に心まどはじ」と詠む（新大系四三－四四頁）。この一首にも、浮舟巻で浮舟が中将の君（浮舟母）に向けて別れを伝えるために認めた、「のちにまた逢ひ見むことを思はなむこの世の夢に心まどはで」（浮舟。新全集六－一九五頁）の和歌が踏まえられている。先に示した十二月忌に至る場面は、蓮の蕾の開花をもって往生が確信された高倉院のいる浄土の「同じ蓮」への往生を願う四十九日前の時点を思い返し、その願意を再説するものであるが、その造形は『源氏物語』の中で願われた一つ蓮への往生の思いを容易に想起させ、物語に描かれた祈りへの架橋を誘う言葉に満ちている。久保田の言うように、『高倉院升遐記』を高倉院への追慕の念に満ちた誄に見立てて、やや比喩的に解するのならば、「同じ蓮」を願う行文を作り上げるために想起された因縁の位置に『源氏物語』があったと言えるだろう。

右に辿ったように、『高倉院升遐記』の一連の記述は『源氏物語』に依拠して著されているが、一方でまた、異性間の愛情を根拠として往生を願うものではないこと、先に往生した者との同一の場所への往生を願うことなどの点において『源氏物語』の例とは一致しない部分も少なくない。こうした要素は、むしろ鈴虫巻をはじめとする一つ蓮を願う場面の注釈に、「一々池中花尽満、花々惣是往生人。各留半座乗花葉、待我閣浮同行人〈五会讃〉」（『河海抄』[36]）と古くより引用される、法照撰『五会法事讃』（『浄土五会念仏略法事儀讃』）に説かれる、往生した人物が蓮花の上で半座して「閻浮同行人」を待つという状況に近しい。往生した者がその縁を頼りとして在世の者を浄土に迎えることは、『往生要集』（大文第二「欣求浄土門」）に十楽（浄土に往生した者が受ける十種の快楽）として説かれる往生人の快楽の内の第六・引接結縁楽（縁を結んだ人を浄土に迎える楽しみ）として知られ、源俊頼（一〇五五―一一二九）、藤原教長（一一〇九―八〇）、西行（一一一八―九〇）等にそれを歌題とした詠んだ連作があり、『擲金抄』（一二〇六―一二一〇頃）に十楽詩の摘句が残されるなど、広く普及した概念でもあった[37]。通親もこのことは理解していたらしく、先に示した十二月忌に至る箇所では夢の中で高倉院の手にした蓮の花が開く場面が記されるが、これは十楽の第二・蓮華初開楽（蓮華の蕾中に往生し、その蓮華が開くとき清浄の眼を得て浄土の荘厳を閲する）を表現したものと考えられる。往生伝に頻出する、十楽の第一に数えられる聖衆来迎楽（臨終時に阿弥陀仏が来迎して浄土に引接する）に通う描写こそ見えないものの、高倉院の往生は注意深く丁寧に描き出されている。高倉院の後世とそれを追慕する自身の姿を描き出すに際しては、仮名書き、あるいは真名書きの往生伝に近しい記述を以てことも可能であったと思われ、実際に通親は、白居易「草堂記」に依拠しつつ院の菩提を祈る自身の姿をも描く『擬香山模草堂記』を漢文体で著してもいるが[38]、『高倉院升遐記』の著述に際しては、それ以上に『源氏物語』を下敷きとし、以て高倉院の死を荘厳することが優先されたと判断される。その選択の根底にはやはり、『源氏物語』に描き出された祈りの姿への共感があったように思われる。

おわりに――仏法の文学としての『源氏物語』とその行方――

『源氏物語』それ自体に限らず、その古注釈に引かれる術語や理解においても、叡山とそこに行われた浄土教の教理に由来する言説が参照されていることは、近年も三角洋一が繰り返し説いている[39]。対して、天台宗や浄土宗といった宗門の修学の中で著された諸書において、『源氏物語』が教理や作法等に照らし合わせて論じられる例は殆ど知られていない。仏事として成立したであろう源氏供養においても、能やお伽草子へと展開する文芸としての広がりの充実[40]に比して、その儀礼としての実施については依然として詳らかではない点が多い[41]。

こうした事象は、『伊勢物語』や『古今和歌集』が、その注釈や秘伝書を媒体として中世の密教や神道、また山岳修験に基づく民間信仰へと吸収され、様々な口伝や秘説を付加しながら、その教義や所作を伝える手段の一部となっていったのとは大きく異なっている[42]。この差異は、『源氏物語』が宗教の文脈で再解釈されることが限定的であったことを反映しているのだろう。『源氏物語』が描き出した仏法の姿は、物語作者が経験した時代を色濃く映し出したものであり、また、男女の物語としての祈りの姿も極めて個別性の強いものであったが、それゆえに、それを受けた後続作は、『源氏物語』に描かれる祈りの世界を二重写しにして、それとの往還を前提とした作品として著されることとなったようにも思われる。文芸を綴る知識の母体としての語彙や表現の受容、あるいは過ぎ去った王朝時代を顕彰し理解するための遺影としての受容とともに、仏法の文学としての『源氏物語』のこうした享受の歴史があったことは改めて注意されて良いだろう。

注

（1） このことは、三角洋一『源氏物語と天台浄土教』（若草書房、一九九六年）、同『宇治十帖と仏教』（若草書房、二〇一一年）に繰り返し説かれており、今後も検討が重ねられるべき課題でもある。

（2） このことは、藤原克己「源氏物語と浄土教―宇治の八宮の死と臨終行儀をめぐって」（『国語と国文学』七六―九、一九九九年九月。後に、『源氏物語と紫式部 研究の軌跡 研究史篇』角川学芸出版、二〇〇八年）が、往生浄土の希求に満ちた宇治十帖を対象として、「『往生要集』に説く臨終行儀、あるいはそれにもとづいて定められた二十五三昧会（『要集』成立の翌年に結成された念仏結社）の臨終の作法に合致したかたちになっていたにもかかわらず、物語は、八宮が臨終の際、正念に住することができず、往生できなかった、とした」ことに対する「『往生要集』的な観想念仏に対する批判を読み取る」先行説への躊躇いを示しつつ、「八宮が往生できなかったことをその信仰の問題に帰するような論の方向性じたいに、より根本的な疑問を呈してみたい」とした、宗教的理念への過度な擦り寄せによる物語の理論からの乖離を批判しつつ、さらに光源氏の生涯に敷衍して、「愛執の罪を深く自覚しながら、「ただうちあさへたる思ひのままの道心起こす人々」にとり残されてゆくような光源氏像をこそまさに、物語は形象しようとした」と、物語に通底する論理を読む立場などが思い起こされる。

（3）近年、紫式部の時代とその文化的環境に改めて関心が向けられてきている。桜井宏徳・中西智子・福家俊幸編『藤原彰子の文化圏と文学世界』（武蔵野書院、二〇一八年）、横溝博・クレメンツ レベッカ・ノット ジェフリー編『日本古典文学を世界に開く』勉誠出版、二〇二二年）、新美哲彦「公的事業としての文学作品とそれに関わる女性作者—『源氏物語』『栄花物語』『枕草子』を中心に—」（『日本文学研究ジャーナル』三〇、二〇二四年六月）参照。

（4）前掲の川添房江・松本大『源氏物語を読むための25章』所収の松岡論文にも「近年、小峯和明『中世法会文芸論』（笠間書院、二〇〇九）などの刺激を受け、平安文学研究においても、法会への関心が高まってきている」（四三頁）とし、末澤明子「『源氏物語』の法華八講」（同『王朝物語の表現生成 源氏物語と周辺の文学』（新典社、二〇一九年）を例示している。

（5）黒田著書の引用は当時知られていた西教寺蔵本による。その後、真福寺に蔵される政祝自筆本が見出され、「国書データベース」（国文学研究資料館、https://kokusho.nijl.ac.jp/）から画像（https://doi.org/10.20730/100193783）が公開されている。

（6）『新日本古典文学大系三一 三宝絵 注好選』（岩波書店、一九九七年）一七三頁。なお、声の芸能とその展開については、柴佳世乃『仏教儀礼の音曲とことば—中世の〈声〉を聴く』（法藏館、二〇二四年）参照。

（7）『九条錫杖略注』自体は、同じく真福寺に所蔵される、開山・能信（一二九一―一三五五）の同門の一人・聖真の撰かと考えられている『説経才学抄』に多くを取材している事が知られている。そのため、『九条錫杖略注』記される説々の起源は更に遡る蓋然性が高い。国文学研究資料館編『真福寺善本叢刊三 説経才学抄』（臨川書店、一九九九年）参照。

（8）仏名会の歴史については、竹居明男「仏名会に関する諸問題―十世紀末頃までの動向（上）（下）」（『人文学』一三五・一三六、一九八〇年三月・一九八一年三月）、高田信敬「幻巻の仏名会―史料と和歌と」（『国文鶴見』五二、二〇一八年三月）参照。

（9）陣野英則「『源氏物語』「少女」巻における漢詩文引用―陸機「豪士賦 序」が引かれる意味」（河野貴美子・杜暁勤編『中日古典学ワークショップ論集 第一巻―文献・文学・文化』（汲古書院、二〇二四年）は、『源氏物語』に引用される漢詩句を作者の知識圏の問題として捉える視点を提示している。

（10）以下のような検討は、大場朗「源氏の祈り―葵巻「法界三昧普賢大士」の思想と信仰をてがかりにして」（『中古文学』八四、二〇〇九年一二月）にも同様の方法が試みられている。

（11）注一掲載の三角著書前者二四五頁。

（12）なお、この場面に記される「無言太子」に関わる説話が『金沢文庫本仏教説話集』に載ることは、遠藤和夫「源氏物語と唱導―仏典依拠の問題をめぐって」（『成城大学短期大学部紀要』五、一九七四年二月）に指摘がある。その後の研究において当該論文が引用されることは稀であったようだが、仏教の知識とこの物語との交渉に関する重要な指摘が幾つかあり、参照されるべき成果であると言える。また、『金沢文庫本仏教説話集』自体の研究の展開については、金泰光「『金沢文庫本仏教説話集』の無言太子譚についての一考察」（『国文論叢』二七、一九九九年三月）参照。

（13）小峯和明『中世法会文芸論』（笠間書院、二〇〇九年）四七―七七頁。

（14）現存する願文や表白の作例については、小峯和明・山崎誠「平安鎌倉期願文表白年表稿」（『調査研究報告』一一、一九九〇年三月）、山本真吾「平安時代表白一覧（稿）―第一次資料群（有「表白」標題・有年紀分）」（『三重大学日本語学文学』一六、二〇〇五年六月）参照。

(15)「ただ今の世に」以下の行文について、新全集頭注（四－三七七頁）には「法会の儀式からいえば、導師たる呪願師の役目だが、ここの文脈では、講師のことを一貫していったとみるほかない」とある。

(16)あるいは、こうした事例は単なる類似ではなく、物語の依拠した資料の痕跡を伝えている可能性を考えても良いのかもしれない。

(17)『大日本史料』（〔　〕で傍記される修正が存する場合はそれに従った）により、「摂関期古記録データベース」（国際日本文化研究センター、https://rakusai.nichibun.ac.jp/kokiroku/）、倉本一宏『講談社学術文庫 権記 下』（講談社、二〇一二年）を参照した（後者二五九頁に当該箇所の現代語訳がある）。なお、大江匡衡の生涯と文事については、後藤昭雄『人物叢書 大江匡衡』（吉川弘文館、二〇〇六年）参照。同書一七九頁にこの寛弘八年三月二七日の願文作成に関する記事が纏められている。

(18)周知の事ながら、『紫式部日記』には、この後の寛弘五年（一〇〇八）十一月に『源氏物語』の書写の記事が見える。

(19)牧野淳司「「御法」の物語としての源氏物語―源氏供養の発生と結縁の心性―」（『古代学研究所紀要』二七、二〇一九年二月）。

(20)『宝物集』『今鏡』『野守鏡』などに記される紫式部の墜地獄を前提とし、その救済を祈る法会。伊井春樹『源氏物語の伝説』（昭和出版、一九七六年）参照。

(21)なお、このこと自体は源氏供養をめぐる早い時期の検討でも確認されている。後藤丹治『中世国文学研究』（磯部甲陽堂、一九四三年）所収「源氏表白考」参照。

(22)「倶会一処」は古い用例の見える語で、『文徳天皇実録』嘉祥三年（八五〇）五月壬午に、「吾与和尚、久為檀越。願在来生、倶会一処、得相親近」と「親近」との浄土での再会が述べられている。

(23)浅田徹「和歌と祈り―源氏供養・法門百首・宝物集など」（『平安朝文学研究』復刊二〇、二〇一二年三月）。

(24)三角洋一「中世知識人の文学―『海道記』の一齣」（同『中世文学の達成―和漢混淆文の成立を中心に』若草書房、二〇一七年）、木下華子「『方丈記』が我が身を語る方法」（同『鴨長明研究 表現の基層へ』勉誠出版、二〇一五年）、尾崎千佳「『肥後道記』の典拠と主題」（同『西山宗因の研究』八木書店、二〇二四年）等。

(25) 荒木浩「〈投企する古典性―Projecting Classicism〉から「古典の未来学」へ」(同編『古典の未来学』文学通信、二〇二〇年)に文芸創造の在り方と古典についての検討がある。

(26) 清水宥聖「「源氏一品経供養表白」成立の背景」(『大正大学大学院研究論集』二八、二〇〇四年三月)。なお、後述の蟹江希世子は、歌林苑との関係に着目し、殷富門院大輔(一一三一?-一二〇〇?)など、その会衆の女流歌人を施主に想定している。

(27) 蟹江希世子「源氏一品経供養とその背景―院政期女院文化圏の一考察―」(『古代文学研究(第二次)』一〇、二〇〇一年一〇月)。

(28) 『為頼集』には「としころあひそいたる人なくなりわたるころ、中つかさの宮のは、の女御の御もとより」の詞書を付して「このよにて契しことをあらためてはちすのうへの露とむすはん」(六七)と詠む一首がある(為頼室の死は長徳四年(九九八)七月)。

(29) なお、中世王朝物語を含む物語への展開については、細田季男「「おなじ蓮に」考」(『比較文化論叢 札幌大学文化学部紀要』一一、二〇〇三年三月)に用例を上げた検討がある。

(30) 男性公家の著した仮名日記とその叙述や評価については、小川剛生『南北朝の宮廷誌―二条良基の仮名日記』(臨川書店、二〇〇三年)参照。

(31) 久保田淳「源通親の文学(一)―動乱期における三篇の『記』について」(『文学』四六-二、一九七八年二月)、同「平家文化の中の『源氏物語』―『安元御賀記』と『高倉院升遐記』」(『文学』五〇-七、一九八二年七月)。両論文とも後に、久保田淳『藤原定家とその時代』(岩波書店、一九九四年)に再録。本論での引用は同書による。

(32) 伊井春樹「『安元御賀記』の成立―定家本から類従本・『平家公達草紙』へ」(同『物語の展開と和歌資料』風間書房、二〇〇三年)。櫻井陽子・鈴木裕子・渡邉裕美子『平家公達草紙』(笠間書院、二〇一七年)。

(33) 小川剛生「『高倉院厳島行幸記』をめぐって」(『明月記研究』九、二〇〇四年一二月)。

(34) 往生の叙述とその性格については、山口真琴『西行説話文学論』(笠間書院、二〇〇九年)、近本謙介「往生の集としての撰集抄」(『語文』五五、一九九〇年一一月)参照。

（35）引用は『新日本古典文学大系五一　中世日記紀行集』（岩波書店、一九九〇年）により、水川喜夫『源通親日記全釈―高倉院厳島御幸記・高倉院昇霞記』（笠間書院、一九七八年）を参照した。

（36）玉上琢彌編『紫明抄　河海抄』（角川書店、一九六八年）五〇七頁。

（37）『散木奇歌集』（巻六・九六九～九七八「往生要集十楽をよめる十首」、『教長集』八六四～八七五「十楽」、『聞書集』一四四～一五五「十楽」、『擲金抄』六一～六七「十楽」（国文学研究資料館編『真福寺善本叢刊一一　擲金抄』（臨川書店、一九九八年）二二一―二二三、三二六―三二七頁）。

（38）通親は、院の菩提を祈る法会の記録をも含む『擬香山模草堂記』を漢文体で著しているが、それは書名の通り、白居易「草堂記」に依拠している。仁木夏美「源通親「擬香山模草堂記」新考」（『白居易研究年報』四。二〇〇三年九月）参照。

（39）注一、注二四掲載の三角洋一著書。

（40）恋田知子「『源氏供養草子』考―寺院文化圏の物語草子」（同『仏と女の室町―物語草子論』笠間書院、二〇〇八年）。

（41）近年、小林健二「能《源氏供養》制作の背景―石山寺における紫式部信仰―」（『国文学研究資料館紀要』三七、二〇一一年三月）が、石山寺における同儀礼遂行の痕跡を伝えると推測される事例を報告している。

（42）櫛田良洪『続真言密教成立過程の研究』（山喜房仏書林、一九七九年）、伊藤聡『中世天照大神信仰の研究』（法藏館、二〇一一年）、海野圭介「和歌注釈と室町の学問」（『中世文学』六一、二〇一六年六月）参照。

［付記］　本稿は、JSPS 科研費 JP24K00045、JP20H01235、JP19H01235 の助成を受けた研究成果の一部を含む。

『源氏物語』の遺響と創造
——新古今時代を中心に——

渡邉裕美子

はじめに

『源氏物語』が誕生後、いかに読まれて、何を生み出していったのか。こうした享受と創作の問題は、和歌を中心に論じられてきた。藤原俊成の「源氏見ざる歌よみは遺恨のことなり」という言説は非常に著名である。『源氏物語』享受の研究において基盤をなす寺本直彦の『源氏物語受容史論考』（正編・続編）[1]は、この俊成のことばを正編第一章巻頭に掲げ、和歌を中心に論じている。その中でも、特に注目されてきたのは、俊成の息子の定家が中心となった新古今時代で、寺本以降、現在に至るまで多くの優れた論考が積み重ねられている。

そのような研究状況にあって、何をいまさら新古今時代の『源氏』享受について述べようとするのか、という疑問は、当然、浮かんでこよう。しかし、今だからこそ見えてきたこともあるように思う。

近年の研究動向で注意されるのは、『源氏物語』誕生の時代の受容の様相がより明確になってきたこと[2]、俊成・定家の御子左家から少し離れた歌人たちの享受が詳細に論じられるようになったこと[3]、新古今時代の『源氏物語』

に関わる歌論的言説が新たな視点から再検討されていることである。[4]このような研究動向を踏まえながら、『源氏物語』と和歌の関係について、なるべく大きな視野から捉え返してみたい。

一　『源氏物語』と哀傷歌（一）――御子左家――

1　俊成・定家

俊成の「源氏見ざる歌よみは」の発言は、『六百番歌合』の、

見し秋を何に残さむ草の原ひとへにかはる野辺の気色に　（冬上・十三番「枯野」・五〇五・藤原良経）

について、方人が「草の原、聞きよからず」と論難したことに反論したものである。この良経歌が『源氏物語』よりもむしろ『狭衣物語』と深い関係にあること、作者の意図と歌合判のずれ、その背景や影響などは、繰り返し論じられてきたので、[5]詳細には立ち入らない。ここでは、問題になった「草の原」という表現が、『六百番歌合』の直前に亡くなった俊成最愛の妻、美福門院加賀の死を悼む俊成の哀傷歌において、「墓所」の意で用いられていることに注目したい。

『俊成家集』[6]に見える美福門院加賀の哀傷歌群では、俊成の歌九首、それに唱和する式子内親王の歌十一首、さらに俊成の返歌一首が添えられている。それらに桐壺巻・幻巻を中心に『源氏』を踏まえた表現が見えることは、早くに寺本直彦[7]が指摘するところである。その後、久保田淳[8]は、俊成・式子の哀傷歌に加えて、『俊成家集』で次に続く定家の母に対する哀傷歌、

玉ゆらの露も涙もとどまらず亡き人こふる宿の秋風　（五社百首・一九四、新古今集・哀傷・七八八）

を検討して、定家は、御法巻で、紫上が亡くなった後、かつて野分の日に紫上を垣間見たことを回想する「夕霧と

同化」していると読み取る。そして、「虚構である『源氏物語』の叙述が、この悲しい体験に遭遇したことによって人生の真実として了解され」たのだと指摘する。さらに、渡部泰明が、[9]『六百番歌合』の俊成判の激烈な調子の背景に美福門院加賀の死という「個人的な事情」が関わっていることに着目して論を展開し、「死を悼む嘆きが『源氏物語』を導入する有力な糸口となり、しかもその裾野が意外な広がりをもつこと」や、源氏取りの精神が「中世人の生と死の感覚の奥深い所につながっている」と指摘する。

こうした源氏取りについて、久保田は俊成・定家の「文学的精神環境」[10]の重要性を指摘し、渡部は「俊成に関わりの深い人物や歌」に『源氏』への強い関心が見られるとし、[11]「葉室家・徳大寺家・御子左家の緊密な姻戚関係」のうちに「濃厚な源氏愛好の雰囲気」があったとする。[12]

2　俊成卿女

そのような環境にいた歌人として、祖父母である俊成夫妻に引き取られて成長した俊成卿女を上げることができるだろう。俊成卿女の歌に『源氏物語』をはじめとした物語摂取の歌が数多くあることはよく知られているが、さらに俊成卿女は『源氏物語』の注釈・研究も行っていた。[13]『源氏』を味読して自らの創作に生かす一方で、学術的な態度で研究するという物語との向き合い方は定家と非常に近い。その俊成卿女もまた、近親者の哀傷歌で『源氏物語』を引き寄せて歌を詠んでいる。

『俊成卿女集』は、定家が撰者となった『新勅撰集』の資料のために自撰したと推測される八十三首を根幹とする。その巻末が哀傷歌群をなし、『源氏』を踏まえた詠歌が含まれることは早くから注目されていた。[14]近時、田口暢之[15]は、この巻末歌群を巻頭歌と合わせて丁寧に読解しなおし、解釈を一新した。

その巻頭歌とは次の歌である。

三十四になりし十五夜の御歌の中に、故殿へ、ながめごとおはしますと聞こえしに

いにしへの秋の空まで角田河月にことゝふ袖の露かな（一）

この詞書は解釈が難しい[16]のだが、田口論によって結論だけ示せば、俊成卿女が三十四歳になった八月十五夜の良経（故殿）の歌に、妻を亡くした嘆きが見られたので、送った弔問歌であると考えられる。良経の妻は正治二年（一二〇〇）七月に亡くなっていた。歌は一読して、『伊勢物語』九段の隅田川の場面の「名にしおはばいざ言問はむ都鳥我が思ふ人はありやなしやと」を踏まえていることに気づく。田口は、加えて『源氏物語』御法巻において、紫上の没後、光源氏と致仕の大臣が、葵上の死を回想する場面の地の文と歌を踏まえていると指摘し、それが『伊勢物語』とも響き合うとする。俊成卿女の歌と重なりの多い致仕の大臣の歌は次の歌である。

いにしへの秋さへ今の心地してぬれにし袖に露ぞおきそふ

ただし、詠作の時点では『源氏』は「文飾としての意味合いが強かった」と田口は推測する。

次に巻末の五首を見てみよう。行論の便宜上、歌頭にa～eの記号を付し、傍線を加えた。

新古今の、うき世の嵯峨の野べのをり、五条へまかりて、鶯の声を聞きて

a思ひきや君なき春のふる里に来て鶯の鳴かんものとは（七九）

限りと聞きて、急ぎまかで侍りしおり、昔のきたむきの曙の事ども、ただいまのやうにあはれに候しおり

b消えはつる夕べも悲しあけぐれの夢にまよひし春のふるさと（八〇）

てら《本ノマヽ》のえらてのおり

cいかにせむ露さへ秋の夕べとて涙の淵の袖にみだれば（八一）

d露も置け涙もかかれ藤ごろも干さでも苔の袖はなれにき（八二）

e世のつねに染めても浅し藤ごろもかへすがへすも世をそむく身に（八三）

最初のａ「思ひきや」の一首は、詞書から、『新古今集』哀傷部に入集した「母身まかりにけるを、嵯峨のへんにをさめ侍りける夜よみける」という詞書を持つ「今はさはうき世の嵯峨の野辺をこそ露消えはてし跡と忍ばめ」（七八七）と同じ折の歌であることがわかる。

続くｂ「消えはつる」は、詞書の「昔のきたむきの曙の事ども」が何を指すのか明確ではないのだが、同じく俊成卿女の母、八条院三条の臨終の折の歌と解するのが自然だろう。この歌が、先述した定家の「たまゆらの」が踏まえていたのと同じ場面の夕霧の歌、

いにしへの秋の夕べの恋しきに今はと見えしあけぐれの夢

や前後の地の文を踏まえることは夙に指摘されていたが、田口論は詳細に検討し直して、「俊成卿女は紫上が朝に没したこと、および夕霧が回想する「いにしへの秋の夕べ」のそれぞれに対して、自身の母が「消えはつる夕べも」悲しいと詠んだ」と解釈する。

田口論が説くように、この歌は『源氏』の紫上の死の場面を想起して詠まれていると考えられる。ただし、俊成卿女が「夢にまよひし」と自身の体験として詠んでいることからすると、物語の内容だけでは不十分で、俊成卿女が、「昔」、同じ「ふるさと」（俊成の五条邸）で、春に体験した、身近な者の死に関わる「きたむきの曙の事ども」という出来事を回想しているとみたほうがよいのではないか。

ｂ歌の「あけぐれ」は、夜明けと夕暮れを意味する「あけくれ」とは異なり、夜が明けきる前の薄暗い時分を指す。詞書で言えば「曙」のことになる。その過去の「あけぐれ」の体験と同様に、母が亡くなったこの夕べ「も」悲しいと詠んでいるのだと思われる。どちらも薄明の時間の出来事である。その過去の体験とは、森本元子[17]が推測するように、俊成卿女にとっては祖母に当たる美福門院加賀の死である可能性が高い。加賀の死は建久四年（一一九三）二月で、加賀の娘に当たる八条院三条の死はそれから七年後、正治二年（一二〇〇）の同じ二月のことだった。

これは、良経室の死と同じ年である。

もうひとつ付け加えれば、a歌は、おそらく幻巻で光源氏が紫上を思って詠んだ、

植ゑて見し花のあるじもなき宿に知らず顔にて来ゐる鶯

を意識している。[18]夕霧と同じように、亡き人の生前を回想して、現在の不在を強く感じて嘆く歌である。そう考えれば、俊成卿女の母と紫上の死は、さらに強い結びつきをもって示されていることになる。

つまり、定家は母の美福門院加賀の死にあたって、御法巻において過去を回想して紫上を悼む夕霧のことを想起していた。その七年後、俊成卿女の母の八条院三条が亡くなった際、俊成卿女は、祖母である加賀の死を回想し、定家が母を喪ったときに想起した御法巻の同じ場面を思い起こす。そして、紫上を喪った夕霧や源氏の悲しみに重ねて、母を喪った悲しみを歌っているのだと考えられる。ここには、過去と現在、物語と現実が幾重にも交錯している。

この歌に続くc「いかにせむ」の詞書「てらのえらてのおり」は、このままでは意味が通らない。群書類従本に「ててのふくのおり（父の服の折）」とあることによって、以下deの二首とともに、従来、俊成卿女の父藤原盛頼の死に関わる歌とみられていた。この詞書については、拙論で「寺の会しての折」である可能性を指摘したことがある。[19]田口論はそれを受けて、定家の『明月記』を確認した上で、この三首は、『俊成卿女集』成立の直前、天福元年（一二三三）五月に難産で没した俊成卿女の娘を哀悼する歌であると推測する。cとeの二首が、出産後に急逝した葵上を悼む、次の光源氏の歌を意識していることは間違いないだろう。

限りあれば薄墨ごろも浅けれど涙ぞ袖をふちとなしける（葵巻）

鈴木裕子[20]は、葵巻の叙述を丁寧に追って「非業の死と言える葵の上の出産にまつわる死、それへの深い悲しみの日々、喪に服しつつ後悔と孤独の時を経て、源氏がようやく死を受容して立ち直りを見せるまで」を非常に細やか

に描いていると指摘する。このc～eの三首が、葵上の死を想起しつつ、自身の娘を難産で喪った深い悲しみの中で詠まれていると考えれば、父盛頼の死よりもずっと『源氏』引用の意図が明確になる。

田口は、家集編纂中に娘を喪った俊成卿女の心境について以下のように述べる。

今や約三十年前の良経室の死そのものが「いにしへの秋」である。そして、葵上の死も紫上の死から約三十前の出来事であり、産後の死という点も良経室に重なる。つまり、ここに至って、『源氏物語』は単なる文飾の道具に留まらず、俊成卿女の実人生にも重なるものとなった。

俊成卿女が母を喪って『源氏物語』を引き寄せて悲しみを歌った約五ヶ月後に、良経室は亡くなっているので、良経への弔問歌の『源氏』引用が「文飾」であったと言えるかどうかについては疑問がある。しかし、祖母の死、母の死、その三十年以上後に今度は娘の死と、愛する近親者の死のたびに『源氏物語』は引き寄せられ、物語の読みがより深くなり、かつて自身が『源氏』を踏まえて詠んだ哀傷歌の持つ意味までも更新されていくというのは、そのとおりだろう。

なぜ、人は人生に物語を寄り添わせて、何度も何度も読み返すのか。読解の深化と更新は、そうした問いに対する、古代から現代に至るまで変わることのない、ひとつのこたえであろう。その対象として『源氏物語』が選ばれるのは、『源氏』が人生の真実を突いた壮大な長編物語であるからだと考えられる。

二　『源氏物語』と哀傷歌（二）――新古今時代以前――

1　『源氏物語』誕生の時代

見てきたように、俊成・定家、そして俊成卿女は、『源氏物語』を深く理解し、身近な者の死に際して、『源氏』

の死の場面を引き寄せて詠歌している。しかし、広く見渡してみると、身近な者の死への嘆きから『源氏』を引き寄せるのは、御子左家周辺の歌人だけではない。『源氏物語』が世に出た時代に、早くも作中歌や場面を引用する哀傷歌があることは、やはり寺本直彦に指摘がある。[21]

さらに近年、中西智子[22]は彰子方女房の『源氏』摂取を全般的に検討する中で、亡くなった同僚女房を悼む紫式部と他の女房たちのやり取りや、娘の賢子による紫式部哀悼歌に、『源氏』の死の場面が数多く引用されていることを指摘している。また、瓦井裕子[23]は、彰子と非常に仲のよかった姉妹の妍子の女房たちが、主の没後、妍子を紫上や葵上になずらえて哀惜し、「妍子周辺で以前の文脈を受けながら」源氏摂取が繰り返されていくと指摘する。

前節で見た俊成らの哀傷歌との大きな違いは、女房たちや彰子、一条院を含めて、物語空間と同質の、『源氏物語』を生み出した現実の環境にいることだろう。

近年、『源氏物語』は、古来作者と伝えられる紫式部を中心としながら、公的事業として一条朝や道長周辺の女房集団の共同作業を伴って成立したと指摘される。[24]物語が道長周辺の女房集団の感性を細やかに組み上げ、濃厚に反映させているのであれば、こうした哀傷歌が女房たちによって詠まれるのは当然とも言える。

対して、俊成らの哀傷歌は、人の死に対する悲しみをより純化させ、抽象化させて取り出しているのだと考えられる。

2　御子左家の外側

俊成の活動期と重なる時代に目を向けてみると、君嶋亜紀が藤原清輔編『続詞花集』哀傷部に源氏取りの歌が複数見え、意図的な配列がなされていると指摘していることが注目される。[25]そのうちの一首を挙げてみよう。

近衛院のみわざの夜、蔵人にて侍りしことを思ひて、参りて拝みたてまつりて帰るとて、ものに書きて、

陵の傍らにたてける　　　　　　　　　　　　平実重

思ひきや虫の音しげき浅茅生に君を見すてて帰るべしとは　（三九六）

この歌は、桐壺帝の弔問を受けて、桐壺更衣の母が詠んだ次の歌を踏まえている。

いとどしく虫の音しげき浅茅生に露おきそふる雲の上人　（桐壺巻）

近衛院の崩御は、久寿二年（一一五五）七月二十三日、初秋のことで、桐壺巻と時節が重なる。君嶋は、『今鏡』（すべらぎの下）において、近衛院の「虫の音の弱るのみかは過ぐる秋を惜しむ我が身ぞまづ消えぬべき」などを引用して、院の和歌事績を述べる記事に続く崩御の記事で、実重歌が引用されていることや、表現上の重なりを指摘して、実重は近衛院の歌に唱和しているのだと推測する。

また、鈴木徳男は、この実重歌と道命阿闍梨の次の歌との関連を指摘する。[26]

長恨歌の絵に、玄宗、もとのところに帰りて、虫ども鳴き、草も枯れわたりて、帝、嘆き給へるかたあるところをよめる　　　　道命法師

ふるさとは浅茅が原と荒れはてて夜すがら虫の音をのみぞなく　（後拾遺集・秋上・二七〇）

そもそも『源氏物語』が「長恨歌」に依拠して描かれているのだが、「淺茅が原」や「虫の音」は「長恨歌」には出てこない。上野英二[27]は、「楊貴妃非業の地に、浅茅を配し、風をあしらい、玄宗がそこを訪れる季節を秋とするのは」、「日本での『長恨歌』鑑賞のなかで形成されたもの」であると指摘する。実重歌では墓所から「帰る」ことが歌われているが、これは『源氏』にも、もとの「長恨歌」にもない場面である。実重は『源氏』の向こう側に、日本的に変容した「長恨歌」を意識して詠歌していると考えてよいだろう。

加えて、実重歌は、次の『伊勢物語』八三段の描写も踏まえているのではないだろうか。「昔男」が雪深い小野に隠棲する惟喬親王を訪れて、洛中へ戻る場面である。

さてもさぶらひてしかなと思へど、おほやけごとどもありければ、えさぶらはで、夕暮に帰るとて、

忘れては夢かとぞ思ふ思ひきや雪ふみわけて君を見むとは

とてなむ、泣く泣く来にける。

この業平歌は哀傷歌ではないし、業平歌は、雪を踏み分けて「君を見」るとは思わなかったと詠んでいるので、意味するところは実重歌と若干ずれている。しかし、「君を見捨てて帰る」という、かつて思ってもみなかった痛切な出来事を「思ひきや」と嘆く実重歌と、状況や心情は重なっている。実重歌は、親しく仕えた帝を喪った嘆きから、その向こう側に「長恨歌」を意識しつつ『源氏』を引き寄せ、そこに『伊勢物語』に描かれた嘆きも響かせようとしているのだと思われる。

こうした重層的なイメージを呼び起こしつつ悲嘆を表現する実重歌の方法と、俊成や俊成卿女の哀傷歌の間にはほとんど懸隔がない。俊成がこだわった「草の原」という表現には、「「長恨歌」から『源氏物語』に受け継がれた物語世界が意識されている」と指摘される。(28)『俊成卿女集』巻頭の「隅田川」を詠み込む歌が『源氏』とともに『伊勢物語』九段を踏まえることは先述したが、さらに母の哀傷歌a「思ひきや」は、実重歌と同じ八三段の歌を踏まえると指摘されている。(29)

実重は近衛天皇の蔵人だった官人で、勅撰集には『詞花集』に一首、『千載集』に四首入集するが、目立った歌人ではない。そのような歌人でも、俊成らとあまり変わらない方法で、源氏取りの哀傷歌を詠んでいたのである。また、実重歌を含む源氏取りの複数の歌が、清輔編『続詞花集』哀傷部に採られて、源氏取りを意識した配列がなされていることにも注意される。歌の家として御子左家と勢力を争った六条藤家の『源氏物語』への向き合い方については、俊成が『正治奏状』で、「教長も清輔も源氏を見候はず」と激しく攻撃したことでよく知られる。寺本直彦(30)は、この俊成の発言に対して、六条家も『源氏』に無関心ではなかったとして、季経・清輔・顕昭の『源

氏』に関わる言説を拾い上げる。しかし、それらは歌合判詞での証歌の指摘など歌学的関心に基づくものであって、物語内容を歌の解釈や創作に関わらせるものではない。そもそも季経と清輔については、『源氏物語』への直接的な言及自体がごくわずかしかない。

しかし、『続詞花集』哀傷部の源氏取りの入集状況から言って、清輔がそれらの歌を理解し、尊重していたと考えてよいのだと思われる。二条天皇の崩御によってかなわなかったが、『続詞花集』が勅撰集になることを目指していた私撰集であることも重要だろう。一方、『源氏物語』を歌人の必読書として言挙げした俊成の『千載集』哀傷部は、源氏取りの歌を入集させない。この問題については後述したい。

三　死を描く物語と哀傷歌

1　源氏取り哀傷歌の位置

前節で見たように、現実の身近な者の死によって『源氏物語』を引き寄せて、慟哭や哀悼の気持ちを表現しようとするのは、御子左家周辺の歌人だけではない。前節では『続詞花集』の例を見たが、新古今時代においては、源通親に源氏取りをして愛妻を喪った悲しみを詠む歌が見られると指摘される。[31]通親は御子左家と緊密な関係を結んだ歌人とはとても言えないだろう。さらに、君嶋亜紀[32]は、十三代集哀傷部には源氏取りが見えるだけでなく、『続古今集』と南朝の准勅撰集『新葉集』に源氏取りを意識した配列が見られると指摘する。つまり、『源氏』を引き寄せて哀傷歌を詠むことは、物語が誕生してすぐに行われるようになり、中世を通じて非常に多くの歌が詠み出され続けていたと考えられる。

もちろん『源氏物語』と同時代、あるいはそこからさほど離れていない時代と、中世では表現意識や方法に違いがあることは前節で見たとおりである。また、中世歌人の中でも、特に御子左家歌人の源氏取り哀傷歌が、高度に洗練された表現であったことを否定するものでもない。しかし、前節の平実重の例など見ると、院政期になると、御子左家の独自性として注目されてきたような哀傷歌は、実は広く一般化していたのではないかと推測される。

ただし、中世には『源氏物語』を引き寄せて故人を悼むことに、心理的な抵抗を感じる建礼門院右京大夫のような例もある。源平の争乱の中で恋人の平資盛を喪った右京大夫は、資盛にもらった消息を尊勝陀羅尼などを書かせる料紙として処分する際に、幻巻を想起して次のような感慨を記す。

ひとつも残さず、みなさやうにしたたむるに、見るもかひなしとかや、源氏の物語にある事、思ひいでらるるも、何の心ありてと、つれなくおぼゆ　（建礼門院右京大夫集・二二八詞書）

久保田淳はこれを「このような悲嘆の底でも文学趣味から抜けきれない自身への一種の自己嫌悪」[33]とし、君嶋は「資盛の死を心底悼むのは自分ひとりだという自意識が、源氏を通して他者の共感をいわば安易に誘うことを拒んでいる」のだと解釈する。[34] 確かにそういう面はあるだろうが、そうした心理状態になる背景には、物語を狂言綺語として否定する仏教的な物語観の展開が関係するのだと考えられる。紫式部堕獄説が広まり、源氏供養が行われるようになるのと同じ時代である。

そのような傾向がわずかに見えたとしても、狂言綺語観は次第に乗り越えられていき、哀傷歌で源氏取りをすることは、物語誕生当時から時代を超えて続けられた、和歌における『源氏物語』享受の主要なあり方だったのだと考えられる。

2　自己と他者を理解するための基盤

では、なぜ、哀傷歌において『源氏物語』が引き寄せられたのだろうか。

ここには和歌という文学形式の本質が関わっているのだと思われる。久保田淳[35]は、定家の美福門院加賀の哀傷歌に『源氏物語』をはじめとする古典の典拠が求められることについて、「あまりにも技巧的」で、「実母の死を悲しむ真率の響き」が伝わらないと批判する立場もあるが、それは、「広く、和歌という、本来現実を超えるべき性格をそなえた言語が、現実をとらえるときに作用する表現の機微を知ろうとしない者の見当ちがいの非難である」と述べている。

『古今集』仮名序は、「人の心を種」として生まれた歌は、「心に思ふ事」を何かに託して言語化するものだと言う。そのとき、現実は昇華され、あるいは捨象される。渡部泰明[36]は、和歌において、人の素朴な感情はそのまま言語化されるわけではなく、「大きな変換を経て表現化され」、「こうであったらという願い、もしくは願わしい状態」を表現しようとする傾向を持つと述べる。また、渡部は、特に十二世紀以降、和歌の詠み方の中心となった題詠においては、「私性の克服とでもいうべき心の働き」があり、「自身の感懐から離れ、他者になること」が求められ、「私的な感じ方や思いは濾過され、純化されていく」のだとも言う。「願わしい状態」、それを渡部は「理想」とも呼ぶが、それは題詠の時代において「本意」として歌を詠む人々に明確に意識され、共有されている。

松野陽一[37]は、四季歌から始まった歌題化は、院政期に組題の規範が確立するとともに恋や述懐などの「褻的な世界の歌題化」が進んだと指摘する。そしてそれは、「感情の内面への志向を晴れ歌の世界に組み込んでゆく意義」を持ったと述べている。

しかし、哀傷歌だけは決して題詠化されなかった。一首一首の哀傷歌は、一般化することのできない「私」の事情と分かちがたく結びついている。勅撰集哀傷部は、詠歌事情を示す長めの詞書を伴った歌が中心である。そのような中で、「私性」から離れようとする心性によって求められたのが、『源氏物語』だったのではないだろうか。一般的に「本意」は多くの歌が読み重ねられる中で形成されていく。しかし、どんなに現実の人の死を悼む哀傷歌がたくさん詠まれても本意は形成しがたい。その代わりとなったのが『源氏物語』だったのだと考えられる。『源氏物語』が、生々しい現実からは距離がある虚構の物語だったからこそ、そうした役割を果たすことができたのだろう。

渡部泰明[38]は、特に哀傷や述懐などの詠歌で、『源氏物語』由来の言葉が「縁語的」に用いられることで、『源氏』は「場を同じくする人々」の心の「紐帯の母体」になったと指摘する。また、君嶋亜紀[39]は、「王朝という文化基盤を共有する」「他者」に向かって、『源氏』が「共感」の「回路」を開いているという。さかのぼれば、『源氏物語』誕生の時代の「作り手」圏内に、『源氏』を媒介とした「記憶と連帯」が存在したと中西智子[40]は主張する。しかし、こうしたことは同時代の身近な人々の間だけの話ではなく、『源氏』を引き寄せる哀傷歌が時代を超えて読み継がれたことで、遠い過去の人々との間に共感が生まれ得たのだと思われる。『源氏物語』は、時代を超えて、死に直面した人々の痛切な気持ちへの〈共感の基盤〉となったのだろう。時空を超えた〈共感の共同体〉を生み出したと言ってもよい。

また、そのことは、深い悲しみに惑乱する自身の心を整理して、理解することにもつながったのだと思われる。久保田淳[41]は、中世歌人は「『源氏』を現実に引きつけるというよりも、むしろ現実を『源氏』のほうにもっていこうとする。現実を『源氏』をとおして認識する」と述べている。それは、〈自己と他者を理解するための基盤〉として、『源氏』が人々に共有されていたことに拠るのだと思われる。

3　死を描く物語

では、物語の中でも『源氏物語』が、特に本意に代わる〈共感の基盤〉として選ばれたのはなぜだろうか。和歌研究では、こうした問いが発せられることは意外に少ない。

ひとつには、前節でも述べたように『源氏物語』が人間の心理を細やかに描いた長編物語であったことが理由だろう。

もうひとつには、『源氏物語』ほど、登場人物のさまざまな死を描いた物語は他にないことによるのだと思われる。このことに関しては源氏研究で多くの論が積み重ねられている。岡崎義恵[42]は、『源氏』で死が描かれるのは目につくだけでも三十人近くに上り、特に女性の「死相の美」に見るべきものがあるという。また、石田穣二[43]は、藤壺・柏木・紫上・大君の四人の登場人物の死が、どのように形容されて描かれているかを論じて、それぞれ正確で必然性のある表現が選ばれていると指摘する。また、今西祐一郎[44]は、桐壺更衣・夕顔・葵上・紫上の死の叙述を取り上げて、これらが「死なれた者の物語」であり、その源流は「和歌の世界」にあると指摘する。ところが、柏木の死以降、「哀傷歌を用いた死の叙述」は退潮し、「死にゆく者」の内面が拡大すると説く。

今西論からは、『源氏』の死の叙述が哀傷歌に引き寄せられる、もうひとつの理由が見えてくる。そもそも『源氏』の叙述が哀傷歌の表現世界を吸収しているのであるから、哀傷歌と相性が良いのは当然なのだと思われる。また、哀傷歌の源氏取りに詠まれる死は、かなり限定され、選択されていることにも気づく。ざっと見たところ、桐壺更衣の死後の悲しみを描く桐壺巻と、紫の上の死に関わる御法巻・幻巻が非常に多く、葵巻がそれに次ぐ。葵巻について、鈴木裕子[45]は「現代においても通じる死者への向き合い方、生者の救済の問題を示している」と説く。また、今西は、幻巻を「大規模に様式化した「死なれた者の物語」である」と位置づける。そうした「死なれた者の物語」を丁寧に描く巻が、大切な人を喪った悲しみの心情を重ねやすかったのだろう。

4　勅撰集哀傷部と『源氏物語』

哀傷歌の源氏取りについては、もうひとつ考えておかなければならないことがある。先に、長いスパンで見ると、哀傷歌は和歌における『源氏物語』享受の主要なあり方だったと述べた。しかし、勅撰集哀傷部を見ると、その数がとても多いというわけではない。妻を哀惜する際に『源氏』を引き寄せて多くの歌を詠んだことで注目される俊成が、『千載集』哀傷部に源氏取りの歌を入れていないことは先述した。

この問題を考えるに当たって、君嶋亜紀[46]が、『続古今集』と『新葉集』を除く十三代集には源氏取りの歌で歌群を構成する意図的な配列が見られない、と指摘しているのは示唆的である。複数撰者による『続古今集』は、反御子左家の立場にある真観が撰歌作業に加わっていた[47]。また、『新葉集』は後醍醐天皇皇子の宗良親王が吉野で南朝の人々の歌を撰んだものであって、勅撰集ではない。いずれも歌道家ではない歌人が撰歌に深く関わっている。鎌倉時代の歌道家において、勅撰集哀傷部では、源氏取りの歌を排除するわけではないが、ことさらに目立たせる歌群構成はしない、という規範のようなものが共有されていたのではないだろうか。

その理由は何だろうか。『後鳥羽院御口伝』の「源氏物語の歌、心をばとらず、詞をとるは苦しからず」という言説などから、歌合など公的な場において物語取りの歌は避けるべきだ、という通念が存在したという指摘がある[48]。それが認められるならば、源氏取り哀傷歌が公的な勅撰集にふさわしくないからだという理由が考えられる。しかし、田口暢之[49]は、この『御口伝』は、公的か否かということを問題としているのではなく、題詠の際に、『源氏』で題を回すことを初心者に対して戒める内容であること、つまり、題詠歌の詠み方に関わる発言であることを明らかにした。であるならば、源氏取り哀傷歌が勅撰集哀傷部に目立たないのは、公的な勅撰集にふさわしくないという理由ではない。

では、なぜか。そこには、源氏取り哀傷歌が、基本的に『源氏物語』の「心」を取る方法を用いることが関わるかもしれない。そもそも定家的本歌取りとは、「詞は古きを慕ひ、心は新しきを求め」（近代秀歌）るものである。しかし、定家的本歌取りの名手とされる俊成卿女の哀傷歌でも、新しい「心」は求められていない。前述したように、最初期の『源氏』摂取とは異なり、より抽象化した上での「心」の摂取ではあるが、『源氏物語』を引き寄せて、そこに心情を重ねようとしている。そのような源氏取り哀傷歌が連続して歌群を構成すると、物語が前面に押し出されてしまうことを避けた可能性があるだろう。

四　新古今時代と『源氏物語』

1　源氏取りの展開

新古今時代にさまざまな源氏取りが展開し、花開いたことはよく知られる。試みに、『新古今集』で『源氏』との関係が指摘される歌の数を、久保田淳訳注『新古今和歌集』（上・下、角川ソフィア文庫、一九八九）によって部立ごとに示してみよう。(50)

『新古今集』源氏取り部立別入集数

	源氏関係歌	総歌数	割合
春上	3	98	3%
春下	1	76	1%
夏	6	110	5%
秋上	4	152	3%
秋下	3	114	3%
冬	6	156	4%
四季部計	23	706	3%
賀	0	50	0%
哀傷	6	100	6%
離別	0	39	0%
羇旅	3	94	3%
恋一	0	91	0%
恋二	3	68	4%
恋三	0	85	0%
恋四	7	102	7%
恋五	2	100	2%
恋部計	12	446	2%
雑上	6	152	4%
雑中	3	102	3%
雑下	7	162	4%
雑部計	16	416	4%
神祇	0	64	0%
釈教	1	63	2%
計	61	1978	3%

単独の巻でみると、恋四が歌数・総歌数に占める割合ともに最も多く、哀傷部がそれに次ぐ。何より注目されるのは四季部の歌数の多さで、そのほとんどが新古今時代に詠まれた題詠歌である。勅撰集の題詠歌、中でも四季部の歌は公的な和歌の代表と言ってよい。そこに、歌数から言えば、恋部や雑部よりも多くの源氏取りの歌が見えることには改めて注目してよい。この時代、源氏取りの歌が「私的」な領域のものと言えないことは明らかだろう。

思い返してみれば、本稿冒頭で触れた俊成の「源氏見ざる歌よみは遺恨のことなり」を引き出した良経の歌も四季歌だった。『六百番歌合』判者の俊成は「草の原」に「墓所」の意があることを読み取ろうとしたが、良経はじめ次の世代の歌人たちは「物語的背景を揺曳する断片化した詞として「草の原」を使おう」としていると、小山順子[51]は読み解く。そのような「草の原」を詠む歌は、『新古今集』四季部にも入集する（秋上・四二二・良経、冬・六一七・俊成卿女）。

新古今時代には、前節までに見た源氏取り哀傷歌の伝統を受け継ぎつつ、新たな詠歌方法が開拓されているのだと言える。同様の例は他にもあり、以下、そうした新しい源氏取りの方法を見てみたい。

2　題詠歌に潜まされる哀傷の思い

『新古今集』四季部の歌の中には、良経の次のような歌がある。

片敷きの袖の氷も結ぼほれとけて寝ぬ夜の夢ぞみじかき　（冬・六三五、正治初度百首・冬・四六七）

『正治初度百首』という後鳥羽院主催の公的な百首歌で四季歌として詠まれ、『新古今集』冬部に入集する題詠歌である。そうでありながら、詠作直前に亡くなった亡妻追慕の思いがこめられているのではないかと指摘される[52]。この良経歌は、光源氏の「とけて寝ぬ寝ざめさびしき冬の夜に結ぼほれつる夢のみじかさ」（朝顔巻）を本歌として、独り寝の深い悲しみを背景としつつ、袖に凍った涙が静かに光り、夢さえ結ばせない冬の夜の壮絶な冷たさ、人の思いを拒絶するような美しさを表現している。この詠歌方法は、同じ本歌に拠る定家の「とけて寝ぬ夢路も霜に結ぼほれまづ知る秋の片敷きの袖」（六百番歌合・秋下・二十一番「秋霜」・四六一）に学んだものだが、そこに、妻を喪った痛切な思いを託しているのだという。引き寄せられた光源氏の歌は、紫上に亡き藤壺の思い出を語った雪の夜に、夢に出てきた藤壺に恨み言を言われ、寝覚めて詠んだ歌である。

また、先述したように通親には源氏取りの亡妻哀傷歌があると指摘されるのだが、[53]それは『正治初度百首』や『千五百番歌合』百首の題詠歌である。その中には、六条御息所の生き霊が詠んだ「なげきわび空に乱るるわが魂を結びとどめよしたがひのつま」を踏まえる、

嘆きあまりあくがれ出づる玉なりと君がつまにし結びとどめば （正治初度百首・恋・五七五）

のような例が含まれる。[54]嘆きのあまり浮かれ出てしまった自身の魂が、恋しい人の褄に結びとどめられることを願っても、その願いはかなえられないと嘆いているのであろう。

以上の二首で踏まえられているのは、いずれも物語の文脈に即せば、むしろ亡妻を追懐する思いを託すのは憚られるような内容の歌である。このような歌が生み出されるのは、物語的文脈からは切り離しつつ、死の影を帯びた、人を恋う痛切な思いだけを純粋に物語から取り出す表現方法があるからだろう。通親歌の場合、その目論見が十分に成功しているかどうかはさておき、一般論として言えば、その方法は題詠の深化や本歌取り技法の発展によって鍛えられたのだと思われる。

これら二首は、述懐調が感じられるとしても、表向きは四季部・恋部の題詠歌として問題はない。このような本歌取りのあり方は、「作者の典故に対する認識よりも、むしろ読者の典故に対する理解が重要」[55]であり、「読者の状況・歌論・本歌本説取りへの思い入れが解釈の揺らぎ」[56]を招くと指摘される。

しかし、この二首に亡妻追慕の思いを読み取れるかどうかは、読者の典故への理解だけでなく、〈作者の置かれ

た状況への読者の理解〉によるところが大きい。作者は、そのような解釈の揺らぎを生む本歌取りの表現特性を十分認識し、うまく利用して、すべて理解できる人、この二首で言えば、直接的には百首歌の奉献先の後鳥羽院に向けて歌を詠んでいるのだと思われる。久保田淳[57]は、特に述懐調の四季歌や恋歌が多い通親には、「公私を截然と分かとう」としない、後鳥羽院との「身内意識」があると批判するが、通親は、院以外の人で哀傷の思いが込められていることに気がついた人がいても、これは単なる題詠歌だと抗弁できる、気がつかなければ、なお好都合だと思っていたかもしれない。解釈に揺らぎを生む本歌取りという方法が、理解できる人の間だけの密やかな交情を可能にしている。

3　死の影を取り入れる恋歌（1）——式子内親王「たまの緒よ」——

『新古今集』恋部に見える次の歌は、式子内親王の代表歌としてよく知られる。

　百首歌の中に、忍恋を　式子内親王

たまの緒よ絶えなば絶えね長らへば忍ぶることの弱りもぞする（恋一・一〇三四）

『百人一首』に入って広く人口に膾炙し、現在でも愛唱される一首であろう。自身の秘めた恋心を、耐えきれずに露見させてしまうくらいなら、この命よ、絶えてしまえ、と「たまの緒」（命）に呼びかける歌である。この歌が愛される理由には、激しい恋情を詠むこの歌の作者が、「賀茂斎院」という世間から隔絶された立場にある未婚の皇女だったという理解が絡みついていたと思われる。

ところが、後藤祥子[58]は、長らく「式子内親王という生身の女性の感懐」として読まれてきたこの歌が、実は、男性を作中主体とする「男歌」であると鮮やかに論証してみせた。恋の初期段階の「忍恋」が特殊な状況下で詠まれた例外を除いて男歌であること、恋ゆえに命が絶えると詠む発想や用語が男性恋歌のものであることなどが主な論拠である。後藤論は衝撃をもって迎えられ、現在、この後藤論に疑問を差し挟む者はいないだろう。後藤は、この式子歌の本説は、『源氏物語』柏木巻だと指摘する。「露見する前に死を望むほど、禁忌の激しい恋」を詠む式子歌の詠歌内容は、柏木の恋と重なるという。

『源氏物語』に描かれる死の中でも、柏木の死は非常に印象的なものである。しかし、哀傷歌で、柏木の死が引き寄せられることは、新古今時代にはまずない。[59]『無名草子』は柏木の死を「いとあはれにいとをし」「あはれに」と記すが、源氏の正妻女三宮に密通して妊娠させ、自滅するという死に方は、王権を揺るがすものであり、不吉で不穏である。しかし、そのような禁忌を犯して死に至る激しい恋情も、虚構の恋歌の中になら取り入れることができる。ここでも新古今時代に定家が深化させた本歌取りという技法が大きな役割を果たしている。

4　死の影を取り入れる恋歌（2）——俊成卿女「下燃えに」——

後藤は論証の過程で、『新古今集』以下の勅撰集では、女性歌人による恋の男歌は「当然の地歩を占める」として『新古今集』から十一首の例歌を上げている。その中には次の俊成卿女の恋歌が含まれる。

五十首歌たてまつりしに、寄雲恋　皇太后宮大夫俊成女

下燃えに思ひ消えなむ煙だに跡なき雲のはてぞ悲しき（恋二・一〇八一）

後鳥羽院の勅命によって恋二の巻頭に据えられたことで知られる俊成卿女の代表歌である。人知れず恋心を燃やして苦しさに耐えきれず恋い死にし、わたしは火葬の煙として空に上るに違いにない、でも、その煙さえも雲と紛れ、ついには跡形もなくなってしまうのだろう、それが悲しい、と詠む。詞書の「五十首歌」とは建仁元年（一二〇一）の院主催『仙洞句題五十首』を指す。

東常縁（一四〇一～一四八四）の『新古今集聞書』[60]は、この歌の注文に「したもえとは柏木の右衛門督の思ひの心

也」と記して、柏木が死の直前に女三宮と交わした柏木巻の贈答歌を上げる。

立そひて消やしなましあふことを思ひこがる、煙くらべに（女三の宮）

行ゑなき空の煙と成ぬとも君があたりをたちははなれじ（柏木）

これが認められるならば、俊成卿女歌は式子の歌と方法的に非常に近い男歌ということになる。しかし、久保田淳[61]はこれを否定し、『狭衣物語』（巻四）の飛鳥井女君の遺詠、

消えはてて煙は空にかすむとも雲のけしきを我と知らじな

に追和した狭衣大将の、

霞めよな思ひ消えなむ煙にも立ちおくれてはくゆらざらまし

のほうが、「直接表現の上で重なり、状況としても近い」として、「作者は、いわば飛鳥井姫になりかわってこの歌を詠んでいる」のではないかと述べる。女歌として解釈するのである。

古注をたどってみると、近世初期成立かとされる『かな傍注本新古今和歌集』[62]が「柏の右衛門の事ヲよむと云義ハあしく、色にいださぬが下もへ也」と常縁説を否定し、それより少し遅れて高松宮本『新古今和歌集註』[63]が「女の思ひにはげにも聞たり」と女歌とする。そして、北村季吟（一六二四～一七〇五）の『八代集抄』[64]になると、「誠に婦人の恋の歌とやさしく哀なる姿なるべし」と明確に作者の性別が女であることと結びつけて評価している。近世になって、作者の性別と結びつけて女歌が強調され始めるという経緯は、式子歌の場合と同じである。

しかし、後藤が指摘するように、「下燃え」は男性恋歌の用語であろう。後藤は、「下燃え」という用語が不吉なのではないかという疑いから、『俊頼髄脳』以降、歌学書などでしばしば取り上げられた周防内侍の恋歌「恋ひわびてながむる空のうき雲やわが下燃えのけぶりなるらん」（金葉集・恋下・三五）が男歌であると指摘し、そう考える根拠として「夏なれば宿にふすぶる蚊遣火のいつまでわが身下燃えをせむ」（古今集・恋一・五〇〇）を挙げる。

さらに、「下燃え」を詠む明確な男歌として次の二首を加えることができる。

わぎもこにいかで知らせん蚊遣火の下燃えするは苦しきものを　（堀河百首・夏「蚊遣火」四八五・顕季）

五月のつごもり、つれなき女のもとにつかはしける

山里のならのそともに置く蚊火の下燃えをれど知る人もなし（基俊集・三二）

『源氏物語』に立ち戻れば、常縁が引く二首の前に柏木は次の歌を女三宮に送っている。

いまはとて燃えむけぶりも結ぼほれ絶えぬ思ひのなほや残らむ

今西祐一郎(65)は、柏木の歌について、「死の叙述につきものの火葬の煙は、「死なれた者」が見る煙から、「死にゆく者」が観る煙へと百八十度の転回をとげる」と指摘する。俊成卿女は、こうしたこれまでの哀傷歌には詠まれてこなかった、柏木の歌の特異な火葬の煙を敏感に捉え、禁忌を犯すほどの激しい恋情を吸収して、「下燃えに」という男歌に仕立てたのだと思われる。後鳥羽院や撰者(66)をはじめ中世の読者は、「忍恋」を収載する恋二の巻頭という配列から、間違いなく男歌と解釈していたと考えてよい。

前掲『かな傍注本』が常縁のような理解を「あし（悪し）」と判断するのは、柏木の歌は恋を「下燃え」のまま終わらせず、禁忌を犯してしまった後で詠まれていて、俊成卿女歌とは状況が異なっているからだろう。久保田が指摘するように、『狭衣』のほうが、そういう意味で言えば状況は近いし、歌の詞も明確に重なっている。俊成卿女歌は『源氏』の物語的文脈に直接的につながるわけではない。

しかし、それは本歌取り技法にたけている俊成卿女であれば、当然の工夫であろう。物語をなぞってしまえば、新しい「心」は確保できない。俊成卿女は、柏木の恋情に『狭衣物語』を重ねることで、『源氏』の物語的文脈から、さらにもう一歩、離れようとしたのだと思われる。しかし、この歌が男歌であることは動かないし、死に至るほど激しい柏木の恋情を吸収していることは確かだろう。

おわりに

こうしてたどってきてみると、『源氏物語』の和歌の世界への影響の大きさを改めて感じずにはいられない。身近な人の死による慟哭を解放する器になるというのは、詩歌の持つ根源的な存在意義と言ってよいだろう。そこに『源氏物語』は深く関わっている。そしてそこから、哀傷歌にとどまらないさまざまな表現方法も生まれている。

もう一点、注目されるのは、『源氏物語』が歌ことばの開拓や変容に大きな力をもったことである。歌ことばは、和歌の世界に網の目のように広がる、緩やかだが、独自の言語ネットワークである。そこに大きなインパクトを与えたのが『源氏物語』だったのだと思われる。

前節で取り上げた俊成卿女歌が詠む火葬の「煙」は、今西が指摘するように[67]、哀傷歌では古くから多くの用例を拾うことができる。しかし、『源氏物語』によって新しい意味が与えられ、俊成卿女はそれを取り込んで歌を生み出している。冒頭で触れた「草の原」については、小山順子が[68]、歌ことばとしての展開を丁寧に追って、『源氏』以前にはほとんど用例がなく、「『源氏物語』を始発として作り物語において形成された歌語」であると指摘している。

こうした例は枚挙にいとまがない。拙論でも、「宇治の橋姫」が『古今集』の歌を淵源としながら、『源氏』を通過して変容することや[69]、定家の歌（新古今集・冬・六七一）で知られる「佐野の渡り」という名所が、『源氏物語』を通して『万葉集』から発見されたことを論証したことがある[70]。このような『源氏』由来の歌ことばと物語の距離はさまざまだが、いずれにしろ『源氏物語』は歌の世界に新しい歌ことばを供給したり、従来からあった歌ことばを変容させたりしたと言えるだろう。

同様のことは、『源氏』由来でなくとも、何かのきっかけで起こることはあるのだが、――たとえば、西行が吉野の桜を愛したために、「吉野」と「桜」が強固に結びつくというような――『源氏物語』の場合は、ひとつの長編物語によって、それが大規模に起こったのだと思われる。この問題については、稿を改めてもう少しきめ細やかに論じたい(71)。

ただし、和歌の世界は『源氏物語』を一方的に受容していたわけではない。そもそも『源氏』には和歌の表現方法や情趣が流れ込んでいるし、『源氏』を受け止めた歌人たちは、それを新たな創作の糧にして、和歌独自の展開をさせた。特に新古今時代には、さまざまな表現方法が試みられて花開いている。こうした時代の到来には、俊成・定家という『源氏物語』を深く理解する傑出した歌人の存在だけでなく、和歌を文化の中心に据える後鳥羽院という王や、活性化した歌壇の存在、題詠の深化・本歌取りという技法の発展などなど、さまざまな僥倖とも言える要因が絡まっているのだと思われる。

注

＊和歌の引用は、断らない限り、私家集は私家集大成、それ以外は新編国歌大観に拠り、『源氏物語』『伊勢物語』『狭衣物語』は新編日本古典文学全集に拠った。いずれの場合も私に表記を改めたところがある。

（1）『源氏物語受容史論考　正編』（風間書房、一九七〇）、『同　続編』（同、一九八三）

（2）中西智子『源氏物語　引用とゆらぎ』（新典社、二〇一九）、瓦井裕子『王朝和歌史の中の源氏物語』（和泉書院、二〇二〇）など。

（3）君島亜紀『中世和歌の情景　新古今集と新葉集』（塙書房、二〇二三）、岡本光加里「源通親の『千五百番歌合』百

首における先行作品摂取」（『東京大学国文学論集』一四、二〇一九・三）、米田有里「源通親の『源氏物語』摂取―『千五百番歌合』百首を中心に―」（『和歌文学研究』一二八、二〇二四・六）など。

（4）田口暢之「院政期題詠歌における『源氏物語』受容―『後鳥羽院御口伝』言説の再検討―」（『国語と国文学』九五―八、二〇一八・八）、同「歌合における物語摂取―後鳥羽院歌壇を中心に―」（『日本文学研究ジャーナル』12、二〇一九・一二）、小山順子「「源氏見ざる歌詠みは遺恨の事也」考―歌語「草の原」と物語的文脈―」（『日本文学研究ジャーナル』16、二〇二〇・一二）など。

（5）藤平泉『新古今時代後期和歌表現の研究』（武蔵野書院、二〇二三）第三部6「新古今時代の哀傷歌（三）―美福門院加賀哀傷歌と『源氏物語』―」、渡部泰明『中世和歌史論―様式と方法』（岩波書店、二〇一七）第三編第四章「『源氏物語』と中世和歌」、中川博夫『中世和歌論―歌学と表現と歌人』（勉誠出版、二〇二〇）19「妻の死・母の死―俊成・定家と『源氏物語』」、前掲注4小山論など。

（6）『俊成家集』は『長秋詠藻』に続く俊成の第二自撰家集。上下二帖に分かれて伝来した場合があり、『五社百首』は冷泉家時雨亭文庫蔵の下帖のみの伝本の名称。

（7）前掲注1正編前編第一章第一節「俊成の源氏物語受容（一）」

（8）『藤原定家』（ちくま学芸文庫、一九九四）。関連する論考に『藤原定家とその時代』（岩波書店、一九九四）三5「『源氏物語』と藤原定家、親忠女およびその周辺」がある。

（9）前掲注5「『源氏物語』と中世和歌」

（10）前掲注8『藤原定家』

（11）前掲注5「『源氏物語』と中世和歌」

（12）「源氏物語と新古今和歌」（『源氏物語とその享受　研究と資料』古代文学論叢一六、武蔵野書院、二〇〇五）

（13）前掲注1寺本著書、森本元子『俊成卿女の研究』（桜楓社、一九七六）、田渕句美子『女房文学史論―王朝から中世へ―』（岩波書店、二〇一九）第三部第一章「俊成卿女―先端の歌人として」参照。

（14）前掲注1寺本著書・正編前編第一章第六節「俊成卿女と源氏物語―北山三十首は物語取の歌か―」、前掲注13森本

著書

（15）「『俊成卿女集』自撰部と『源氏物語』―巻頭・巻軸歌群再読―」（佐々木孝浩、佐藤道生、高田信敬、中川博夫編『古典文学研究の対象と方法』花鳥社、二〇二四）

（16）前掲注15田口論は、こうした読みにくさは家集全体に及んでおり、「それは誤写に起因する可能性もある一方、定家宛ゆえの簡略な表現が原因である可能性もある」と指摘する。

（17）前掲注13。田口論は「森本説も排除はされない」と述べる。

（18）拙著『新古今時代の表現方法』（笠間書院、二〇一〇）第一章第二節「俊成卿女の『源氏物語』摂取」参照。

（19）前掲注18拙著・第九章第二節「『俊成卿女集』断簡紹介」

（20）「源氏物語における死と救済―葵の上の死をめぐり―」（『駒澤大学総合教育研究部紀要』一八、二〇二四・三）

（21）前掲注1寺本著書・続編第二章「源氏物語と同時代和歌との交渉」

（22）前掲注2中西著書・第二部「『源氏物語』交流圏としての彰子後宮―「作り手」圏内の記憶と連帯―」

（23）前掲注2瓦井著書・第二部第一章「藤原妍子周辺女房の哀傷歌と『源氏物語』」

（24）新美哲彦「公的事業としての文学作品とそれに関わる女性作者―『源氏物語』『栄花物語』『枕草子』を中心に―」（『日本文学研究ジャーナル』30、二〇二四・六）参照。

（25）前掲注3君島著書・第一編Ⅱ第三章「哀傷歌の源氏取り（一）新古今まで」

（26）『続詞花和歌集新注　上』（新注和歌文学叢書7、青簡舎、二〇一〇）

（27）上野英二『『源氏物語』と長恨歌：世界文学の生成』（岩波書店、二〇二二）序論参照。

（28）前掲注4小山論

（29）前掲注13森本著書

（30）前掲注1・正編後編第一節「六条家と源氏物語」。寺本は『清輔集』（二七三）に「寄源氏恋」という巻名歌が一首あることを指摘するが、これも『源氏』の物語内容と深く関わる詠歌ではない。

（31）前掲注8久保田淳『藤原定家とその時代』一―4「源通親の文学（二）―和歌」、前掲注3岡本論

(32) 前掲注3第一編Ⅱ第四章「哀傷歌の源氏取り（二）新古今を継ぐもの」
(33)『建礼門院右京大夫集　とはずがたり』（新編日本古典文学全集47、小学館、一九九九）頭注。なお、同書では歌番号二二九。
(34) 前掲注32
(35) 前掲注8『藤原定家』
(36)「和歌における〈作者〉」（ハルオ・シラネ、鈴木登美、小峯和明、十重田裕一編『〈作者〉とは何か─継承・占有・共同性─』岩波書店、二〇二一）
(37)『鳥箒　千載集時代和歌の研究』（風間書房、一九九五）Ⅰ（1）「組題構成意識の確立と継承─白河院期から崇徳院期へ─」
(38) 前掲注5「源氏物語と新古今和歌」
(39) 前掲注25
(40) 前掲注2
(41) 平成十二年度全国大学国語国文学会・中古文学会秋季合同大会シンポジウム「源氏物語はなぜ読まれるのか」における発言（『中古文学』六七、二〇〇一・五）。
(42)『源氏物語の美』（宝文館出版株式会社、一九六〇）「死をめぐる美」
(43)『源氏物語論集』（桜楓社、一九七一）「源氏物語における四つの死」
(44)『源氏物語覚書』（岩波書店、一九九八）
(45) 前掲注20
(46) 前掲注32
(47) 小川剛生『「和歌所」の鎌倉時代　勅撰和歌集はいかに編纂され、なぜ続いたのか』（NHKブックス1285、二〇二四）参照。前掲注32君嶋著書は、『続古今集』哀傷部の源氏取りを意識した配列には、下命者である後嵯峨院の意図が強く働いているとする。しかし、小川は、『続古今集』全体の編纂について、後嵯峨院や関白以下の評定衆は、

「出典資料に当たって、部立や排列に手を下せる立場ではないし、その余裕もなかった」と推測し、真観の影響の大きさを指摘する。

(48) 松村雄二「源氏物語歌と源氏取り―俊成「源氏見ざる歌よみは遺恨の事」前後―」(『源氏物語研究集成』一四、風間書房、二〇〇〇)、前掲注12渡部泰明「源氏物語と新古今和歌」など。

(49) 前掲注4田口論

(50) 本歌・参考歌の認定は校注者によって揺れがあるが、ここではおおよその傾向がわかればよいので、他の注釈書などで『源氏』との関係が指摘されていても歌数を調整していない。『源氏物語』の中で、どの歌が『新古今集』の本歌・参考歌に認定されているかについては、前掲注13田渕著書・第五部第三章「『無名草子』の『源氏物語』和歌批評―女房の視点」参照。

(51) 前掲注4

(52) 久保田淳『新古今歌人の研究』(東京大学出版会、一九七三)第三篇第二章第四節「新古今前夜―障子・建仁期―」など。この良経歌については、前掲注12渡部泰明「源氏物語と新古今和歌」が表現方法を詳細に論ずる。

(53) 前掲注31小山論

(54) 前掲注3米田論参照。

(55) 前掲注5中川論

(56) 前掲注4小山論

(57) 前掲注31久保田著書

(58) 「女流による男歌―式子内親王歌への一視点―」(『平安文学論集』風間書房、一九九二)

(59) ただし、前掲注32君嶋著書は、十三代集哀傷部では、「柏木の恋が有していた不義の側面は捨象されて、若くして恋のために死ぬ悲劇という要素が抽出され」て摂取が行われていると指摘する。

(60) 引用は、『新古今和歌集古注集成　中世古注編1』(笠間書院、一九九七)に拠る。なお、引用歌二首は、新編全集の『源氏物語』本文とは小異がある。

（61）『新古今和歌集全注釈』四（角川学芸出版、二〇一二）

（62）引用は、『新古今和歌集古注集成　中世古注編２』（笠間書院、一九九七）に拠る。

（63）前掲注62に同じ。

（64）引用は、『新古今和歌集古注集成　近世新注編１』（笠間書院、二〇〇四）に拠る。

（65）前掲注44

（66）『明月記』元久二年（一二〇五）三月二日条に、「又仰云、巻之始大略以故人置之、不可然、以定家、家隆、押小路女房等三人、各可立一巻之始者、又継直之、以家隆為秋下部始、以女歌為恋二始、以予歌為恋第五始、依為身事、態可入末也、此仰尤為面目」とあり、頭書には「仰ハ、巻始大略以故人置之、当世三人可載之之由事」と記す（冷泉家時雨亭叢書57『明月記二』朝日新聞社、一九九六）。院の勅命は、巻頭に定家・家隆・俊成卿女の歌を置くということまでで、「恋二」に俊成卿女の当該歌を置くという判断は撰者のものかもしれない。しかし、それに異論があった様子はなく、誰もが合意できるものであったと思われる。『明月記』当日条で俊成卿女の歌を「女歌」と称しているが、これは歌の内容によるものではなく、「押小路女房（俊成卿女）の歌」の意であると考えられる。頭書では、仰せの内容を「当世三人可載之」とまとめており、問題は当代歌人という属性であって、詠歌内容については頭書でも本文でもまったく触れていない。

（67）前掲注44

（68）前掲注４小山論

（69）前掲注18拙著・第一章第五節「新古今時代の「宇治の橋姫」詠」

（70）「地名から歌枕へ―「佐野の渡り」をめぐって―」（『立正大学大学院紀要』三九、二〇二三・三）

（71）拙論「歌ことばと『源氏物語』―夕顔・蓬生・橘の小島―」（『立正大学文学部研究紀要』四一、二〇二五・三刊行予定）参照。

「大島本源氏物語」研究の現在

佐々木孝浩

はじめに

戦後の『源氏物語』研究が、とくに本文に関する部分で負の遺産を背負いながら始まったことは事実である。芳賀博士記念会編と銘打ったものながら、池田亀鑑が編纂の中心となった『校異源氏物語』五巻（以下『校異』と略称）が、中央公論社より刊行されたのは第二次世界大戦真っただ中の一九四二年（昭和十七）十月のことであった。そしてこれに増補を加えて「校異篇」とし、「索引篇」・「研究篇」・「資料篇」・「図録篇」をも付した、池田亀鑑編『源氏物語大成』八巻（以下『大成』と略称）が、一九五三年（昭和二十八）から五六年にかけて同じ中央公論社より上梓された。

『源氏物語』を学ぶ者でこの校本の恩恵を被っていない者はいないであろう。かくいう稿者もヘビー・ユーザーの一人であると断言できる。いくら感謝してもし足りない存在なのであるが、『校異源氏物語』と『源氏物語大成』は企画の最初から大きな問題を有していたことを、利用者はしっかりと理解しておくべきであろう。

稿者は二〇〇六年以来ずっと、『源氏物語』諸伝本中の善本として、『校異』と『大成』の主たる底本となり、大手出版社から刊行されている校注本の主たる底本としても利用され[1]、それらを引用する形で研究上でも利用され続けている伝本の、書誌学的理解に誤りがあり、それを正しく認識した上で、新たな校注本を刊行するなどして、研究の軌道修正を行うべきことを主張してきた。その主張は受け入れられるどころか、誹謗中傷を受けることにもなったが、大方の反応は無視という形であるように感じられた。真剣に受け止めて学術的な反応をされた方もおられたものの、ごく少数にとどまった。

稿者は『源氏物語』の研究者ではないので、自分の専門とする研究に専念すればよかったのであるが、補足説明や再説を求められることなどもあったので、それを行う一方で、その伝本の周辺に研究を広げるなどして、関連する論文を一〇本以上公表してきた[2]。それでも、いまだに稿者の意見が学界で広く受け入れられているとはいえない状況である。何故それが理解してもらえないのかということを含めて、『源氏物語』本文研究の現状、特に研究の方法論の問題などについて、未来を見据えた検討をしてみたい。

一　「大島本」の誤認

その問題とは池田によって校本の主たる底本に選定された、「大島本」と通称される伝本の認識に関する事柄である。

五十四帖という長編である『源氏物語』は、製作時のまま欠けることなく伝わった南北朝期以前の写本は確認されていない。古写本を底本にする限り、幾つかの伝本を取り合わせて使用するほかないのである。池田は自身の所蔵本を底本とした校本をほぼ完成しつつあったのに、急遽これを反故にして、一九三〇年頃に佐渡から東京にもたらされた新出の室町期写本を主たる底本として、新たに校本を作り直した。

この本は、池田が蔵書家の財界人大島雅太郎に購入を依頼したことから「大島本」と呼ばれることとなり、現在は財団法人古代学協会の所蔵で京都文化博物館に寄託されている。一九五八年二月八日には重要文化財に指定されているが、『大成』に記された池田の評価が大きな影響を与えたことは疑いない。いわば公のお墨付きを得る形にもなって、「大島本」の書誌学的な認識は、池田の見解が学界で広く受け入れられ続けてきたのである。

池田は、約三百部、冊数にして一万五千冊もの大量の『源氏物語』伝本を調査して、[3]『源氏物語』の本文を、従来から知られていた青表紙本（今日では「定家本」と呼ばれることが少なくなく、稿者も普段はこの呼称を用いているが、論述の都合上本稿ではこちらを用いる）・河内本の二系統の他に、そのどちらにも属さず、また群をなすこともない諸伝本を別本と呼んで整理した。そして、「校異源氏物語凡例」に示すように、校本の底本には、「厳密ナ考証ヲ重ネタ結果」、「藤原定家ノ青表紙本」を底本ニ当てることにし、「花散里・柏木・早蕨」の三帖（本稿では『源氏物語』の巻数の助数詞は、装訂を問わず「帖」で統一する）は現存する定家本を、その他については、「現存諸本中定家本ノ形態ヲ最モ忠実ニ伝ヘテヰルト考ヘラレル大島本」を用いたのであった。ただし、補写である「桐壺・夢浮橋」の二帖、別本と認定できる「初音」と、「大島本」が欠いている「浮舟」の計四帖については、「大島本ニ次グベキ地位ヲ有スル池田本」を用いたのである。

その校異には、「現存スル多数ノ写本ノ中カラ、厳密ナ比較研究ノ結果ニ基イテ選択セラレタ」、青表紙本二十五本・河内本二十本・別本十六本を利用しているのだが、その採用には、「青表紙本ニ於テハ大體吉野時代マデ」、「河内本ニ於テハ大體鎌倉時代頃マデ」、「別本ニ於テハ大體室町時代頃マデ」との基準を示している。底本の中心的な存在である「大島本」は室町時代の書写であるので、この基準からはみ出してしまうのだが、基準の説明には、「特ニ重要ト認メラレタルモノハ必ズシモコノ制限ニ従ハナカツタ」ともある。肝心要の底本が例外の代表的存在となっているのである。

池田が書写の古くない「大島本」を、「定家本ノ形態ヲ最モ忠実ニ伝ヘテヰル」と考えたのは、本文的な近さが理由であることは言うまでもないが、わざわざ「形態」と記しているように、自身が青表紙本の原本と認める「花散里・行幸・柏木・早蕨」の四帖（凡例執筆後に「行幸」が発見されている）と、原本を臨摸したと考えられる、伝明融筆の「桐壺・帚木・花宴・花散里・若菜上・若菜下・柏木・橋姫・浮舟」の九帖（現在東海大学図書館所蔵）の多くに確認できる、定家由来の巻末注記である「奥入」を有するものが三十八帖もあったからに他ならない。

池田は、『大成研究篇』第二部「源氏物語諸本の系統」・第一章「青表紙本の形態と性格」・第二節「青表紙本規程についての資料」において、青表紙本原本と考えられる四帖の、形態的な共通点を九項目列挙した上で、特に重要な点として、以下の三つに絞り込んでいる。

一、和歌は二字ばかり下げて別行とし、次の地の文は直ちに和歌に続く。
二、伊行の源氏釈その他の旧註は本文中に附箋または合点・朱筆記入の方法によつて示す。
三、帖末に勘物（第一次奥入）の存するものがある。それは帚木（中略）手習の三十八帖である。尤も桐壺・浮舟の両帖は雅康自筆のものを失つてゐるから除いておくが、本来は奥入が存したものと考へられる。

この「三つの条件を充たす伝本でまとまった帖数を保有してゐる」唯一の伝本が「大島本」なのである。巻末の勘物である「奥入」を五十三帖中三十八帖もが有しているのであり、「大島本」発見から七十年以上を経過した今日でも、これほどまとまって「奥入」を有する伝本は見つかっていない。池田がこの本との出会いを「邂逅」と記し、「実に幸運といふほかない」と記した気持ちはよく理解できるのである。

そして同第三節「大島本源氏物語の伝来とその学術的価値」において、「大島本」の解説がなされているのだが、ここに大きな疑問が存在しているのである。

吉見正頼旧蔵源氏物語は飛鳥井雅康の自筆と称せられる。そのうち桐壺・夢浮橋の両帖は別筆、浮舟の帖は

これを欠く。他の五十一帖が雅康の真跡であることには何ら疑ひはない。のみならず関屋の巻の帖末に、

文明十三年九月十八日依大内左京兆所望染紫毫者也　権中納言雅康

と識語があつて、その確実さを立証する。但しこの奥書が関屋の巻に存する理由についてはあきらかでない。

池田は続いて、「桐壺」「夢浮橋」に存する吉見正頼識語によって、「桐壺」が聖護院道増、「夢浮橋」が同じく聖護院の道澄筆であることを説明し、「なほ関屋の帖末に存する雅康の識語は、本来は夢浮橋の帖末に存し、道澄の書写が成つてそれに替へられるに当つて、その一葉が紙数の少い関屋の帖末に移し綴ぢられたのではないかと思はれる。それは正頼の蔵書印の位置などによつて推定される」と、補足説明している。

旧稿以来繰り返して指摘してきたことであるので、くだくだしい説明はしないが、「夢浮橋」の奥書の丁のみを取り外して他の帖に加えるなどということは、常識的に考えられないことであり、よほどの根拠でもなければ提示することすら憚られる説である。「紙数の少い関屋」という表現は、紙数の少なさにより「関屋」が移動先に選定されたと読めるが、薄い帖は他にもあるのであり、「関屋」である必然性が全く理解できないのである。

この雅康奥書は何を写したと書かれておらず、その存在する場所により指し示す対象が決まる性格のものである。「夢浮橋」末にあれば、全体を指すと理解できるが、「関屋」末にあるので、「関屋」のみを写したとしか考えようがないのである。薄いからという理由で途中にある「関屋」に奥書の丁だけを移動するなどということは、あまりにも突飛で非現実的な考え方である。

稿者には池田が本気でこう考えていたとは信じられないのだが、「他の五十一帖が雅康の真跡であることには何ら疑ひはない」とも書いている。これも何度も確認しているように、「大島本」の本文は、書写者が明らかな「桐壺」と「夢浮橋」を除いても、大勢の寄合書であることは影印を見れば一目瞭然である。そして決定的な事実として、本文や奥書、外題や奥入など諸々の書入れなど見渡しても、「大島本」には飛鳥井雅康の筆跡は一文字たりと

も確認できないのである。

この事実は、「関屋」帖の奥書は、書写奥書ではなく本奥書であり、「大島本」が大内政弘旧蔵であることの根拠にはならないということを意味している。しかも「関屋」帖の本文を「青表紙本」の諸本と比較してみると、「青表紙本原本」を受け継ぐ痕跡は確認できず、室町時代に書写された諸本、特に土佐の有力国人である大平国雄が姉小路基綱を中心に、基綱室や複数の公家に書写を依頼して、明応二年（一四九三）に完成させた大正大学附属図書館蔵『源氏物語』の、徳大寺実淳筆「関屋」と極めて近い本文を有することが確認できるのである。(4)

「大島本」「関屋」帖の奥書は、「桐壺」「夢浮橋」両帖を除く全帖が大内政弘所蔵本の流れを汲む可能性を示す資料とはなっても（この問題については後述したい）、「大島本」の「関屋」帖以外の本文の優良性を示す根拠にはならないということである。そして今求められているのは、池田の誤った認識のフィルターを取り除き、無心に「大島本」に向き合い、新たな正しい認識を見出し、それに応じた対応をしつつその本文を利用することなのである。

二　「大島本」に対する不審

『大成研究篇』第二部第一章第三節「大島本源氏物語の伝来とその学術的価値」において、池田は「なほ大島本の本文を一々の字句にわたつて、国宝数帖及び明融臨摸の数帖について比較検討するに、転写の誤りは避けられないにしても、総體的判断において期待を裏切るものではない」、「大島本はその伝来・形態・内容また語句・文章の末端に至るまで、青表紙本本系統の一証本として貴重すべき伝本であることは、もはや疑ふ余地のないところである」と断言する。「大島本」が雅康筆であるかどうか、大内政弘旧蔵であるかどうかとは、基本的に無関係の問題であるので、信用してもよいようにも思われるのだが、ことはそう単純ではない。「大島本」の本文に対する不審は、これまでに繰り返し表明されてきているのである。

阿部秋生は、『源氏物語』の諸本分類の問題を検討する中で、池田が青表紙原本と認めた尊経閣文庫蔵「柏木」と、青表紙本・河内本の五伝本の本文を比較して、異文数を提示している。[5]

この論文は、『源氏物語』の諸本の系統分類は、巨大な伝本群に対して、「青表紙本・河内本」という既存の分類項目に当てはめていくのではなく、「まず本文そのものの形状・性格の分類からはじめるべき」という趣旨のものである。尤もな意見であるが、『源氏物語』の伝本数があまりにも膨大であることと、その校本作成が、芳賀矢一の顕彰のためという、様々に複雑な要素の絡み合った条件のもとで製作されたことを思えば、池田の方法はその時点では無理からぬものであったのは確かである。それはそれとして、デジタル技術の発達で画像公開が進み、研究環境が飛躍的によくなった今こそ、阿部の提唱する基礎から始める研究の必要があることはいうまでもない。

「表記の違い、仮名づかいの違いは数えない」という阿部の調査によると、「尊経閣文庫本」に対し、「大島本」は九十四箇所の異文があると指摘されている。同じ青表紙本系の陽明文庫本は一一九、中山本（現在、国立歴史民俗博物館蔵）は一三七、[6]吉田本（現在、聖徳大学図書館蔵）は一三九で、河内本の尾州家本（名古屋市蓬左文庫蔵）は一六〇とのことである。「大島本」の異文数が一番少ないのは確かであるが、百近い数値は、「定家本ノ形態ヲ最モ忠実ニ伝ヘテヰル」という池田の認識を素直に受け入れがたくする数であるのは確かであろう。

こうした「青表紙本原本」に対し「大島本」が無視できない異文数を有することについて、具体的に検討したのは伊井春樹氏である。[7]「大島本」を詳しく調査した伊井氏は、「大島本には、墨、朱によるミセケチ、塗抹、傍記、重ね書き、また胡粉による塗抹といった複雑な様相を示し、しかも行間、余白には注記などの書き入れ、付箋などもあり、それだけ時代の経過とともに後人の手が加えられた様相を示す」ことを指摘し、『大成』や『新日本古典文学大系』が、訂正前の本文ではなく、書入れを反映した本文を採用していることについて多角的に検討して、

「大島本」が書写した本文の素性をいぶかっている。

そして、「大島本の書写態度は、詳細に調べていくとそれほど厳密ではなく、大量の誤脱や誤写があり、底本のかな文字を読み誤って意味の異なる漢字に置き換えるなど、写本としては一級品とは思われない」、「後人の書入れなどを一切排除し、本来の大島本の姿を見ていくと、（中略）書写された本文が河内本や別本との重なりを示す例がいくらも存し、単純なミスではなく、明らかに依拠した底本を受けた本文と考えざるを得ない。それと、大島本には独自の本文が多く、それが青表紙本諸本とは距離を置いた存在にもなっている」との重要な指摘を行い[8]、「大島本の各所に、このような本来の青表紙本とは乖離する本文が時に見受けられるのは、厳密な書写態度ではなかった背景があるだけではなく、依拠した本文が純粋な定家本ではなかったことに原因があるのであろう」との見通しを述べている。

こうした伊井氏も指摘した、「大島本」が「青表紙本原本」の本文をそのままに受け継いでいるのではないらしいという疑問について、より踏み込んだ検討を行ったのが加藤洋介である。

加藤は、「大島本」の「青表紙本原本との間に少なからぬ異同を有し、しかも単なる誤写とは判断しがたい河内本や別本などの他系統の本文がまま見られる」という、「捉えどころのない本と言うべき一面」に対し、その所以を「若菜下」帖を対象として具体的に検討している[9]。その結果、「大島本は、肖柏本・書陵部三条西家本・大正大学本といった室町期に流布していた本文に、定家自筆本系統の本文を校合したことによって成立したものではないか」との重要な指摘を行っている。それに加えて、「大島本の書写は、文意を理解しつつ書写を進めるというのではなく、親本を字形からして書写」したもので、行われた原本系統の本文との校合も、「一字一句の違いを厳密にすべて直すというもの」ではなく、「校合漏れ」の存するものであったことから、「本文上は明融本にもっとも近く、しかしながら少なからぬ異同は残り、異同に関わらないような表記は校合前の室町期流布の本の形を留めるという、現在の大島本の姿ができあがった」との説を提示している。

具体的な検討が重なっていくにつれ、「大島本」の本文に対する信頼度は下がっていったのであるが、こうした研究の経過を振り返って不思議に思われるのは、「大島本」の本文に対する不審が、「大島本」の素性自体を疑う方向には向かわなかったことである。

三　「大島本」二分説のその後

稿者が旧稿で指摘したのは、「大島本」は大内政弘旧蔵本ではないということばかりではない。池田以来、奥書により永禄七年（一五六四）頃の書写であることが明らかな「桐壺」「夢浮橋」を除く、「浮舟」を欠く五一帖は一具のものであると考えられていたのを、筆跡や蔵書印、貼紙や綴じ穴の数などの諸点から、一筆一九帖の残欠本であったものを、永禄七年頃に「桐壺」「夢浮橋」も含めて、ほぼ一人一帖という寄合書き形式で補写を行ない、全体に同じ表紙を付して、再び揃い本としたものであるという事実も報告したのである。

このことに対しても、発表当初にはこれを疑う見解が示されることもあったが、学界の反応はやはりほぼ無反応という感じであった。しかしながら、田村隆氏が、『源氏物語』における「人々」の表記を確認すると、「大島本」では一筆の十九帖が「人〳〵」を多用するのに対し、他の帖にはそうした共通性は認められないことを指摘して、「大島本」が二分されることを補強した[10]のは、数少ない反応の一つであった。

また二〇一四年一一月に開催された、中古文学会関西部会主催のシンポジウム「源氏物語本文研究の可能性」において、新美哲彦氏は、「大島本」と、青表紙原本の臨模本と考えられている東海大学図書館蔵の伝明融筆本八帖中で、共通性の高い「奥入」を共有する「帚木・花宴・若菜上・同下・柏木・橋姫」の六帖との、本文の比較を行い、「帚木」以外は濃淡の差はありながらも近接性が認められるものの、「大島本」の「花宴」・「若菜下」・「柏木」の三帖は、ノートルダム清心女子大学本や大正大学本などの室町写本と近い本文を有することを確認した。そして本文と「奥入」の共通性に差がある帖については、「大島本」の「奥入」が後補と考えられると指摘するなど、「大島本」の成立の複雑な過程に関する具体的な見解を提示し、「奥入」を有さない帖も含めて、室町期写本の影響を考慮に入れて、さらに本文の特徴を考察すべきことを提唱した。(11) 池田説に捕らわれずに、「大島本」の実態に正面から向き合った本文研究の論文が登場したのである。

新美氏論文はまた、検討した六帖の内、本文に問題のない「橋姫」は一筆十九帖に含まれ、補写部分に含まれるそれ以外の帖のほとんどが室町期写本を親本にする可能性が高いとの指摘も行っている。「大島本」が二つのグループに分かれることを積極的に踏まえた点でも、画期的な論文であったのである。

そうした中で、「大島本」二分説をまったく新しい手法で検証した論文も登場した。齊藤鉄也氏は、飛鳥井雅康真筆であると判断できる写本群と、「大島本」五十三帖を対象として、本行本文の仮名字母の出現傾向を計量文献学の手法で検証し、「大島本」に雅康筆と認められる帖は確認できず、同筆とされた十九帖はやはり同一書写者である可能性が高いことを報告している。(12)

筆跡と物理的特徴の検討から得られた結論が、全く異なる科学的手法によって証明されたことの意義は小さくないはずである。今後はこの事実を踏まえた上で、「大島本」の本文は議論されるべきなのである。

四　「若紫」帖の発見と「大島本」

このような齊藤氏の新しい手法による「大島本」研究も登場はしたものの、国文学者による「大島本」の本文研究はやや停滞している感があったのだが、その状況に大きな変化をもたらしたのは、二〇一九年十月に報道された、「青表紙本原本」の五帖目と目される「若紫」の発見であった。その報道内容は、『源氏物語』本文研究の現状を殆ど踏まえておらず、誤りと断言できる部分が少なくなく、憂慮すべきものであった[13]。

「大島本」の認識を混乱させたのは池田亀鑑ばかりではない。「大島本」寄託先の学芸員として影印の刊行にも関与した藤本孝一氏は、池田説を敷衍させながら独自の説を繰り返し提示してきた[14]。「大島本」の五十一帖が一筆でないことは、実見すれば容易に理解できることであるが、藤本氏は「関屋」奥書についての池田の見解から自由になれず、雅康を中心とする複数の人物による書写と訂正した。しかし雅康の筆跡が存在していないことは既に確認したところである。

それよりも問題であったのは、「大島本」の「若紫」冊本文最終丁の四行と「宿木」冊全体の本文の筆跡が、藤原俊成の書風に似通っているとして、これを根拠に、「大島本」の祖本である「青表紙原本」の親本を「俊成本」とする説を提示したことである[15]。「青表紙本」の素性に関わる重大な問題であるはずであるのに、この説にきちんと反応した源氏研究者はほとんど現れなかった。黙殺なのか無言の肯定であるのかは、専門家以外の者には区別できないであろう。波及力のある場や媒体で公表された説をきちんと批判しなければ、一般の人々はその説が認定されたものと受け止める可能性は高いのである。

稿者は旧稿以来、問題の筆跡は室町後期頃に流行した三条西実隆を祖とする逍遥院流（三条（殿）流）に属するもので、俊成の筆跡を模したものではないことを、画像資料も提示するなどして繰り返し指摘してきたが、これについても源氏研究者はほとんど無反応であった。そうした中にあって藤本氏は、新出の「若紫」帖の影印本の解説[16]においても、自説を再説したのみならず、新出の「若紫」帖の末尾に俊成の筆跡の模写が存在しない事実を前にして、「大島本の祖本とした定家本は初期のもので、本帖の定家本は後年の自分の証本となった写本であったためであろう」と、自説を守るために確たる根拠もない新しい伝本の存在を想定したのである。
「若紫」帖発見を受けて企画され、二〇二〇年二月二九日に開催予定であった、朝日新聞社・中古文学会主催シンポジウム「人がつなぐ『源氏物語』―新発見「若紫」をめぐって―」は、新型コロナウイルス流行により中止になったが、そのパネリストであった新美哲彦・久保木秀夫両氏は相次いで論文を発表した。新美氏は新出本と「大島本」の「若紫」帖の本文を比較し、新出本は「大島本」「若紫」の祖本と考えられるものの、「大島本」の本文の劣化が激しく、またやはり室町期写本との接触の痕跡が認められることなどを指摘した上で、末尾の「付記・藤本孝一氏の解題について」において、藤本氏説を明確に否定した。[17] 久保木氏は、発見に伴う報道記事における藤本孝一・山本淳子両氏の見解の問題点を指摘する中で、やはり俊成本の姿を伝えるとの藤本氏説を否定している。[18]
この間に稿者も新美氏論文を参考にして、新出本と「大島本」「若紫」帖の書入れや附箋の比較も行って、「大島本」は新出本を直接書写したものではなく、室町時代写本や河内本系統の書入れのある本と接触するなどした本を親本とするのではないかとの見通しを述べた。[19]
さらに、国宝『奥入』から切り出された断簡を発見した池田和臣氏は、その詳細を報告した論文の中で、やはり池田亀鑑のいう「青表紙本原本」の五帖目の登場は、「大島本」のみならず、「青表紙本」の本文系統に関する妄説が、明確に否定される契機ともなったのである。

五　書誌学的研究の必要性

以上「大島本」の本文研究史をかなり大雑把に振り返ってみた。それにより改めて明らかになったのは、かなり早い段階から、「青表紙本原本」の姿を伝えているはずの「大島本」の本文の信頼度が疑われ続けてきたにも拘わらず、飛鳥井雅康筆の大内政弘旧蔵本であるという素性説については、特に疑われることもなかったという事実である。本文に不審があるならば、当然その理由を検討すべきであり、その過程で「大島本」の素性が問われるべきであるのに、そういう方向に研究が進んでいかなかったことは、稿者には不思議でならない。

こうした稿者の疑問に大きな刺激を与えたのは、近時に発表された久保木秀夫氏の論文である。(21) 久保木氏は、「関屋」冊の奥書が本奥書であること、従って「関屋」を含む一筆十九帖が文明十三年よりも後の転写本であることを認めた上で、奥書が「関屋」のみにあることを改めて疑問視している。大内政弘所蔵の『源氏物語』で「関屋」が欠けていたのを、雅康に補写してもらったことを示すという稿者の理解を否定し、「文明十三年頃に、政弘から公家らに対して『源氏物語』調製の依頼があり、そのうちの「関屋」巻の分担書写を雅康が担当していた、そのような「大内政弘所望本」がおそらくあったとみればよく、またみるべきであると思われる」と断言したのである。

そう考える傍証として、静嘉堂文庫蔵の新見正路編『賜蘆文庫古筆目録』に記載された、中院通茂と持明院基時両筆で、外題は基時筆という「源氏物語全部」の奥書が紹介されている。九帖のみに奥書があることを「関屋」との共通事例とみるのだが、実はそれらの奥書は、日本大学図書館所蔵の、三条西実隆とその子息である公条と西室公順の三筆になる、「三条西家本」の書写奥書を転写したものである。「三条西家本」の他の帖にも存する奥書が見えない理由は不明だが、久保木氏の意図する例とはならないものなのである。

もう一点挙げられた、豊臣秀次が所望して二七名に書写させた「二十一代集」（名古屋市博物館寄託本）は、『古今集』上下帖にのみ秀次からの依頼であることを記した書写奥書があるものだが、途中の集にのみ奥書が存するわけでもないので、「関屋」にのみ奥書があることを理解する上での参考になるとは思えない。久保木氏の認識には誤解と検討不十分な点があると考える。

また久保木氏は、「関屋」奥書が本奥書であるとなると、「大島本＝大内家本という認定」が成り立たなくなり、「それを前提とした立論もまた、自ずと成り立たなくなってくる」と指摘され、道澄筆「夢浮橋」に存する政弘の名が見える識語も、「夢浮橋」（道増筆「桐壺」も含まれる可能性があるとする）のみに係わっているものであり、「大島本」と大内氏の関係を示す証拠にならないとも述べている。

この「夢浮橋」の識語は、「大島本」の旧蔵者である吉見正頼が記したものであるが、「夢浮橋」のみに対応するものではなく、「大島本」全体に存する正頼や他の人物の筆跡による注記の素性を示すものである。[22]「政弘」の名がある部分は、一条兼良の息良鎮が大内政弘に与えた『源氏物語』写本の奥書の内容を伝えるものである。前半部分は良鎮に与えられた写本にある兼良の文正元年（一四六六）十一月十六日奥書、後半は良鎮が庭訓を書き加え談義に用いたその秘本を、延徳二年（一四九〇）六月十九日に政弘に与える際に書き加えた奥書である。兼良の家の源氏学を伝える貴重な写本であるので、その本文は河内本であり、その注記は兼良の『花鳥余情』に近い内容であったと考えるのが自然であろう。「大島本」の「夢浮橋」（そして「桐壺」も）が河内本ではないことや、「大島本」のいたるところに、「良鎮」の名前や「異本」「イ本」「イ」などの注記のある、『花鳥余情』との共通性の高い書入が存在していることからも、問題の奥書が、これら注記の出所を示すために、正頼によって書き加えられたものであることは明らかである。

十九帖の残欠本を多人数で補写させて再び揃い本にした当事者であると考えられる吉見正頼が、大内政弘旧蔵本そのものか、その転写本かを利用していたこと、そして「大島本」を再び揃い本とした後に、新旧二つのグループを区別することなく、政弘旧蔵河内本に由来する注記を転記していったことが理解できるのである。

「大島本」の本行が希に河内本らしき特徴を示すのは、「大島本」の親本段階で、青表紙本系の本文がこの政弘旧蔵河内本か、その転写本と校合されたことによって生じた可能性は検討してもよいものと思われる。

この正頼筆の識語は、「大島本」の本文そのものと関係するものではないが、吉見正頼は大内義隆姉を嫁とする（兄隆頼の不慮の死で家督を継いだ際に、その正室をそのまま娶っている）ほどの大内氏の重臣であったのであり、河内本と同様に政弘旧蔵の青表紙本と接する可能性を示す資料とみることもできるのではないだろうか。

また、「大島本」の各帖が、「大正大学本」のような室町時代写本的な本文であるならば、単なる寄合書と考えるのが最も穏当であろう。しかし、一華堂切臨の『源氏弁引抄』に、周防国守のもとで定家自筆を含む青表紙本を見たという記述が存すること、新出の「若紫」の判明する範囲で最も古い所蔵者が、大内家の遺品を所蔵していることが確認できる毛利家である事実[23]と呼応するかのように、「大島本」は多くの帖で奥入を有する「青表紙原本」系の本文を伝える可能性が高い、特殊で珍しい存在なのである。そしてその中にあって異質性が際立つ、室町時代に流布していた本文を有する「関屋」帖にのみ奥書がある理由を考えた時、この帖単独の補写を示すと考える方がよほど自然であるように思うのである。

「大島本」の本文に様々な問題があると考えるなら、なぜそうであるのかを追求するべきであるのに、従来の研究は疑問を提示するのみでとどまっていたのは確かである。久保木氏の説には賛同できないが、その問題提起は改めて「大島本」の実態の複雑さを再認識させてくれるとともに、本文の検討だけではなく、書物としての実態により踏み込んだ検討が必要であること伝えてくれるのである。

六　筆跡研究の可能性

稿者は旧稿において、先引の伊井氏の「大島本」の本文に対する疑義を受けて、「附箋や奥入等の存在よりして、「大島本」が青表紙原本と密接な関係を有していることが確認できるにも拘わらず、その本文が誤写や誤脱を大量に有しているという状態から導き出されるのは、やはり「大島本」と青表紙原本は直接的な書写関係はなく、その間に幾度かの転写を想定せざるをえないということであろう。「大島本」の幾代か前の伝本に、河内本を始めとする、他本との校合等の書き入れがなされていたものがあり、それを学識のあまり高くない者が、忠実な転写を心掛けず、書き入れの役割を把握できないままに、文意を追わずに急いで書写したとしたら、こうした不純な混体本文が生み出される可能性はあるであろう。そしてその書写者として、大内家の被官層あたりを想像してみたい誘惑に駆られるのである」と記した。本文の劣化が起こる過程をできるだけ具体的に想像してみたのである。

「大島本」の書写者を検討する際に手掛かりとなるのは、先述の「桐壺」「夢浮橋」に存する吉見正頼の識語である。その内容と「大島本」の特徴からして、補写グループの三十二帖は、「桐壺」・「夢浮橋」と同時期の書写である可能性が高い。識語が書かれた永禄七年（一五六四）当時、道増と道澄は正頼と共に長府（山口県下関市）に滞在中であったのであるから、補写を担当した人々もその周辺にいた人物であると考えられる。そして道増・道澄とは異なり識語に名前が記されていないことからすると、候補として考えられるのは正頼周辺の大内氏の遺臣たちであろう。

その検討に役立つのが、藤本氏が俊成の筆跡を伝えると主張した、「若紫」末尾四行の筆跡なのである。繰り返すが、これが逍遥院流の書風を示すことは明白であるので、旧稿でも大内氏周辺で逍遥院流の書き手を探してみた。その際に利用したのが、江戸時代に成立した書流系譜書の一つである、静嘉堂文庫蔵『古筆流儀分』で、「逍遥院流」の項に複数の大内氏関係者の名前を確認することができた。その中で特に注目されたのが、興国・伴国・隆国らの、長府に存する長門二宮忌宮神社の大宮司竹中家の人々であった。

そこで彼らの筆跡を探してみたところ、幸にも大量に現存している大内氏関係の和歌短冊の中に見出すことができた。旧稿では書流の確認が甘く、興国を逍遥院流と認定したが、確認できる短冊の枚数が増えるにつれ、竹中家の人々は逍遥院流には属していないことがわかってきた。江戸時代の筆跡鑑定家たちがまとめた書流系譜に踊らされた感じではあるが、改めて明らかになったのは、彼らが飛鳥井雅親を祖とする飛鳥井流に属する書き手であるということである。

「若紫」末尾四行の筆者を明らかにする計画は一旦頓挫したのだが、これは決して無駄な検討ではなかったのである。それにしても竹中家の人々は何故飛鳥井流の筆跡を示すのであろうか。大内政弘と飛鳥井雅康に交流があったことは「関屋」冊の奥書にも明らかであるから、その流れとも考えられるが、事はそう単純ではない。雅康は「書流系譜」類で「二楽（軒）流」の祖とされているように、飛鳥井流から独立した筆跡を有しており、竹中家の人々の書風とはやや距離があるのである。

そこで大内家と飛鳥井家の関係を探ってみると、政弘は長享三年（一四八九）三月に栄雅（雅親法名）より、政弘息義興は永正五年（一五〇八）七月に雅親息雅俊より、義興息義隆も元服前の永正一四年十二月と元服後の同十七年七月に雅俊よりと、三代続けて蹴鞠伝書である『蹴鞠条々』を与えられており、大内家が代々飛鳥井家の蹴鞠門弟であったことが確認できるのである。[24]

義興は雅俊女を養女（安芸分国守護武田元繁に嫁すもすぐに離縁）とするほどに親しく、雅俊はこの関係を頼って永正十七年に山口に下向し、大永三年（一五二三）に同地で没している。雅俊家集『園草』の大永二年分には、義興との贈答や、義興家の月次その他の歌会での詠が存する他、義興被官や山口の僧侶などとの交流も見えている。雅俊が家臣団を含めて大内氏に大きな影響を与えたことは疑いない[25]のである。

こうした大内氏と飛鳥井家の縁から、大内氏関係者の多くが飛鳥井流の書を学んだのも自然なことのように思われる。義隆筆の短冊類は書風の揺れが感じられるが、天文六年（一五三七）十月十日の筑前筥崎宮法楽和歌会での懐紙[26]は、飛鳥井流的な筆致であると認められよう。[27]

拙稿で整理したように[28]、忌宮神社文書には、竹中弘国が雅俊より歌題を与えられていたことを示す資料や、雅俊が弘国に送った書状などが確認できる。また雅俊息雅綱が天文二十二年（一五五三）に弘国息興国に、雅綱息雅教が永禄十一年（一五六八）以降に興国孫の元国に送った蹴鞠免許状も存しており、竹中家が弘国以降歌鞠両道において飛鳥井家門弟であったことも判明するのである。

旧稿でも確認したように、興国や隆国らは、道増・道澄と連歌会などで同座しており、彼らが「大島本」の書写を担当した可能性は高いのである。しかしながら、補写のみでも三十人以上が必要となるので、竹中家関係者のみでは足りないのも確かである。

竹中家の人々の筆跡資料を増やすことをも目的として、大内氏関係者の和歌短冊の所在情報の収集を継続し、それを整理して報告した[29]。この段階では捗々しい発見はなかったのであるが、この報告が呼び水となって紹介された大内氏関係者を数多く含む短冊手鑑の中に、ついに逍遥院流に属することが明らかな竹中家周辺の人物の短冊を見出すことができたのである。その人物は、忌宮神社と宗教的な関係も深く、距離的にも程近い串崎神社の大宮司串崎武光である。その筆跡を確認してから「書流系譜」類を確認すると、確かに「逍遥院流（三条流）」の中にその名が記されていたのである。

武光の素性について検討してみたが[30]、少ない資料の中に、姓を長門一宮大宮司家の賀田とするものや、竹中興国弟とするもの、改名して隆光と名乗ったとするものなどを確認できたものの、それを確定するには至らなかった。ともあれ竹中興国や隆国とほぼ同時期の同地域に、逍遥院流の手を有する武光なる人物が存在していたことを確認できた。この串崎武光は、「大島本」の「宿木」や「若紫」末尾四行の書写を行ったのみならず、多くの帖で本文と奥入の補入訂正・引歌や注記の書き入れなどを担当して、吉見正頼の補写活動で主要な役割を果たした人物の最有力候補なのである。

この情報が加わると、「大島本」の一筆十九帖は興国の筆跡に似ており、補写帖の中に伴国・隆国の筆跡と近親性が感じられるものがあり、特に「紅梅」帖は隆国風であると指摘したことも[31]、あながち的外れではないものとなるのではないだろうか。

「大島本」の筆者説に関しては、「若紫」末尾四行の件を除いて反応がないのが実情である。一人で考えていると自説から自由になれず、異なる視点を持つことが難しくなる。今後も自分なりに考察を深めていきたいと考えるが、この問題に関与して下さる方の登場を切に希望するものである。

おわりに

国宝に指定されている藤原定家自筆の『奥入』に、本文の末尾が十四帖分残存していることは有名である。片桐洋一氏は、その残存本文と「大島本」の当該部分を比較して相違点を確認し、「定家本源氏物語」が少なくとも二種存すると指摘した[32]。その作業は「大島本」が「青表紙原本」の忠実な写しであるとする池田説を前提としたものであったので、その説に与しない立場から、改めて相違箇所を検証したことがある[33]。その結果、両者の相違が確実と考えられるものを六箇所まで絞りこむことができ、自筆『奥入』の残存本文と「青表紙本原本」の本文は、かなり近しいものであることを再確認できた。

またそれとは別に、両者の前後関係について書誌学的特徴の検証から解明し、「青表紙原本」を先とする池田説とは逆の考え方を支持した。これに関しては、その後も有力な反論はでておらず、「青表紙原本」の方が後ということは、広く認識されているといえるのではないだろうか[34]。

発見された「青表紙原本」の「若紫」と、自筆『奥入』の残存本文とを比較してみると、両者には仮名遣いを含めて異同は存在しないことが判明した。先の考察で相違の有力候補であった箇所は、「青表紙原本」に由来しない「大島本」の問題であったことが確認できたのである。

そこで改めて、自筆『奥入』残存本文を、「青表紙原本」とその忠実な模写と考えられる「明融臨摸本」の当該帖とのみ比較してみると、問題となる異同は存在しないことが確認できた。「大島本」はそのままでは「青表紙原本」の代用とはなりえないことが、「若紫」帖の出現で改めて浮き彫りになったのである。

「大島本」の「捉えどころのない本と言うべき一面」を指摘した加藤洋介は、「本文の性格が由来するところを解明することは、定家自筆本あるいはその臨模とされる明融本が存しない巻については大島本によるほかがないのであってみれば、定家本源氏物語の本文を復原する上での大きな課題であろうと思われる」との言葉を遺している。(35)

その由来を説明するには、筆者を特定しつつ、書写の場や状況を具体的に明らかにしていくしかないものと思われる。その作業は本文劣化の過程の解明であるのかもしれないが、それがきちんと把握できれば、「定家本原本」の復元の道筋も見えてくるのであり、これまでとは異なる本文校訂も可能になるはずなのである。

「大島本」の使用をやめるという選択肢もあるかもしれない。しかしその利用の歴史は既に八十年を超えており、また関連した研究の蓄積も膨大なのである。このまま頬かむりして「大島本」について知らぬ存ぜぬではすまないところに、我々は立っているのである。

本文の劣化の具体相を明らかにするだけでは、その理由を解明することが難しいのは確かである。かなり乱暴なまとめになるが、今後は本文の検討を中心とする文献学的な研究に、物質としての書物の実態を追及する書誌学的研究の要素を加える必要があると考えるのである。

これまで「大島本」に限らず『源氏物語』の本文研究が低調であったのは、書誌学的な立場からの研究があまりにも少なかったことも、大きな理由の一つであるように感じられる。人間の健康に様々な栄養素をバランスよく吸収することが必要であるように、文学研究が健全に発展するためには、様々な研究方法がバランスよく行われて、それぞれの成果が相互に刺激しあいながら統合されていくことが必要なのではないだろうか。書誌学がいかなる栄養素にあたるのかは不明ながら、特に本文研究の分野においては欠くべからざるものであり、内容研究も健康な本文研究を基盤にしてこそ、安定的な発展が望めるはずであろう。

「大島本」に限定しても、「青表紙原本」の本文を受け継いでいない、室町時代に流布していた本文による補写の帖を、「関屋」帖と同様に炙り出していくとともに、受け継ぐと考えられる帖の本文から、改変された要素を取り除いて原体に復元する方法を開発するなど、行うべき課題は山積である。大きな可能性を秘めながらも人材面で決定的に不足している、書誌学的研究を行ってくれる同志の登場を切に願う次第である。

注

（1）「新潮古典集成」、「岩波新古典大系」、「小学館新全集」、「岩波文庫新版」など。

（2）関連する論文は以下の通り。猶、以下の論述では①を「旧稿」と称することとする。

①「「大島本源氏物語」に関する書誌学的考察」（『斯道文庫論集』四一、二〇〇七年、補注を加えて中古文学会関西部会編『大島本源氏物語の再検討』（和泉書院、二〇〇九年）および拙著『日本古典書誌学論』（笠間書院、二〇一六年）に収録）

②「二つの「定家本源氏物語」の再検討―「大島本」という窓から二種の奥入に及ぶ―」（『大島本源氏物語の再検討』、『日本古典書誌学論』に収録）

③「長門忌宮神社大宮司竹中家の文芸―未詳家集断簡から見えてくるもの―」（『中世文学』五七、二〇一二年、『日本古典書誌学論』に収録）

④「モノとしてのテキストと解釈―「大島本源氏物語」「関屋」冊の再検討―」（助川幸逸郎・立石和弘・土方洋一・松

岡智之編『〈新時代への源氏学〉第七巻 複数化する源氏物語』竹林舎、二〇一五年、『日本古典書誌学論』に題名を改めて収録）
⑤「室町・戦国期写本としての「大島本源氏物語」」（『中古文学』九七、二〇一六年）
⑥『源氏物語』本文研究の蹉跌―「若紫」帖の発見報道をめぐって―」（『日本文学』六九－七、二〇二〇年）
⑦「「大島本源氏物語」の再検討―新発見の定家監督書写本「若紫」帖との比較を中心に―」（『斯道文庫論集』五五、二〇二一年）
⑧「「大島本源氏物語」の「若紫」末尾四行の筆者について―「大島本」書写環境の再検討―」（『斯道文庫論集』五六、二〇二二年）
⑨「書誌学的本文研究の未来―「定家手沢本源氏物語」を事例として―」（横溝博・クレメントレベッカ・ノットジェフリー編『日本古典文学を世界にひらく』勉誠出版、二〇二二年）
⑩「虚像としての編集―「大島本源氏物語」をめぐって―」（納富信留・明星聖子編『フェイク・スペクトラム―文学における〈嘘〉の諸相』勉誠出版、二〇二三年）
⑪「若紫巻×書誌学　書物が教えてくれること」（河添房江・松本大編『源氏物語を読むための25章』武蔵野書院、二〇二三年）
（3）池田『源氏物語系統論序説―主として青表紙本・河内本の形態に關する研究―』（一九三三年）。猶『大成研究篇』第二部第一章「青表紙本本の形態と性格」の冒頭近くでは「約三万冊」と記している。
（4）注2④論文参照。
（5）「源氏物語諸本分類の基準」（『国語と国文学』五七－四、一九八〇年、阿部『源氏物語の本文』岩波書店、一九八六年に所収）。
（6）阿部は、「奥入」を有する古写本である中山本に注目しているが、拙稿「第三の「奥入」と朱合点―中山家旧蔵「柏木」帖をめぐって―」（森一郎・岩佐美代子・坂本共展編『源氏物語の展望　第七輯』三弥井書店、二〇一〇年）で指摘したように、同本の「奥入」は別筆後補である。

（7）「大島本源氏物語本文の意義と校訂方法」（王朝物語研究会編『論叢源氏物語1 本文の様相』新典社、一九九九年、伊井春樹『源氏物語論とその研究世界』風間書房、二〇〇二年に所収）。

（8）藤本孝一「大島本源氏物語の書誌的研究」（財団法人古代學協會・古代學研究所編『大島本源氏物語別巻』角川書店、一九九七年）において、「当初の姿は書込みもない綺麗な嫁入り本であった。そうなると本文研究は、見消・塗抹・補入等を除いて本文のみを読み、消された文字が判読可能ならば、その文字をまず採用すべきである」と述べているが、これは本文の具体的な検討を行っていないことから生まれた発言であることは、伊井の指摘にも明らかである。根幹的な訂正書入れは書写の段階で行われたものと考えざるをえず、「大島本」が美麗であることを重視する「嫁入本」でないことも明らかである。

（9）「大島本源氏物語の本文成立事情―若菜下の場合―」（『大島本源氏物語の再検討』）。

（10）「青表紙本の系譜」（『中古文学』九四、二〇一四年）。同年六月開催の中古文学会大会ミニシンポジウム「定家本・青表紙本『源氏物語』とは、そもそも何か?」における発表を原稿化したもので、当該部分は田村隆「大島本『源氏物語』の表記情報」（『日本古典籍における【表記情報学】の基盤構築に関する研究』科学研究費補助金基盤研究研究成果報告書、二〇一四年）に基づく。

（11）「大島本『源氏物語』と東海大学蔵伝明融筆『源氏物語』の比較から見えるもの」（『源氏物語　本文研究の可能性』）。

（12）「仮名字母の出現傾向を用いた大島本源氏物語の調査」（『人文科学とコンピュータシンポジウム二〇一九論文集』一、二〇一九年）。齊藤「変体仮名を用いて写本の書写者と書写年代に迫る―その方法と事例―」（『日本古典文学を世界にひらく』）に、方法や「大島本」の調査報告が分かりやすく再説されているので参照いただきたい。

（13）注2⑥稿においてその憂慮を表明した。

（14）「大島本源氏物語の書誌的研究」（『大島本 源氏物語 別巻』）他。

（15）この説は、「大島本『源氏物語』の校訂―青表紙本による青表紙本の校訂―」（『古代文化』四九-一、一九九七年）以来、「大島本源氏物語の書誌的研究」、『定家本源氏物語』冊子本の姿』（『日本の美術』四六八、二〇〇五年）、「大島本の写本的性質」（人間文化研究機構国文学研究資料編『源氏物語―千年のかがやき―』思文閣出版、二〇〇八年）、

「大島本源氏物語の写本学研究」（『大島本源氏物語の再検討』）等で、繰り返し述べられている。
(16) 大河内元冬監修・藤本孝一解題『定家本 源氏物語 若紫』（八木書店、二〇二〇年）。
(17) 「新出「若紫」巻の本文と巻末付載「奥入」―定家監督書写四半本『源氏物語』との関係を中心に―」（『中古文学』一〇六、二〇二〇年）。
(18) 「『源氏物語』藤原定家筆・四半本「若紫」一帖の出現をめぐって」（『語文（日本大学）』一八一、二〇二一年）。
(19) 注2⑦稿。
(20) 「定家筆源氏物語奥入の新出断簡にちなんで」（『中央大学文学部紀要』二八九、二〇二二年）。
(21) 「『源氏物語』大島本「関屋」奥書に関する試論」（『年報（鶴見大学源氏物語研究所）』八、二〇二二年）。
(22) この問題については、伊井春樹「大島本『源氏物語』書き入れ注記の性格」（『国語と国文学』六五―八、一九八八年、同『源氏物語論とその研究世界』風間書房、二〇〇二年に所収）を参照いただきたい。
(23) 注2⑦稿を参照いただきたい。
(24) 山本啓介「蹴鞠伝授書から見た室町・戦国期における飛鳥井家とその周辺」（『国文学研究資料館紀要』四〇、二〇一四年）を参照した。
(25) 明治大学図書館蔵の『和歌条々』は、永正六年七月に雅俊が大内家家臣の弘中興勝に与えたものであることが知られている。
(26) 小松茂美『日本書蹟大鑑　第10巻』（講談社、一九七八年）に画像がある。
(27) 猶、江戸時代の筆跡鑑定家達が著した書流系譜諸類では、義興や義隆は雅康の「二楽（軒）流」に分類されることが多いが、管見の範囲では首肯しがたい。小松茂美『日本書流全史』（講談社、一九七〇年）を参照いただきたい。
(28) 注2③稿。
(29) 「守護大名大内氏関連和歌短冊集成（稿）」（『斯道文庫論集』五〇、二〇一六年）。
(30) 注2⑧稿。
(31) 注2③稿。

(32)「もう一つの定家本「源氏物語」」(『中古文学』二六、一九八〇、同『源氏物語以前』笠間書院、二〇〇一に所収)。
(33)注2②稿。
(34)この件については、新美哲彦「定家『奥入』の諸問題」(前田雅之編『中世の学芸と古典註釈』竹林舎、二〇一一年)を参照いただきたい。
(35)注9論文。

[付記]『源氏物語』の研究は膨大であり、言及すべき論文がまだまだ多いことも承知している。目配りや配慮が行き届かない点ばかりで恐縮であるが、本稿の主旨を御理解いただき、よろしく御教導下さるようお願い申し上げる。

Ⅲ 空間・階層・ジェンダー

古河公方周辺の源氏物語愛好
――源氏物語文字鏁を中心に――

小川剛生

一　はじめに

永禄三年（一五六〇）秋、北条氏康（一五一五～七一）は、上杉謙信（当時は景虎であるが通称に従う）の関東侵攻に直面していた。北方の要衝である岩付（岩槻）の城主、太田資正（一五二二～九一）は向背する動きを見せた。氏康は、資正に対して、古河公方足利義氏（一五四三～八三）に働きかけて、あなたを御相伴衆に推挙すると述べ、必死に翻意を促した。

相伴衆とは室町幕府独自の役職名で、将軍の外出に従い、饗宴に陪席する。管領に次ぐ有力な守護大名に許されたので、そうした家格や名誉を示す称号となった。関東でも公方が取り入れ、傘下の大名を遇していた。しかも、天子を憚る畿内の将軍と異なり、関東では公方こそが唯一の「御所」であった[1]。

資正の態度は煮え切らないままであった。道灌を出した太田氏にとり、ほんらい後北条氏は仇敵であった。しかし、氏康は資正が気後れしていると受け取り、保元の乱の故事をもって説得する。同年十月九日とされる「北条氏

康起請文写」である。(2)

率爾の様、覚悟あるべく候へども、上古にも厥の例候、保元合戦の時、義明〔朝〕昇殿申され候、忠節の上は御感あるべきの由勅詔のところ、重ねて義明〔朝〕、戦場に於いて一命を捨つべき上は、後日の御感入らざる由、勅答申され候に付きて、昇殿宥され候、か様の砌より外、御相伴、御納得有るまじく候条、同意に於いては、きつと申し調ふべく候、（引用は読みやすい形に表記を改めた。以下同じ）

後白河天皇方に参じた源義朝は、勲功を立てれば恩賞を与えるとの勅に対して、いますぐに賜らなくては意味がないとねだる。天皇は笑って昇殿を許し、義朝は勇んで出立したという。非常時には、あらかじめふさわしい栄誉を与えられることは、決して恩賞で釣られるような、恥ずかしい振る舞いではないのだ、という訳である。

残念ながらその説得も資正には効力を持たなかったが、軍記物語がまだ「古典」とは思われていなかったにもかかわらず、保元物語によりどころを求めた点はユニークである。氏康の教養の基盤には幅広い読書があったことは自明であり、高いリテラシー能力を窺うことができる。

氏康は源氏物語にも親しんでいた。氏康は歌道では飛鳥井家の門弟であるが、実際には三条西実澄に教えを受けたようである。実澄による桐壺巻の談義の聞書が一部残存するが、弘治・永禄年間、小田原に出向いて、氏康に対してなされた講釈の手控えと考えられる。(3)

もとより、氏康の書状の文体は、たとえ古典を踏まえるとしても、実用的な和漢混淆文であり、源氏物語の文章や内容、趣向とは無縁である。和歌、あるいは仮名日記なども性質が違う。氏康作とされる武蔵野紀行はよくこなれた仮名文であり、源氏物語の引用も見られるが、これは偽書である。地方の戦国大名が源氏物語を愛好することで何を得ていたのか、少し具体的に考えてみる必要がある。

戦国大名とその被官（内衆）、あるいは国人（国衆）が、文藝を愛好し、その活動全般を支援、ついには自ら身を投じた事例は枚挙に遑がなく、周知の事柄であろう。文藝活動は権力を荘厳したし、さらに領国の支配、家臣の人心掌握、また京都や隣国との交渉において有効であった。実際この時代、源氏物語の書写、講釈、注釈書の執筆などは極めて盛んであった。しかし、これらを跡付けた研究はすでに汗牛充棟に近いありさまであるから、いまさら屋上屋を架けるのは憚られる。

本稿では関東一帯に勢力を延ばしていた後北条氏、およびその傀儡（権力の源泉）であった古河公方について、源氏物語に関する事績を紹介し、現地でどのような形で享受されたか考察したい。関東に覇を唱えた後北条氏としても、自分からは秩序を生み出すことはできず、支配のために古河公方を擁する必要があった。このことは文化を論ずる時にも顧慮すべきである。氏康は、たとえば駿河今川氏と比較しても、朝廷・幕府との関係がドライであったと言われ、他の事例を相対化するのにも役立つであろう。個別の事例を深く掘り下げることになるが、近年、同氏については史料紹介、権力構造の分析が進んで、旧来の理解を一新しており、その成果を取り入れつつ述べてみたいと思う。

二　物語写本の入手

北条氏康は天文二十三年（一五五四）、京都の山科言継に向けて、源氏物語の書写を依頼している。これは後北条氏の文化について触れる研究が、必ず取り上げるものである。地方の大名・国人が、財力にあかせて、京都で写本を入手する事例はこの時代では枚挙に遑がないし、後北条氏もすでに父氏綱の代に、連歌師宗長を通じ三条西実隆に源氏物語の書写を請うたこともあり(4)、さほど珍しがる必要もないように思える。ただ、史料の読解と入手のルートにはいま少し慎重な分析が必要かと思うので、これを緒として、改めて述べてみたい。

言継卿記同年二月二十日に次のようにある。

一、西洞院平少納言時秀朝臣被来、従相州聖護院坊官森坊ニ申之源氏一冊書写之事被申、同心候了、（引用は東京大学史料編纂所蔵自筆本を参照した。以下同じ）

西洞院時秀（後に時当と改名）がやって来て、源氏物語の書写を依頼されたので、一諾した、というものである。自筆本の筆致からは、「相州より聖護院坊官森坊に申す源氏一冊書写の事」と訓ずるものと判断される。この「相州」が相模の氏康である。「被」はともに時秀の行為への敬意である。では誰が時秀に依頼を伝えたか。「森坊」はここにある通り聖護院の坊官で、名は増隆。当時の門跡は道増（一五〇八～七一）である。その偏諱を賜ったのであろう。道増は近衛尚通の男、稙家・慶寿院（足利義晴室）の兄弟である。

この書写依頼は、当時よく見られた、一人一冊分担の寄合書であろう。言継卿記同年六月一日条に、

一、（略）次聖護院殿之森坊礼ニ被来、対面了、源氏之事催促也、

と、増隆から直接催促があり、七月二日条には、

一、廣橋新亜相（国光）来儀、源氏若紫之巻於此方被校合了、

とあるが、廣橋国光もまた近衛家出入りの公卿であり、依頼に応じて若紫巻を担当したことと分かる。以降のことは不明であるが、完成した源氏物語一揃いは増隆の手で相模へ届けられたであろう。

この時期の、京都の貴紳の寄合書による源氏物語については、大正大学附属図書館蔵本・高松宮家伝来禁裏本の事例を検討したことがある。(5) 前者は、土佐国守護代でもあった国人大平国雄が、姉小路基綱を窓口として作成したもので、延徳二年～明応二年（一四九〇～九三）に、梶井宮応胤法親王以下の名筆三十七人に分担書写させている。大平は富強をもって知られ、基綱は公武の間に知己も多かったが、それでも全巻揃うには数年を要した。増隆がかなり急かしている様子が注意される。

ところで、聖護院道増は本山派山伏として、東北から山陽までを巡歴したが、このとき、将軍の意向を受けて、大名への使節を務めている[6]。足利義藤（のちの義輝）が天文十五年に将軍職に就くと、近衛家は外戚として幕府政治に深く関わるようになり、道増の活動範囲もいっそう広がった。

北条氏綱は尚通女を後室に迎えており[7]、氏康の代にも近衛家・聖護院との関係は維持された[8]。時の古河公方足利晴氏の力は、河越合戦で氏康に敗北して以来失墜した。遂には長子藤氏を廃して、氏康妹の芳春院との間に生れた梅千代王丸（後の義氏）を嫡子とすることを余儀なくされた。晴氏の官位叙任、また義氏の元服・命名は、関東管領山内上杉氏を介してではなく、後北条氏から近衛家を経由して申請されるようになる。すなわち、

古河公方→後北条氏→近衛家（聖護院）→将軍家

というルートを辿るのである。道増も近衛家に代わって取り次ぎを務めることがある。

坊官の増隆もしばしば小田原に下向している。十八年、晴氏が従四位下・左兵衛督への叙任を願って叶えられた時には、増隆が古河公方の奉公衆である一色宮内大輔（直朝か）に向けて音信している。そこでは「抑も御国無事の由、朝暮御ゆかしく存じ候、来夏相州まで罷り下り候はゞ、必ず必ず伺候致し、拝顔を以て申し述ぶべく候[9]」とあるので、増隆は古河公方晴氏のもとにも出向いていたことが分かる。道増自身も十四年・十六年にも駿河・相模に下向しており、二十年、伊達稙宗・晴宗父子の抗争を仲裁するため陸奥に下向した時は、翌年の春、上洛のついでに古河に立ち寄り、やはり直朝を通じて晴氏との初対面を遂げている[10]。この行動は北条氏の依頼ないし監視下でのことである。そして道増は二十二年から二十三年にかけても関東に滞在している。

以上を踏まえると、二十三年に源氏物語の書写を依頼したのは氏康であるとして、聖護院道増および近衛家を経由していることは官位叙任の手続きと同様とみなされる。直接にはこの時相模にいた道増から増隆に対して指示があり、増隆が幹事となって、近衛家の家礼である西洞院時秀が動いたものなのである。

これより進んでは憶測となるが、二十一年十二月十二日、晴氏は義氏に家督を譲った。もちろん、氏康の圧力である。十九年夏、義氏は生母芳春院とともに下総葛西城（現・葛飾区青戸）へと移住していた。公方御所は北条氏の領国のうちに置かれていたことになる。さらに最新の研究では、幼少の義氏にかわって、芳春院が「大和」「日本王天下主」という印判を用いて盛んに文書を発給し、事実上の古河公方として振る舞っていたことが明らかにされている。なお義氏は家督継承直後の二十二年二月、古河城へ帰ったが、二十三年五月には葛西城に戻ってしまった。前公方の晴氏は逼塞していたが、同年七月、古河城に乱入し、叛旗を翻した。しかし、味方するものは僅かで、同年十月には氏康に城を攻め落とされ、そのまま相模に連行され、幽閉の身となった。そして二十四年十一月に義氏は葛西城で元服している。[11] つまり、氏康による源氏物語書写依頼は、ちょうどこの義氏と芳春院の体制が確立していく時期になされているのである。

すると、この時の書写依頼は、むしろ古河公方のためではなかったかと考えることも可能である。もちろんそれは古河公方の主体的な意志ではないので、氏康の事績とすることに変更は要しない訳であるが、新たな公方となった義氏に、こうした古典の写本は実用品としても威信財としても必要なものであったことは容易に想像されるし、さらにこの時期に公方家の女主人であった芳春院のためであるとも思える。この点は、傍証するであろう史料もあり、後述したい。

ちなみに、道増は大島本源氏物語に関係したことでも知られている。[12] この写本は周防の国人吉見正頼が所持していたものである。道増は永禄二年以後、甥の将軍義晴の命を受けて、安芸の毛利氏、出雲の尼子氏、そして豊後の大友氏との間の和平調停に尽力し、しばしば西下した。[13] この呼び掛けに毛利氏は従わなかったので、交渉は難航し、在国は長期に亘ったが、永禄七年（一五六四）七月八日、長門国府中長福寺に滞在していた道増とその後継者道澄に依頼して、それぞれ桐壺巻と夢浮橋巻を新写させて、首尾に据えたことが正頼の奥書によって分明である。

三　桂林集という窓から

前節で触れた一色直朝（?〜一五九七）は法名月庵、古河公方の相談役となった重臣で、奏者を務めている。画業にも秀でた文化人であり、著書月庵酔醒記三巻もよく知られている。和歌にも長じて、家集桂林集を遺している。これは一三〇〇首余りの詠草を京都の三条西実澄に送ったのを、天正三年（一五七五）、実澄が一八〇首に選抜し部類し、序を与えたものである。また同時期成立とおぼしい自注もある。(14) 歌風についての研究はとくにされていないが、当時の関東を代表する歌人のひとりといっても過褒ではなかろう。たとえば、

聖護院准后あづまにくだらせ給ひける時、花の下に立ち寄らせ給ひて、行く人も道まがふがにうづもれぬけふは宿かせ花の下蔭、との給ひかけしを

行きやらでけふもくらしつ山桜君がためにや雪とふるらむ（春・三一）

これは前記、天文二十一年春に、道増が古河を訪問した時のことであろう。そして自注は、「此花下は直朝が宿所ちかきあたり也、そこにてよませける也、こんといふなるみちまがふがにと云歌本歌なるべし」とする。古河公方はかつての関東将軍の誇りもあり、後北条氏の傀儡たるに甘んぜず、時に晴氏のような抵抗となって現れたが、直朝の政治的な立場は分明で、後北条氏の意向に添って、義氏のために尽くすものであった。

実は後北条氏の外交ルートを担って来た近衛家・聖護院との関係は永続するものではなかった。天文二十三年七月に氏綱後室の勝光院殿（尚通女）が歿し、さらに稙家男の前嗣が上杉謙信の誘いで越後国に下向、前記の永禄三年（一五六〇）から翌年にわたる小田原攻めにも従軍した。また前嗣は一時古河城に入って関東将軍を気取り、氏康を討つように檄を飛ばすなどの行動が見られた。まったく現実から遊離した振る舞いで、謙信が戦果を挙げずに

越後国に引き上げた後は、たちまち意気消沈して古河から退去、さらに逃げるように帰京しているが、これで氏康も古河公方も、近衛家とはまったく断交してしまったのである。

直朝の交遊、また学芸もこれらと多少連動しているようである。家集および月庵酔醒記を見る限りでは、当初は道増との接触が何度かあり、指導も受けている。また冷泉明融（為和子）・飛鳥井重雅（雅綱子）という、歌道師範家の庶子で、法体となって諸国を廻り、家督の代行をした専門歌人からも影響を受けている。その後、三条西実澄が小田原歌壇に登場すると、深く傾倒したようである。

ところで、自注によれば、源氏物語に拠ったと明言する和歌が桂林集に三首ある。

柳営、瑞泉寺の梅御覧じける時、梅林聞笛といふことを

春くれば宿とふ人の笛の音に吹きあはすめる梅の下風（春・八）

柳営は公方義氏のこと。永禄元年、義氏は後北条氏の支援で、古河公方として初めて鎌倉に入り、鶴岡八幡宮に参詣している。鎌倉の瑞泉寺は遠祖の公方基氏を開基とするから、この時に立ち寄ったのであろう。自注によれば、義氏が花見のついでに三十首の続歌を詠ませたときの作だという。そして「梅の花さかりには人などの宿をとひくる物也、笛など吹て来たるさま也、又笛に落梅の曲あればなり」として、

源氏に、木枯に吹あはすめる笛の音をひきとゝむへきことの葉もなし、本歌也

とする。これは帚木の巻で、左馬頭の回想に登場する浮気な女が「いたう声つくろひて」男に詠みかけた一首であった。「吹きあはすめる」という特徴的な句にまず着目したものである。題意は「落梅曲」の知識でも満たされているが、本歌の「ひきとゝむべき言の葉もなし」が意識されているとすれば、公方に対して謙遜したものとなろう。難題であったようで、最後に残った題を、公方が急に直朝に振って詠ませたとあるからである。これはまた公方義氏およびその周辺の源氏理解の度を示すものであろう。(15)

なお、この句は和歌では用例はほとんどなく、遡って院政期、贈答歌としてやはりこの場面に着目した、

梅の花かくるにほひも春風は君がためにぞ吹きあはすめる（重家集・四二五）

が見える程度である。

（荻）

荻の葉に風うちそよぐ夕暮は浪こゝもとの秋のふるさと（秋・七七）

これも自注によれば、「ふる郷の荒れたるさまなり、荻などふかくうちしげりて風の音も一しほさはがしげなる夕は、浪のうちよする心ちなると也」と解説し、そして、

又源氏の軒ばの荻の心をも含、須磨のまきに、枕をそばだてゝ四方のあらしをきゝたまふにも、なみこゝもとに立くるこゝちして、とある詞をとりてよめる、

とある。やはり「浪こゝもとの」という、須磨の源氏の生活を描写する印象的な句に着目して一首を構成したというのである。また源氏物語の夕顔巻の最後に登場する、軒端荻のことを意識したというのであるが、これはあまりよく重ならない。ところで、この「浪こゝもとに」も和歌には珍しく、辛うじて同時代人冷泉為和の、

浦ちかき夜寒の寝覚すまのあまや浪こゝもとに衣うつらん（為和詠草・天文九年十二月二十五日「擣衣」）

のほか、後世に数例確認できる程度である。

契行末恋

ちぎりをく秋よりさきの露の命いかまほしくもなりにけるかな（恋・一三四）

これも自注に「秋のころに成て、あはんなどいひたるさまなり、恋する人のならひに、しなばやとおもふものなれども、行するゑをちぎるとなればいきたくなりたるなり」と解説していて、なるほどと思うが、やはり四句が、桐壺更衣の臨終の歌、

限りとてわかる、道のかなしきにいかまほしきは命なりけり

を取っているのが明瞭で、それで歌意を支えている。もちろん、この歌は源氏物語のうちでも著名ではあるものの、「いかまほし」は歌語とは言い難い。しかも、いかに虚構とはいえ辞世であり、かつ更衣は横死したのであるから、禁忌であろう。しかし、和歌ではそういう遠慮は無用だったようで、むしろ「大納言殿、桐つほのこ、ろはせふかくみえて候と書て給りし」とする。実澄は評価したと誇っているのである。

以上、当時の歌人の源氏物語取りとして見れば、取り立てて記すまでもないことであるが、自らが截取を認めている点で掲げてみた。かなり大胆で無造作であるが、物語が身に付いての受容であろう。総じて、ここで直朝が本歌として選んだ句は、物語の歌の言葉、地の言葉にしても、和歌では使われなかった。しかし、源氏物語のそれだということで許容され、かえって評価されていることが分かる。たとえば、今川了俊の言塵集には多く源氏物語の用語を立項しており、それも和歌や連歌に用いるためであるから、「源氏詞」としての語彙の拡大と浸透が確認される。おそらくこうした許容度は連歌での作例が先行していたであろう。また、この時代であれば謡曲の詞章の影響も考えられる。これは戦国期の武人の和歌作品には共通する特色でもあろう。

四　公方御所で写された源氏物語文字鏁

1　「足利義氏等書札礼」紙背歌書について

古河公方の末裔喜連川家は、江戸時代には下野国喜連川（現・栃木県さくら市）に陣屋を構え、藩を称した。石高は五千石足らず、交代寄合旗本の規模であったが、格式は十万石の大名と同じであった。喜連川藩では、過去の公方が発給した文書を冊子に書写することが行われた。関東では唯一の「御所」として、内外の振る舞いを整理し、

その伝統を新時代にも保持しようとしたものと見られている。

その一つが「足利義氏等書札礼」（「喜連川文書」二五号）であり、二代藩主頼氏（一五八〇～一六三〇）の代の書写とされる（あるいは時期はもう少し遡るか）。内容は政氏・高基・晴氏・義氏四代の公方が用いた書札礼を実例によって示したもので、他に誕生・元服、あるいは客人の見参などの儀礼の次第を含む。引用された書状の史料的価値はもちろん、あるいは公方の政治的地位を実地に示すものとして注目され、早くに全文翻刻も出され[16]、自治体史などの各種史料集にも引用される。

この史料の伝来については佐藤博信の考察に詳しい[17]。喜連川家は廃藩置県を迎えると足利の姓を名乗り子爵となったが、家蔵の文書は明治中期以後、徐々に四散してしまった。しかるに、一九七六年、まとまった分量が古書店の目録に現れた。当主の足利惇氏が時価で購入し、当時の喜連川町に寄贈したという。本書もそこに含まれていた。喜連川家に所蔵されていた時期、史料編纂所が作成した影写本（喜連川家文書案）によって利用されて来たが、初めて原本に接することができるようになった。

ところで本書はかなり小振りの仮綴じ写本で、その料紙は、別の袋綴写本を解体し、裏面を二次利用したものである[18]。佐藤は一次利用面について「料紙の紙背に大量の和歌と一大歌論書が収られている」と述べる。具体的な書名は明らかではなかったが、近年になって、小林一彦によって、歌論書ではなく、三つの作品を合写したものと判明している[19]。（2）のみ内題があり、他は小林が内容によって付けたものである。現状では各丁は順不同であるが、一次利用時の写本に復元した上で、その時の丁数を示した。なお、丁を改めず、続けて書写されている。

（1）〔庭のをしへ略本〕（前闕）　一オ～一四ウ
（2）けんし物語まきのかしら　一四ウ～一九オ
（3）〔最勝四天王院障子和歌抄出〕　一九オ～二六ウ

そして（3）の末尾には、二行空けて「ほんのことく」とあり、さらに一行空けて「弘治二年四月晦日　畢書之」とある。これは全体に懸かるもので、かつ書写奥書であると見てよい。

弘治二年（一五五六）に書写されたこの合写本は、江戸前期に綴糸を外されて、書札礼の書写に二次利用されたことになる。素直に考えれば、古河公方に伝わっていた本であろう。弘治二年は義氏および芳春院の時代である。筆跡は誰のものかは確定できないが、能筆であり、義氏ないし芳春院の手沢本、ないし身辺にあった本としてもよいと思う。当時の公家・武家でも、写本を作るのに適当な料紙がない時、父祖の日記やその筆にかかる写本を解体して利用することもあった[20]。伝来の書物であっても、文学作品には重きが置かれなかったことになる。

（1）（2）（3）の三作品は、互いに何の関係もなく、合写されたのは偶然のように思える（別人の編著を書写したのか、書写者が編成したのか不明だが、不審箇所にも「ほんのことく」という注記があるので、前者か）。統一書名のようなものが与えられていたかも不明であるが、構成は興味深い。

（2）を詳しく取り上げるので、他は簡潔な紹介に留めるが、（1）は、阿仏尼が文永元年（一二六四）頃、娘に女房の心得を説いた書（「阿仏の文」「乳母のふみ」の名で知られる）の、後人による改編本である[21]。後世には女訓書として広く読まれた。冒頭一紙が失われていると見られる。扶桑拾葉集など収められる本文とも異同があり、その成立を考える上でも注目される。（3）は、承元元年（一二〇七）、後鳥羽院が召した名所和歌である[22]。新古今の主要歌人が著名な歌枕を詠んだことで、少し流布したようである。ただ、この本では、冒頭の「春日野」から十一番目の「和歌浦」までを、作者名も名所名もなく、和歌本文のみが五九首抄出されている。有名な名所和歌に親しむことを目的としたものか。

なお、続けて写されているが、末尾の歌一首は障子和歌ではなく、続古今集・春下・一六八、また拾遺愚草などに見える藤原定家の歌である。

春はた、かすむはかりの山のはにあかつきかけて月いつる比

この歌は室町期には源氏物語取りの模範的作品とみなされていた。たとえば愚問賢注では頓阿は「源氏は哥よりは詞をとる」と述べ、この歌を挙げる。須磨巻、光源氏が須磨に下向する前夜、藤壺のもとを訪れる場面から、「暁かけて月いづる比なれば、まづ入道の宮にまうでたまふ」という表現を截取している。この「源氏は歌よりも地の文章を本歌に取る」という教えは、誤解を含んでいるのだが、[23]こうした源氏詞に着目した本歌取りが、戦国期の歌人には浸透していたことは先に述べた通りである。

以上、一次利用面は、女房の心得、源氏物語、名所和歌などの教養を培うことを目的とした、女性の初学のテキストであろうと言える。公方義氏（十三〜十五歳くらい）も対象となるかも知れないが、母芳春院が事実上の御所の主人であった時期であり、書写者・読者は女性である可能性も考えてよいのではないか。室町後期には仮名の教訓が数多く著されていた。[24]実隆の仮名教訓、宗祇の宗祇短歌があり、また月庵酔醒記にも「二条殿御文十箇条」と題する女訓書が収められる。公方御所には多くの女房が祇候していて、御所としての格式を保つためにはこのような営みが必然的に伴った。そして（2）もまたその範疇に属する。「『源氏物語』の巻名を詠み込んだ長歌」と解説されているが、正確には「源氏物語文字鎖」などとして知られる作品である。

2　源氏物語文字鎖

文字鎖とは、上句の尾字を受けて、次の句の頭字に発音が同じ文字を置いて、鎖（鎖）のように列ねた和歌の修辞、またはそうした作品である。古く鴨長明作の文字鎖があり、これは偽書であるにしても、鎌倉期には生じていて、拾遺愚草員外に収める「文字鎖歌廿首」は各歌の第五句（七字）の尾字と頭字とを列ねている。長明文字鎖も七字の歌語を一〇八句列ねるものである。また花園院宸記に文字鎖に興じた記事が見え、左右に分けて長く続ける

ことを競ったらしい。

ここから派生し、テーマを特定し、さまざまな知識や固有名詞を詠み込む、長歌形式の教訓歌としても製作されるものがあった。源氏物語文字鏁もそれで、七字・五字を一句とし、一句づつ巻名を順に詠み込んでいき、最後の句は七字・七字で終わる、計五五句の形式である。その書名は源氏仮名文章、源氏巻次第文字鏁、源氏物語名寄、源氏目録長歌七五之文字鏁など一定せず、整理もされていないが、待需抄（宮内庁書陵部蔵）巻三に収める本文によって、冒頭を引用する。[25]（句切りの・を入れた。以下同じ）

源氏のすぐれてやさしきは・はかなく消し桐壺よ・よそにて見えしはゝ木ゝは・我からねになく空蝉や・やすらふ道の夕かほは・わかむらさきの色ことに・……

作者は後光明天皇とされるが不明、江戸期に往来物や女訓書などに掲載され、親しまれた。現在も「源氏文字鏁」と言えば通常これを指す（以下これを「通行本」とする）。

ところが、喜連川本は、これとは本文内容がまったく異なる。冒頭はこのようになっている（ここでは読みやすい表記に改めた。右肩は句番号）。

源氏物語まきのかしら

[1]桐壺の更衣うせてのち・[2]契りむなしき御歎き・[3]きこえし（ママ）小萩における露・[4]靫負の命婦にことづけし・[5]しのびあまりし言の葉は・[6]わすれがたみの玉くしげ・[7]げになき人の形見かな・[8]涙もよほす虫の音に・[9]庭の草むら秋の月・[10]聞くにかなしき楊貴妃の・[11]後の思ひにおとらねば・[12]初元結のながき世を・[13]おとゞはわびてむすびけん・[14]むつごと語る品定め・[15]めづらしく見る帚木の……

七字・五字を一句として鏁とし、最後は七字・七字で結ぶ形式は通行本と同じだが、九四句ある。通行本が一句に一巻の巻名を詠み込む、均整のとれた形式であるのに対して、桐壺巻について一三句も充てている。およそ物語の筋に沿って、著名な場面を想起させるようにし、また物語の語彙をちりばめている。すなわち、帝が靫負命婦を故大納言邸に遣わし、更衣の母を慰問させた場面、命婦が復命した後、帝が更衣を偲んで唐の楊貴妃を喩えに出す箇所、光源氏の元服の場面である。本文と対照させるまでもないが、「飽かず口惜しうおぼさるれば」が2、「靫負の命婦といふを遣はす」が4、命婦に託して「御文たてまつる」が5、帝の慰問の歌「宮城野の露吹きむすぶ風の音に小萩がもとを思ひこそやれ」が3、「風いとすずしく吹きて、くさむらの虫の声々催しがほなるも、いとたちはなれ難き草のもとなり」が8・9、「ただかの御形見にとて、かかる用もやと遺し給へりける御装束一領、御髪上の調度めくものそへ給ふ」が6・7、「絵にかける楊貴妃のかたちは……」が10、元服のときに帝が左大臣に言いかけた歌「いときなきはつもとゆひに長き世をちぎる心はむすびこめつや」が12であろう。とはいえ、物語の本文そのままというわけではなくて、かなり節略したり、登場人物の心情を踏み込んで代弁しているところもある。13「おとどはわびてむすびけん」は、加冠の左大臣が源氏の髻を悲観しつつ結んだのか、という意になるが、物語には大臣の心中までは書いていない。しかし、帝の和歌に籠められた、大臣の女（葵の上）を源氏の正室にしたい、という意向を受けて、大臣が「むすびつる心も深きもとゆひに濃きむらさきの色しあせずば」と返歌したのは、儀礼通りであるが、その後の夫婦の不仲を考えれば、大臣がすでに将来の関係を危惧していたと取れなくはない。こうした踏み込んでの説明的な姿勢は、たとえば梗概書などの影響が想定されるし、物語から連歌に用いる語彙（寄合語）を抽出した所謂源氏寄合の類との関係もあろう。

なお、桐壺巻のほかにも、若菜巻（57〜62）・浮舟巻（77〜85）・手習巻（88〜93）では多くの句を費やし、かつ特定の場面の描写に力を入れているようである。いずれも中世に読者を惹き付けた巻である。少し時代が遡るが、宴曲集に収める源氏物語を題材とした早歌の歌詞も、巻名尽くしではなく、むしろ特定の人物・場面に焦点を絞っている。

なお、33句・34句では、通常とは逆に、関屋→蓬生の順で詠まれている。蓬生・関屋は、澪標の並びの巻とされている。河海抄は、定家本・源光行本が蓬生を先とし、伊行本は関屋が先であったとする。そして二条良基の光源氏一部連歌寄合、また源概抄・源氏大鏡・源氏小鏡などは、関屋→蓬生としている。こうした特徴も、文字鎖とこうした梗概書の近さの傍証となろう（なお、源氏物語提要は蓬生→関屋としている）。以上の事柄は、まさに室町期の物語享受と軌を一にしていると見てよく、通行本に比して、文字鎖としての古態性を示していると目される。

ところで、喜連川本と同じ内容の伝本としては、他に宮内庁書陵部蔵伏見宮本（江戸中期写、承秋門院幸子女王筆、伏・三五二、一冊）、彰考館蔵本（江戸前期写、巳一七・七四三〇、一冊）、陽明文庫蔵本（江戸前期写、近・二二九・一四、一冊）がある。いずれも種々の文字鎖作品を合綴する写本である。[26] とくに後二者は収録する文字鎖作品の構成も全く同じである。

当該の源氏文字鎖について、伏見宮本は内題を「源氏文字鎖」、彰考館蔵本・陽明文庫蔵本は「源氏巻次第長哥文字鎖」とする。また八洲文藻巻八六にも収め、こちらは内題を「後水尾天皇源氏巻次第文字瑣」とする。以上の中では伏見宮本の本文が安定しているようである。いっぽう、単行の伝本として早稲田大学図書館九曜文庫蔵本（伝今出川晴季筆、整理書名「源氏物語文字鎖」、一軸）がある。

流布につれて改作の手が加えられるのは容易に想像されるが、諸本の内容はどれも完全ではない。喜連川本は空蝉・幻・浮舟の巻名を詠み込んだ句がなく、同じく九曜文庫本は夕顔と若紫が、伏見宮本ほかは葵・藤裏葉・若菜・紅梅がない。細かな字句の異同も多いので、喜連川本の本文を、他本と対照しつつ翻刻したので参照されたい。誤脱も目立ち、中には頭尾の文字が異なり、鎖が切れているものもあるが、喜連川本はさすがに書写年代が最も古く、他本に比して参考になる点が少なくない。内題を「けんし物語まきのかしら」とするのも特異である。

そして、作者については、陽明文庫蔵本が後小松院（一三七七～一四三三）、伏見宮本・彰考館蔵本・八洲文藻が後水尾院（一五九六～一六八〇）の作とする。これらはまったく同系統の伝本であるのに、陽明文庫蔵本のみが後小松院とするのは不審である。いっぽう九曜文庫本に作者名はない。喜連川本によって、少なくとも後水尾院説は否定されることになる。

3　御所の生活と文字鎖の製作

源氏物語文字鎖の作者は確定できないが、ついで製作・享受された環境を考えてみたい。

室町期の内裏では、当番の廷臣が番を組んで宿直したが、さまざまな遊びで消閑の具とした。その一つに文字鎖があった。後花園天皇は番衆たちと「御文字書并文字鎖等」に興じた（薩戒記永享五年〈一四三三〉四月十日条）。天皇十五歳である。後土御門天皇と儲皇勝仁親王（後の後柏原天皇、十二歳）も、廷臣や女房たちと「七文字鎖」を行った（言国卿記文明八年〈一四七六〉六月九日条）。実隆公記文明七年正月十五日条にも「七文字鎖五十句興行」ともある。これらは、いわば当座の尻取り遊びで、七字の句を五十句列ねるものであろう。

ところで、実隆公記長享二年（一四八八）正月十四日条に「伊呂波文字鏁七新作、進上親王（勝仁親王）御方了」とある。イロハを順に句頭に置いて、鎖とする形式とした。さらに、延徳元年（一四八九）十一月四・十日条によれば、姉小路基綱が七字・五字を一句とする「色葉十二文字鏁」を作って見せ、実隆は「節会十二文字鎖」を作っているとある。中御門宣胤も節会文字鎖を競作し、これを後土御門天皇に進覧した。天皇自らも十二文字鎖を明応六年（一四九七）に製作している。

現存する、実隆作という節会文字鎖は、たしかに、

異位重行のたち所・六位の外記のすゝむ庭・白馬の奏をとる時に・二人の大将まいるかほ・……

といった具合に、正月三節会の次第を主題とし、七字・五字を一句とし、かつイロハ順とした、凝った形式である。

およそこの頃から十二字を単位とし、イロハを用いたため、自然と四七句が標準となったのではないか。なお、伏見宮本・彰考館本・陽明文庫本は、この時期の文字鎖とそれに追随した作品計八種を成立順に収める。

喜連川本の源氏文字鎖の、一句を十二字とする形式は、やはりこの傾向と連動するように思える。九四句という数は、四七を二倍したものではないか。もちろん、より遡る可能性もあり、後小松院作という説も完全には棄てきれないが、喜連川本は、たとえば通行本に比して、形式の上でも古いものであることは確かである。通行本はやはり後人の手で完全に改作、整えられたのであろう。

言継卿記の永禄十年（一五六七）四月七日条、

一、若宮（誠仁親王）御方被仰下之御所文字鎖令書写持参、暫御雑談申候了、次源氏文字鎖逍遥院（三条西実隆）作申出了、

に、三条西実隆作であるとの証言が得られる。この源氏文字鎖が喜連川本の内容と完全に同一であるとはもちろん断定できない訳であるが、最も尊重すべき証言であろう。

この時期には、記録された文字鎖は手軽な啓蒙書としても書写され、重宝されるようになる。十九年三月、一条兼冬は言継より実隆の節会文字鎖を借り出して、立派な注釈を施している。新註文字鎖である(27)。また、言継は文字鎖に相当関心のあった人で、日記には書写や入手の記事が散見する。そして元亀元年（一五七〇）八月四日条に、

一、大祥寺殿（正親町天皇皇女春齢）へ参、栄蔵主所望之御文字鑽、源氏文字鎖等写遣之、同中山女、御所｜｜｜（文字鎖）遣之、

とある。尼門跡に仕える栄蔵主・中山女（喝食か）のために源氏文字鎖や御所文字鎖を贈っている。これは文字鎖がどのような場所で歓迎されたかをよく物語るものである。喜連川本のように、源氏物語を手軽に知ることができる文字鎖が地方で書写されたことには十分理由があり、それはまた下総葛西の公方御所の文字生活を反映しているのではないか。

五　おわりに

以上、後北条氏によって擁立された、古河公方足利義氏周辺の源氏物語愛好について探ってみた。古河公方は無力であったが、関東で唯一の御所であって、文化的な荘厳は必要不可欠であり、後北条氏もその限りでは支援を惜しまなかった。それ以前の古河公方は戦闘に明け暮れていたが、義氏の場合、相対的な政治的安定を得られて、多少の和歌の営みが見られた。身辺には一色直朝のごとき歌人がいて指導を受けていたし、短冊ではあるが、作品も現存する。佐藤博信は「義氏自身の文化活動は史料の残存状況にもよるが、他の歴代の古河公方に比しても多様といってよい。第一に着目すべきは和歌の世界である」と評価している(28)。その背景として、生母芳春院の存在と政治的手腕が大きく物を言った。これまでほとんど注意されていなかったが、御所にはたしかに女房衆の社会があったわけで、そこにこの源氏文字鏁の意義を見出してよい。公方御所には多くの女房が祗候していたことはいくつかの証拠があるが、御所としての格式を保つためにはこのような営みが必然的に伴った。まだ仮説の段階であるが、氏康の源氏物語書写依頼はこれと連動するものと見たい。

ところで、「関東公方掟書(29)」は、義氏の後に後継者となった氏女（鴻巣御所氏姫。一五七四〜一六二〇）の代のもので、女房に対する三箇条の掟文（禁制）である。内題に「あらためてさだめ申す御女房衆御おきての事」とあるので、過去にも何度か制定されていたのであろう。たとえば、

一、また女房、下司以下、関東衆、さしをかれ候、そのちなみのもの、局方までしのび〳〵参るよし、うけたまはりおよび候、まことに是非なく候、さやうの者、向後、童部なりとも、よその者いれらるべからさる事、

とある。女房の局に男性立入を禁ずるのは別段珍しくないが、「関東衆」を制限するのは、やはり御所が隔絶され

た聖域として保持されることを意識したものであろう。しかも「おきてをそむく人におゐては、何時も、小田原へ申し上ぐべし」とあって、その統制が後北条氏（当時は氏政）の強い意向であったことも知られるのである。

注

（1）談柄（東京大学史料編纂所蔵謄写本による）に、桃井宣胤の言として、和漢聯句の時、室町将軍は「桐」の一字名を使うのに対して、古河公方は、天皇の名乗りである「御」の一字名を用いるという。今泉淑夫「『談柄』について」（『日本中世禅籍の研究』吉川弘文館、二〇〇四年）参照。

（2）「歴代古案」三（『戦国遺文』後北条氏編・六四九号）。

（3）拙稿「氏康の教養と文藝」（黒田基樹編『北条氏康とその時代』戦国大名の新研究2、戎光祥出版、二〇二一年）で述べた。

（4）実隆公記享禄四年六月二十二日条・永青文庫蔵幼童抄紙背文書。真鍋淳哉「戦国大名と公家衆の交流—北条氏の文化活動を中心に」（『史友』二八、一九九六年七月）参照。

（5）拙稿「室町期の武士と源氏物語」（『能と狂言』一五、二〇一七年七月）。

（6）黒嶋敏『中世の権力と列島』（高志書院、二〇一二年）第八章「山伏と将軍と戦国大名」（初出二〇〇四年）参照。

（7）立木望隆「北条氏綱夫人養珠院と後室近衛殿について」（『神奈川県史研究』四五、一九八一年九月）参照。

（8）森幸夫「本山派修験小田原玉瀧坊について—北条氏綱と聖護院」（『戦国史研究』四四、二〇〇二年八月）、近藤祐介『修験道本山派成立史の研究』（校倉書房、二〇一七年）第七章「後北条領国における聖護院門跡と山伏」（初出二〇一〇年）参照。

（9）天文十八年四月七日森坊増隆書状。「喜連川文書」（さくら市ミュージアム—荒井寛方記念館蔵）・二二四号（番号は『喜連川町史』第五巻・資料編5・喜連川文書による。以下同じ）。

（10）「喜連川文書」一五‐㈠号、四月二十三日足利晴氏書状案。この書状を天文十四年のものと比定する史料集や論著が多いが、年次は注9前掲『喜連川町史』資料編5・喜連川文書に従う。
（11）この時期の古河公方と芳春院、そして氏康の動向については、長塚孝「氏康と古河公方の政治関係」（注3前掲黒田編著）、黒田基樹編『足利高基・晴氏』（シリーズ古河公方の新研究2、戎光祥出版、二〇二三年）、同編『古河公方・足利義氏』（シリーズ・中世関東武士の研究37、戎光祥出版、二〇二四年）、同著『「おんな家長」芳春院殿—関東戦国史を塗り替えた陰の主役』（平凡社、二〇二四年）を参照した。
（12）秋山伸隆「「大島本源氏物語」と吉見正頼」（『中古文学』九七、二〇一六年六月）など参照。
（13）宮本義己「足利義輝の芸・雲和平調停—戦国末期に於ける室町幕政」（『國學院大學大学院紀要』六、一九七四年三月）参照。
（14）井上宗雄『中世歌壇史の研究　室町後期』（明治書院　改訂新版　一九八七年）、京都大学文学部国語学国文学研究室編『桂林集注　疎竹文庫蔵』（京都大学国語国文資料叢書、臨川書店、一九八二年、赤瀬信吾解説）参照。
（15）佐藤博信『続　中世東国の支配構造』（思文閣出版、一九九六年）第一部第六章「古河公方周辺の文化的諸相—古河公方研究の深化のために」によれば、歴代古河公方で詠歌作品が残存するのは義氏だけであるという。
（16）佐藤博信「義氏様御代之中御書案之書留」（『古河市史研究』八、一九八三年三月）。
（17）『中世東国の支配構造』（思文閣出版、一九八九年）第三部第四章「喜連川家伝来史料考証」参照。
（18）書誌は以下の通りである。袋綴（仮綴）一冊。一九・七×一五糎。〔江戸初期〕写。表紙なし、内題「義氏様御代之中御書案之書留」。本文は墨付二六丁（後闕か）。料紙は薄斐。半丁七〜九行。字面高さ、約一七センチ。頻繁に披見されたために疲れと手擦れがあり、全二六丁のうち、二三丁・二五丁を除き、丁の折目が切れ、内側の一次利用面も開披できるようになっている。その一次利用面の歌書は半丁八行、和歌は一首二行書き、字面高さ、約一七センチ。料紙が薄斐であるゆえに紙背が再利用されたのであろう。斐紙は当時武士の書状に好んで用いられた。
（19）注9前掲書に、「御書案（紙背）」として、一次利用面の各丁の影印と翻刻、解説が収められている。
（20）袋綴写本を解体して、全く別の作品の書写に利用する例として、永正八年（一五一一）、杉原孝盛が書写した、六家集抄下（国立歴史民俗博物館蔵高松宮家伝来禁裏本、H－六〇〇－三七七）が挙げられる。これも複数の袋綴写本を解体しているが、その一つに父賢盛（宗伊）の書写した小弓肝要抄が含まれる。落合博志「国立歴史民俗博物館蔵高松宮本『六家抄　下』および紙背文書について」（岡田三津子編『資料と注釈　早歌の継承と伝流―明空から坂阿・宗砌へ』三弥井書店、二〇一七年）参照。

(21) 最新の成果として田渕句美子ほか『阿仏の文〈乳母の文・庭の訓〉注釈』（青簡舎、二〇二三年）がある。

(22) 安井明子「『最勝四天王院障子和歌』伝本考」（『神女大国文』七、一九九六年三月）、渡邉裕美子『新古今時代の表現方法』（笠間書院、二〇一〇年）第四章「『最勝四天王院障子和歌』考」第五節「基礎的考察」（初出一九九七年）参照。

(23) 歌論歌学集成第十巻（三弥井書店）の『愚問賢注』の補注34で触れた。

(24) 伊藤敬『室町時代和歌史論』（新典社、二〇〇五年）第五章四・3「『仮名教訓』考―室町時代女流文学にからめて」（初出一九七一年）、美濃部重克・榊原千鶴編『女訓抄』（伝承文学資料集成17、三弥井書店、二〇〇三年）参照。

(25) 吉海直人「『源氏物語巻名長歌』五種の翻刻と紹介」（『古代文学研究第二次』五、一九九六年一〇月）参照。

(26) 伏見宮本・彰考館蔵本・陽明文庫蔵本に収める文字鎖は以下の通り。伏見宮本は④のみを闕く。

①御所文字鎖	？	七字×五二句	御所のありさま・
②節会文字鎖	三条西実隆	一二字×四六句＋一四字×一句	異位重行のたち所・
③節会文字鎖	中御門宣胤	一二字×四六句＋一四字×一句	出てつかふるその幸路・
④十二文字鎖	後土御門院	一二字×四六句＋一四字×一句	板井にかけてひく轆轤・
⑤源氏文字鎖	三条西実隆？	一二字×九四句＋一四字×一句	源氏のすぐれてやさしきは・
⑥源氏文字鎖	後光明天皇？	一二字×五四句＋一四字×一句	桐壺の更衣うせてのち・
⑦文字鎖	後陽成院	七字×四七句	いろよきざくろ・
⑧文字鎖	近衛信尹	七字×四六句	いそふなこゝろ・

(27) 新註文字鎖については武井和人『中世古典籍学序説』（和泉書院、二〇〇九年）「一条家歌学の薄暮―一条兼冬素描

の試み」（初出二〇〇一年）が考察する。

（28）注15前掲佐藤著書による。

（29）「喜連川文書」二〇五号。後闕か。

［附記］　喜連川文書の閲覧調査、翻刻を許されたさくら市ミュージアム―荒井寛方記念館に御礼申し上げます。

源氏物語文字鎖（三本対照）

	けんし物語まきのかしら（喜連川本）	源氏物語文字鎖（九曜文庫本）	源氏文字鎖（伏見宮本）
1	きりつほのかうゐうせてのち	きりつほの更衣うせて後	桐つほの更衣うせて後
2	契むなしき御なけき	ちきりむなしき御なけき	契りむなしき御なけき
3	きこえしこはきにをける露	きえし小萩における露	消し小萩にをける露
4	ゆけいのみやうふにことつけし	ゆけひのみやうふをつかはせし	ゆけいの命婦つかはせし
5	しのひあまりしことのはゝ	しのひあまりの御ふみは	しのふあまりのふみかきは
6	わすれかたみの玉くしけ	わすれかたみの玉くしけ	わすれかたみの玉くしけ
7	けになき人の形見かな	けになき人のかたみかな	けになき人のかたみかな
8	なみたもよほすむしの音に	なみたもよほすむしの音に	なみたもよほす虫のねに
9	庭の草むら秋の月	庭の草むらあきの月	庭のむら萩秋の月
10	きくにかなしきやうきひの	きくさへつらきやうきひの	聞もかなしき楊貴妃の
11	ゝちの思ひにおとらねは	後のおもひにおとらねは	後の思ひにをとらねは
12	はつもとゆひのなかき世を	はつもとゆひになかき夜を	はつもとゆいになかきよを
13	おとゝはわひてむすひけん	をろかならすもちきりけん	をろかならすもむすひけん
14	むつことかたるしなさため	むつことかたるしなさため	むつことかたき品さため

15 めつらしく見るは、き、の
16 、こるゆかしきせみころも

17 物哀なるゆふかほは
18 はかなかりける契かな
19 名はむつましきたつねには
20 わかむらさきのすり衣
21 物にまかはぬすゑつむはな
22 軒はの梅もうとましや
23 やかてかさし、しら菊の
24 もみちの賀にはせいかいは
25 花のえんにはあつさ弓
26 みあれの比のあふひ草
27 さてもかはらぬさか木は、
28 花ちるさともほと、きす
29 すまのうらちのうらつたひ
30 ひとりなかめしあかしかた

31 たのめし君かことの葉を
32 おもひ入江のみほつくし
33 しのふせき屋にあふさかの
34 軒をあらそふよもきふも
35 本の心はふか、りき
36 きくもかなしきゑあはせに

---

15 めつらしくみしは、木、の
16 残り床しきせみころも
17 もぬけむなしきうつせみも

18 ものにまかわぬすゑつむの
19 軒はの梅もよしなしや
20 やかてかさしし白菊も
21 紅葉のかにはせいかいは
22 花のえむにはあつさ弓
23 みあれのころもあふひ草
24 さてもかわらぬさか木は、
25 花ちるさとのほと、きす
26 すまの浦ちのうらつたひ
27 ひとりねさめのあかしかた
28 たえぬおもひに比もへて
29 手なれし君かことの音を
30 思ひ入江の身をつくし
31 忍ふせき屋はあふ坂の
32 軒をあらそふ蓬生も
33 もとのこ、ろはふか、りき
34 きくもやさしきゑあはせに

---

15 めつらしくみしは、木、の
16 残りゆかしきうつせみも

17 ものあはれなる夕かほは
18 はかなかりける契りかな
19 なをむつましく尋ねしは
20 わかむらさきのすり衣
21 物にまかはぬ末つむの
22 軒はの梅はよしなしや
23 やかてかさせししら菊も
24 紅葉の賀には青海波
25 花のえんにはあつさゆみ
26 御生所の比の榊葉は

27 花ちるさとのほと、きす
28 すまやあかしの浦つたひ
29 ひとりなかめのあかしかた
30 絶ぬおもひのころもきて
31 手なれし君のことのはも
32 もみち入にしみをつくし
33 しのふせきやはあふさかの
34 軒をあらそふよもきふも
35 物のおもひはふか、りき
36 きてもやさしき絵合に

37 庭の松風ふきすさみ
38 嶺にたなひくうす雲は
39 わきてあたなるあさかほに
40 にほひゆかしきをとめこか
41 かけてくやしき玉かつら
42 らいせをたのむはつせ山
43 まことはめてたき春なれは
44 はつ音きかするひめこ松
45 つきせぬ花にとふ小蝶
46 うきはほたるのひかりかな
47 なをとこ夏の色を見ん
48 むかしをかけたるかゝり火は

49 わするゝ間なきむら雲の
50 野分みたるゝ女郎花
51 しほれしぬへき夕くれを
52 ゝしほの山にふるみ雪
53 きてみまほしき藤はかま
54 まきはしらにはなつかしや
55 宿の梅かえ匂ふけふ
56 ふちのうら葉のうらとけて
57 手につむ野辺のわかなこそ
58 そらをそろしきかんのきみ
59 身さへはかなきおもひかな

---

35 庭の松風ふきすさひ
36 嶺にわかるゝうす雲は
37 わけてあたなる朝かほに
38 にほひゆかしき乙女子か
39 かけてなつかしたまかつら
40 らいせをいのるはつせ山
41 まいりてめてたき春なれは
42 はつねにひけるひめこまつ
43 つきせす花にとふこてう
44 うきは蛍のひかりかな
45 なをとこなつの色をみん
46 むかしかたりにたちそひし
47 下のおもひにかゝりひは
48 わするまもなきむら雲の
49 野分みたるゝ女郎花
50 しほれしぬへきゆふ暮を
51 をしほの山にふるみ雪
52 きてみまほしき藤はかま
53 槙のはしらはなつかしや
54 宿の梅か枝いろそゝふ
55 藤のうらはにうらとけて
56 手につむ野辺のわかなこそ
57 そらおそろしきかんのきみ
58 身さへはかなき思ひかな

---

37 庭の松かせ吹すさみ
38 峯にわかるゝうす雲は
39 分てあたなるあさかほに
40 にほひゆかしき乙女子か
41 かけて恋しき玉かつら
42 来世をいのる初瀬山
43 まいりめてたき跡なれは
44 はつねにひける姫小松
45 尽せぬ花にとふこてう
46 うきは蛍のひかりかな
47 なをとこなつの色をみん
48 むかし語にうきそひし
49 したの思ひはかゝり火の

50 野分になひく女郎花
51 しのひしぬへき夕くれを
52 をしほの山にふるみゆき
53 きてみまほしき藤はかま
54 まきのはしらはなつかしや
55 宿の梅かえ色にこそ

56 空おそろしきかんの君
57 みきははかなきおもひかな

60 何にひろいしおちはそと
61 時そともなき恋しさを
62 おもひきえなん玉のをよ
63 世にためしなきかしは木の
64 後のかたみのよこ笛は
65 わりなくきえしすゝむしを
66 小野の夕霧たちまよひ
67 ひかりかくるゝ御法こそ
68 そらにくまなきにほふ宮

69 やへにうつろふこうはいの
70 ゝとかにうたふ竹川を
71 おもへははかなしはしひめに
72 にしやかはらぬしいかもと
73 とけてむすはぬあけまきの
74 軒のさはらひおり〳〵は
75 やとり木したふかけならん
76 むくらしけれるあつまやに

77 ゝゐまくらのあはれさを
78 おもひみたるゝかほる君
79 みきはのこほりふみわけし
80 しつかゝきねにすくしをき
81 君にそまよふ花の雪

---

59 何にひろいし落葉そと
60 ときそともなきこひしさを
61 思ひきえにししらたまよ
62 よにためしなき柏木の
63 野へのすゝむしはかなしな
64 なかき音たつるよこふへを
65 小野ゝ夕霧たちまよひ
66 ひかりかくるゝみのりにそ
67 そらにかよひしまほろしの
68 のちの世したふにほふ宮
69 やとにまつさく紅梅の
70 のとかにこたふ竹川を
71 おもひわたりし橋姫は
72 はつ瀬まうてのしいかもと
73 とけてむすはぬあけ巻の
74 野辺のさはらひおり〳〵や
75 やとり木したふころならむ
76 むくらしけれるあつま屋に
77 にほふゆへなるうきふねよ
78 よるへもしらすあひみしを
79 おもへははつかしかほる君
80 みきわのこほりふみわけし
81 しつかかきねのあさましき
82 君にそまよふみねの雪

---

58 何にひろひし落葉そと
59 時そともなき恋しさを
60 思ひ絶にし玉のをよ
61 よにためしなきかしはきの
62 のへの松虫はかなやな
63 なかき夜すから横ふえを
64 をのゝ夕霧ふみまよひ
65 ひかりかゝやく御法にそ
66 空にかよひしまほろしの
67 後の世したふ匂ふ宮
68 宿にさへつるうくひすの
69 のとかに声の竹河を
70 思ひわたりしはしひめは
71 はつせまうてのしゐかもと
72 とけてむすはぬあけまきの
73 のへのさわらひおり〳〵や
74 やとり木しのふおりならん
75 むくらしけれるあつまやに
76 匂ひまかひし浮舟も
77 もる人しらすあひみしを
78 おもへははかなかほる君
79 汀のこほりふみ分し
80 賤かかきねに咲うつき
81 君か跡とふみねの雪

82	きてもかなしき恋のみち
83	契るこゝろはかはらしと
84	ともにたのめしたちはなの
85	ゝちにこしまのあともなく
86	雲井はるかのかけろふの
87	ゝこりくまなきおもひかな
88	なかむるをのゝ手ならひは
89	我にもあらぬ世のすまゐ
90	ひとりうき世をなけきつゝ
91	月のみやこをしのへとも
92	物おもふ人としる人を
93	おもへはつらき心にそ
94	ゝむるはてぬる夢のうきはし

83	きくもかなしきこひの道
84	ちきるこゝろはかはらしと
85	ともにたのめしたち花の
86	のちは小嶋の行衛なく
87	雲ゐはるかにかけろふの
88	軒はにきえしゆふへかな
89	なかむる小野ゝ手ならひは
90	われにもあらぬよのすまひ
91	ひとりうき身をなかめつゝ
92	月の都をしのへとも
93	ものおもふ人と知る人を
94	おもへはさすかつらきにそ
95	そむきはてにし夢のうきはし

82	消てはなき恋の道
83	ちきるこゝろはかはらしと
84	ともにたのみしたちはなの
85	後はこしまの行衛なく
86	雲井はるかにかけろふの
87	軒端の草はよしなやな
88	なかむるをのゝ手ならひは
89	我にもあらぬ世のすまひ
90	ひとりうき身をなけきつゝ
91	月のみやこをしのへとも
92	もの思ふとはしるものを
93	おもへはさすかつらきにそ
94	そむきはてぬる夢のうきはし

近世後期宮廷と『源氏物語』
――光格天皇の時代を中心に――

盛田帝子

はじめに

近世における『源氏物語』の受容の実態については、様々な角度から夥しい研究が積み重ねられてきた。堂上歌人を中心に歌学の一端として享受されてきた中世までと異なり、近世には古来の所説を網羅した北村季吟『湖月抄』〈延宝三年〈一六七五〉刊〉をはじめとして、版本の本文や注釈書が出現し、謡曲や俳諧、女訓書など、様々な文芸・教訓・実用書を通じて、『源氏物語』の有名な場面が教養として庶民層を含む広範な人々に共有されるところとなった。芭蕉の『奥の細道』、西鶴の『好色一代男』、秋成の『雨月物語』、柳亭種彦の『偐紫田舎源氏』など、俗文学における典拠やパロディの対象として『源氏物語』が盛んに利用されていたことは、すでに中村幸彦「源氏物語の近世文学への影響」『中村幸彦著述集』第三巻〈中央公論社、一九八三年〉をはじめとする多くの研究業績によって明らかになっている。[1]

このように近世における『源氏物語』の受容が、堂上や大名から武士・町人などの庶民層にまで拡がったことについては多くの言及があるが、中世以来の伝統歌学を維持しつづけている近世宮廷での『源氏物語』の受容の実態はどのようなもので、宮廷内で『源氏物語』はどのような意義を有していたのだろうか。

十七世紀を中心とする近世前期の堂上歌人の『源氏物語』の受容については、坂内泰子「近世堂上歌人と『源氏物語』」[2]に詳しい。坂内氏によれば『源氏物語』は中世と同様、歌学書として歌道修行のために学ばれ、「打ちまかせて物語と云は皆源氏にかぎる也」（後水尾院『麓木抄』）と高い評価を受けており、霊元天皇の時代になっても「物語」といえば『源氏物語』のことを指す（『清水谷大納言実業卿対顔』）ほど宮廷歌人の中では重んじられていたという。

では宮廷において、堂上歌人たちはどのように『源氏物語』を学んでいたのだろうか。近世の堂上における源氏講釈は後陽成院からはじまった（『御湯殿上日記』）が、講釈は良恕法親王が『源氏物語聞書』として残し、智仁親王もこれを聞いた[3]。次いで中院通勝は慶長三年（一五九八）に注釈書『岷江入楚』を完成させ、智仁親王の御所などで源氏講釈を行った。通勝の源氏学は中世の三條西家の源氏学を継承したものであり、通勝の子通村は、徳川家康や後水尾院などにも講釈し、それは三十余年にわたった[4]。後水尾院もまた講釈をしており、その聞書が残されている。中院家はその後通茂が源氏講釈をし、『源氏物語註釈』を残している。

その後、霊元院・後西院周辺の堂上歌人の『源氏物語』観については、海野圭介氏に論考があり[5]、近衛基熙自筆の源氏注釈書『一簣抄』（正徳六年〈一七一六〉成立）は、当時の堂上歌人の『源氏物語』についての言説を書き留めており、後西院の源氏講釈の存在も裏付けられる点[6]、貴重である。

この他、近世前期の堂上歌人は歌学や有職故実のために『源氏物語』を学び、その表現に倣って、あるいは『源氏物語』そのものを題材に歌を詠んだ。近世前期堂上歌壇における『源氏物語』の受容については、以上のようにいくつかの事例が紹介されている。

しかし、近世後期となると、堂上歌人の『源氏物語』の講釈、註釈、『源氏物語』観などの当時の実態を伝える資料が紹介されておらず、その受容の様相が明らかにされていないのが現状である。近世後期の源氏受容は、賀茂真淵・本居宣長・萩原広道など、専ら地下歌人・国学者の研究や、彼らの作る和文への影響、俗文芸や絵画などの源氏摂取などが取り上げられてきた。本稿では、以上のような研究状況を踏まえ、十八世紀後半から十九世紀前半の宮廷――光格天皇の時代――に、『源氏物語』がどのような影を落としていたか、その可能性を様々な観点から探ることとする。『源氏物語』はフィクションであるにも関わらず、光格天皇が目指した王朝文化復興に少なからず影響を及ぼしているのではないかと考えられるからである。

一　光格天皇と『源氏物語』的世界

尊号事件と『源氏物語』

現在のところ、光格天皇の『源氏物語』講釈や、その聞書などは残存せず、またそれを記録した文書も見出されない。しかし、光格天皇は、江戸時代前期の天皇と同様、『源氏物語』を読んでおり、自身の朝廷の復古事業において、『源氏物語』の影響を受けたのではないかと考えられるふしがある。『源氏物語』の諸場面と、光格天皇の行った様々な朝廷での政治的行為が期せずして一致することを、単なる偶然としては片付けられないのではないか。そのひとつが、太上天皇の尊号宣下である。

明治十七（一八八四）年、光格天皇の実父、故一品典仁《すけひと》親王に太上《だじょう》天皇の称号が贈られた。『官報』（二百十四号告示）「太政官第壹号」には「今般特旨ヲ以テ、光格天皇御實父故一品典仁親王へ太上天皇ノ尊號ヲ御追贈、御諡慶光天皇ト稱セラル／右告示候事／明治十七年三月十九日　太政大臣　三條実美」とある。いわゆる「尊号事件」以来、約百年ぶりに尊号追贈が実現したのであった。

光格天皇は、禁裏御所における実父閑院宮《かんいんのみや》典仁親王の席順が、天皇の位に就いたことがないため、関白はおろか太政大臣・左大臣・右大臣よりも下であったことに耐えられず、これまで皇位に就いたことのない天皇の実父に尊号を宣下した後高倉院と後崇光院の先例を根拠として、典仁親王に「太上天皇」の尊号を贈って、席順を上げようとした。そのようにして宮中での序列の問題を解決しようとした。しかし、老中松平定信は先例の二例はいずれも混乱期の事例であって先例たりえず、皇位に就かなかった者に私情で尊号を授けるのは筋が通らないと光格天皇の意向を却下した。朝廷側は何度も尊号宣下の実現を迫り、幕府側は拒絶を繰り返すという応酬の末、本件を熱心に勧めた議奏の前権大納言中山愛親《なるちか》と武家伝奏正親町公明《おおぎまちきんあき》は幕府に呼びつけられ、厳しく取り調べられた末、閉門・逼塞《ひっそく》の処分を受けた。実際には光格天皇・朝廷側の主張は通らず敗北に終わったのだが、いわゆる中山大納言《なかやまだいなごん》物《もの》と呼ばれる実録類では、中山愛親が定信を論破して意気揚々と京都に帰ってくるという正反対のストーリーが多く創作され、流布した。世間の同情を集めた朝廷贔屓《ちょうていびいき》の風潮が広まり、天皇人気を高める状況が生まれていたのである。[7]

ところで、朝廷側の関白鷹司輔平《たかつかさすけひら》と幕府側の松平定信との応酬のなかで、関白から出された話題に小一条院《こいちじょういん》(九九四〜一〇五一)の事例がある。三条天皇の皇子であった敦明《あつあきら》親王は、後一条天皇の皇太子になるが、関白藤原道長の圧迫もあってその地位を辞し、小一条院の院号宣下を受け、太上天皇に准じる准太上天皇の待遇を授けられたという例である。[8]後一条天皇の母は、藤原道長の女の中宮彰子である。『源氏物語』が描かれたまさにその頃、道長は三条天皇に譲位を迫り、長和五年(一〇一六)年、彰子の生んだ一条天皇皇子敦成《あつひら》親王を即位させて後一条天皇としたのだが、三条天皇の皇子敦明親王にも圧力をかけて後一条天皇の皇太子をやめさせた。『源氏物語』が生まれた時代に、太上天皇に准じた称号と待遇を受けた小一条院(敦明親王)が誕生したのである。

小一条院と同じく、太上天皇ではないが、それに准じた称号と待遇を受けた人物として描かれたのが『源氏物語』の主人公 光源氏である。

桐壺帝は、学問をはじめ琴、笛などの楽にも優れた幼い源氏を、来朝した高麗人《こまうど》に観相させる。高麗人は、源氏の相（姿、特徴）を見て、国の親となって帝王という最高の位にのぼる相があるが、そうなると世が乱れ民が苦しむことがあるかもしれない、ただ天下の政治を補佐する者として見ると、その相が合わないと不思議がる（『源氏物語』桐壺巻）。成長した源氏は、父桐壺帝の中宮藤壺とひそかに情を通じ、後の冷泉帝が生まれる。皇位についた冷泉帝は、実の父が桐壺帝ではなく源氏であることを知り、自分は譲位して実父である源氏を帝にしたいと思う。

秋の司召《つかさめし》に太政大臣になりたまふべきこと、うちうちに定め申したまふついでになむ、帝《みかど》、思し寄する筋のこと漏らしきこえたまひけるを、大臣《おとど》、いとまばゆく恐ろしう思して、さらにあるまじきよしを申し返したまふ。

冷泉帝が、対面している源氏に、自分が譲位するつもりであることを漏らすと、源氏は、恐ろしいことと思って辞退する（『源氏物語』薄雲巻）。

明けむ年四十《よそぢ》になりたまふ、御賀のことを、朝廷《おほやけ》よりはじめたてまつりて、大きなる世のいそぎなり。その秋、太上天皇《だいじやうてんわう》になずらふ御位得たまうて、御封《みふ》加はり、年官《つかさ》、年爵《かうぶり》などみな添ひたまふ。かからでも、世の御心にかなはぬことなけれど、なほめづらしかりける昔の例《れい》を改めで、院司《ゐんじ》どもなどなり、さまことにいつくしうなり添ひたまへば、内裏《うち》に参りたまふべきこと難《かた》かるべきをぞ、かつは思しける。かくても、なほ飽かず帝《みかど》は思しめして、世の中を憚《はばか》りて位をえ譲りきこえぬことをなむ、朝夕《あさゆふ》の御嘆きぐさなりける。

三十九歳の秋、源氏は太上天皇に準ずる位となるが、それでもなお冷泉帝は天皇の位を実の父である源氏に譲ることができずに不満足に思っている（『源氏物語』藤裏葉巻）。

『源氏物語』においては、自身が藤壺中宮と源氏の間に生まれたことを知った冷泉帝が懊悩し（薄雲巻）、源氏を、太上天皇に准《なぞら》える待遇とすることが描かれている（藤裏葉巻）。桐壺巻で描かれていた高麗《こま》の相人《そうにん》の予言が、准太上天皇という地位に到達した源氏の姿として藤裏葉巻で顕在化するのである。神野志隆光氏によれば、光源氏が准太上天皇になったことは「古注以来認められてきた特異な独自さ」であり、虚構の物語ゆえにありえた昇進であったとされる(9)。史実上、太上天皇に准じた称号と待遇を受けた小一条院（敦明親王）は、父として准太上天皇の位を得たわけではなかった。

重要なのは、藤裏葉巻に描かれた冷泉帝の「かくても、なほ飽かず帝は思しめして、世の中を憚りて位をえ譲りきこえぬことをなむ、朝夕の御嘆きぐさなりける」という実父の源氏によせる強い思いである。本来であれば、自分よりも上の序列にあるべき父を相当の位にできない冷泉帝の思いが描かれたこの場面は、尊号事件を起こした光格天皇の姿を彷彿とさせる。

『源氏物語』の場合、源氏を太上天皇なみの待遇としたのであって、光格天皇のように結果的に（光格天皇崩御後の明治十七年に）典仁親王に太上天皇の称号を与えることになったというわけではないが、実の父親への敬意から、天皇が（准）太上天皇の待遇を与えるというあり方は、史実の敦明親王のケースよりも、はるかに光格天皇の意識に近いといえよう。尊号事件には、『源氏物語』の影がゆらゆらとたなびいている。

童殿上の再興と『源氏物語』

後水尾天皇・霊元天皇・桜町天皇の時代と同じく、光格天皇は多くの朝儀や神事を再興したが、特筆すべきは、それらが単なる再興にとどまらず復古を目指したことだとされている。例えば、重要な朝廷儀式を執行する紫宸殿と清涼殿を平安時代の内裏の様式に復古した光格天皇は、寛政二年（一七九〇）十一月二十二日に新御所に遷幸し、その約三ケ月後の寛政三年二月十九日に「童殿上《わらわてんじょう》」を復活させた。中絶していた「童殿上」が復活したのは、実に、五百年から六百年ぶりのことであった。[10]「童殿上」とは、公卿の元服以前の子弟が、特に許されて殿上に奉仕することであるが、「童たちの見習的教育的要素のみならず、天皇や殿上人列席のもと開催される儀式において童舞等の任務を果たすことで、父や祖父の政治的威勢を誇示し継承する示威行動であり、天皇からの御衣等の下賜は、王権への帰属意識を強化するとともに特権の付与であり、主従関係の確認・強化であった」（服藤早苗『平安王朝の子どもたち―王権と家・童―』Ⅱ―第一章三「殿上童の意義」吉川弘文館、二〇一六年）。

そして、光格天皇から殿上童に選ばれたのは、右大臣近衛経熙《つねひろ》の子の基前《もとさき》であった。陽明文庫所蔵『近衛家伝（基前公伝）』（写本一冊、一四八三九）の冒頭には、

基前〔経熙公男母／董子女子〕
天明三年八月十一日　誕生
寛政三年二月十九日　九才　聴童昇殿

とあり、九歳で童殿上を許されたことが知られる。寛政三年二月二十八日付、立原甚五郎（翠軒）宛藤貞幹《とうていかん》書簡には、「本月十九日近衛右府公若君通君と称し申候童殿上廿五日元服ニ而御座候。童殿上之儀式五六百年も中絶之義に御座候次第いまだ得写し不申候」[11]とあって、寛政三年二月十九日に近衛右府公（経熙）の息男で通君と呼ばれている若君が童殿上したこと、童殿上の儀式は五六百年も中絶していたこと、その次第についてはまだ写すことができていないことが記されている。光格天皇が「童殿上之儀式」を復活したことへの反響が知られるのである。

この童殿上の例は、平安朝の物語に多く見られる。もちろん『源氏物語』においても多数見受けられるが、とりわけ注目されるのが、源氏の長男の夕霧の童殿上である。以下、青木慎一「夕霧と童殿上―『源氏物語』澪標巻の「内裏、春宮の殿上」から―」（『中古文学』百号、二〇一七年）を参照しつつ述べてゆく。

源氏が須磨明石から帰京を果たし、冷泉帝の即位を受けて大納言から内大臣に昇進する中、長男夕霧についても、

次のように語られる。

大殿腹《ばら》の若君、人よりことにうつくしうて、内裏《うち》、春宮《とうぐう》の殿上《てんじやう》したまふ。（澪標巻）

本文に明示されていないが、年立から夕霧の年齢は八歳である。そして『源氏物語』の多くの童殿上の例の中でも、内裏・春宮の両方を明示するのは夕霧だけである。青木氏によれば、「人よりことにうつくし」いから、特別な待遇を受けているわけではないという。夕霧のモデル的存在は、藤原道長の子 頼通で、頼通は内裏と春宮のいずれの童殿上も、七歳の時点で許されている。これは摂関家の嫡男、という出自の高さによるものであり、これを前提とすれば、夕霧もまた、光源氏の権勢を背後に、特権的な童殿上を許されたということになる。

平安時代の諸制度・諸儀礼を次々に復興する光格天皇に、『源氏物語』の記憶が重なっているとすれば、童殿上の復活に際して、八歳でそれを許された夕霧、そのモデルとなった、七歳の童殿上を実現した藤原道長の子頼通が脳裏に浮かんだことは容易に想像される。九歳の近衛基前は、藤原氏北家の嫡流、五摂家の一つで、代々摂政・関白を輩出した近衛家の第二四代当主経熙（当時右大臣）の嫡男である。基前の祖父 近衛内前《うちさき》は、後桜町天皇の摂政として朝廷政治を補佐しており、光格天皇の中宮欣子《よしこ》内親王の外祖父でもある。服藤早苗氏は、頼通の殿上童が許可された後に作成された名簿には「蔭孫藤原頼通」と書かれており、祖父（兼家）との関係で昇殿が許されることに注目しているが[12]、それと同様に、祖父 内前、父 経熙に続き、将来を嘱望されていた基前が光格天皇によって殿上童に選ばれたのである。

五、六百年ぶりの童殿上の再興に、多くの宮廷人が『源氏物語』の夕霧を重ねて見たことは、十分に考えられるだろう。後述するように、基前は、『源氏物語』に関わりの深い宮廷人でもあった。

後宮文化の再興と『源氏物語』

光格天皇は、後宮の文化的充実にも力を注いだ。(13) 例えば、宮中において女房月次御会《にょうぼうつきなみぎょかい》、女房内々当座御会《にょうぼうないないとうざぎょかい》を頻繁に催し、「花月堂」「花月」などの号を用いて自らも詠進、出座して女房たちの活動を支えた。光格歌壇において活躍した女房歌人に、四辻季子《すゑこ》、中山理子《みちこ》、高倉茂子《しげこ》、葉室頼子《よりこ》、広橋歓子、園正子《をさこ》、樋口藤子《ふぢこ》、山本達子、久世根《もと》子《こ》、壬生章子、富田庸子《つねこ》、壬生泰子、林烈子《たけこ》、勧修寺婧子《ただこ》、富田斐子《あやこ》、東養子《のりこ》などがおり、中には和歌御会始《わかぎょかいはじめ》などの公の和歌御会に詠進する女房歌人もいるほどであった。後宮での和歌活動は盛んであり、後桜町上皇、光格天皇の中宮であった欣子内親王、光格天皇の実の姉である霊鑑寺宮も歌道に熱心であった。このように女房歌人の活躍の場を生み出したのも光格天皇の『源氏物語』的世界の再興のひとつと考えられる。中でも光格天皇の中宮欣子内親王への寵愛・重用は注目に値する。以下は、出典を挙げない限り、『後桃園天皇実録』『後桜町天皇実録』『光格天皇実録』（ゆまに書房、二〇〇六年）による。

欣子内親王は安永八（一七七九）年、後桃園天皇の第一皇女として誕生し、女一宮と称せられる。母は藤原維子《これこ》（盛化門院、近衛内前の女）。後桃園天皇は、その年十月、皇嗣の決まらないうちに急逝したため、天皇の空位空白を作らないよう、それは伏せられ、閑院宮から九歳の祐宮《さちのみや》（のちの光格天皇）が抜擢されて践祚《せんそ》した。欣子内親王は、後桃園天皇の唯一の子であったため、その血統を絶やさないため、父天皇の遺詔《いしょう》によって光格天皇の元に入内することが内々決まっていたようである。(14) 天明九年（一七八九）二月二十八日、十一歳になった欣子内親王は、女房月《つき》次御会《なみぎょかい》に詠進する。他に、光格天皇、女房の四辻季子、中山理子、高倉茂子、葉室頼子、林烈子、光格天皇の実父で欣子内親王の和歌の師であったと思われる閑院宮典仁親王、光格天皇の実兄の閑院宮美仁《はるひと》親王、殿上童の相丸、光格天皇の実姉の孝宮《たかのみや》（霊鑑寺宮）が詠進している（東山御文庫『光格天皇御当座御詠草』（110-4-2-7）、同『女房御月次会作者目録』（110-4-4）等）。光格天皇とその家族、内裏《だいり》の女房たちに囲まれて、欣子内親王は和歌の修練を行う。

欣子内親王が十三歳になった寛政三年（一七九一）三月二十七日には、光格天皇（二十一歳）の出身宮家である閑院宮和歌会始《わかかいはじめ》に詠進、その年の六月三十日、後桃園天皇の遺詔により、立后《りっこう》の事が治定《じじょう》した。寛政四年三月二十三日には禁裏月次和歌御会《きんりつきなみわかぎょかい》に十四歳にして詠進、寛政五年には欣子内親王の居所となる御殿の建造がはじまり、寛政六年三月一日には、入内《じゅだい》の儀が行われた。この時、欣子内親王は十六歳、光格天皇は二十四歳であった。

入内の儀に際して、光格天皇は近衛少将を使者として欣子内親王に和歌を遣わしている。

入内ノ日、近衛少将をもて
准后かたへつかはす和哥
万代のちぎりかはらで高砂や
ともにさかゆる相生の松

※後桜町上皇の添削後は「今よりのちぎりかはらで末とをく　ともにさかへむ松のいく千世」。

（東山御文庫「後桜町天皇宸翰光格天皇御製御写」1冊〔函号〕勅107-8-9（桐筥））

これからも変わらず遠い未来まで共に栄えてゆこうという欣子内親王への和歌は、後桜町上皇の添削を受けた上で遣わされている。欣子内親王の入内の後、わずか六日で皇后宣下、院御所《いんのごしょ》において立后の儀が行われている。

寛政六年（一七九四）七月七日、光格天皇の実父閑院宮典仁親王が薨去《こうきょ》。諒闇《りょうあん》の明けた翌七年八月十六日、十七歳の中宮欣子内親王は、「寄竹祝《たけによするいわい》」の詠草二首を光格天皇に提出し、端《はし》の歌に合点《がってん》をいただいて、正式に光格天皇に歌道入門する。

包紙ウハ書「勅点寛政七年八月十六日」

欣子上

寄竹祝

幾千とせ君がよはひにちぎりてや
みかきの竹のかげさかふらん
いくちとせ色もかはらでさかふらし
君がみその丶くれたけの陰

（東山御文庫「新清和院欣子内親王御竪詠草」全二通〔函号〕勅118-3-3-1・2）

光格天皇に入門した中宮欣子内親王は、この八日後に開催された和歌御会始に初めて詠進する。

〔寛政七年八月二十四日　公宴和歌御会始〕

庭上鶴

すみなれていく万代をちぎるらむわがこ丶の重のにはのとも鶴　中宮御歌
わが君がみぎりゆたかにすみ馴て千世をかさねむ鶴のけごろも　関白輝良
ひさかたのくも井の庭にむれゐつ丶いくよろづ代をちぎるともづる　中務卿織仁親王
玉しきのたま松がえのかげなれて千年をたのむ庭のともづる　弾正尹美仁親王
かくしつ丶つまんよはひもくものうへになれていく世のにはのともづる

（中略）

すゑとをくきみにちぎりて玉しきのみぎりにあそぶ千世の友鶴　大すけ
玉しきの庭のまさごをありかずにいくちよちぎるきみがともづる　権中納言典侍
たましきのみぎりをひろみところえてゆたかにあそぶ千世の友づる　新さい相典侍
きみがへむ千世のよはひを九重にかさねてちぎるつるの毛ごろも　辨ないし
ゆたかなる御代よろづ世と玉しきの庭になれつ丶あそぶともづる　みやうぶ上野

なれてあそぶ庭の御池の水ひろみ千とせもすまんつるのもろごゑ　　命婦かうち

読師　広橋前大納言伊光卿　　講師　実光朝臣正親町殿中将　初度
発声　源中納言庭田重嗣卿　　題者　民部卿冷泉為泰卿
奉行　飛鳥井中納言雅威卿
講頌　正親町前大納言公明卿　日野中納言資矩卿　源宰相久世通根卿
　　　右兵衛督藤谷為敦卿　　宮内卿綾小路俊資卿

（国立国会図書館所蔵『内裏和歌御会　寛政六年／同七年』一二四―一二〇二）

このように、中宮欣子内親王の御歌《おうた》は、光格天皇の次で、関白よりも前に記載されている。中宮が公の和歌御会においていかに重用されていたかが知られる。

光格天皇の中宮への特別の思いは、飛香舎《ひぎょうしゃ》の復活にも現れていた。飛香舎は、内裏五舎のひとつ（他に昭陽舎、淑景舎、凝華舎、襲芳舎）で、中庭に藤を植えているため「藤壺」とも称された。「藤壺」といえば、すぐさま『源氏物語』の藤壺宮の居所が想起されるが、中宮拝礼や藤花の宴が催される、平安時代の華やかな宮廷文化を演出する舞台であったといえよう。この飛香舎が、寛政度の内裏再建において五舎の中では唯一再建される。欣子内親王の入内に際して復興されたもので、内親王の立后は珣子《じゅんし》内親王（後醍醐天皇の皇后）以来、四百六十年ぶりのことであった。寛政度復古内裏に光格天皇が遷幸した寛政二年十一月二十二日、内裏に女御殿はなく、北辺は空地のままだった。(15)

注（15）の満田論文も言及している『飛香舎造営成否問状』（宮内庁書陵部図書寮文庫所蔵）は、その時点で、飛香舎の御造営の時期について問う文書である。

寛政度飛香舎御造営者寛政二年迄ニ御造営ニ相成哉。又者寛政六年立后以前ニ御造営ニ相成候哉否。急ニ承知致度有之候間、内々御頼被申入候。乍御面倒急度御調早々御返答御頼被申度候事

この文書には押紙があり、そこに「寛政五年九月皇后御殿地所御引渡、同十一月十八日飛香舎礎、同六年二月十三日飛香舎上棟」と記されている通り、飛香舎は、寛政五年十一月に着工され、六年二月に上棟した。二月十八日には地鎮祭、三月一日には飛香舎と清涼殿において入内の儀が執り行われた。

そして寛政九年（一七九七）一月二日、飛香舎では、約四百年ぶりに中宮拝礼が復興された。この時の光格天皇の日記『光格天皇宸記』が興味深い。読み下しを添えて、以下に掲げる。

是日、有中宮拝礼。朕内々渡于飛香舎観覧之。（飛香舎設営の様子等、中略）今日中宮装束　紅打袴、紅単、薄紅衣五領〔裏蘇芳〕、紅打衣一領、梅重二重織物小掛衣、白二重織物唐衣。有裳、大腰〔朕結之了〕。容貌美麗、可愛々々。上臈〔油小路〕着打掛張袴、供草鞋〔高麗綾張〕。右、中宮拝礼中絶、経年序及四百年計、今年再興大慶々々。

是日《この》、中宮拝礼有り。朕、内々、飛香舎に渡り、之を観覧す。（飛香舎設営の様子等中略）。今日、中宮装束、紅の打袴《うちばかま》、紅の単《ひとへ》、薄紅の衣《きぬ》五領《ごえり》〔裏蘇芳《うらすはう》〕、紅の打衣一領《ひとえり》、梅重《うめがさね》・二重《ふたへ》織物《おりもの》・小掛衣《こがけぎぬ》、白二重織物・唐衣《からぎぬ》。裳有り、大腰《おほごし》〔朕、之を結び了《をは》んぬ〕。容貌美麗、愛づべし、愛づべし。上臈〔油小路〕、打掛・張袴《はりばかま》を着し、草鞋《さうあい》〔高麗綾張《かうらいあやばり》〕を供す。右、中宮拝礼中絶、年を経《へ》、序《つぎて》四百年計《ばかり》に及び、今年再興、大慶々々。

（東山御文庫『光格天皇宸記』〈宸筆　寛政九年日記〉110-8-8）

この日、光格天皇が、四百年ほど中絶していた「中宮拝礼」という儀式を再興したことが知られる。光格は「内々」に飛香舎に渡り、これを「観覧」した。中宮装束に身を包んだ欣子内親王の裳の大腰を自ら結び、美しくあでやかな中宮の容貌を「可愛可愛」と記している。光格天皇の理想とする王朝復古の一環として、飛香舎の再建、

中宮拝礼の再興がなされたと考えられるのだが、日記の書きぶりから、光格天皇が、美しい中宮を、『源氏物語』の女君に重ねてみたとしても不思議ではないだろう。飛香舎は、宿木巻における藤花の宴の舞台でもある。復興された中宮拝礼の華やかさも、中宮をはじめとする女房歌人たちの活躍も『源氏物語』的世界そのものであったと言えるのである。

二　近衛基前と『源氏物語』

近衛基前と光格天皇

先に述べたように、近衛基前は九歳の時、光格天皇の殿上童に抜擢された。基前は『源氏物語』の講釈を芝山持豊から受けていることが基前の日記『証常楽院記（基前公記）』からわかる。近世後期、堂上家が『源氏物語』講釈を受けた記録は現時点でほとんど見出されていないので、貴重な記録と言えよう。

日記の著者である基前は近衛経熙の嫡男（母は董《のぶ》子女王。有栖川宮職仁親王王女。円台院宮）で近衛家二十五代、代々摂政・関白に任ぜられる家柄であった近衛家の当主だった。天明三年（一七八三）八月十一日に誕生、文化二年（一八〇五）三月二十八日に従一位に叙せられ、文化十二年（一八一五）正月四日に左大臣に任ぜられたが、文政三年（一八二〇）四月十九日に薨去。享年三十八。証常楽院殿と号した（陽明文庫蔵『近衛家家譜』）。陽明文庫には基前筆の日記である『証常楽院記（基前公記）』（写本十三冊）が残されている。十三冊の各冊について、それぞれ、何年何月何日から何月何日までの日記かを以下に記し、その年の基前の年齢を付記する。各冊について、仮に番号を付す。

1　寛政十年一月一日～三月十八日　十六歳
2　寛政十三年一月一日～一月六日　十九歳
3　享和四年一月一日～五月十一日　二十二歳
4　文化三年一月一日～一月十六日　二十四歳

5　文化四年一月一日～二月八日　二十五歳
6　文化五年一月一日～一月二十八日　二十六歳
7　文化六年一月一日～一月二十四日　二十七歳
8　文化七年一月一日～三月八日　二十八歳
9　文化八年一月一日～十二月二十一日　二十九歳
文化九年六月八日～十二月三日　三十歳
文化十年一月一日～十一月一日　三十一歳
文化十一年二月二十四日～十二月十四日　三十二歳
文化十二年一月一日～八月　三十三歳
文化十三年十月十七日～十二月二十一日　三十四歳
文化十四年一月一日～一月七日　三十五歳
※文政元年、二年の記事あり
10　文化十年一月一日～一月二十四日　三十一歳
11　文化十一年四月三日～十二月二十八日　三十二歳
文化十二年一月一日～一月三十日　三十三歳
文化十三年十二月十五日　三十四歳
文化十四年一月十日　三十五歳
12　文化十二年三月二十三日～四月二十日　三十三歳
13　文化十二年三月二十六日～五月二十一日　三十三歳
※旅行記

この日記から、基前が光格天皇に和歌添削を戴く歌道門人であったことが知られる。基前二十二歳の享和四年（一八〇四）、一月十三日の条を挙げる。

一　為勅使右大将入来。自今和歌可賜　勅添。且於下見者可為有栖川宮旨。御題、寄道祝。来十五日ヨリ可被下旨也。奉畏旨申上。右大将起座、両三相送之（尤勅題ヨリ右大将口ツカラ被申）。則剋為　御礼参　内。以議奏（当番山科中納言）御礼申上置。内々剋限之儀、山科へ相尋候處、勝手ニ可伺御様子ト云々。仙洞・中宮、御礼申上、関白・有栖川・閑院宮等へ風聴。行向有栖川宮面談下見之儀等指図宜御示教之事相頼。

光格天皇の勅使より今後勅点を与えられること、詠草の下見は有栖川宮（織仁親王）であることを告げられている。題は「寄道祝」で十五日以降に勅点を下されるという。仙洞（後桜町上皇）、中宮欣子内親王に御礼を申し上げ、関白（鷹司政熙）、有栖川宮（織仁親王）、閑院宮（典仁親王）に吹聴し、有栖川宮織仁親王には対面して下見の儀などに関する指導を頼んでいる。勅使からの知らせは、光格天皇の和歌門人となることが許されたことを意味する。二日後、和歌門人としての「伺始《うかがいはじめ》」の日である一月十五日の条を挙げる。

一　今日伺始。未剋、竪詠草・誓状等相携参　内。以御詰殿上人伺時候御機嫌申。昼便ニ児之中令面会度旨議奏中へ通達、相頼。暫時鉄丸出来。詠草・誓状並　仙洞御会始詠草等伺。即剋伺始詠草被返下。誓状ハ被留。御所・仙洞御会詠草従銘可返賜旨被　仰下。以議奏御礼申上退出了〔但シ今後ハ御礼ノ儀不及議奏。以児申上可然也〕。詠草誓状等如左。〔今日予装束衣冠如常〕。

檀紙　切之書之以小奉書包之。詠歌辱被下　御点候上、蒙　仰候条々、慎守候而謾不可口外候。尤此道永遂習練深可染心候。於違背者可蒙大小神祇殊両神御罰候。畏而所献誓状如件

　　享和四年正月十五日　基前上

小奉書。包紙同紙五折半折之四折半ニモ折之

　　　　基前上

寄道祝

君がめぐみ身にあまりぬる春にあひてさかへんみちをあふぐことの葉

あふぐぞよこと葉の道の行すゑもかけてかしこき君がめぐみを

この日、基前は竪詠草（伺始の詠草二首、「寄道祝」で詠んだ）と入門のための誓状、仙洞御会始に詠進するための詠草等を持って参内し、殿上童の鉄丸を介して光格天皇に提出した。光格天皇は、基前が「寄道祝」で詠んだ二首のうち、端《はし》の歌に合点を付してただちに返却し、誓状は留められた。基前は、議奏を通してお礼を申し上げ、退出している。つまり、享和四年、二十二歳の基前は、内大臣として政務を補佐する傍ら、和歌の門人としても光格に師事しはじめたのである。九歳で殿上童となって以来、蜜月関係が続いていたことになる。

この時の仙洞御会始に詠進するための基前詠草に光格天皇が加墨し宸筆でウハ書きしたものをはじめとし、勅点の施された基前詠草が『基前公御詠草』として、陽明文庫に伝存しているが、ここでは紹介を割愛する。

近衛家における芝山持豊の『源氏物語』講釈

『証常楽院記（基前公記）』によれば、芝山持豊は近衛家における内々《ないない》月次歌会にも出席しているのだが、『源氏物語』の講釈のために、度々近衛家を訪れている。享和四年（一八〇四）および文化四年（一八〇七）の『証常楽院記（基前公記）』に関係記事が認められるので、それを抜き出しておく。（　）内は盛田注記。

享和四年二月七日〔基前二十二歳〕
一　芝山前中納言（持豊）来。源氏物語有講釈。畢而催当座。
二十九日
一　持豊卿来。源会（源氏物語の会の意）畢。催当座及夜半帰散也。
三月九日
一　持豊卿入来。源氏会如例。
十七日
一　芝山前黄門入来。源会如例。石井左京兆（行宣）相伴。是又、如例。
十九日
一　芝山前中納言・左京大夫等入来。光源氏物語会、如例。
二十四日
一　源氏会如例。

四月四日

一　源氏会如例。

九日

一　源氏会如例。芝山大納言入来也。

十四日

一　芝山前黄門（持豊）・石井左京兆等来。源会如例。

二十四日

一　芝山来。源会如例。

二十九日

一　芝山・石井等入来。源氏会如例。

五月四日

一　源氏如例。両卿（芝山持豊・石井行宣）入来也。

文化四年〔基前二十五歳〕

一月四日　一　芝山前黄門入来、講源氏物語。

近世後期堂上歌壇における源氏物語講釈の実態はこれまで報告されているのを聞かないので、近衛家において芝山持豊が『源氏物語』を講釈していたという情報は貴重である。右の『証常楽院記（基前公記）』の記事によると、近衛家での『源氏物語』の講釈は、月三回ほどのペースで行われていたと思われる。なお、『証常楽院記（基前公記）』は、断続的にしか遺っていないため、『源氏物語』講釈がどのくらいの頻度で、どのくらいの期間行われたかは、正確には判断できないが、少なくとも享和四年二月から文化四年一月までは行われていたことがわかる。かなり長期にわたるものであった。

円台院宮の源氏聞書

陽明文庫にはまた近衛基前の母（円台院宮《えんだいいんのみや》）の『源氏聞書　円台院宮御筆』が所蔵されている。円台院宮は有栖川宮職仁《よりひと》親王の女で、董子《のぶ》女王。近衛経熙《つねひろ》公の室。宝暦九年三月十一日生。安永六年十一月廿四日、御降嫁。寛政十一年六月廿五日、御出家。天保十二年十月十日、薨。八十三歳。円台院宮清浄真董女王と号した（『陽明家系譜』）。堂上家、それも親王家出身で、近衛家当主の正室となった女性が『源氏物語』の講釈を聴き、その聞書を遺していることは、従来あまり知られていない事実である。近衛家では享和四年から文化四年にかけて芝山持豊による『源氏物語』講釈が行われていたことを先に述べたが、円台院宮の聞書が持豊の『源氏物語』講釈の聞書であった可能性がある。

円台院宮の聞書は源氏物語以外のものを含めて六十三冊ある。いずれも共紙表紙こより綴じで、円台院宮宛書簡などの紙背を利用している。同じ請求記号の中に複数冊あるので、仮に番号を付し、表紙の墨書等を記す。

〈請求記号八九〇八三　源氏聞書　末つむ花等外　一〇冊〉

1　表紙中央に「桐つほ」と墨書。
2　表紙中央に「さかきスム也」と墨書。
3　表紙中央に「須磨」と墨書。
4　表紙中央に「あかしノすゐ」と墨書。
5　表紙墨書ナシ。
6　表紙中央に「繪合／松かせ」と墨書。
7　表紙中央に「よもきふ」と墨書。
8　表紙中央に「空蝉／夕かほ」と墨書。
9　表紙中央に「わか菜／末つむ」と墨書。
10　表紙中央に「末つむ花ノ末〻／もみちの賀／花のゐん／あふひ」と墨書。

〈請求記号八九〇八四　源氏聞書　十一冊〉

1　表紙墨書ナシ
2　表紙中央に「梅かえ／藤のうら葉」と墨書。
3　表紙中央に「若菜　上／中程迄」と墨書。
4　表紙左肩に「わかな」と墨書。
5　表紙中央に「鈴むし／夕きり／御のり」と墨書。
6　表紙中央に「まほろし」と墨書。
7　表紙中央に「写スム／やとり木」と墨書。
8　表紙中央に「奇生（ママ）」と墨書。
9　表紙中央に「あけまき　末」と墨書。
10　表紙中央に「蜻蛉」と墨書。
11　表紙中央に「手ならひ」と墨書。

〈請求記号八九〇八五　源氏聞書　二十八冊〉

1　表紙中央に「きりつほ」と墨書。
2　表紙中央に「はゝきゝ」と墨書。
3　表紙中央に「わかむらさき」と墨書。
4　表紙中央に「すゑつむ花」と墨書。
5　表紙中央に「紅葉賀」と墨書。
6　表紙中央に「榊」と墨書。
7　表紙中央に「はなちる里」と墨書。
8　表紙中央に「須磨」と墨書。
9　表紙中央に「あかし」と墨書。
10　表紙中央に「みをつくし」と墨書。
11　表紙中央に「よもきふ」と墨書。
12　表紙中央に「絵合」と墨書。
13　表紙墨書ナシ。
14　表紙中央に「匂宮／竹河」と墨書。
15　表紙中央に「橋姫」と墨書。
16　表紙中央に「はし姫」と墨書。
17　表紙中央に「椎本」と墨書。
18　表紙中央に「角総（ママ）」と墨書。
19　表紙中央に「早蕨」と墨書。
20　表紙中央に「寄生」と墨書。
21　表紙中央に「あつまや」と墨書。
22　表紙中央に「浮ふね」と墨書。
23　表紙中央に「蜻蛉」と墨書。
24　表紙右肩に「かけろふ」と墨書。

25　表紙中央に「手ならひ」と墨書。
26　表紙中央に「夢の浮橋」と墨書。
27　表紙墨書ナシ。
28　表紙墨書ナシ。

〈請求記号八九〇八六　源氏聞書　十四冊（源氏聞書は九冊）〉

1　表紙中央に「うすくも／あさかほ／乙女」と墨書。
2　表紙中央に「玉かつら」と墨書。
3　表紙中央に「初音／小てふ」と墨書。
4　表紙中央に「ほたる／とこ夏／かゝり火」と墨書。
5　表紙中央に「野分」と墨書。
6　表紙中央に「御幸／藤袴」と墨書。
7　表紙中央に「槙はしら」と墨書。
8　表紙中央に「梅かえ／藤裏葉」と墨書。
9　表紙墨書ナシ（「空蝉」「はゝき木」）。
10　表紙右端に「イナワシロ」と墨書（「紅葉賀」「花のえん」「賢木」）。
11　表紙墨書ナシ。
12　表紙左端に「謙宜」と墨書。
13　表紙右端に「猪苗代」と墨書（「関屋」「絵合」「松風」「薄雲」「乙女」）。
14　表紙右端に「猪苗代」と墨書（「乙女」）。

たとえば八九〇八五の2「はゝきゝ」の書き出しを例にとると、『源氏物語』の本文を、行間をゆったりとってあらかじめ書いたものに、聞書によると思われる注を書き入れるというスタイルをとっている。次に掲げる。

ひかる源氏名のみこと〱しう
　これ迠ニテ先切ル也。名のみハ名ばかり也。こと〱しうハいかめしう也
いひけたれたまふ
　いひけたれハ源氏ヲ光君といへるハ源ニハ過タルカト云也。問ノいひかけ也。

また、絵合巻の聞書の巻頭には、巻名について「此巻の外題　別にわけもなし　おもに絵合の事ある故に名付し也」と記した後に、「後水尾院御説ニ　絵あはせなれときつとあはせと聞えぬやうによむ也」とあり、後水尾院の講釈を参考にしている箇所がある。また蓬生巻の聞書では、冒頭近く、「くるしけなりしが」の本文の注として、

此「が」古今「昨日こそ早苗取しが」、此「が」に同シ。「が」は過し事をいふ。またスンデよむ説もあり。「人しれすこそおもひそめしか」、此「か」に同し。後水尾院ハ「「カ」トヨムヘシ」トアリ、霊元院ハ「「カ」トスム」ト仰おかれし也。両院、故に同し（「　」は盛田が補った）。

と記述があり、霊元院の講釈聞書も参考にされていることがわかる。一方、花散里巻では「湖月注に」と、『湖月抄』を参照するところもある。堂上内での講釈で、地下の源氏学習者が一般的に用いる『湖月抄』を使っている点、地下歌人と交流のあった芝山持豊であれば違和感はない。

円台院宮の聞書は、桐壺巻から夢浮橋巻まで、ほぼ揃っており、相当な回数にわたる講釈を記録したことを窺わせる。先述した通り、芝山持豊の『源氏物語』講釈は、少なくとも享和四年二月から文化四年一月までの長期間にわたって行われていたので、円台院宮筆の『源氏聞書』も持豊の講釈の聞書である可能性はあるが、現時点では明らかではない。『証常楽院記（基前公記）』の『源氏物語』講釈の記事に、参会者として円台院宮の名は記されていないからである。

芝山持豊と本居宣長

ここで近衛基前に『源氏物語』の講釈をした芝山持豊に注目する。持豊は光格天皇歌壇の濫觴《らんしょう》である天明期御内会のメンバーの一人である(16)。天明四年（一七八四）十月十九日には、光格天皇の近習となっており（宮内庁書陵部所蔵『近臣便覧』）、寛政十年（一七九八）には光格天皇の門人として和歌添削を受けており（東山御文庫『芝山持豊詠草伺

御留』）、光格歌壇の一人として活躍した。光格天皇が持豊を高く評価していたことは、寛政二年の内裏再建の際に、清涼殿障子和歌の詠進者十名の中に芝山持豊が入っていることでも明らかである（宮内庁書陵部所蔵『新内裏御障子和歌集』）。

持豊は、堂上歌人の中でも進歩的な考えの持ち主で、地下歌人との接触も多い人物である。澄月『和歌為講抄』の序、似雲『いその道』の序を書き、上田秋成との交友もある（『胆大小心録』一〇九など）。中でも本居宣長の学問に敬意を示し、かなり親しく交わっていることは注目される。

芝山持豊は寛政五年（一七九三）の本居宣長上京の際に初めて会い、和歌の贈答を行った。翌寛政六年には和歌山出張のあと上京する宣長を待ちかね、大歓迎した。そして享和二年（一八〇二）、宣長最後の上京の際に逢った際には、「宿とひて君にけふあふ嬉しさは雲晴れて月を見る心地せり」と和歌を贈り、宣長もそれに答えて「年をへて君をあひ見し嬉しさに老木もけふは和歌の松原」と詠んだ（村岡典嗣『増補本居宣長 1』平凡社東洋文庫、二〇〇六年による）。持豊の古典学、たとえば『源氏物語』解釈には宣長の学問が影響を与えている可能性がある。

堂上の中心的存在である近衛家での『源氏物語』講釈に、芝山持豊が選ばれたのはなぜであろうか。そもそもこの時期、『源氏物語』を講義できる堂上歌人がどれだけいるかというと、そう簡単に思い浮かべることができない。御所伝受に『伊勢物語』は必須であるが、『源氏物語』は必須ではなく、『湖月抄』という版本が既に存在して伝統的な源氏学を集成していることもあり、『源氏物語』研究は堂上内では低調だったことが考えられる。その一方で、妙法院宮真仁法親王を通して、光格天皇は宣長の著書を献上されて叡覧しているなど[17]、地下の古学がかなり堂上内に浸透していた可能性もある。近世中後期における『源氏物語』研究はむしろ地下で活発であった。地下と接触の多い芝山持豊のような堂上人こそが、『源氏物語』の講釈をすることができたと考えられる。

三　宮廷の『源氏物語』的空間

光格天皇とその周辺の公家が地下古学に関心を寄せていたことと並行して、京都画壇に新しい旋風を巻き起こしていた円山応挙とその流派も、寛政の新造内裏に関わってくるようになった。上田秋成の『胆大小心録』によれば、応挙や呉春（松村月渓）を寵愛した光格天皇の兄、妙法院宮真仁法親王が彼らを宮廷画師として推挙した。

絵は応挙が世に出て、写生といふ事のはやり出て、京中の絵が皆一手になつた事じや。これは狩野家の衆がみな下手故の事じや。妙法いんの宮様が応挙が弟子で、この御すい挙で、禁中の御用もたんとつとめて、死だ跡に、月渓が又応挙の真似して、これも宮さまの吹挙で、応挙よりはおかみに気に入て、追々御用をつとめる中に、腎虚して今に絵はかけぬにきわまつた。其弟子どもがたんとあれど、どれとつても十九文。

（上田秋成『胆大小心録』六十五）

実際に光格天皇は応挙を気に入っていたという証言もある。別稿⒅でも引用したが、弘化元年（一八四四）三月四日、小津久足《ひさたり》が京都東山円山正阿弥での展覧会に赴く様子を描いた『志比日記』に「いはんもおそれあることながら、光格天皇・今上天皇御ふたかたともにいたく応挙の画をこのませ給ふよし、豊岡大蔵卿殿にうけ給はれることあり⒆」と記されている。「今上天皇」は、光格天皇の皇子の仁孝天皇のことで、豊岡大蔵卿は豊岡治資《はるすけ》（一七八九－一八五四）。久足が知遇を得た公家である。東山御文庫『光格天皇御日記案　寛政十年』によれば、治資の父「和資《かずすけ》」（「正三位〈豊岡〉藤和資〈三十五〉」『公卿補任』寛政十年）は、光格天皇が主催していた小座敷での管弦の会で篳篥《ひちりき》を演奏しており（正月十八日）、父子共に光格天皇に近しい。久足は、その豊岡治資から光格天皇・仁孝天皇が円山応挙の画を好んでいることを直接聴いたというのである。

実際、光格天皇に選ばれた少数の歌人や楽人が、光格天皇とともに内々の歌会・管弦の会を楽しんだ御常御殿《おつねごてん》の小座敷の上の間の御床《おとこ》の違棚の図「梁苑雪」は応挙の墨画であったが、それは光格天皇の「御好《おこのみ》」（『御指図御用記』寛政元年六月二十日）によるものであったという。(20) さらに、光格天皇の中宮欣子《よしこ》内親王の御遺物として応挙の三幅対が近衛家に下賜されてもいる（陽明文庫所蔵『光格天皇様新清和院様御遺物御拝領之入記』一四七九〇）。

その応挙の描いた『源氏四季図屏風』が宮中に伝えられていることは興味深い。(21)『源氏四季図屏風』は紙本着色六曲一双の堂々たる屏風で、『源氏物語』に見える源氏の邸宅六条院の庭園を描いたもの。「六条京極のわたりに、中宮の御旧き宮のほとりを四町《よまち》を占めて作らせたまふ」（少女巻）という、とてつもなく広大な邸宅の庭園を、卓抜な画技で表現したものである。四町はそれぞれ春の町・夏の町・秋の町・冬の町に見立てられ、春に紫上、夏に花散里、秋に秋好中宮、冬に明石の上が住んでいた。応挙が没したのは寛政七年（一七九五）、光格天皇の在位中である。太田彩「円山応挙から近代へ――新たな絵師の活動と継承」(22) によれば、光格天皇在位中、後桜町上皇の仙洞御所の庭をモデルとして描かれたという。この屏風には人物が描かれない。源氏の絵巻や屏風によく描かれるのは人物画であることを考えると、源氏絵としては、珍しい構図といえる。広大な庭園風景の絵を注文するのは、拡がりのある空間を表現する応挙の画風と画技を知り尽くしているということだろう。光格天皇が描かせたとすれば、それは、光格天皇が『源氏物語』的世界を憧憬し、それを居ながらに鑑賞することを望んだことを意味するだろう。

おわりに

以上、光格天皇の父典仁親王への尊号贈位、童殿上の復活、飛香舎（藤壺）の復興に『源氏物語』の影が揺曳していること、殿上童であり、光格天皇の和歌の門人でもあった近衛基前が芝山持豊の『源氏物語』講釈を長期間にわたって受けていたこと、基前の母の円台院宮も『源氏物語聞書』六十三冊を残しており、講釈に同席した可能性があること、芝山持豊の『源氏物語』研究には本居宣長などの地下の学問が影響している可能性があること、さまざまな朝儀を復興した光格天皇の建造した新内裏には、『源氏物語』の六条院の庭園を再現した円山応挙筆「源氏四季図屛風」が存在した可能性があることを述べてきた。それらに加えて、光格天皇が紫宸殿の南階段下に植えた「南殿の桜」も『源氏物語』的世界を想起させるものであった。「南殿の桜」は『源氏物語』花宴巻の冒頭に描かれる。

古注以来、『源氏物語』は、その治世が賛美されていた醍醐・村上天皇の延喜・天暦の聖代をモデルにしているとされる（『紫明抄』『河海抄』など）ことから、『源氏物語』の花宴巻についても、その準拠を延喜・天暦時代とする説が行われてきた。光格天皇が天明の大火後新内裏に遷幸したのは十一月二十二日だが、村上天皇が大火後新内裏に遷幸したのも十一月二十二日であり、光格天皇の遷幸は村上天皇の先例に倣ったと考えられる。その背後に、復古内裏の実現に重要な役割を果たした裏松固禅がいると思われる。裏松固禅は南殿の桜に関する詳しい考証を行っているが、その考証部分に『河海抄』の花宴巻冒頭部分の注を引いている。『河海抄』は、作者紫式部が、花宴巻冒頭部分を、村上天皇が催した花宴になぞらえ、桐壺帝の御世を延喜天暦の聖代に見立てたと示唆している。

光格天皇と中宮欣子内親王は、宮中の桜を春が来るたびに愛で、和歌に詠んだ。光格天皇は南殿の桜の下で歌会を催し、近衛基前が詠進したことも記録に残っている。南殿の桜は王威の象徴であり、江戸時代の宮廷の人々にとっては、理想とする平安朝時代の時空、それを見事に描いた『源氏物語』的世界を想起させてくれる、王朝文化復興の象徴だったのである。南殿の桜について、詳細は注（23）の拙稿を参照されたい。

近世後期の宮廷で『源氏物語』がどのように享受されていたかがほとんど明らかになっていない現在、光格天皇とその周辺を中心とした『源氏物語』的世界について、述べてきた本稿が、多少なりとも近世後期の宮廷における

『源氏物語』の受容について紹介できているとすれば幸いである。

注

（1）『源氏物語』本文の版本については、吉田幸一『絵入本源氏物語考』（青裳堂、一九八七年、「日本書誌学大系」所収）、清水婦久子『源氏物語版本の研究』（和泉書院、二〇〇三年）に詳しい。
（2）伊井春樹監修・江本裕編『江戸時代の源氏物語』（講座源氏物語研究〈第五巻〉、おうふう、二〇〇七年）所収。なお当該書には十四編の論考が所収されており、江戸時代における『源氏物語』受容を総合的に考察・追究している。
（3）小高道子「智仁親王の源氏物語研究」（『中古文学』六三号、二〇〇一年五月）。
（4）日下幸男「後水尾院歌壇の源語注釈」（『後水尾院の研究―研究編・資料編・年譜稿』、勉誠社、二〇一七年）。
（5）海野圭介「堂上聞書の中の源氏物語―後水尾院・霊元院周辺を中心として―」（『源氏物語と和歌』青簡舎、二〇〇八年）。
（6）川崎佐知子「近世前期源氏学の展開―『一簣抄』の注釈史的位置―」（『中古文学』八五、二〇一〇年六月）。
（7）藤田覚『光格天皇　自身を後にし天下万民を先とし』（ミネルヴァ書房、二〇一八年）。
（8）同右。
（9）神野志隆光「登場人物の官位の昇進は当時の現実に対応するか」（『国文学　解釈と鑑賞』一九八〇年、五月号）。
（10）藤田覚「朝幕関係の転換―光格天皇の時代」（『江戸時代の天皇』講談社、二〇一一年）。
（11）『藤貞幹書簡集』（文祥堂書店、一九三三年）所収。
（12）服藤早苗『平安王朝の子どもたち―王権と家・童―』Ⅱ―第一章二「殿上童の実態」（吉川弘文館、二〇一六年）。
（13）本文の以下の事例は、国立国会図書館『内裏和歌御会』（124-202）、東山御文庫『御当座御留記』（110-8-19）、東山御文庫『光格天皇御当座御詠草』（110-4-2-7）、『女房御月次会作者目録』（110-4-4）、宮内庁書陵部『女房補略』（207-635）、宮内庁書陵部『親王門跡・女房補略』（272-530）、陽明文庫『雲井』（56628）、東山御文庫『内女房小伝』（175

-4-2)、宮内庁公文書館『後宮譜料　光格天皇　上　八十』(58626)、国立公文書館〔文化十三年　親王・女房等補略〕(『雑載』181-0163)などによる。

(14) 武部敏夫「新清和院」(『国史大辞典』)。

(15) 満田さおり「京都御所飛香舎にみる復古の様式とその使われ方」(『宮内庁京都事務所年報』四、二〇二一年)に詳しい。

(16) 盛田帝子「光格天皇とその時代」「光格天皇歌壇の形成」(『近世雅文壇の研究—光格天皇と賀茂季鷹を中心に—』汲古書院、二〇一三年)。

(17) 飯倉洋一「本居宣長と妙法院宮」(『江戸文学』12号、一九九四年七月)。

(18) 盛田帝子「十八—十九世紀における王朝文学空間の再興」(盛田帝子編『古典の再生』二〇二三年)。

(19) 菱岡憲司『大才子　小津久足—伊勢商人の蔵書・国学・紀行文』中央公論新社、二〇二三年。

(20) 注(18)に同じ。

(21) 『開館記念展皇室のみやび—受け継ぐ美— 第3期　近世の御所を飾った品々』皇居三の丸尚蔵館、二〇二四年。

(22) 『描き継ぐ日本美—円山派の伝統と発展　三の丸尚蔵館展覧会図録No.59』(宮内庁発行、二〇一二年)所収。

(23) 盛田帝子「寛政期新造内裏における南殿の桜—光格天皇と皇后欣子内親王」(飯倉洋一・盛田帝子編『文化史のなかの光格天皇』勉誠出版、二〇一八年)、盛田帝子「光格天皇の文化復興—南殿の桜をめぐって—」(『国語と国文学』(東京大学国語国文学会、二〇二〇年)、盛田帝子「光格天皇と南殿の桜—『源氏物語』「花宴」の情景」(『京都御苑NEWS』第158号、二〇二三年一二月)。

本稿で引用した『源氏物語』の本文は、新編日本古典文学全集20-25(小学館、一九九四-八年)に拠った。


本稿の一部は二〇二二年度日本近世文学会秋季大会「光格天皇と女性歌人」で発表した内容を含みます。

本稿をなすにあたり、調査、閲覧をお許し頂きました関係各機関に深謝申し上げます。

本研究はJSPS科研費JP21K00297の助成を受けたものです。

御伽草子の世界における『源氏物語』

齋藤真麻理

一　はじめに

室町時代から江戸時代前期にかけて制作され、広く愛読された御伽草子の世界では、鼠までもが光源氏を気取っていた。『鼠の草子』に登場する穴掘りの左近尉は、主君である老鼠の権頭を称えて次のように語る。[1]

昔、光源氏、夕顔の宿のたそがれ時の御たたずみ、その柏木の右衛門督、桜の木蔭に立ち添ひ、猫のきづなに目をかけし、その面影もよそならず、

（サントリー美術館蔵『鼠の草子』）

さらに鼠の権頭は源氏寄合を駆使し、十六首もの物尽くしの和歌を詠んでみせる。御伽草子の制作享受圏にある人々にとって、『源氏物語』が共通の教養となっていたことをよく示す一例といえよう。『源氏物語』の浸透した時代であればこそ、成立し得た作品だといってもよい。この時代、『源氏物語』をめぐる数々の注釈書に加え、『源氏小鏡』などの梗概書から得られた古典知が御伽草子の世界を豊かに彩っていた。『源氏物語』の巻名等の単純な引用はもとより、登場人物やさまざまな場面を故事のように踏まえ、巧みに物語世界を構築した作品は少なくない。就中、注意されるのは、作中にしばしば明石の上の面影が認められることである。

本稿ではこの点に着目しながら御伽草子における『源氏物語』享受の一様相を追うことで、その文学圏域で共有された教養が作品世界にどのように活用され、機能したかを探ってみたい。まず『稚児今参り』を取り上げよう。

二　源氏寄合と御伽草子――『稚児今参り』から――

『稚児今参り』は内大臣家の美しい姫と比叡山の稚児の恋物語である。『時慶卿記』慶長十年（一六〇五）三月四日条に「児今参ノ双紙初而一見候」と見え、室町時代前期頃の成立と考えられている。細見美術館蔵の大型絵巻二軸および白描絵巻一軸、岩瀬文庫蔵の奈良絵本三冊などが知られる。

物語の冒頭、姫君は病を発し、比叡山の座主が招かれて祈祷の力あらたかに快復する。折しも座主に伴なわれて来た稚児が姫君を垣間見し、恋の病に伏す。事情を知った稚児の乳母はつてを辿って内大臣邸の女房たちと懇意になり、女装させた稚児を姫君づきの女房として仕えさせることに成功した。二人は結ばれるが、稚児は帰山の催促にやむなく内大臣邸を去り、山内で天狗に掠われてしまう。懐妊の身となっていた姫君はこれを知り、ひとり家を出る。山中をさまよう姫君を尼天狗が親切に匿い、稚児を拉致してきた天狗たちを言いくるめ、我身を犠牲にして二人を都へ帰してくれる。稚児の乳母の家で暮らすうちに若君が誕生し、稚児は座主へすべてを知らせた。内大臣にも事の次第が伝わり、三人ともに大臣邸に引き取られて末繁昌した。尼天狗は手厚い供養により、兜率天に生まれたという。

本作は『とりかへばや物語』や『秋の夜の長物語』『姥皮』等との関連性、異性装という趣向も目を引くが、ここでは『源氏物語』享受の視点から読み解いてみる。

まず、稚児が姫を垣間見する場面を引く。

やよゐの廿日あまりの事なれば、御つぼの花咲き乱れて、池のあたり、おもしろかりけるを、見ありきけるに、女房ども二三人ばかりいで、、高欄におしかゝりて花を見ければ、稚児は花の下に立ち隠れて、人ありとも見えねば、女房ども、此御簾、少しあけて、散りまがふ花の夕ばへ、姫君、御覧させ給へかしとて、御簾少し巻き上ぐるけしきなれば、そらおそろしくて、いよ〳〵こぐらきかげに立ち隠れて見たてまつるに、御としは十五六のほど、見え給ひて（中略）あひぎやうこぼるゝ心地して、ろうたき方もすぐれ給へる、

（岩瀬文庫蔵『稚児今参り』）

「花の夕ばへ」に垣間見た面影、「ありし花の夕べより、思ひそめてし心のいろ」「ありし花の夕べより、おらぬなげきのみ、しげりまさる心のうち」、思い乱れながら姫を間近に見る心地は「花の夕ばへは、なををろかなりや」、やがて稚児は姫に「花の夕ばへより今日まで思ひつる心のうち」を打ち明ける。反復される「花の夕ばへ」は『源氏物語』柏木の恋の描写に用いられる表現であり、ここには柏木の恋が重ねられている(2)。

柏木の「及ばぬ恋」は「やよひばかりの空うらゝかなる日」、六条院で行われた蹴鞠が機縁であった（『源氏物語』若菜上）。源氏の求めに応じて夕霧や柏木は鞠庭に下り、「えならぬ花の陰にさまよひ給ふ。夕映へいときよげなり」、情趣豊かな春の夕暮れの中で蹴鞠に興じる。柏木の見事なわざには並ぶ人とてなかった。

この場面に基づいた源氏寄合の存在にも注目しておきたい。『連珠合璧集』は「鞠トアラバ」を立項し、「御簾のすき影」などの寄合を挙げる。『源氏小鏡』第一類の京都大学本「わかなの下」は梗概を記しつつ、「春の夕暮れ」「鞠」を寄合に掲げた。

鞠トアラバ、ふむ　ける　あがる　をつる（中略）みすのすき影源・若菜　ねこの綱同　さくらをわきて同　柳
桜

（『連珠合璧集』「雑物」）

春のすゑつかた、六条院にて、かすめるくれのおもしろきに、この御方の庭にて、御鞠あり。ゑもんのせう

も参りたまへり。宮のかはせたまふ猫を、いづくよりか知らぬ猫をいて、らうかはして、御簾のうちへいりてさはげば、宮、立ちたまへり。猫のつなにて、御簾のきて、御姿見えたまふ、その折より、やまいとなる。あさましかりしことなり。つゐにこの宮ゆへぞかし。身をいたづらになしゝことは。そのほどのことは。

猫のつなひき　はるのゆふぐれ　まり　たつすがた　もやのはしら

など、いふことあるべし。（京都大学本『源氏小鏡』）

「春の夕暮れ」とは、柏木が女三の宮への恋慕やみがたく贈った一首「よそに見ておらぬなげきはしげれどもなごり恋しき花の夕かげ」（『源氏物語』若菜上）を踏まえた源氏寄合であり、御簾の外れの垣間見が招いた「及ばぬ恋」の道具立てとして膾炙した。近世初期に流布した連歌寄合書『随葉集』は巻第五・恋部に「恋の詞」を列挙し、「見初めるには」を立項して右の一首を収めている。

見初るには　俤忘れぬ　簾のひま　夢のほのか　鞠の庭　おほけなきなどよし

よそにみておらぬなげきはしけれ共名残かなしき花の夕かげ

是は柏木の右衛門督の御哥なり六条院に鞠のありし時簾のひまより女三の宮をみ初給ひてこの哥を女三へ奉り給ふ中立の侍従

いまさらに色には出そ山桜をよばぬえだにこゝろかけきと

侍従せめられて終に道引あはせ申となり（『随葉集』巻第五）

このように『源氏物語』から切り出され、源氏由来の古典知として広まった教養は御伽草子の生成に多大な影響を及ぼした。『稚児今参り』が御簾の外れの垣間見を語り、「花の夕べ」「花の夕ばへ」を多用し、「おらぬなげき」云々を交えた背景には源氏寄合や梗概書の広がりがあろう。稚児が「かすみのまより、ほのかに見てし人」と手習に書き重ねたのも、『源氏小鏡』の「かすめるくれのおもしろきに」、源氏寄合の「夢のほのか」などを想起させる。

一方、『稚児今参り』には『源氏物語』により深く通じた一面も見出せる。稚児が内大臣邸に入った際の描写を確認してみよう。乳母は女装させた稚児を伴い、姫君づきの女房候補として内大臣邸へ参上した。どのような能があるかを問われて、「親たちおはしまし候ほどは、御琵琶をこそならはしきこえ給ひしか、その、ちはそれもうちすて給ふ」と答える。さて、月のくまなき夜、琵琶の演奏を所望された稚児は、重ねて辞退はしてみたもののさすがに拒みがたく、姫君に近づきたい一心も手伝ったのであろう、撥を手にとった。

琵琶をすゝめ給へば、少しならひて侍りしかども、日頃、いたはる事侍りて、うちすてゝ候とて、手もふれ候はず、やう〳〵にの給へば、わびしくて、ばんしきてうにしらべて、しうふうらくをひきたるに、撥音、手づかひ、上ずめきたる事、かぎりなく、おもしろし、（『稚児今参り』）

ここに見える「上ずめく」という表現には注意が必要である。この語は『源氏物語』においては使用例が少ない。「上手」と「上衆」といずれであるかは議論があるところだが、やや珍しいこの語彙は、折々、明石の上に対して用いられている。

たとえば、源氏への返歌をめぐっては、明石の上は「手のさま、書きたるさまなど、やむごとなき人にいたうをとるまじう上ずめきたり」と評される。源氏の前では一向に楽の才を披露しようとせず、源氏は「この常にゆかしがり給物の音など、さらに聞かせたてまつらざりつるをいみじううらみ給」。やがて源氏が帰京する秋八月、別離に望んで箏の琴を懇望された明石の上は見事な爪音を響かせた。「忍びやかに調べたる程、いと上ずめきたり」、源氏は、これまでなぜ無理強いしてでも聴いておかなかったかと悔やむのであった（『源氏物語』明石）。さらに六条院の女楽では明石の上は琵琶を奏で、「琵琶はすぐれて上手めき、神さびたる手づかひ、澄みはてておもしろく聞こゆ」と絶賛される（若菜下）。

豊かな才に恵まれながら、求められてもそれを披露しない態度や、「上ずめきたる」手づかいなど、稚児のふるまいは明らかに明石の上の造型をなぞっている。月の美しい夜であったのも『源氏物語』の季節に通ずる（「宮こ出でし春の嘆きにおとらめや年ふる浦をわかれぬる秋」『源氏物語』明石・源氏詠）。

恋する相手よりも主人公の身分が低いという設定は、伝統的な型の一つである。この点で稚児と柏木、明石の上の境遇は似通っている。しかし、『稚児今参り』は型に寄り添いながらも『源氏物語』の語彙を利用することで、及ばぬ恋に苦しんだ柏木と、自らの才を以て幸福を手にした明石の上と、双方の面影を稚児に重ねることに成功した。これによって、『稚児今参り』は悲恋に終始しない新たな展開を生み出す余白を得たともいえよう。

それではなぜここに明石の上が選ばれたのかといえば、『源氏物語』では明石の上や明石の尼君は「幸ひ人」と称えられるなど、明石一族が強い祝言性を帯びていたためである。

> 幸ひにうち添へて、なおあやしうめでたかりける人なりや。（少女）
>
> 世の言種《ことぐさ》にて、明石の尼君とぞ、幸い人に言ひける。（若菜下）
>
> 二条院とて造りみがき、六条の院の春のおとゞとて、世にのゝしる玉の台《うてな》も、たゞ一人の御末のためなりけりと見えて、明石の御方は、あまたの宮たちの御後見をしつゝ、（匂宮）

祝言性を希求する室町人のこころは「幸い人」たる明石の上への憧憬を生み、果報めでたき明石の上は絶大な支持を獲得した。御伽草子の中には、明石の上の人物造型を反転させつつ女訓書とも交差して作られた『乳母の草紙』や、新参の乳母を「明石」と命名する『花世の姫』など、明石の上の面影を持つ作品がある[3]。

> 源氏を伝へ聞くにも、明石の上こそ末も繁昌し給へ。めでたき巻にて候なり。明石の乳母と呼び給へとて、常は明石と召しにけり。（『花世の姫』）

このように辿ってみるならば、『稚児今参り』の根底にも室町人が享受した『源氏物語』の物語世界と、祝言性を希求する精神を見出すことができよう。

三　初音の言祝ぎ――『あま物語』から――

続いて、御伽草子『あま物語』に目を転じてみたい。本書は伝本稀な作品で、代表的な伝本には近世初期の制作と思しい横型奈良絵本二冊（天理図書館蔵）があり、古拙な趣の挿絵を持つ。五十首もの和歌を備え、歌物語的な雰囲気を漂わせる佳作と評してよい。近年、新天理図書館善本叢書第26巻『奈良絵本集』四（金光桂子解題、八木書店、二〇一九年）に全容が収録された。同解題が簡潔にまとめるとおり、本作は『宝物集』『和歌色葉』『八雲御抄』『風葉和歌集』など、平安時代末期から鎌倉時代中期に編纂された文献に「あま人」等の名で記され、現『あま物語』はその改作と推定される。さらに同解題には、本作の下冊は歌数が減じて（上巻三十三首、下巻十七首）、類型的な詠みぶりが多くなる傾向や、和歌九首をあえて長歌のような形式で書き連ねている点に、御伽草子に散見する長歌の典型を意識した可能性などが指摘されている。

本作をめぐっては、散逸物語の原『あま物語』（『あま人』）を『源氏物語』以前に溯ると見て『源氏物語』研究の観点から分析が行われてきた(4)。しかし、原作のすがたを追うあまり、御伽草子として現『あま物語』を把え、当時の読者がどのような物語世界を読み取ったかといった議論は抜け落ちてしまったのではなかろうか。『あま物語』には、御伽草子に仕立てられた段階で新たに加えられた展開も見られるように思う。

そこで従来の研究と視点を変え、御伽草子の時代に立ち戻って本作の位置を考えてみたい。奈良絵本によって梗概を確認しておこう。

主人公の兼光は落馬による怪我を癒やすべく、領国の津の国難波へ湯治に訪れて美しい妙齢の海人とめぐり会う。家臣に名を尋ねさせるが、彼女は、

しらなみの、よするなぎさに、よをすぐす、あまのこなれば、やどもさだめず

という一首を詠んではぐらかした。この詠は『あま物語』の冒頭に据えられており、現存する伝本が外題等を欠く中、本作の作品名として通行することとなった。

さて、身分違いの恋はいったん実を結び、兼光は歌の才ある海人を深く愛した。ところが、都へ召喚する宣旨が下り、二人は別れを余儀なくされる。再会を約して兼光が去ったあと、懐妊の身の海人は「子をうみて、かやうにいやしきあまの中に育てをかんも見苦しかるべし、人も、あまの子、とこそいはんずらめ、たゞうみ奉らぬ先に身をなきものにならばや」と思い悩み、自死を決心する。つまり、動機は別離の悲嘆よりも、数ならぬ身で兼光の子を育てることへの躊躇であり、子を思う故の決断であった（上巻）。

八月十五日の夜、海人は入水した。不吉な夢を見た中将は家臣を遣わして悲報を知る。

一方、左大臣家では九月に美しい姫君が誕生した。実は姫君は海人の生まれ変わりであり、ひそかに兼光を慕っていたのだが、十三歳になった正月三日、入内が決定する。いよいよ自邸を出立する折、姫君は突然、兼光の前で病に倒れた。入内は取り止めとなって姫君は兼光の奥方に迎えられ、後に真実を打ち明けて睦まじく暮らした。愛娘はやがて帝の妃となり、子孫繁栄して二人は長寿を保ったという（下巻）。

散逸した原『あま物語』について、『宝物集』は次のように伝えている。

ナニハノ浦ノアマハ、十六年ト云ニ、願ノ力ニ依テ、兼光ノ少将ノ妻トナリタリトコソハ、アマノ物語ニハ申タムメレ、（身延山久遠寺本『宝物集』巻五）

奈良絵本『あま物語』の物語末尾には「ことし十六年になり候へども、水からが事をへんじも忘れたまはねば」とあり、『宝物集』の記事に合致する。原『あま物語』（『あま人』）の存在は、右の『宝物集』や『風葉和歌集』巻第十八・雑三・一三五三番が証左とされている。

なにはわたりにて見あひける人の、宿をとひはべりければよめる
あま人のむすめ
白浪のよするなぎさに世をへつつあまのこなれば宿も定めず
（『風葉和歌集』）

いずれも簡素な記事で物語全体を窺い知ることはできないが、「白浪の」詠は『和漢朗詠集』巻下・遊女・七二二番に海人詠として載り、『新古今和歌集』巻第十八・雑歌下・一七〇三番（第三句「世をつくす」）や『千五百番歌合』の判詞にも引かれるなど、周知の一首であった。

千三百四番　左　具親
いとはるる身にそへとしもおもはじをこころならぬや君がおもかげ
右　定家朝臣
はてはただあまのかるもにやどかりて枕さだめぬよひよひぞなき
左歌、宜しくよまれて侍るめり
右歌、さしていづれの歌の心とは思ひより侍らねど、大方やさしきさまの歌どもこそおもひあはせられ侍れ、いく世しもあらじわが身をなぞもかくあまのかるもにおもひみだるる、こひわびぬあまのかるもにやどるてふわれから身をもくだきつるかな、しらなみのよするなぎさに世をすぐるあまのこなればやどもさだめず、など侍る歌どもにあくがるる心を、あまのすまひになしかへされ侍るにこそ、左は義実にほこり、右は艶華をこのめり、花実をたくらぶるに、やまとうたは尤花をさきとすべきにこそ、右、すてがたかるべし、
（『千五百番歌合』恋三）

この詠に基づく「あまの子」という表現は、女が素性を明かさない場面に用いる定型となった。かの夕顔の上も「あまの子なればとて、さすがにうちとけぬさま」を見せる（『源氏物語』夕顔）。『連珠合璧集』はこれを承けた源氏

寄合を掲げ、「白浪の」詠を収載する。

海士子トアラバ、貝ひろふ　わかめかる　あそびたわぶれ　遊の浦丹後　夕がほ

白浪のよするなぎさに世をつくす海士の子なれば宿もさだめず

（『連珠合璧集』「人倫」）

『あま物語』の読者たちは、冒頭「白浪の」詠から夕顔の哀話を思い浮かべつつ、身分違いの恋の行方を楽しんだのであったろう。この「及ばぬ恋」もまた、風に吹き上がる御簾の外れが機縁となり、幸福な結末へと主人公たちを導いてゆく。以下、入内のため、海人の生まれ変わりである姫が出立する場面を引く。

すでに正月三日にもなりぬれば、御迎への人々も参り給へり、姫君、めのとの女ばうに御たづねありけるは、きのふ申せし、さこんの大将殿やましますと、おほせられければ、一のやかたくちこそ、その人にておはしまし候へと申されければ、御せんとてたゝせ給ふ、おりふし、あらし、思ひのほかにみすを吹きあげたりければ、大将殿、姫君を御らんじて、これにてこそ、おはしますらめと思ひしが、心もそらにして、あはれ、いかにして、みかどに参らせたまはざらん先に、ふみを参らせばやとおぼしめして、かくぞあそばし給ひける、

人しれず、おもふともしれ、うぐひすの、まづはつこゑを、我にきかせよ

とかきて、みすのうちへさしをき給へば、姫君、これを御らんじて御かへしあり、

人しれず、我もさこそは、うぐひすの、まづはつこゑを、君にきかせん

とあそばして、みすのほかに出し給へば、大将殿御らんじて、嬉しきことはかぎりなし、

姫君の、にはかに御むねいたくおはしますとて打ちふし給へば、左大臣殿、大きにおどろき給ひて（中略）迎への人々も帰り給へり、おほやけのきさきにたゝせ給ふに、少しのふしぎもあれば、迎へさせ給ふ事あるまじきとて、大きになげかせ給ふ、

（『あま物語』）

御簾の風で再び恋が動き出す場面、二人の贈答歌に注目したい。時は正月三日である。このめでたき空間に響く

鶯の初声といえば、ただちに『源氏物語』初音の巻が想起されるのではなかろうか。
新年を迎えて華やぐ六条院で、源氏は紫の上と言祝ぎの和歌を詠み交わしたのち、明石の姫君を訪れる。ふと、五葉の松に鶯を止まらせた見事な細工物が目にとまった。それは明石の上からの贈り物であった。結びつけられた一首「年月を松に引かれてふる人にけふ鶯の初音きかせよ」に、姫との対面を待ちわびる思いが滲む。

年たちかへる朝の空のけしき、名残なく曇らぬうらゝかげさには、数ならぬ垣根のうちだに、雪間の草若やかに色づきはじめ、いつしかとけしきだつ霞に、木の芽もうちけぶり、をのづから人の心ものびらかにぞ見ゆるかし。（中略）姫君の御方に渡り給へれば、童、下仕へなど御前の山の小松引き遊ぶ。（中略）北のおとゞより、わざとがましくし集めたる髭籠ども、わりごなどたてまつれ給へり。えならぬ五えうの枝に移る鶯も思ふ心あらむかし。

年月をまつにひかれてふる人にけふ鶯の初音きかせよ

をとせぬ里の。

と聞こえたまへるを、げにあはれとおぼし知る。

（『源氏物語』初音）

これについて『花鳥余情』は「ひげこをつけたる松の枝に鶯のすくへるかたをつくり物にせり、あかしの上より、姫君にまいらせたまへば、ことさらにおもふ心ありといへり（中略）躬恒集　春のたつけふうくひすのはつこゑをなきて誰にかまづきかすらん」と注する。
源氏は明石の上の心中を思い、姫に自分で返事を書くよう促した。幼さの残る詠みぶりながら、姫は「ひきわかれ年は経れども鶯の巣立ちし松の根を忘れめや」と認める。
暮れ方に源氏が明石の上を訪れると、硯のあたりには草子や手習などが取り散らしてあった。そこには「小松の御返り」、明石の姫君の返歌も混じっていた。

小松の御返りをめづらしと見けるまゝに、あはれなる古言ども書きまぜて、

めづらしや花のねぐらに木づたひて谷のふる巣をとへる鶯

声まち出たる。（初音）

晴れやかな正月の景のなか、年月を経ても変わらぬ愛情と忍ぶ心、それらが鶯の初音に重ねられ、印象的に反復される。『あま物語』の贈答歌はこの趣と通じていよう。二首は鸚鵡返し的な単調な詠みぶりであり、御伽草子として形づくられた際の増補であるかも知れないが、いずれにしても『源氏物語』初音の巻を踏まえる志向そのものが御伽草子の愛好された時代の気分を感じさせる。なぜならば、当時、正月の読み初めには初音の巻を読むのが習わしとなっていたからである。よく知られるとおり、三条西実隆は文明七年（一五七五）あたりから、ほぼ正月二日に初音の巻を目にしている。

今日覧初音巻　光源氏物語、（文明七年正月二日条）

昼間覧初音巻、佳例也、（文明十三年正月二日条）

預呈豊年瑞、珍重々々、朝間覧初音巻、（文明十六年正月二日条）

初音巻覧之、毎年之嘉例也、（文明十七年正月二日条）

誦古文孝経、覧初音巻、（文明十八年正月二日条）

今日覧源氏初音巻、（文明十九年正月二日条）

（『実隆公記』）

また、『後柏原天皇宸記』永正三年（一五〇六）正月二日条にも「御読書孝経尚書」「古今序賀歌五首、初音巻等見之」といい、読み初めの吉書には悲しみに満ちた桐壺の巻より、めでたき初音の巻こそふさわしいというのが嘉例の理由であった。(5)

初音の巻は、『あま物語』とほぼ同時代、大名家の婚礼道具にもあしらわれた。寛永十六年（一六三九）九月二十一日、徳川将軍第三代家光の姫、千代姫は、いまだ三歳に満たない年頃で尾張家第二代の光友に嫁し、豪華な嫁入調度「初音の調度」が制作された。意匠には「年月をまつにひかれてふる人にけふ鶯の初音きかせよ」等が用いられ、見事な葦手絵を施した蒔絵の最高峰として名高い。初音の巻に因むものは四十七件を数え、胡蝶の巻に因む十件ほか、計七十件が国宝に指定されている（徳川美術館蔵）。

このような初音の巻への好尚は『あま物語』に鶯の贈答歌を加える動機になったのではなかろうか。和歌の贈答の直後、物語は急展開を見せる。この場面は転生を経て「及ばぬ恋」を乗り越え、再び二人が結ぶ重要な局面であり、そこに鶯の初音が響いているのである。幼い娘を手放した明石の上と、今生では我が子を抱くことのできなかった海人と、両者は自らの身の程を思い、我が子を思って行動するという点で共通する。

後に、転生した海人はすべてを兼光に告げて言う。

身はたゞならずなりしかば、すでに七月になりぬれば、きみの御子をいやしきあまの中に育て参らせん事、有がたし、なか〳〵にと思ひて、波の底に身をしづめまいらせ候へば、いまかやうにむまれあひ参らせ候事、いかでかしろしめし候べき、昔のあまとおぼしめし、今よりうとみ給ふとも、今はうらみも候まじ、若君、姫君、わたらせ給ふうへは、末たのもしく思ひ参らせ候、（『あま物語』）

たとえこれから夫婦の情愛が途切れるとしても恨みはない、「若君、姫君、わたらせ給ふうへは、末たのもしく思ひ参らせ候」、こうした語り口は、愛児を手放し、妻の座から遠ざかってなお末繁昌した明石の上の境遇に重なって見える。『あま物語』もまた、『源氏物語』から流れ出る滋養を受け取った御伽草子に数えられるだろう。

四　日記と記憶

『あま物語』にはいかにも御伽草子らしい趣向も見出せる。たとえば、姫が兼光の邸宅へ迎えられた際、彼女は四方に四季の景が顕現する庭を目にして驚く。

御ところを御らんずれば、四はうに四きのせんすいあり、池に、をし、かもをはなし、まことの梅が枝に、うぐひすのもゝさへづりも、おもしろく、まがきの菊も、すぎぬる冬に霜がれて、ふきくる山のあはれなれば、これぞひとへに、てん人の、やうがうも、し給ふらんとおぼえけり、（『あま物語』）

「天人の影向」とは天《あま》・海《あま》の掛詞を思わせて面白いが、四方四季の庭は酒呑童子のすみかや異国など異境表現の常套であり、現し世の住まいとしては珍しい。転生した恋人と再会する『鶴の草子』の場合も、主人公は助けた鶴の女とともにある間は不思議に豪華な屋形に暮らし、現し世の人としては侘び住まいの境遇である。兼光邸に迎えられた姫にしても異能を備えていたわけではなく、四季の庭を前に「昔のあまの身にて、いかでか、かやうの事を見聞くべき、いまかゝる世にあふ事のうれしさよ」と心を打たれるばかりであった。『あま物語』の異境表現は主人公の属性に由来するというより、『源氏物語』初音の巻から四季を備えた六条院へと連想が働き、取り合わされた可能性があろう。

この幸福な異境で二人は睦まじく暮らすが、兼光はあの海人を忘れることはなく、ふとした時にもそれを口にするのであった。北の方は自らがその生まれ変わりであることを告げるかどうか迷いながら日を送り、とうとう月の美しいある夜、真実を打ち明けた。証拠として差し出したのは、海人であった折のできごとを綴った「絵さうし」である。

北の方、うちゐませ給ひて、いさゝせ給へ、おもしろき絵さうしを見せ参らせ候はんとて、取りいだし給へるを御らんずれば、大将殿、若くて津の国にての事をかき、また、あまのよみたる歌、大将殿よませ給ひたる歌ども、あまのまた身をしづめたる事ども、絵にかきたり、（『あま物語』）

転生を語る作品に証拠の品が登場するのも一つの型であり、『貴船の本地』では縹の帯、『鶴の草子』では形見の短冊が示される。いずれも恋にゆかりの品々である。引きかえ、『あま物語』がかつての二人の詠歌を交えた「絵さうし」を選択したのは、やはり『源氏物語』に沿おうとする意識の表出であろう。

流罪によって別離を迎えた源氏と紫の上は、それぞれに日記を描いた。[6] 源氏の手に成る「絵をさま〴〵かき集めて、思ことどもを書きつけ、返こと聞くべきさま」の「まほのくはしき日記にはあらず、あはれなる歌どももまじれる」須磨・明石の日記（明石・絵合・梅枝）、紫の上の日記は「二条の君も、物あはれに慰む方なくおぼえ給おり〳〵、おなじやうに絵をかき集め給つゝ、やがて我御ありさま、日記のやうに書き給へり」（明石）という。これらには古注釈も関心を寄せるが、『源氏小鏡』「絵合」は「紫の上のうらみといふ事のひとつに、この絵の事いりたり」と記している。源氏は帰京後も紫の上に「須磨・明石の二の絵」を見せることなく、絵合を行う段になって、つまりは二年半ほども経ってから「このときの興」として差し出したためだという。『源氏物語』を意識する『あま物語』にとって、主人公の流離と恋慕、再会を繋ぐ品は「絵さうし」をおいてほかにない。兼光に北の方がこれを見せたのは二人めの子を授かった後のことであり、年月の経過も『源氏物語』に近しい。[7]

このように御伽草子としての『あま物語』には『源氏物語』が巧みに溶け込んでいるように思われるのであり、作者は相応の教養人であったと推測する。そのことは、海人が左大臣の北の方に宿ることになった契機からも窺うことができる。

北の方には若君は三人あったが、姫君がない。するとある時、北の方は一風変わった望みを口にする。「たゝのゝうみのたい」なるものを食したいというのである。

きたの御かた、わか君三人もち給ひて、ひめ君もましまさず、ある時、たゝのゝうみの、たいを願はせ給ふ、やすき事とて参らせけり、月日かさなりて、いつしか九月に御さんありける、ひかるほどのひめ君にておはしける、ちゝはゝなのめならずよろこび、いつきかしづき給ふほどに、御とし十ばかりにならせ給ふ、かたち卅二さうにたらはせ給ひて、心ざま人にすぐれさせ給ふ、みかどこのよしきこしめして、きさきの宣旨、なさせ給ふ、

（『あま物語』）

子を求めるのであれば、申し子が常套手段である。実際、天理図書館に所蔵されるもう一本の『あま物語』は申し子によって転生が実現する。こちらは延宝二年（一六七四）正月十九日の書写奥書を持つ写本で、海人自身も玉津島明神の申し子であり、名を玉藻といった。兼光の帰京後、望まぬ結婚を迫られた玉藻は入水する。

転生の契機は九月十三日、右大臣夫妻が姫君誕生を願って、住吉明神に申し子をしたことであった。明神から、玉津島明神の賜った姫を浜辺で授けるという夢告を得て、夫妻は浜辺で女の童を拾う。この伝本では海人の転生であることがより明確であり、申し子説話と明神の霊験譚となっている点が奈良絵本と大きく異なる。

それでは「たゝのゝうみのたい」とは何か。当然、海人の転生に適したものでなければならない。

思うに、これは「忠海《ただのうみ》」の「浮鯛」の謂いである。忠海は現広島県竹原市、瀬戸内海に面し、室町時代には要港として機能した。『厳島詣記』にもこの地名が確認される。即ち、康応元年（一三八九）三月四日、将軍義満の一行は都を発ち、十日夜に厳島に到着、翌十一日に参拝を終えて周防あたりまで進んだが、天候に恵まれず帰洛の途についた。二十日、「たゞのうみの浦」付近で嵐により座礁、義満は塩屋に避難せざるを得なかったという。

忠海の東に隣接する「能地」（現広島県三原市）は桜鯛の名所であった。一名を「浮鯛《うきだい》」という。最古の記録として『日本書紀』巻八・仲哀天皇二年六月の辛巳朔の庚寅（十日）の条が知られる。曰く、天皇が豊浦津に、皇后が

渟田門に到り、船上で食事をしていると大量の鯛が集まってきた。皇后が酒を灑ぐとみな酔って浮かび上がったので、「海人」は大いに喜んだ。これは、このあたりの魚が六月に海面に浮かび、酔った様子を見せる由縁だという（時海鯽多聚ニ船傍一。皇后以レ酒灑ニ鯽魚一。鯽魚即酔而浮之。時海人多獲ニ其魚一而歓曰。聖王所賞之魚焉。故其処之魚至ニ于六月一。常傾浮如レ酔。其是之縁也）。

浮鯛は和歌にも詠まれ、『詞花和歌集』や『六百番陳状』に見える。これが『あま物語』のいう「たゝのゝうみのたい」である。『詞花和歌集』を引こう。

花をおしむ心をよめる　　大蔵卿匡房

春来《く》ればあぢか潟《がた》のみひとかたに浮《う》くてふ魚《いを》の名《な》こそおしけれ

（『詞花和歌集』第九・雑上・二七八番）

安直潟・味潟については諸注釈いずれも能地と推定する。ただし、右の第二句は諸本間で異同が激しい。大田持資筆『詞華和歌集』は「あちかたゝの○《う》み○《の》」とある。紛らわしい表記を「たゝのうみ」などと誤読する可能性は高く、本文の乱れが「たゝのゝうみ」に繋がった可能性もあろうか(8)。浮鯛の詠はもう一例、『新撰和歌六帖』第三帖「たひ」題「みなづきや君のなさけにあひそめてうくてふいをはいまもありとか」（九七八番）を挙げることができる。こちらは『日本書紀』と同じく六月の景である。『夫木和歌抄』巻二十七雑部「鯛」題もこの歌を載せ、第三句を「たい」とする（一二三九一番）。

六月や君の情にあひそめて　うくてふたいのいまもありけり　正三位知家卿

（永青文庫本『夫木和歌抄』）

浮鯛の詠は匡房の例が早いが、さほど広く詠まれた形跡がない。しかし、『夫木和歌抄』など類題集に採られたことで、御伽草子の時代には耳近い一首になっていたと思う(9)。

浮鯛の名は土地の記憶へと受け継がれていった。文政八年（一八二五年）の『芸藩通志』巻九十一・安芸国豊田郡六・古墳名勝「渟田門浮鯛」には「今も年々まさしく浮鯛ありて皇后の故事を云伝へり」「詞花集、大江匡房の歌に、春くればあちかたの海一かたに浮てふ魚の名これ惜しけれ、と読給へるを見れば、春の比に浮ことも久しき事なり、亦此浮鯛を桜鯛といへるも、桜花の時節なればなるべし」と説く。また、能地付近には「浮鯛抄」と称する職人絵巻が十七点ほど伝存し、かつてはこれを見せると自由に入漁が許されたという。[10]比較的古い元文五年（一七四〇）以降写の三原市歴史民俗資料館本（幸崎支所本）は、先掲『日本書紀』の説話等々や、神功皇后が漁業権を許し賜うたこと、先の浮鯛の詠二首、少将隆房卿の詠「海の面霞のうちにいろはへて　うくてふ魚やなみの初はな」を載せる。浮鯛の赤みは紅粉のごとく、常の鯛より優れて美しいとも書き伝えている。

鯛は古語で赤女とも称する（『日本書紀』ほか）。古く海人の影を伴い、花を惜しむ心や恋の思いに彩られつつ海から浮き上がる美しい鯛は、海に身を投げた海人が悲嘆の水底から浮かび、幸福な転生を遂げる契機に似つかわしい。『あま物語』が「たゝのゝうみのたい」という素材を取り込んだ背景には、歌語や歌材にまつわるような説話が存在していたのかも知れない。この作者は確かに『源氏物語』や和歌、説話に関する教養を備えている。

五　結びにかえて

本稿では、御伽草子の世界に映る『源氏物語』の記憶と再生の点描を試みてきた。『源氏物語』受容のありようを辿る道程は、御伽草子の特質を考えるそれにも重なっていた。

冒頭に引いた『鼠の草子』に立ち返ってみれば、物語の骨子は異類婚姻譚であり、主人公は多くの説話や伝承世界に住む鼠が務めている。これほど類似性の高い伝承世界と御伽草子との差異はどこにあるかといえば、やはり当時の教養や、そこに根ざす機智が物語に盛り込まれている点にあり、それによって初めて伝承の地平から離れ、御伽草子としての特質を獲得するのだと思う。その制作享受圏における『源氏物語』の存在は大きい。『源氏物語』

の物語世界や絵画表象から切り出した要素を駆使して、御伽草子の作者たちは祝言性に満ちた空間を作り出す。『浄瑠璃十二段草子』はそうした好例の一つである。御曹子の笛に惹かれた浄瑠璃御前が彼を座敷へ招き入れ、女房たちもそれぞれの楽器を担当して盛大な管弦を楽しむ場面は、『源氏物語』若菜下の女楽さながらである。最も絢爛豪華な岩佐又兵衛筆『浄瑠璃物語絵巻』では「つじ風ふきいりて、七へのみすを一どにさらりとふきあげ」る（重要文化財。『岩佐又兵衛作品集――MOA美術館所蔵全作品――』、東京美術、二〇一三年）。挿絵では姫の頭上に透けるような御簾がふわりと高く吹き上がり、瞬間、御曹子と浄瑠璃御前は視線を交わす。あの「花の夕ばへ」が再生されるのである。

御簾の外れと管弦の遊びを取り合わせ、恋の場面に仕立てる趣向は大いに歓迎されたらしい。『文正草子』は『浄瑠璃十二段草子』とほとんど相似形である。見ぬ恋ゆえに都から文正邸へ下った中将の一行が管弦を披露し、御簾が風で吹き上がる瞬間、姉姫と中将は見つめ合う。対して、『源氏物語』若菜上では私的な催しとして楽人を召さず、源氏や柏木など男性貴人の楽の名手と名器が揃った管弦の遊びが行われている。『文正草子』の管弦の場も文正邸の持仏堂という私的空間である点、『源氏物語』と通底する。中将はその夜、緑ならぬ姉姫の心を得たのであった。

多彩な素材の交点である御伽草子の世界に、『源氏物語』は欠くべからざる古典知として深く息づいている。

注

（1）小著『異類の歌合　室町の機智と学芸』（吉川弘文館、二〇一四年）。

（2）鹿谷祐子「お伽草子『ちごいま』の柏木物語受容」（『名古屋大学国語国文学』一〇六、二〇一三年一一月）。ただし、源氏寄合には言及されていない。また、『室町時代の女装少年×姫　『ちごいま』物語絵巻の世界』（笠間書院、二〇一九年）、片岡麻実「奈良絵本『ちごいま』における古典受容」（『解釈』68巻、9・10月号、二〇二二年）など参照。なお、本稿では『室町時代物語大成』の作品名によった。

（3）拙稿「竜王の訓―『乳母の草紙』攷―」（『国語国文』八〇―六、二〇一一年六月）。安達敬子『源氏世界の文学』（二〇〇五年、清文堂出版）は御伽草子の『源氏物語』受容を精緻に解析、『花世のひめ』についても指摘がある。

（4）三角洋一「『あま人』の成立と趣向」（『中古文学』21、一九七八年四月。のち『物語の変貌』、若草書房、一九九六年に収録）。また、清水泰「あま物語に就いて」（『国語国文』八―一、一九三八年一月）、市古貞次『未刊中世小説解題』（楽浪書院、一九四二年）、今西實「『海士物語』（天理図書館蔵写本）について」（『山辺道』17、一九七二年三月）、辛島正雄「「明石」巻の「海人の子」をめぐる覚書―散逸『あま人』物語のことなど―」（『文学研究』97、二〇〇〇年三月）、同「『撰集抄』所載行平説話の成立をめぐる覚書―『源氏物語』と散逸『あま人』物語と―」（『文学研究』98、二〇〇一年三月）など参照。

（5）和田英松『国史説苑』（明治書院、一九四二年）、上野英二「源氏物語と長恨歌（一）事の忌み」（『成城大学国文学論集』35、二〇一三年三月。のち『源氏物語と長恨歌　世界文学の生成』、岩波書店、二〇二二年に収録）ほか参照。

（6）『源氏物語』の「日記」に関する先行研究も多く、伊井春樹「須磨の絵日記から絵合の絵日記へ」（『中古文学』39、一九八七年五月、今井久代「『源氏物語』内裏絵合をめぐる二つの絵―朱雀院の節会絵と「須磨の日記」（『中古文学96、二〇一五年』）ほか参照。『乳母の草紙』は須磨明石の「日記」を活用する。注（3）拙稿参照。

（7）北の方は懐妊七月で入水したと兼光に告げる。『熊野の本地』では五衰殿の女御が山中で斬首される際、胎内の皇子は同じく七月で斬首直前に誕生した。「七月子は育つ」という民間信仰の反映であった可能性が考えられ（拙稿「『熊野の本地』私注」、『成城国文学』9、一九九三年三月）、『あま物語』の例も注意される。

（8）ノートルダム清心女子大学古典叢書・第2期17『詞華和歌集』（福武書店、一九七八年。国会図書館デジタルコレクションより公開）。松野陽一校注『詞花和歌集』（和泉古典叢書7、一九八八年）は産卵に浅瀬に集まり、あたら漁獲されてしまう魚のはかなさを桜花を惜しむ意に通じさせたかとし、前歌の人の身のはかなさを承けた配列とみる。

（9）『夫木和歌抄　編纂と享受』（風間書房、二〇一四年）および注（1）小著参照。書陵部蔵の室町末期写『連珠合璧集』（鷹・七四〇）は「鯛トアラハ　さくら　あちかかたのえ所名也　さかひのうら」と記す。

（10）小川徹太郎「「浮鯛抄」物語」（『中世の風景を読む　6　内海を躍動する海の民』、新人物往来社、一九九五年八月）、越智信也「史料としての伝承巻物—「浮鯛抄」から「浮鯛系図」へ」（神奈川大学日本常民文化研究所論集『歴史と民俗』24、二〇〇八年一月）、川島秀一「「浮鯛抄」をめぐる文字と口頭の伝承」（『口頭伝承と文字文化—文字の民俗学　声の歴史学』、思文閣出版、二〇〇九年一月）など参照。昭和四十四年頃まで浮鯛漁が行われていたという。なお、『精進魚類物語』では鯛の擬人名を「赤介」とする。

〔付記〕本文の引用は、とくに断らない限り、御伽草子は『室町時代物語大成』（角川書店）、『源氏物語』『詞花和歌集』は新日本古典文学大系（岩波書店）、サントリー美術館蔵『鼠の草子』は日本古典文学全集（小学館）によった。また、『新編国歌大観』、『『源氏小鏡』諸本集成』（和泉書院、二〇〇五年）、『連歌論集』（一）（『連珠合璧集』、三弥井書店、一九七二年）、『江戸初期刊行　連歌寄合書三種集成』翻刻・解説篇（清文堂出版、二〇〇五年）、『源氏物語古註釈大成』等により、通読の便のため、一部、句読点や濁点等を補い漢字をあて、傍線を施すなどしたところがある。

女子用往来物と絵入源氏物語

——近世出版文化にみる教養の浸透と均質化——

加藤弓枝

はじめに

『源氏物語』が知識層のみならず、大衆へと広がったのは江戸時代であった。日本の書物文化が有する特性の一つに、出版技術が発展した後も写本が尊ばれたことが挙げられる。当然ながら、『源氏物語』の写本も数多く現存し、その伝本の多さそのものが、『源氏物語』享受の歴史を物語るといっても過言ではない。実際、『源氏物語』は揃いの古写本は多くはなく、現存する完本は近世期に書写されたものが多数を占める。しかしながら、江戸時代において、大部で高価な写本を入手できた庶民は少なく、王朝文学を注釈なしで読むことも一般的ではなかったと考えられる。一方で、近世期には『源氏物語』そのもののみならず、物語を素材にした多様な書籍や刷り物などが刊行された。よって、江戸時代の民間における『源氏物語』の浸透は、出版物による伝播に拠るところが大きい。

このように、近世において学問や教養が庶民へと広がっていった背景には、出版文化の隆盛が大きく関わっている。鈴木俊幸は、時代における書籍文化を明らかにするためには、書籍から編著者の営為に遡源していくのではなく、その書籍がどのような読者層に読まれ、どのように受け止められたのかを解明することが重要であるとする。そのうえで、近世後期には学問はより下の階層へと広がり、新たな読者層向けのさまざまな書籍が出版され、往来物販売のための全国的な書籍流通網の整備により、書籍はより多くの人々の手に渡るようになったことを解明した(1)。また、鈴木健一は、出版文化の隆盛が、従来の権威ある教養を庶民へと拡散させる役割を果たしたと論じ、特に十七世紀は、教養の民衆への浸透が顕著に見られた時期であり、出版という回路が、知識の伝播において重要な役割を果たしたとする(2)。

そして、近世期における学問の民間への拡大や、出版による教養浸透には、女子用往来物も少なからぬ影響を与えた。典型例は『百人一首』であるが、『源氏物語』もその一つに加えられよう(3)。江戸時代における書籍文化の実態を解明するためには、膨大に刊行された女子用往来物を除外することはできない。また、近世期には絵入りの『源氏物語』のほか、物語を素材とした関連書も数多く出版された。そこで本論では、これまで個々の事例により論究されてきた女子用往来物ならびに関連出版物における『源氏物語』について、その全体像を俯瞰することで、江戸時代において『源氏物語』がどのようにして読まれ、大衆へと浸透していったか、そして教養がいかに均質化していったかについて、その変遷の一端を明らかにしたい。

一　女子用往来物と『源氏物語』

まずは女子用往来物と『源氏物語』との関連についての先行論を確認したい。往来物とは、手習いの手本や素読・教訓の教材として、平安後期から近代初頭に至るまで、さまざまな展開をしつつ広く行われた書籍の総称である(4)。女子用往来物もその一種であるが、単に女児を対象とした往来物とするだけでは不十分である。女子教育に用いられた往来物に関する研究は主に女性教育の側面から国内外で研究が進展してきたが、それらによると次のように位置づけられている[5]。

江戸時代初期に、中国書物からの影響と中世から続く教育理念との融合によって、新たな近世独自の女子教育が誕生した。元禄頃からはさまざまな教訓の要旨を短く書き改めた女子教育のための往来物が生まれ、それらは寺子屋の教科書や家庭内の読本として広く使用されるようになる。そしてそれらの往来物は、利用者が拡大するにつれ、より多様な形式となっていく。金崎充代は女子用往来物が広まった背景には、貸本屋の台頭の影響もあったのではないかと述べる。さらに、書かれている内容が、乳母の選び方や貴人の出産など、決して庶民的なものではなかったことに関して、庶民はそれを高い階級への憧憬として読んでいたのではないかと指摘した[6]。

また、女子用往来物の範囲は広い。往返一対の手紙文例集の往来物に限らず、広く女性のために書かれた一般教訓書（女訓書）も取り入れつつ、教訓科、消息科、社会科、知育科（地理科、実業科、合本科）に分類される[7]。当時の女子教育には、望ましいとされる女性になるために必要な知識を教えるという目的があり、結婚後の嫁ぎ先にも通ずる一般性や共通性も必要とされた。また、江戸時代において、社会生活の組織化と文化の発達が進むなかで、共通して学ぶべき教育内容が拡大し、裁縫など実技的なことも集団で一斉に教え始めるようになる[8]。よってそれらに関連する書籍も女子用往来物として位置づけられる。

しかしここで疑問が生じる。女子のあるべき姿を教えることが目的で編まれたものが女子用往来物であるとするならば、『源氏物語』は、果たして女子教育に相応しい内容と言えるのか。この問題に関して、文学研究の立場から往来物の研究を進展させてきた丹和浩は、女子用教訓書類の『源氏物語』への言及に注目し、思想的背景・立場などによって、『源氏物語』は読むべきであるという見解と、読ませてはいけないという意見が並立しており、平行線をたどったまま統一されることがなかったと指摘する[9]。また、否定的立場をとる大江玄圃著『女学範』（明和元年〈一七六四〉刊）や同著『女早学問』（安永六年〈一七七七〉刊）といった女訓書においても、『源氏物語』をはじめ数点の古典作品について、「詞」の優れている点を賞賛していることを明らかにしている。いわば、同じ書物の中で、一方では『源氏物語』を淫書と位置づけ、他方では文章表現上の優れた点を挙げて高く評価しているのである。この点に関して丹は、淫らな方向にさえ心が向かわなければ、女性特有の伝統的な行動規範や美観（優しい心を持ち、柔らかい態度を身につけ、情趣を解し、物静かで上品であること、女性らしい仮名文を優美な筆跡でしたためることができること）は価値あるものと考えられたと述べる。なお、丹は女子用往来物の『百人一首』に、「和歌三神」「六歌仙」「三十六歌仙」をはじめとして、和歌や『伊勢物語』や『源氏物語』などが紹介されていることに注視し、それが和歌享受の初歩階梯であり、古歌や王朝文学の世界の典雅な振る舞い、情緒を女性の教養の基本にしようとする姿勢が見られると指摘する。(10)

このように、往来物が女訓の中で『源氏物語』に言及するとき、淫乱の戒めと優れたことばの称揚を一緒に述べることが多いのは、以上のような事情によると考えられてきた。ただし、往来物は学習の初歩段階の手引書であり、『源氏物語』に関する記事も、断片的な知識や視覚的なもの、あるいは覚えやすく工夫されたものなどに限定されていた。つまり、『源氏物語』そのものを読解するよりも前の、導入・手引き段階を担うのが、往来物の役割であった。(11)

そのほか、江戸時代の往来物と『源氏物語』に関しては、小町谷照彦・徳永結美らによる先行論が存する。小町谷は女子用往来物の『百人一首』版本に記される「源氏物語香図引歌」「源氏物語引歌」や『源氏物語絵尽大意抄』を取り上げ、近世後期の古典教養の一環をなす『源氏物語』の入門教材として、これらは大きな役割を果たしたと考えられると指摘する。(12)また、徳永結美は、江戸時代における『源氏物語』享受を考える資料として往来物の有効性を説いた。具体的には、往来物に掲載された『源氏物語』関連記事の全体像を確認してその類型を簡潔に整理し、往来物の中でも『源氏物語』関連記事を柱として収録する『女源氏教訓鑑』『女要珠文庫』を取り上げ、両者の比較を通してその特徴をまとめる[13]。

なお、中嶋隆は、『源氏物語』に対する肯定・否定の対立する評価は十七世紀には並存したこと、そのこと自体に当時の文化構造が反映しているとする。十七世紀の『源氏物語』受容には、堂上文化が絶対的上層文化であった室町時代以前の文化構造が転調し、町人的価値観と横並びに並存しながら、擬態、憧憬（幻想）としてその上位性を保つという側面がみられた。よって『源氏物語』評価は錯綜し、『源氏物語』享受のさまざまな共時軸が存在したとする。また、十七世紀の俳諧流行が『源氏物語』受容層を拡大し、その需要に応じた出版メディアによって古典知識の均質化現象が起きたと述べる[14]。

女子往来物の意義やそれらのなかに登場する『源氏物語』の特徴に関しては、以上のように研究されてきた。また、『源氏物語』の代表的な版本に関しては、中野幸一や伊井春樹、清水婦久子らによる先行研究が存する[15]。しかし、これまで女子用往来物を『源氏物語』関連書物の一部として捉え、出版文化の視点よりその全貌を俯瞰した研究は十分には行われていない。そこでまずは江戸時代に刊行された『源氏物語』関連版本について確認したい。

二　絵入源氏物語の版本――受容層の拡大と均質的な視覚化――

江戸時代にはどれほどの『源氏物語』関連の書物が刊行されたのか。それを一覧化したものが**【別表A】**「源氏物語関係版本一覧」である。「関連」の範囲を定めることは難しいが、本稿では『源氏物語注釈書・享受史事典』[16]に掲載されているものを基準とした。そこから版本を抽出した上で、「国書データベース」で情報を補記したものがこの一覧である[17]。ここには約一四〇点の出版物が確認できるが、刊年が分かるものは同版・異版問わず立項したため、総点数が総作品数ではない。また、冊子体ではない刷り物は除外されている点や、往来物は一部を除き掲載していない点に留意されたい。なお、■は代表的な絵入り『源氏物語』、★は挿絵入り（図の場合もあり）、●は女子用往来物に付した。

さて、周知の通り、日本で初めて出版された『源氏物語』は古活字版である。『源氏物語』の古活字版は異版が多いことで知られるが、慶長中頃（一六〇〇年頃）に刊行された伝嵯峨本と、元和九年（一六二三）に刊行された元和本は、代表的な古活字版の『源氏物語』として位置づけられる。なお、慶長初年に出された古活字十行本が、最初に刊行された『源氏物語』とされる（国会図書館等蔵）[18]。ただし、古活字版は特定層で享受されたものであり、幅広い層の人々が入手できるようになったのは、慶安本と称される絵入りの『源氏物語』の刊行以降のことである。江戸時代にはさまざまな『源氏物語』が刊行されたが、この「絵入源氏物語」と称される挿絵入りの版本は、後代の書籍や絵画に多大なる影響を与えた。大本・横本・小本の三種があり、このうち最初に刊行された大本の絵入源氏物語は、慶安三年（一六五〇）に山本春正（一六一〇～一六八二）が記した跋文が付されることから、先に述べたように「慶安本」と呼ばれる。なお、挿絵も蒔絵師としても知られる春正自身によると考えられる。

絵入源氏物語は大本【図1】、横本【図2】、小本【図3】の順に刊行されたこと、その横本と小本の挿絵は大本をもとに描かれていることが知られる[19]。詳細は後述するが、慶安本は女子用往来物も含め、その後刊行される『源氏物語』の挿絵へ影響を及ぼした。

ところで、慶安本『源氏物語』には三種あり、無刊記版、承応三年八尾勘兵衛版、出雲寺和泉掾版の順で刊行されたと言われる。先行論では八尾勘兵衛によって刊記が付された背景に、山本春正の動向を想定する。春正は師の松永貞徳が没した二カ月後の承応三年正月に京都から薩摩へと旅立ち、約一年その地に滞在した。八尾により「承応三〈甲／午〉稔八月吉日／洛陽寺町通／八尾勘兵衛開板」なる刊記が補入されたのは、ちょうどこの期間である

【図 3】源氏物語（小本）桐壺

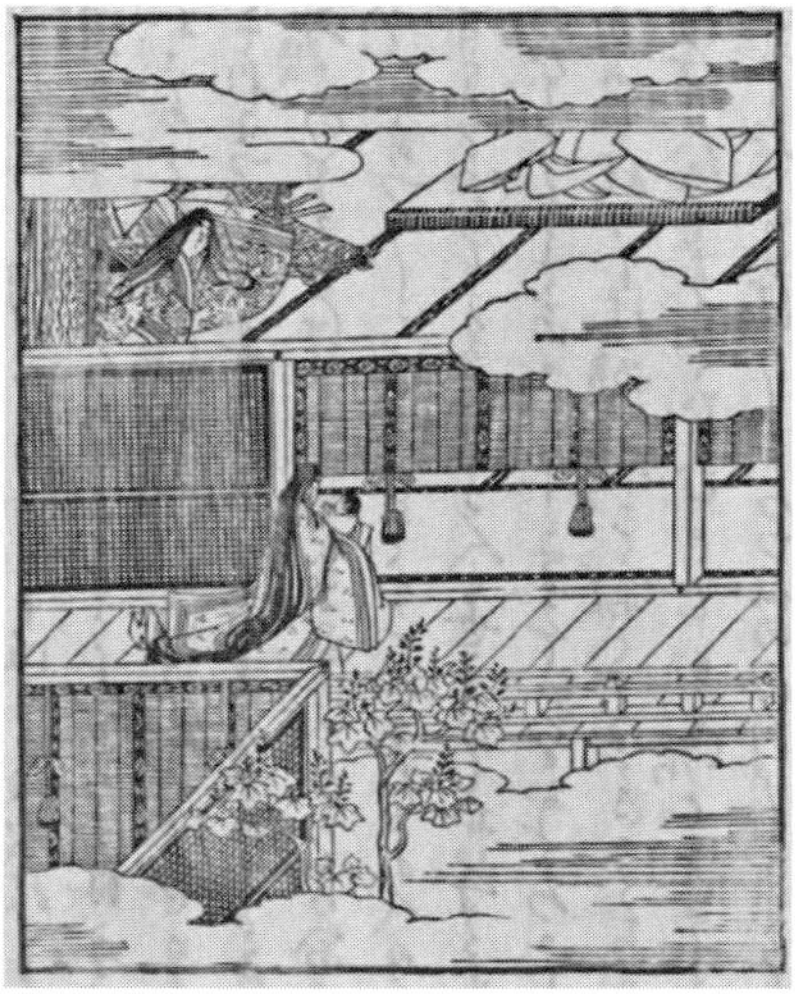

【図 1】源氏物語（大本）桐壺

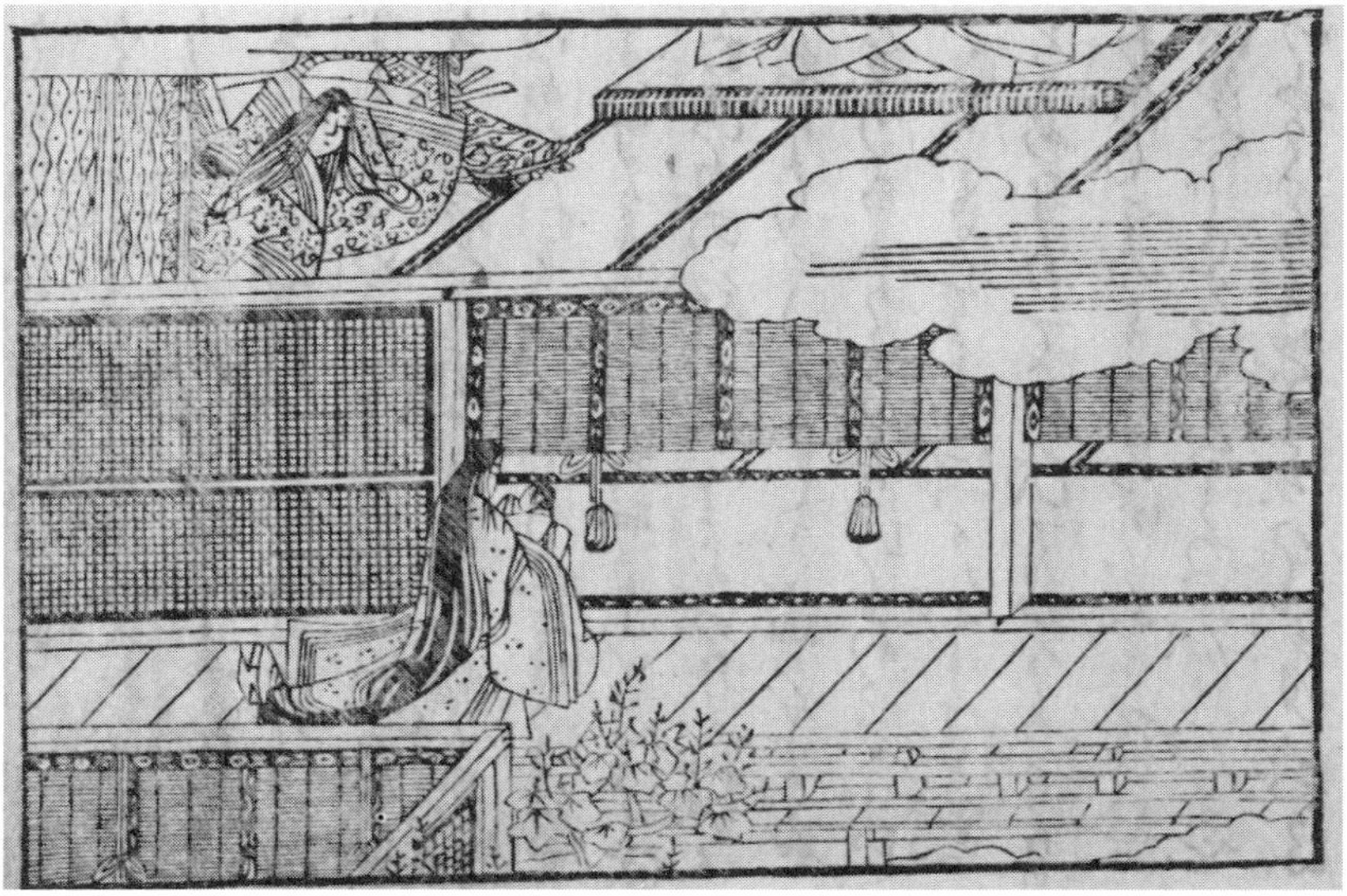

【図 2】源氏物語（横本）桐壺

ことから、出立を契機に私家版として刊行された本書の版木が春正から八尾へと譲り渡されたのだとする。[20]確かに、近世初期に刊行された無刊記本の多くは営業目的の出版ではなかったのだろう。[21]さりとて、『源氏物語』のように膨大な絵入りの整版本を刊行するには、巨額の費用と技術が必要となる。出版自体は編著者が持ちかけたであろうが、相応の売り上げを見込んだ八尾がそれに応じることで本書の刊行は実現したのだと考えられる。さらに、刊記が付された背景には、指摘されたような春正側の事情のみならず、当時の業界の潮流があったのではないだろうか。慎重に検証する必要はあるものの、その傍証としてその頃の八尾による出版活動の様相が挙げられる。

八尾は主に漢籍や仏書類を刊行した京都の書肆として知られる。その出版年表を作成したところ、『源氏物語』は初代助左衛門から二代目勘兵衛への代替わり期に刊行されたものであることが判明した。[22]さらに、八尾が刊記を入れた承応頃は、出版史における転換期にあたる。正保・慶安頃（一六四四〜五一）までは、無刊記本が先行して刊行されることも珍しくなかったが、承応・明暦頃（一六五二〜五八）にはその傾向が見られなくなる。八尾においてもこの頃から無刊記本に刊記を入れるようになったのではなかろうか。勘兵衛が翌年の明暦元年（一六五五）に、無刊記本『八代集』へも刊記を付していることは、そのような意識があったことの現れと考えられよう。[23]

また、慶安本絵入源氏物語が後続の『源氏物語』の挿絵に影響を与えたことはよく知られる。その影響が確認できるもっとも古い版本と考えられるものは、万治二年（一六五九）に書林堂によって刊行された、『源氏物語』に登場する和歌の概書『十二源氏袖鏡』【図4】であろう。慶安本【図1】と比較すると、その挿絵はほぼ同内容であることが明らかである。なお、『十二源氏袖鏡』には「石山に通夜して此事をいのり申に折ふし八月十五夜の月湖水にうつりて心のすみわたるまゝに物語の風情そらにうかびけるを書はじめてより」（二丁表）と石山寺起筆説が記されおり、その挿絵【図5】もまた描かれている。

紫式部が琵琶湖の水面に映る十五夜の月に感化され、『源氏物語』を起筆したという説話の起源は、十四世紀半

【図4】十二源氏袖鏡

【図5】十二源氏袖鏡

ば過ぎに成立した『河海抄』や伝為氏筆「源氏古系図」付載の「源氏物語のおこり」であるとされる[24]。その起筆説が江戸時代において定着していたことは、北村季吟による源氏物語注釈書『湖月抄』(延宝元年〈一六七三〉跋刊)の書名が物語る。石山寺起筆の挿絵は、万治四年(一六六一)に安田十兵衛によって刊行された野々口立圃著『十帖源氏』**【図6】**にも見られるが、その二年前に刊行された『十二源氏袖鏡』が、現時点で確認できる版本に掲載されたもっとも古い挿絵の事例となろう。このように、『湖月抄』の刊行より少なくとも約

【図6】十帖源氏

十五年前には民間においても、視覚化された『源氏物語』起筆説話の伝播が確認できる。

なお、慶安本の挿絵の影響は、万治二年（一六五九）刊『十二源氏袖鏡』のほか、翌年の万治三年に刊行された俳書『源氏鬢鏡』の上方版【図7】と江戸版【図8】をはじめ、数多くの源氏物語関連出版物の挿絵に見受けられ、後述するごとく女子用往来物もその例外ではない[25]。また、前節で述べたように、十七世紀の俳諧流行が『源氏物語』受容層を拡大したとされるが、その一例の俳書として『源氏鬢鏡』などは位置づけられ、このような関連書物の挿絵にも物語の視覚化が均質的なものとなっていく様相が確認できる[26]。

このほか、後続の『源氏物語』関連書の挿絵に影響を与えた版本といえば『源氏小鏡』や、野々口立圃の手による『十帖源氏』『おさな源氏』などの『源氏物語』の梗概書が挙げられる。江戸時代の大衆の多くは、このようなダイジェスト版で『源氏物語』に触れていた。特に前書の絵入『源氏小鏡』は江戸時代を通して広く読まれ、『源

【図7】源氏鬢鏡 桐壺 上方版

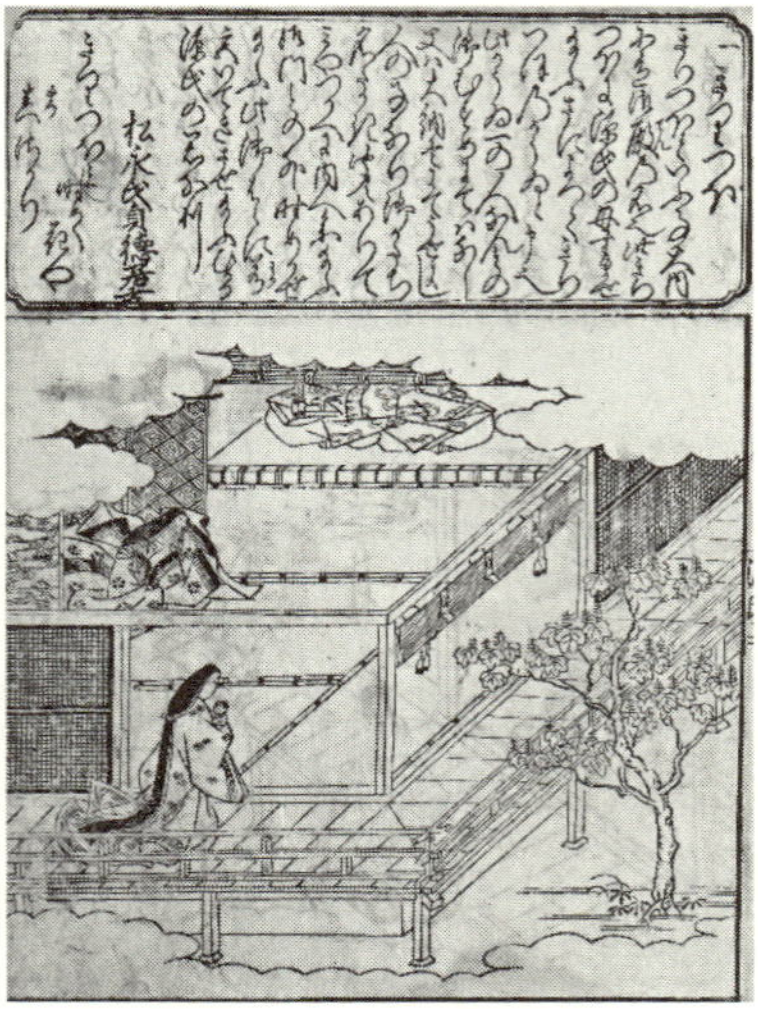

【図8】源氏鬢鏡 桐壺 江戸版

氏物語』の梗概書としてはもっとも伝本が多く、本文異同も多数存在することで知られる。[27] 先掲した万治三年（一六六〇）刊『源氏鬟鏡』にもその内容が引用される。また、貞享二年（一六八五）に江戸の鱗形屋から刊行された、絵本要素の強い『源氏物語』の梗概書『源氏大和絵鑑』【図9】には、本文の引用のみならず、菱川師宣によって描かれた挿絵に、明暦三年（一六五七）刊『源氏小鏡』【図10】の影響が見て取れる。

このように、江戸時代に刊行された『源氏物語』関連書の挿絵は、主に慶安本『源氏物語』や絵入『源氏小鏡』の影響を受けたものが多い。挿絵の存在は物語の理解を促進し、読者の王朝への憧憬を高める効果があったと考えられる。一方で、読者の『源氏物語』に関する心象を均質化させていった。そしてまた、女子用往来物においても同様の傾向が見られる。そこで次に、江戸時代に刊行された女子用往来物に見られる、『源氏物語』に関する教養の浸透と、その視覚化の特徴について確認したい。

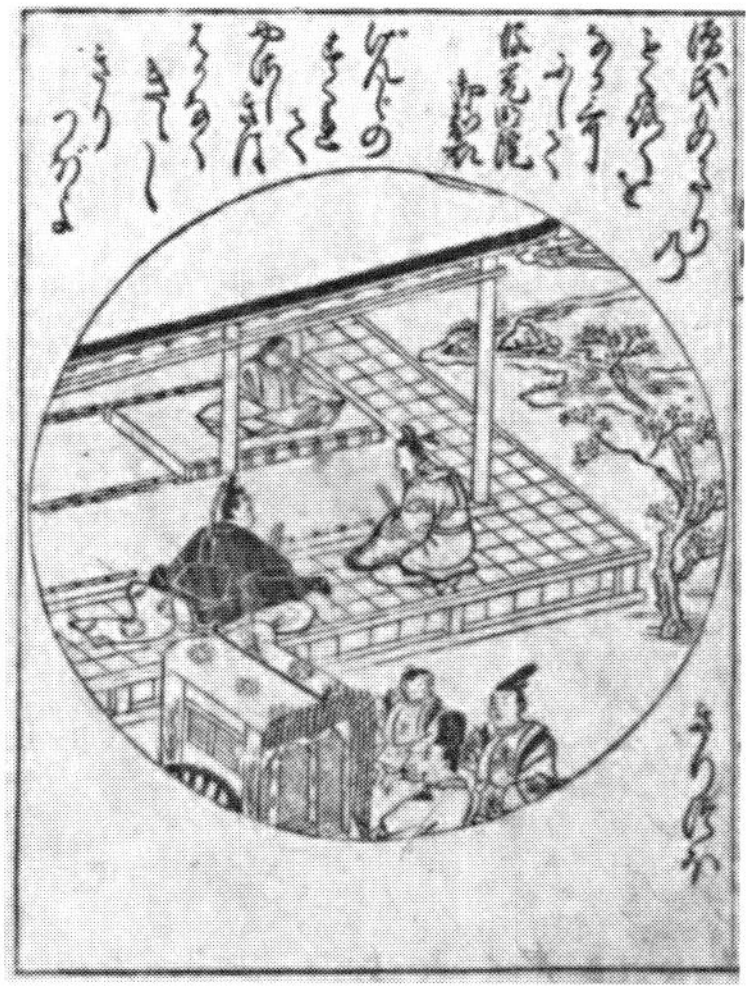

【図 9】源氏大和絵鑑 桐壺

【図 10】源氏小鏡 桐壺

三　女子用往来物における『源氏物語』――挿絵の精緻化と教養の均質化――

『源氏物語』に関連する江戸時代の往来物を一覧化したものが、**【別表B】**「源氏物語関係往来物一覧」である。先述の通り、女子用往来物の範囲を厳格に定めることは難しいが、この表では『往来物解題辞典』と「往来物データベース」で確認できるものをその対象とし、そこから『源氏物語』に関連する記載がある出版物を抽出したうえで、「国書データベース」で補記した。(28)

第一節でも述べた通り、女子用往来物における『源氏物語』の特徴に関しては、小町谷照彦や徳永結美による先行論があり、それらにより分類すると往来物に記載される『源氏物語』関連記事は、次の十種類となる。(29)

(1)帖名を列挙した「源氏物語目録」
(2)源氏香の答えを表わす各帖の図形を列挙した「源氏香の図」
(3)名所の「近江八景」ならびに『源氏物語』の場面を八景に見立てた「源氏八景」
(4)石山寺で源氏物語を起筆した経緯やその様子を描いた「紫式部像ならびに起筆伝説」
(5)各帖から和歌一首を挿絵とともに掲出する「源氏物語引歌図」
(6)あらすじや要点をまとめた「梗概」
(7)『源氏物語』の全帖名を詠み込んだ長歌「源氏目録文字鎖」
(8)『源氏物語』に関連する内容（由来、概要、借用文など）を記した「消息文例」
(9)特定の場面や登場人物を取り上げた「教訓」
(10)『源氏物語』を素材にしたかるた・貝覆いの解説「源氏かるた・源氏貝」

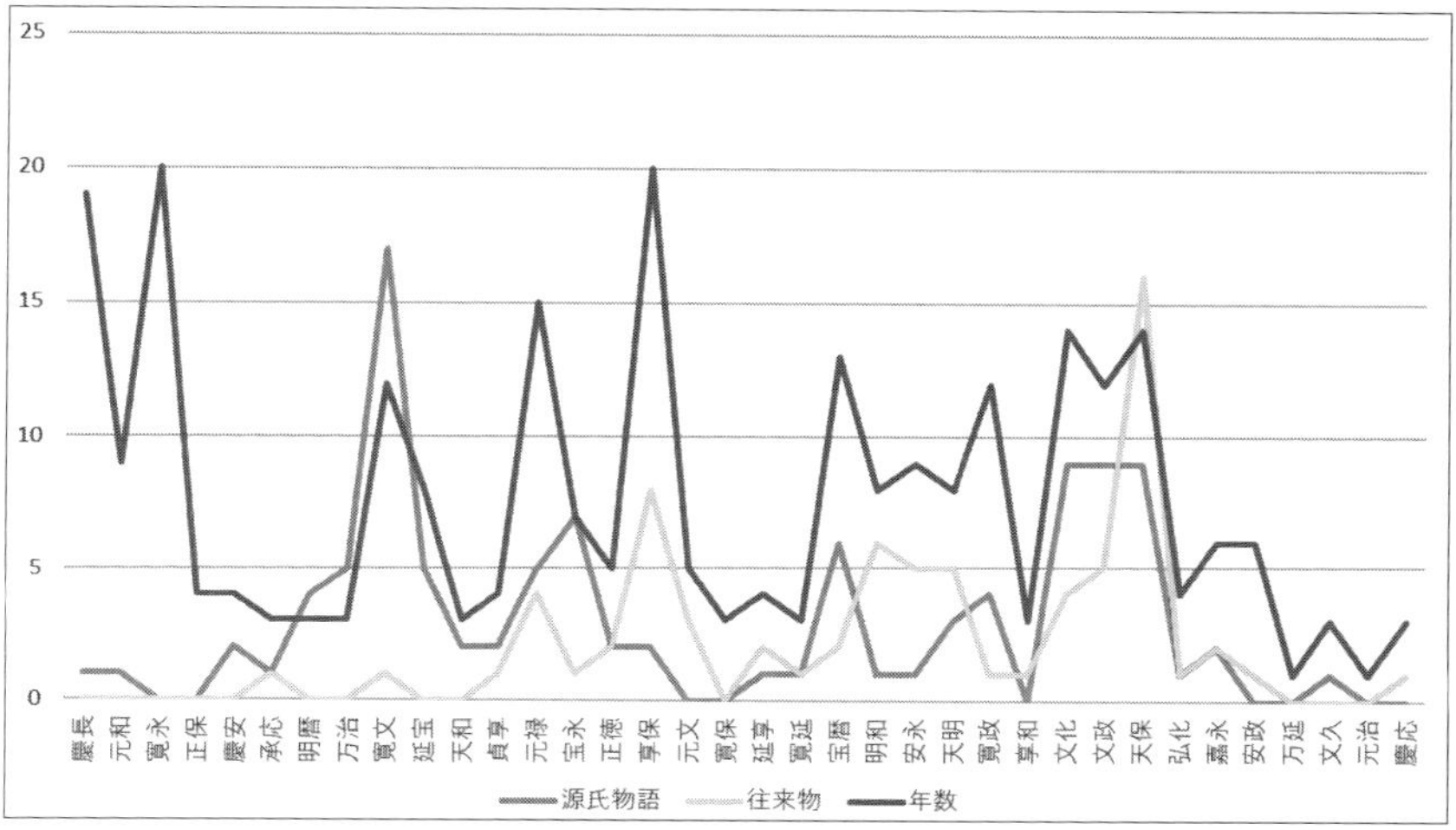

『源氏物語』関係書刊行数の推移

これらが単独あるいは複数融合した形式で記載されている。【別表B】からも明らかなように、『源氏物語』を中心に据えたものは少なく、その多くは百人一首や女訓書の鼇頭などに女子向けの教養の一種として列挙される。また、細かな違いはあれども、その内容は大同小異であり、『源氏物語』に関連する教養が均質化している様子が看取される。

なお、【別表A】と【別表B】により、『源氏物語』関連書籍と、『源氏物語』の記載が確認できる女子用往来物の刊行数の推移をグラフ化すると上図の通りとなる（「年数」とは当該元号の継続年数）。女子用往来物は元禄期から増加したと言われるが、やはり同様の傾向が『源氏物語』関連の女子用往来物にも見受けられることがわかる。推移図からは、近世前期に多くの『源氏物語』関連書が刊行されたこと、その後も継続的に出版されていることのほか、『源氏物語』関連の女子用往来物の刊行は徐々に増加し、天保期がその最盛期であったことなどが分かる。

ここに文政十二年（一八二九）に刊行が始まった、柳亭種彦による長編合巻『偐紫田舎源氏』の流行を見る向きもあるが、[30] 天保期は女子用往来物の百人一首における最盛期である点にも留意しなければならないであろう。[31] 往来物に関しては、求版や無刊記の後印本なども多いことから、詳細な検討が必要ではあるが、総じて、近世前期は『源氏物語』関連書の出版数が多く、近世中期は拮抗するものの、近世後期には女子用往来物の刊行数が超えるという傾向が見て取れる。また版元については、当初は大坂の書肆が目立つが、明和期以降、江戸の書肆が増加し、最終的には総点数の約半分が、江戸の版元であった。ただし、上方と江戸と捉えた場合は、ほぼ同数となる。

先んじて、絵入源氏物語をはじめとする多くの『源氏物語』関連書が出版されていたことから、その影響が女子用往来物に記載される『源氏物語』関連記事に生じることも自然な流れと言えよう。例えば、絵入源氏物語の影響が、女子用往来物の挿絵には如実に表れている。『源氏物語』が中心には据えられず、教養の一つとして掲出される場合の女子用往来物においては、その傾向が早くから見られ、享保元年（一七一六）に刊行された貝原益軒著『女大学宝箱』【図11】の挿絵は、慶安本絵入源氏物語【図12】のものと類似する。

また、比較的早くに往来物・女訓書の形で『源氏物語』が取り上げられ、かつ流布したものに正徳三年（一七一三）刊『女源氏教訓鑑』【図13】がある。また、代表的な女子用往来物の『源氏物語』として、天保八年（一八三七）刊『源氏物語絵尽大意抄』【図14】が知られるが、【図1】と比較すると、その挿絵がいずれも慶安本絵入源氏物語と類似することは明白である。[32] ただし、慶安本から直接ではなく、【図7】などで示した慶安本の挿絵の影響を受けた別の書籍を経由している可能性が高い。

いずれにせよ、女子用往来物の『源氏物語』の挿絵は、基本的に先行する版本の挿絵を参照して描かれることが多く、これは『百人一首』の版本にも見られる傾向であり、女子用往来物全般の挿絵の特徴と言えよう。[33] また、その挿絵は絵本的要素が強い場合と、そうでない場合とでも異なり、前者の場合は絵師や出版技術の発達に伴い、次第にその挿絵が精緻になっていく。また、浮世絵への影響も確認され、例えば嘉永五年（一八五二年）に刷られた歌川広重による錦絵『源氏物語五十四帖』「桐壺」には、【図14】で示した『源氏物語絵尽大意抄』からの直接的な

【図 11】女大学宝箱

【図 12】源氏物語（大本）

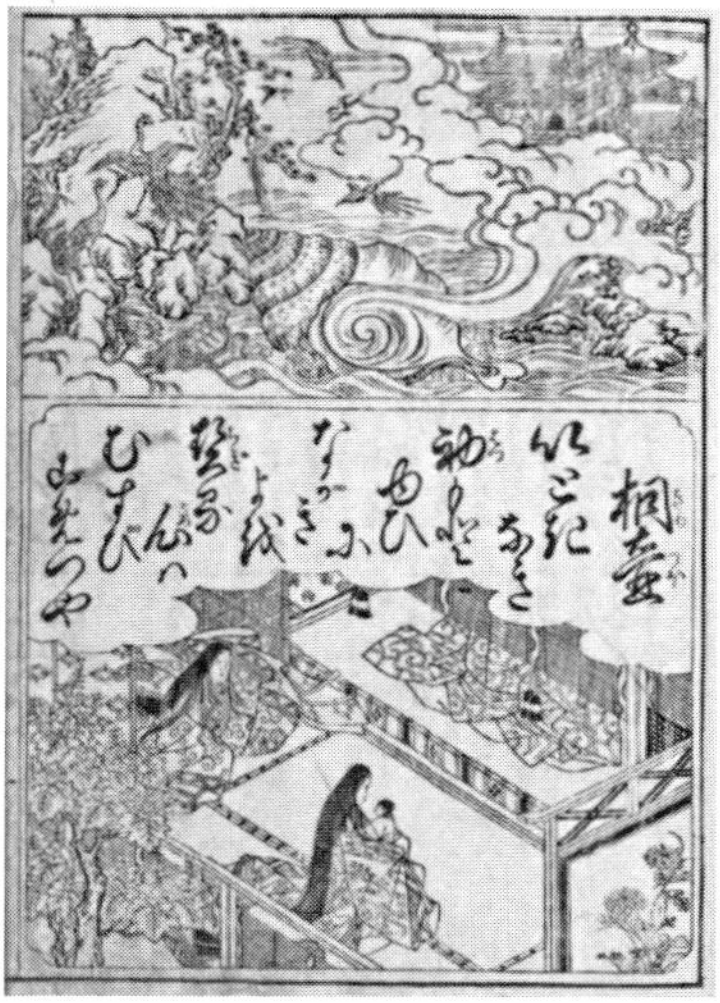

【図 13】女源氏教訓鑑

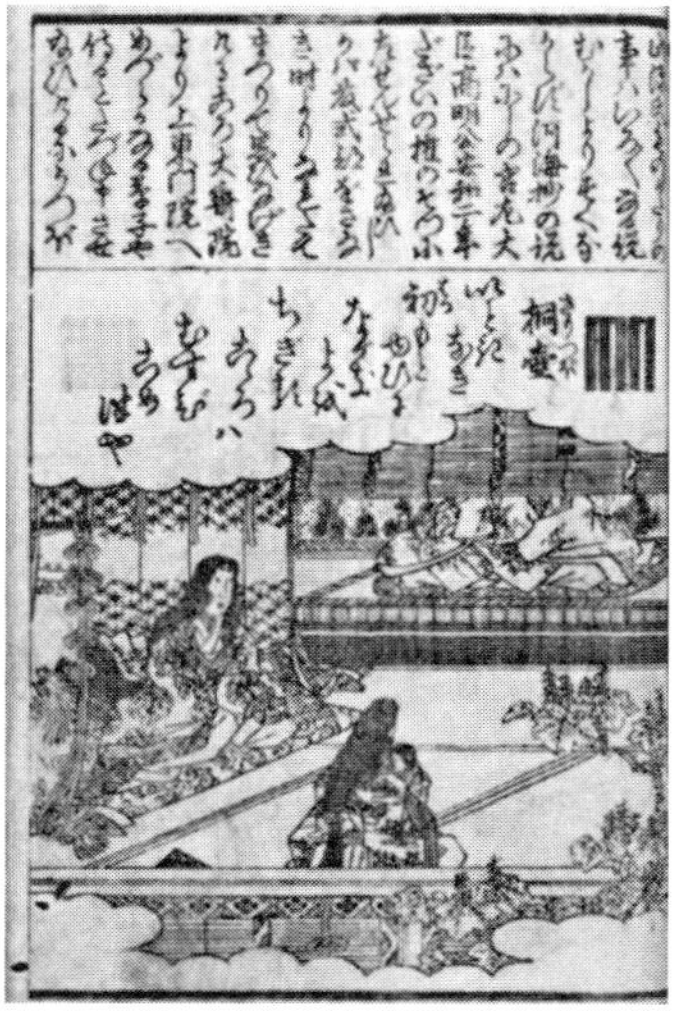

【図 14】源氏物語絵尽大意抄

影響が確認できる。一方で、教養の一種として列挙される場合は、やはり『百人一首』の場合と同様に、その内容は挿絵も含めて均質化しているように見受けられる。

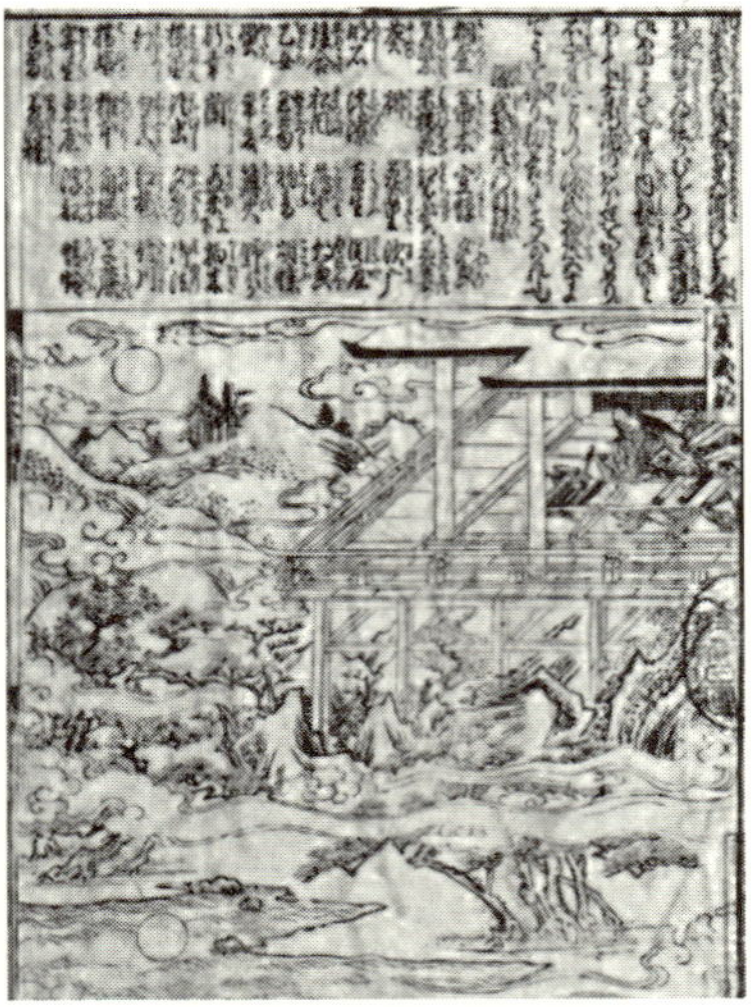

【図 15】女用文章大成

おわりに――紫式部像の定型化に見る教養の均質化――

女子用往来物における『源氏物語』は、慶安本に限らず先行する版本の挿絵やその内容に影響を受けた。その典型例が紫式部の描写であろう。先述の通り、石山寺起筆説話は『湖月抄』が刊行される前、少なくとも万治二年（一六五九）には版本の挿絵として描かれていた。女子用往来物においては元禄十一年（一六九八）刊『女用文章大成』【図15】がその早い例である。

綿貫豊昭が述べるように、紫式部が版本の往来物に挿絵として現れる場合、石山寺に参籠して、『源氏物語』の構想を得る場面が描かれる。よって石山寺起筆説話に従い、湖水に浮かぶ月か、空に浮かぶ月のいずれかを眺め、文机に向かう女性の姿が描写されることが多い。しかし、なかには文字情報には石山寺のことは触れず、女性が紫式部であるかも明記せず、湖面に浮かぶ月を眺める、筆を持った女性を描くことで、その女性が紫式部であることを示唆する挿絵も登場する。これは、近世版本における紫式部像の定型化例とされる[34]。

石山寺起筆説話は、絵入りの『源氏物語』や女子用往来物のみならず、鳥居清倍・奥村政信・鈴木春信・歌川広重などの浮世絵師によって、たびたび描かれた。そして、さまざまな出版メディアによって、繰り返し描写されたことで、文机にもたれかかり、月を眺める女性という、均質化した紫式部像が大衆に浸透したのである。

ただし、女子用往来物として圧倒的な出版量をほこったのは『百人一首』であった。満六歳になった女子は手習い師匠に弟子入りし、「いろは」「百人一首」「女今川」「女大学」「女庭訓」「女孝経」（まとめて『和論語』と称す）をあてがわれ、読み書きを学んだ(35)。『源氏物語』を中心に据えて刊行された女子用往来物は多くはないものの、**【別表B】**からも分かるように、『源氏物語』の知識は、『百人一首』の版本にちりばめられ、均質化したものが広がっていった。それらを通して、和歌やその帖名、さらには作者に関する知識や源氏香の図をはじめとした『源氏物語』に関する画一化した教養を、多くの女子は学んでいたのである。

では、実際に民間において『源氏物語』はどれほど浸透していたのであろうか。そのような記録は残りにくいが、例えば曲亭馬琴が次のようなことを書き残している。馬琴は享和二年（一八〇二）に三か月半にわたって名古屋・京都・大坂・伊勢に遊んだ際の見聞・取材記を『羇旅漫録』としてまとめている。そこに、京都の盆踊りに関して、「街道の女児五、六才より十一、二才まで大ぜい手を引あひ、源氏目録の長うたなどうたひてあるくこと、江戸の盆々うたのごとし。」と記している(36)。この「源氏目録の長うた」こそ、女子用往来物にたびたび登場する『源氏物語』の全帖名を詠み込んだ長歌「源氏目録文字鎖」のことである。馬琴の記録からは、「源氏物語目録文字鎖」が年中行事にまで取り込まれていたこと、さらにはその長歌には節まで付いて親しまれていたことがうかがえる。そしてそれらを唱和する女子たちは、ちょうど寺子屋で学んでいる年頃である。おそらくはその知識を女子用往来物からも学び、普段から楽しんでいた様子が見て取れる。

近世は絵画的なものが人々の生活に浸透していった時代でもあり、想像する余地の大きい文学と、一瞬にして映像を喚起する絵画、この両者を技巧を凝らして組み合わせることで知的に表現することは、この時代に広く行き渡った手法であったとされる(37)。近世期の『源氏物語』の版本を女子用往来物も含めて俯瞰することで、権威とされていた教養が、いかに庶民層へ浸透していったか、そして教養がいかに均質化していったかが、かくのごとく、その挿絵や内容からうかがえるのである。

図版注

図1　『源氏物語』（大本）国文学研究資料館所蔵　https://doi.org/10.20730/200003803
図2　『源氏物語』（横本）国立国会図書館所蔵　https://dl.ndl.go.jp/pid/2607789
図3　『源氏物語』（小本）国立国会図書館所蔵　https://dl.ndl.go.jp/pid/2607621
図4　『十二源氏袖鏡』万治二年、書林堂刊　国立公文書館内閣文庫所蔵　https://doi.org/10.20730/100043463
図5　（前掲図4）参照。
図6　『十帖源氏』万治四年、荒木利兵衛刊　国文学研究資料館所蔵　https://doi.org/10.20730/200003385
図7　『源氏鬢鏡』万治三年、〔度々市兵衛〕刊・天和三年、永田長兵衛印
　大阪公立大学中百舌鳥図書館所蔵　https://doi.org/10.20730/100146880　＊上方版
図8　『源氏鬢鏡』万治三年、鱗形屋刊　九州大学中央図書館所蔵　https://doi.org/10.20730/300051478　＊江戸版
図9　『源氏大和絵鑑』菱川師宣画　貞享二年、鱗形屋刊　国立国会図書館所蔵　https://dl.ndl.go.jp/pid/2567791
図10　『源氏小鏡』明暦三年、安田十兵衛刊　名古屋大学附属図書館岡谷文庫所蔵
　https://doi.org/10.20730/100272678　＊上方版大本
図11　『女大学宝箱』貝原益軒著　享保元年、小川彦九郎・柏原清右衛門刊
　東京学芸大学附属図書館所蔵　https://doi.org/10.20730/100409835
図12　（前掲図1）参照。
図13　『女源氏教訓鑑』正徳三年、須原屋茂兵衛・小森善兵衛・大野木市兵衛刊

国文学研究資料館所蔵　https://doi.org/10.20730/20002856

図14　『源氏物語絵尽大意抄』渓斎英泉画　文化九年元版・天保八年再版　和泉屋市兵衛刊
東海大学付属図書館桃園文庫所蔵　https://doi.org/10.20730/100370424

図15　『女用文章大成』元禄十一年、柏原屋清右衛門刊　神戸大学人文科学図書館所蔵
https://doi.org/10.20730/100306369

注

(1) 鈴木俊幸『江戸の読書熱——自学する読者と書籍流通』（平凡社、二〇〇七年）、同『近世読者のそのゆくえ——読書と書籍流通の近世・近代』（平凡社、二〇一七年）、同『書籍文化史料論』（勉誠出版、二〇一九年）。

(2) 鈴木健一編『浸透する教養——江戸の出版文化という回路』（勉誠出版、二〇一三年）、同編『形成される教養——十七世紀日本の〈知〉』（勉誠出版、二〇一五年）。

(3) 拙稿「絵入百人一首の出版——女子用往来物を中心に」（中川博夫・田渕句美子・渡邉裕美子編『百人一首の現在』青簡社、二〇二二年）。

(4) 丹和浩『近世庶民教育と出版文化——「往来物」制作の背景』（岩田書院、二〇〇五年）。

(5) 金崎充代「近世女子用往来に見る産育——「憧れ」としての往来物」（大阪市立大学大学院文学研究科教育学教室『教育学論集』二二、一九九六年）、菅野則子『江戸から明治の女性たち』（汲古書院、二〇二三年）、石川兼編『女子用往来物分類目録——江戸時代における女子用初等教科書の発達』（講談社、一九四六年）。

(6) 金崎充代（前掲注5）参照。なお、江戸時代に平安文学作品が数多く出版された背景に関して、ジョシュア・モストウは、富のある町人や、裕福な農民、下級士族らが自らの娘を奉公に出したいと切望したことによると指摘する（Mostow,Joshua.S. "Illustrated Classical Texts for Women in the Edo Period"In The Female as Subject Reading and Writing in Early Modern Japan,ed.P.F.Kornicki,Mara Patessio,and G.G.Rowley,Mishigan Monograph Series in Japane

se Studies 70（An Arbor.Center for Japanese Studies,University of Mishigan,2010）,72.）。また近年、ゲルガナ・イワノワは十七世紀後半に発展した女訓書のなかで重要な位置をしめたのが和歌であったことを取り上げ、「家父長制において女性は夫に従属することが求められると同時に、公家文化における女性のあり方が理想の女性像として広く受け入れられていたため、あらゆる階層の女性読者が共通の情報源から知識を得ることができた」と指摘する（「江戸後期の女性に向けて再構築された文学的才能――『女有職莩文庫』を例に」『日本文学研究ジャーナル』三〇、二〇二四年六月）。

（7）石川兼（前掲注5）参照。なお、内容によって女訓書を分類したものに松原秀江『薄雪物語と御伽草子・仮名草子』（和泉書院、一九九七年）がある。

（8）石川兼（前掲注5）参照。

（9）丹和浩「往来物」（鈴木健一編『源氏物語』の変奏曲――江戸の調べ』三弥井書店、二〇〇五年）。なお、『源氏物語』と女訓書については、ジョシュア・モストウ（亀田和子訳）「『源氏物語』と女訓書」（小嶋菜温子・小峯和明・渡辺憲司編『源氏物語と江戸文化――可視化される雅俗』森話社、二〇〇八年）などの論考も存する。

（10）丹和浩「江戸時代の往来物と近代の教科書の和歌」（『帝国の和歌』コラム　和歌をひらく第五巻、岩波書店、二〇〇六年）。なお、若い女性の教育において和歌を詠むことが中心的な事柄であったことは、中野節子『考える女たち――仮名草子から〈女大学〉』（大空社、一九九七年）などにも指摘がある。

（11）丹和浩（前掲注9）参照。

（12）小町谷照彦「歌と語り」（日本文学協会編『日本文学講座四　物語・小説Ⅰ』大修館書店、一九八七年）、同「百人一首版本における源氏物語」（永井和子編『源氏物語へ源氏物語から――中古文学研究二四の証言』笠間書院、二〇〇七年）、同編『絵とあらすじで読む源氏物語――渓斎英泉『源氏物語絵尽大意抄』』（新典社、二〇〇七年）。

（13）徳永結美「往来物における『源氏物語』」（『学芸古典文学』一、二〇〇八年三月）、同「『女源氏教訓鑑』考――出版事情と構成をめぐって」（『学芸古典文学』二、二〇〇九年三月）。

（14）中嶋隆「十七世紀の『源氏物語』――版本メディアと古典」（盛田帝子編『古典の再生』文学通信、二〇二四年）。

(15) 中野幸一『絵入本源氏物語考』(青裳堂書店、一九八七年)、伊井春樹編『源氏物語注釈書・享受史事典』(東京堂出版、二〇〇一年)、清水婦久子『源氏物語版本の研究』(和泉書院、二〇〇三年)。
(16) 伊井春樹(前掲注15)参照。
(17) 国文学研究資料館「国書データベース」(https://kokusho.nijl.ac.jp/、二〇二四年五月十五日閲覧)。
(18) 川瀬一馬『古活字版之研究　増補版』全三巻(日本古書籍商協会、一九六七年)。
(19) 中野幸一(前掲注15)、清水婦久子(前掲注15)参照。
(20) 清水婦久子(前掲注15)参照。なお、大本には版式が二種あることから、計五種の諸本が現在確認されている。
(21) 川瀬一馬『入門講話日本出版文化史』(日本エディタースクール出版部、一九八三年)。
(22) 拙稿「正保版『二十一代集』の変遷――様式にみる書物の身分(付)八尾助左衛門・勘兵衛・甚四郎出版略年表」(『雅俗』一九、二〇二〇年七月)。
(23) 拙稿「八尾勘兵衛版『源氏物語』小考――無刊記本に刊記が付される時」(『鶴見大学源氏物語研究所年報』六、二〇二〇年三月)。
(24) 斎藤菜穂子「『源氏物語』起筆伝説の〈湖水に映る八月十五夜月〉考」(『国文学研究』一九四、二〇二一年六月)。
(25) 清水婦久子(前掲注15)、伊井春樹編(前掲注15)参照。なお、内容は『源氏小鏡』から主に帖名の由来を記した箇所を引用し、各帖の内容を詠んだ貞門俳人による発句を掲載した俳書。同書には上方版と江戸版とがあり、いずれも最も早い刊年は万治三年版であるが、初版は度々市兵衛によって刊行された上方版とされる。改題本に『源氏絵宝枕』『源氏道芝』『源氏物語絵抄』がある。
(26) 中嶋隆(前掲注14)参照。
(27) 中野幸一『絵入本源氏物語考』(前掲注15)、岩坪健「整版『源氏小鏡』(神戸親和女子大学附属図書館蔵解題・翻刻)――付、『源氏小鏡』の挿し絵」(『親和国文』三六、二〇〇一年)。
(28) 小泉吉永『往来物解題辞典』(大空社、二〇〇一年)、同「往来物データベース」(http://www.bekkoame.ne.jp/ha/a_r/indexB.htm、二〇二四年五月十五日閲覧)、「国書データベース」(前掲注17)。

(29) 小町谷照彦（前掲注12）、徳永結美（前掲注13）参照。
(30) ジョシュア・モストウ「『源氏物語』と女訓書」（前掲注9）。
(31) 女子用往来物の百人一首版本の出版推移については、拙稿「絵入百人一首の出版――女子用往来物を中心に」（前掲注3）を参照されたい。『百人一首』と『源氏物語』の女子用往来物の刊行推移は同傾向が見られるが、最盛期の天保期のみで比較しても、『百人一首』の刊行数は『源氏物語』の六倍以上あり、女子用往来物の中心は常に『百人一首』にあった。
(32) 挿絵の類似性については、小町谷照彦編『絵とあらすじで読む源氏物語――渓斎英泉『源氏物語絵尽大意抄』』（前掲注12）や、ジョシュア・モストウ（前掲注9）などに詳しい。
(33) 拙稿「近世絵入り歌書の出版――視覚化された古典和歌」（『文学・語学』二四一、二〇二四年八月）。
(34) 綿貫豊昭「往来物にみられる紫式部像について」（『図書館情報大学研究紀要』二〇巻二号、二〇〇一年三月）。
(35) 菅野則子（前掲注5）参照。なお、ここに記されている弟子入りの年齢は、幕末から明治期にかけてのものである。
(36) 木越俊介「国文研 千年の旅『源氏大和絵鑑』」（『読売新聞』多摩版、二〇二二年一月二六日付、https://www.nijl.ac.jp/koten/kokubun1000/1000kigoshi2.html 二〇二四年五月一〇日閲覧）、同注『羇旅漫録 付蓑笠雨談』（東洋文庫、二〇二二年）。
(37) 鈴木健一『近世文学史論 古典知の継承と展開』（岩波書店、二〇二三年）。

［付記］ 本稿は二〇二四年度東海近世文学会例会での発表に基づきます。席上、ご教示くださった皆様へ深謝申し上げます。また、画像利用をご許可くださった各所蔵機関に御礼申し上げます。なお、本研究はJSPS科研費JP24K00046ならびにJP22K00303の助成を受けたものです。

【別表A】源氏物語関係版本一覧

［凡例］伊井春樹編『源氏物語注釈書・享受史事典』（東京堂出版、二〇〇一年）に掲載される版本を抽出した上で、「国書データベース」で補記。

備考欄の■は代表的な絵入り『源氏物語』、★は挿絵入り（図の場合もあり）、●は女子用往来物。

	刊行年	刊行月	書名	編著者	刊記	巻冊数	備考
1	〔慶長期刊〕（一五九六～一六一五）		源氏物語			五四冊	伝嵯峨本。慶長初年頃版、慶長中頃版、元和9年版、元和中頃版、寛永中頃版などあり。代表的な古活字版の源氏物語として位置づけられる。慶長初年に出された古活字10行本が、最初に刊行されたとされる。
2	元和9年（一六二三）		源氏物語		元和九年孟夏上旬　洛陽二条通鶴屋町　富社哥鑑開板	五四冊	古活字版。
3	慶安3年跋（一六五〇）		源氏物語	山本春正	慶安三年仲冬 山本春正謹跋	六〇巻六〇冊	絵入り。『源氏目案』3巻、『山路の露』『源氏物語引歌』『源氏系図』を1巻ずつ付す。(1)無刊記版、(2)承応3年八尾勘兵衛版、(3)出雲寺和泉掾版の3種あり、(1)の無刊記版が初版。■
4	慶安4年（一六五一）	8月	源氏小鏡	〔耕雲〕	慶安四辛卯暦仲秋吉辰　寺町通円福寺町誓願寺前　安田十兵衛開板	三冊	古活字版、慶安4年版、明暦3年版（2種）、寛文6年版、寛延4年版、文政6年版、無刊年須原屋茂兵衛版（絵入、3冊本）、無刊記版有。慶安版は絵なし。
5	承応3年（一六五四）	8月	源氏物語		承応三甲午稔八月吉日　洛陽寺町通　八尾勘兵衛開板	六〇巻六〇冊	絵入・箱入。■
6	明暦2年（一六五六）	11月	十二源氏袖鏡		明暦二丙申仲冬　書林　中野氏道也新刊	五四巻一二冊	万治3年版あり（別版）。
7	明暦3年（一六五七）	8月	源氏小鏡	〔耕雲〕	明暦三年丁酉仲秋吉辰　洛陽三条寺町誓願寺前　安田十兵衛開板	三冊	絵入り。慶安4年版の項目参照。上方版大本。★
8	明暦3年（一六五七）	8月	源氏小鏡	〔耕雲〕	明暦三年丁酉仲秋吉辰　洛陽書林　浅見吉兵衛　吉田三郎兵衛開板	三冊	絵入り。慶安4年版の項目参照。上方版大本。★
9	明暦3年（一六五七）	8月	明星抄	三条西公条	書房洛陽今出川林和泉掾板行　松柏堂（時元）　明暦三丁酉仲秋吉旦	二〇冊	注釈書。無刊記本あり。
10	万治2年（一六五九）	2月	十二源氏袖鏡		万治二己亥仲春望日　書林堂新刊	五四巻一二冊	明暦2年版あり（別版、絵なし）。★

	刊行年	刊行月	書名	編著者	刊記	巻冊数	備考
11	万治3年（一六六〇）	3月	源氏綱目	一花堂切臨	万治三庚子年三月吉日板行	九冊	箇条書きにした梗概を示し、「連歌に用べき詞并歌」として簡単な語釈を記したことばと歌を列挙、さらに各巻の絵の説明と挿絵を付す。無刊記本あり。★
12	万治3年（一六六〇）	12月	源氏鬢鏡	小島宗賢・鈴村信房	万治庚子臘月之日　偶応其需妄識其後　洛下素栢撰　江戸大伝馬三町目鱗形屋板	一冊	改題本「源氏絵宝枕」「源氏道芝」「源氏物語絵抄」。『源氏小鏡』をさらにダイジェスト化して本文に用い、巻の内容を俳諧の発句で示す体裁をとる。★
13	万治3年跋（一六六〇）		源氏物語		龍集万治三年庚子除念一日（跋）落陽二条通観音町　かしは屋渡辺忠左衛門開板	五八巻二九冊	横本、絵入り。洛陽本といわれる初版の「かしは屋渡辺忠左衛門版」、後に版行された「林和泉掾版」の2種ある。■
14	万治3年跋（一六六〇）		源氏物語		龍集万治三年庚子除念一日（跋）林和泉掾板行	五八巻二九冊	横本、絵入り。■
15	寛文元年（一六六一）	2月	おさな源氏	野々口立圃	寛文元辛丑年仲春立圃	一〇巻五冊	絵入り梗概書。寛文10年山本義兵衛版、寛文10年八尾勘兵衛版、寛文12年松会版（10巻10冊）、天和2年版、無刊年松会版、無刊記（10巻10冊本と同版、外題「源氏物語大概抄」）、正徳3年岩国屋徳兵衛版（外題「新板於佐那絵入」）。★
16	寛文元年（一六六一）	4月	十帖源氏	野々口立圃	万治四年卯月吉辰　立圃	一〇巻一〇冊	絵入り。無刊記本あり。★
17	寛文元年（一六六一）	4月	十帖源氏	野々口立圃	万治四年卯月吉辰　荒木利兵衛板行	一〇巻一〇冊	絵入り。無刊記本あり。★
18	寛文元年（一六六一）	6月	弘安源氏論議	源具顕判	寛文元年六月吉日　中野市左衛門	一冊	
19	寛文元年（一六六一）	8月	弘安源氏論議	源具顕判	寛文元年辛丑仲秋吉旦	一冊	
20	寛文元年（一六六一）	8月	弘安源氏論議	源具顕判	寛文元年辛丑仲秋吉旦　堺町通竹屋町上町　書林小兵衛開板	一冊	
21	寛文3年（一六六三）	11月	万水一露	能登永閑	寛文三捻癸卯霜月吉旦　二条通玉屋町村上平楽寺開板之	五四巻六二冊	注釈書。

22	寛文5年（一六六五）	12月	源氏物語系図		京からす丸四条下ル二町めにしかわ寛文五年極月五日弟子大経師市兵衛作	一冊	
23	寛文6年（一六六六）	6月	源氏小鏡	〔耕雲〕	寛文六丙午年林鐘吉日	三冊	絵入。慶安4年版の項目参照。上方版小本。★
24	〔江戸前期〕		源氏物語		無刊記	六〇冊	小本・絵入り。寛文6年以前に刊行（書籍目録による）。合30冊本は元禄9年以前に刊行。■
25	寛文8年（一六六八）	7月	弘安源氏論議	源具顕判	寛文八年戊申仲秋吉旦　堺町通竹屋上町　書林小兵衛開板	二冊	
26	寛文10年（一六七〇）	1月	おさな源氏	野々口立圃	寛文十庚戌歳孟春吉旦　書林山本義兵衛梓行	一〇巻五冊	寛文元年版の項目参照。★
27	寛文10年（一六七〇）	1月	おさな源氏	野々口立圃	寛文十庚戌歳孟春吉旦　書林八尾勘兵衛梓行	一〇巻五冊	寛文元年版の項目参照。★
28	寛文10年（一六七〇）	3月	烏帽子源氏	平野仲安	寛文拾庚戌年三月中旬　開板中御門通弱檜木町　吉田四郎右衛門	一冊	俳書。絵入り。無刊記版あり。★
29	寛文11年（一六七一）		源氏増鏡	〔宗祇〕	寛文拾一辛亥暦　書林　三河屋太郎助　古本屋勝兵衛　執筆武藤要祭	一冊	
30	寛文12年（一六七二）	1月	源氏増鏡	〔宗祇〕	寛文拾二壬子孟春吉辰　婦屋仁兵衛	三巻五冊	★
31	寛文12月（一六七二）	4月	おさな源氏	野々口立圃	寛文十二壬子歳四月吉辰　松会開板	一〇巻一〇冊	寛文元年版の項目参照。本書の無刊記版あり（外題「源氏物語大概抄」）。★
32	延宝元年（一六七三）	2月	首書源氏物語	一竿斎	寛文十三癸丑歳二月吉辰　雒阳陽西御門前　書林　積徳堂梓行	五四巻五五冊	全巻の本文と、上段には詳細な注釈を付す。『湖月抄』に先立つ本文を持った注釈書。
33	延宝元年（跋）（一六七三）	10月	湖月抄	北村季吟	延宝元年冬至月　北村季吟書林　林和泉　村上勘兵衛吉田四郎右衛門　村上勘左衛門	六〇巻六〇冊	注釈のほかに、発端・表白・源氏物語年立・源氏物語系図・雲隠説を含む。刊記の「吉田四郎右衛門」の箇所に「八尾勘兵衛」とある版が存する。刷りの状態や、刊記部分に入木訂正跡が認められることから、初版が八尾版でのちに吉田版が刊行されたと考えられる。（さらに、「京師三条通升屋町　御書物所　出雲寺和泉掾」を加える版あり）

	刊行年	刊行月	書名	編著者	刊記	巻冊数	備考
34	延宝3年（一六七五）	3月	小源氏	〔耕雲〕	延宝三年乙卯弥生吉辰　江戸大伝馬町三丁目　鶴屋喜右衛門開板	三冊	『源氏小鏡』。江戸版大本。★
35	延宝4年（一六七六）	5月	源氏供養	〔近松門左衛門〕	延宝四丙辰年五月吉旦　山本九兵衛	一冊	絵入浄瑠璃本。★
36	延宝9年（一六八一）	4月	雲隠六帖抄	浅井了意	延宝九年酉四月吉辰日　大伝馬町参町目　鱗形屋新板	一二巻六冊	雲隠六帖の注釈書。版本では「源氏雲隠抄」ともする。版本では「絵入源氏雲隠巻」の題簽、表紙見返しには「源氏抄　六帖」とする。延宝9年鱗形屋版、天和2年鱗形屋版あり。他に、延宝4年版、延宝5年版もある（未見）。★
37	天和2年（一六八二）	1月	源氏雲隠抄	浅井了意	天和二年正月吉辰日　大伝馬町参町目　鱗形屋新板	一二巻六冊	延宝9年刊『雲隠六帖抄』と同版。同項目参照。★
38	天和3年（一六八三）	1月	源氏絵宝枕	小島宗賢・鈴村信房	天和三年亥七月吉旦　永田長兵衛開板	一冊	『源氏鬢鏡』の改題本。序跋とも同書に同じ。絵入りの梗概書。『源氏小鏡』のダイジェスト。左丁に図版54枚を配し、各巻に貞徳以下の句を付す。★
39	貞享2年（一六八五）	4月	源氏大和絵鑑	菱川師宣画	貞享二年丑四月吉日　大和画師　菱河氏師宣筆　大伝馬町三丁目うろこかたや開板	一巻一冊	源氏絵鑑とする本は2巻2冊。円形に各巻の図版を示し、枠外に巻名と詞書とを付す。★
40	貞享4年（一六八七）	1月	源氏ひながた	加藤吉定	貞享四丁卯年孟春吉日　書林文台屋治郎兵衛　敦賀屋三右衛門梓	三巻三冊	衣裳の模様図案集。★
41	元禄7年（一六九四）		発句絵入源氏道芝	小島宗賢・鈴村信房	元禄七戌数陽之吉　偶応其需妄識其後　洛下素栢撰　江戸大伝馬三町目　鱗形屋板	一冊	『源氏鬢鏡』の改題本。★
42	元禄9年（一六九六）	1月	源偶篇	契沖	元禄九丙子年孟春吉旦　江戸日本橋川瀬石町　山口屋権兵衛　同日本橋南一町目　須原屋茂兵衛　京高倉二条下ル町山中孫四郎新刊	一巻一冊	柱刻「源詞」。統一書名「源偶篇」。小本。淡彩絵入。1丁表は紫式部画像、裏は系図、挿絵は30面。巻別によるいろは順のことばの注解。★
43	元禄9年（一六九六）	6月	源氏男女装束抄	月村斎宗碩	元禄九年六月十七日（巻末）	二巻二冊	

44	元禄9年（一六九六）	秋	源氏男女装束抄	月村斎宗碩著、壷井義知増補	元禄九年季秋中旬　湖南散人渡辺康映誌（識語）	三巻三冊	
45	元禄16年（一七〇三）	1月	風流源氏物語	都の錦	元禄十六年癸未年孟春吉日　書林　洛陽五条通　河勝五郎右衛門　東武日本橋南壱町目　升屋五郎右衛門　板	六巻六冊	浮世草子。絵入り。桐壺巻から帚木巻までの俗語訳。★
46	宝永3年（一七〇六）	1月	源氏物語道しるべ	素兄堂	宝永三丙戌正月吉辰（跋）、洛陽三条小橋　書林　辻勘十郎開板	二巻二冊	小本。
47	宝永3年（一七〇六）		源氏男女装束抄	月村斎宗碩著、壷井義知増補	元禄九年季秋中旬　湖南散人渡辺康映誌　宝永三再校合（識語）	三巻三冊	
48	宝永4年（一七〇七）	1月	紅白源氏物語	奥村政信著画	宝永四丁亥初春吉日　大和絵師　奥村親妙政信　武江日本橋南一町め　山口屋　山泉堂須藤権兵衛　寿行	六巻六冊	浮世草子。紅葉賀巻の俗語訳。宝永6年版あり。★
49	宝永4年（一七〇七）	1月	わか草源氏物語	奥村政信著画	宝永四丁亥初春吉日　武江川瀬石町山口屋山泉堂須藤権兵衛寿行	六冊	浮世草子。紅葉賀巻の俗語訳。改題本に「紅白源氏物語」。★
50	宝永5年（一七〇八）		雛鶴源氏	奥村政信著画	書林　山口屋権兵衛新板	一巻一冊	浮世草子。若紫と末摘花の俗語訳。享保6年版あり。★
51	宝永6年（一七〇九）	1月	紅白源氏物語	奥村政信著画	于時宝永六つの年初春日　隠士梅翁書　江戸川瀬石町　書林　山口屋権兵衛新板	六巻六冊	浮世草子。紅葉賀巻の俗語訳。宝永4年版あり。★
52	宝永7年（一七一〇）	1月	俗解源氏物語	奥村政信著画	于時宝永七の年　初春吉祥日　梅翁書（序）、隠士　梅書　江戸川瀬石町　書林　山口屋権兵衛　新板	六巻一冊	浮世草子。桐壺・帚木巻の俗語訳。★
53	正徳3年（一七一三）	1月	源氏絵宝枕	小島宗賢・鈴村信房	正徳三年巳正月吉　大野木市兵衛板	一冊	『源氏鬢鏡』の改題本。万治3年版『源氏鬢鏡』の項目参照。★
54	正徳3年（一七一三）	1月	おさな源氏	野々口立圃	正徳三癸巳年正月吉祥日　書林岩国屋徳兵衛開板	五冊	★

	刊行年	刊行月	書名	編著者	刊記	巻冊数	備考
55	正徳3年（一七一三）	1月	伊勢物語大全		正徳三年癸巳正月吉日　京二條通御幸町西江入町　田井利兵衛梓行	二巻二冊	女子用往来物。『伊勢物語』を本文に据え、「よみくせ、注釈をくわへ、頭書には女中諸礼躾方、其外常に用ゆへき事を集め」る。『伊勢物語』本文はほぼ仮名書きで、随所に細字の略注を付し、多くの挿絵を掲げる。巻頭に「清水之図」「琴の図」「琴の組指南」「男女相生善悪を知事并に歌」「四季花鳥の歌」「源氏名寄長歌」「三夕の和歌」「五行の歌」「五色の歌」「在原業平略伝」、また頭書に「つねにわきまへしるべき条」「五節句」「みやづかへする人こゝろへ有べきしな」「相性の事」「祝言道具」「婚礼祝言」「祝言の夜膳部」「しやく人の事」「物くふべきしだい」「産前後心得・養生」「女性諸病妙薬」「かけ香名方」「たき物の方」「名香名寄」「やまとことば」「しみ物をとす事」を載せる。●
56	享保3年（一七一八）	5月	絵本草源氏		世間絵抄類出るといへとも其形チ当風のまさかに当さる処多し此度一流筆工今様に仕出し令板行者也／享保三戊戌年五月吉日　江戸日本橋南三丁目小河彦九郎	二巻二冊	無刊年本（小河彦九郎・菊屋七郎兵衛・野田屋利右衛門・柏原屋清右衛門刊）、享和3年（同4書肆）版あり。人物の絵はなく、すべて巻にちなんだ動植物・建物・風景を描く。★
57	享保8年（一七二三）	秋	紫文蜑の囀	多賀半七	享保八癸卯年季秋良辰　作者　甲陽府中仕官　多賀半七　甲州府中柳町三町目　清水九左衛門弁事　書林　武江日本橋南壱町目　須原茂兵衛梓行	五巻五冊	桐壺・帚木・空蝉の3巻のダイジェスト版。各冊3図収める。★
58	元文元年（一七三六）	9月	女源氏教訓鑑	山朝子	元文元年丙辰九月吉日出来　書林江戸日本橋南一丁目　須原茂兵衛　大坂心斎橋安堂寺町　秋田屋大野木市兵衛	一巻一冊	女子用往来物。源氏物語に関しては「源氏六十帖注釈」「同本哥五十四首」「源氏之略系図」「源氏六十帖目録」「同六十帖之大意」「源氏巻数の大意」を所収。正徳3年版、享保6年版、寛政8年版あり。『江戸時代女性文庫』（大空社）。●
59	延享4年（一七四七）		新板紫式部		延享四卯年		
60	寛延2年（一七四九）	9月	源氏物語		寛延二巳九月中旬　皇都　新[illegible]	二八冊	絵入り。豆本。双六の駒としても利用された。★

61	62	63	64	65	66
宝暦元年（一七五一）	宝暦元年（一七五一）	宝暦元年（一七五一）	宝暦元年（一七五一）	宝暦4年（一七五四）	宝暦11年（一七六一）
1月	1月	1月	1月	1月	
絵本源氏物語	絵本源氏物語	源氏絵本藤の縁	源氏小鏡	源氏絵合	絵本深見草
酔画・朧月文、寺井尚画	酔画・朧月文、寺井尚画	方舟子述、長谷川光信画	〔耕雲〕		月岡雪鼎画
寛延四辛未載正月吉 心斎橋南四丁目 大坂 吉文字屋夏兵衛梓行 日本橋通三丁目 江戸 同治郎兵衛	寛延四年未初春 東都書林 大伝馬町三丁目 鱗形屋孫兵衛他	寛延四年初春 東都書林 大伝馬町三丁目 鱗形屋孫兵衛 皇都書林 寺町通松原上ル町 菱屋治兵衛板	寛延四年未正月吉日 京師書林 東洞院五条上ル丁 吉田屋三郎兵輔 建仁寺町四条下ル丁 加賀屋卯兵衛	宝暦四年戌正月吉辰 書林 大坂安土町心斎橋 本屋宇之松 心斎橋筋高麗橋北へ入 彫刻 市田治兵衛	〔大阪〕吉文字屋市兵衛（鳥飼市兵衛・定栄堂・鳥飼酔雅・雅寿）板（『大阪出版書籍目録』による）
二巻二冊	二巻二冊	三巻三冊	三冊	一冊	大本三巻三冊
光源氏の元服、北山での若紫、朝顔姫君、花散里巻の中川の女、末摘花など、巻よりも人物を中心に12画面を取り上げ、浮世絵風の挿絵と説明の詞書、歌一首からなる。★	★	浮世絵風の絵本。一巻は見開きの1図と歌、その場面の解説を付す。★	絵入り。上方版小本。★	冒頭に「宗雅 ゐひ醒やあれは春風花のもと」の句、続けて上段に帖名の図、下段に源氏物語の巻名を列挙していく。巻名は順不同に並べられる。各丁の初めには発句を配す。★	女子用往来物。日本古来の賢女・列女・貞女など多くの名女の小伝を集めた教訓絵本。上段に小伝、下段に挿絵の構成。上巻には巻頭に「源氏物語一部之大意」を掲げた後、「賢女部」として紫の上等3名、また「列女部」として横ふゐ等9名、中巻には「列女部」の続きとして梶原妻1名と「文学秀女」として赤染衛門等6名、「貞女部」として尾はり等7名、「歌学智子」として臥柴加賀等6名を載せる。下巻は未見。なお本書に百人一首を合綴したもの（跡見学園本）が宝暦14年に大阪・吉文字屋市兵衛と江戸・吉文字屋次郎兵衛によって刊行されたほか、さらに安永3年頃に本書と『古今百人一首』を合本した『女故事選深見草』が出版された（『大阪出版書籍目録』）。●

	刊行年	刊行月	書名	編著者	刊記	巻冊数	備考
67	明和2年（一七六五）	8月	源氏活花記	千葉竜卜	明和二年乙酉中秋望日 東雲堂蔵 京都堀河通錦小路上ル町 中川藤四郎 江戸日本橋通一町目 須原屋茂兵衛	三冊	
68	安永6年（一七七七）	4月	雨夜物語だみことば	加藤美樹	安永六丁酉年初夏 出雲寺文治郎 風月庄左衛門 吉田四郎右衛門 梅村三郎兵衛	二巻二冊	無刊記本有。
69	安永10年（一七八一）	1月	源氏名寄文章		安永十年辛丑春正月 江戸書肆藻雅堂発行 須原屋嘉助	一冊	統一書名「源氏文字鎖」。寛政7年版、文政4年版あり。冒頭に石山寺をはじめとする八景の図あり。●
70	天明4年（一七八四）	9月	源語梯	五井蘭洲	天明四年甲辰九月発行 京都書肆 斎藤庄兵衛 江戸書肆 須原茂兵衛 大阪書肆 大野木市兵衛 同 渋川清右衛門 同 高橋平助	三巻三冊	小本。
71	天明4年（一七八四）	9月	源語梯	五井蘭洲	天明四年甲辰九月発行 京都書房 出雲寺文次郎 同 吉田四郎右衛門 同 風月庄左衛門 同 柏淵利兵衛 江戸書房 須原茂兵衛 大阪書房 渋川清右衛門 高橋平助	三巻三冊	小本。
72	天明5年（一七八五）	1月	源氏百人一首錦織	北尾重政画	天明五載乙巳正月吉辰 書林 御江戸芝明神前 奥村喜兵衛門 同日本橋通三丁目（書肆名欠）	一巻一冊	女子用往来物。「和歌三神之像」「つれ〳〵草四季の段」「名婦花鳥風月勝詠之図」「百人一首五ケの大事といふ事あり」等があり、下段には百人一首の歌と人物像、上段に「三十六歌仙図」「女手習状絵解」「婦人七去の事」等のほかに、「源氏物語　引歌　香図」も収める。●
73	天明8年（一七八八）	1月	雅俗画源氏	北尾重政	天明八申のむつみ月 雪中庵完来（序）	一巻一冊	初めに紫式部が机に向かって物語を執筆する像を描き、正月の羽子板遊びや初売りの図等の風俗が5場面と序文、その後に桐壺から常夏までの絵と句が配される。俳諧と絵を描く。★

74	寛政4年（一七九二）	9月	ゆきかひふり	橘千蔭	寛政四載壬子九月上桜 書林 京都柳馬場 須原屋平左衛門 大坂心斎橋北久太郎町 河内屋喜兵衛 名古屋本町一町目 風月堂孫助 江都本石町十軒店 西村宗七板	二巻二冊	消息文のあり方を知るため、源氏物語から抜き書きしたもの。
75	寛政7年（一七九五）		源氏名寄文章		寛政乙卯林鐘 高橋尚富書 下谷竹町書肆星運堂 花屋久次郎寿桜	一冊	安永10年版の項目参照。もっとも流布した標準的な源氏物語の巻名を詠み込んだ長歌。
76	寛政8年（一七九六）	9月	女源氏教訓鑑	山朝子	寛政八年丙辰九月吉日求板 書林 江戸日本橋通壱丁目 須原屋茂兵衛 大坂心斎橋順慶町 柏原屋清右衛門	一巻一冊	元文元年版の項目参照。●
77	寛政8年（一七九六）		源氏物語玉の小櫛	本居宣長	受須能耶蔵板	九巻九冊	嘉永2年版あり。
78	寛政12年（一八〇〇）	1月	源氏男女装束抄		寛政十二歳庚申正月発行	三巻三冊	
79	文化4年（一八〇七）	7月	紫文消息	橋本稲彦	文化四年丁卯七月 書林 京都 額田正三郎 江戸 須原茂兵衛 同 西村源六 同 同宗七 大坂 葛城長兵衛	一巻一冊	小本。文化5年版などあり。消息のみを巻の順に抜き出し注記を付す。
80	文化5年（一八〇八）		女要大成小倉麓	玉峯画		一冊	巻名を詠み込んだ長歌「源氏短歌」を所収。●
81	文化6年（一八〇九）	3月	日本紀御局考	藤井高尚	文化六年己巳春三月 錦小路通室町西江入北側中程 皇都書林 恵比寿屋市右衛門	一巻一冊	紫式部が日本紀御局と呼ばれた典拠と、物語の準拠等について考証。文化8年版、文化10年版あり。
82	文化8年（一八一一）	4月	日本紀御局考	藤井高尚	文化八季辛未四月 浪華書房 心斎橋筋北久太郎町 河内屋儀助 皇都書房 御幸町通御池北 林安五郎 錦小路通室町西 城戸市右衛門	一巻一冊	紫式部が日本紀御局と呼ばれた典拠と、物語の準拠等について考証。文化6年版の項目参照。
83	文化8年（一八一一）	6月	すまのかいさし	芳宜園（橘千蔭）	文化辛未新刻金花堂	一冊	書道の手習い書。

	刊行年	刊行月	書名	編著者	刊記	巻冊数	備考
84	文化9年（一八一二）	8月	すみれ草	北村久備	野洲の屋蔵板　文化九年壬申八月　筆工　五嶋藩中　閑斎良恭　彫工摺　東都隠士　三谷堂枝斧　製本所　数寄屋橋通山下町　萬屋太郎右衛門	三巻三冊	文化12年版あり。源氏物語の系図。
85	文化9年（一八一二）		源氏物語五十四帖絵尽		文化九壬申年　芝明神前三嶋町　和泉屋市兵衛梓	一巻一冊	絵入り袖珍本。表紙見返しから1丁表には、石山寺から湖水の月を眺める紫式部像が描かれ、序の後に一巻ごとに見開き面を用い、源氏香と巻歌、挿絵を配す。★
86	文化9年（一八一二）		源氏物語絵尽大意抄	渓斎英泉画	右元板文化九壬申再板天保八丁酉年　江戸芝明神前　和泉屋市兵衛板	一巻一冊	女子用往来物。●
87	文化10年（一八一三）	春	日本紀御局考	藤井高尚	文化十年癸酉春発行　大坂　岡田儀助　葛城長兵衛　京　木戸市衛門　林安五郎	一巻一冊	紫式部が日本紀御局と呼ばれた典拠と、物語の準拠等について考証。文化6年版の項目参照。
88	文化10年（一八一三）	6月	紫文製錦	橋本稲彦	文化十癸酉歳六月吉旦　大坂書林宣英堂奈良屋長兵衛板（巻4末）	八巻八冊	小本。文政6年版、文政7年版、無刊年本などあり。四季・恋・雑の部立別に、各項目にふさわしい本文の文章表現を引用。
89	文化12年（一八一五）	7月	すみれ草	北村久備	文化十二乙亥年七月　京都二条富小路東ヱ入町　吉田四郎右衛門（等七肆）	三巻三冊	文化9年版の項目参照。
90	文化13年（一八一六）	12月	源氏物語新釈惣考	賀茂真淵	文化十三年丙子歳十二月　書林　京都　額田正三郎　江戸　須原茂兵衛　大坂　塩屋金助　同　河内屋儀助　同　奈良屋長兵衛	一巻一冊	小本。
91	文政3年（一八二〇）	春	源氏物語玉の小櫛補遺	鈴木朖	文政三年春庚辰春　新刻　尾張波奈乃屋蔵板	二巻二冊	
92	文政4年（一八二一）		源氏名寄文章	未詳	文政四年辛巳再板花屋久次郎　地本馬喰町二丁目　森屋治兵衛板	一冊	安永10版の項目参照。もっとも流布した標準的な源氏物語の巻名を詠み込んだ長歌。

93	文政6年（一八二三）	1月	紫文製錦	橋本稲彦	文政六癸未年正月　書林　大阪心斎橋通博労町北へ入　河内屋長兵衛	八巻八冊	小本。文化10年版の項目参照。
94	文政6年（一八二三）	9月	源氏小鏡	〔耕雲〕	文政六年癸未九月　心斎橋通安土町北入　浪華書林　加賀屋善蔵梓	三冊	絵入り。慶安4年版の項目参照。上方版小本。★
95	文政6年（一八二三）	9月	源語梯	五井蘭洲	文政六年癸未九月　心斎橋通安土町北へ入　浪華書林　加賀屋善蔵梓	三冊	小本。天明4年版の項目参照。
96	文政7年（一八二四）	8月	紫文製錦	橋本稲彦	同七年甲申秋八月発兌　大阪心斎橋通安土町　書林加賀屋善蔵	八巻八冊	小本。文化10年版の項目参照。
97	文政8年（一八二五）	10月	源氏男女装束抄	月村斎宗碩著、壷井義知増補	寛政十二歳庚申正月発行　文政八年乙酉十月補刻　書林　大阪心斎橋通安土町　加賀屋善蔵梓	三巻三冊	
98	文政10年（一八二七）	10月	少女巻抄注	鈴木朖	文政十年亥初冬　出雲寺文治郎　出雲寺文治郎　吉田四郎右衛門　風月荘左衛門	一巻一冊	注釈書。
99	文政11年（一八二八）	冬	源氏男女装束抄		文政十一年戊子冬　浪華書肆　心斎橋通安土町　加賀屋善蔵	三冊	文政8年版と同版。同版のものが唐本屋八郎兵衛や、銭屋儀兵衛・同七郎兵衛によって刊行されている。
100	天保元年（一八三〇）	春	少女巻抄注	鈴木朖	文政十三年寅春　出雲寺文治郎　吉田四郎右衛門　風月荘左衛門	一巻一冊	注釈書。
101	天保元年（一八三〇）	5月	源氏物語大意	弄花軒和田祖能詠、天野直方評注	文政十三年甲寅五月刻成　弄花軒社中蔵板	二巻二冊	上巻は桐壺帝から薫まで54名の歌54首の解説と人物評論を付し、下巻は評論・語釈を収め、巻末に祖能の略伝を記したもの。
102	天保2年（一八三一）	12月	揚名考	小山田与清	天保二年十二月朔日　平小山田与清稿（巻末）	一巻一冊	夕顔巻の揚名介に関する考証。
103	天保3年（一八三二）	7月	源氏鬢鏡	小島宗賢・鈴村信房編	天保三年亥七月吉旦　永田永衛開板	二巻二冊	改題本に「源氏絵宝枕」「源氏道芝」。★

	刊行年	刊行月	書名	編著者	刊記	巻冊数	備考
104	天保5年（一八三四）	8月	源氏男女装束抄	月村斎宗碩著、壷井義知増補	天保五年甲午八月 心斎橋通安土町 浪華書林 加賀屋善蔵	二巻二冊	
105	天保5年（一八三四）	8月	源注拾遺	契沖	天保五午仲秋刻成 書林 東都 須原茂兵衛 浪花 葛城長兵衛 大野木市五郎 京都 風月庄左衛門 吉田四郎右衛門 朝倉儀助 太田治助 出雲寺文次郎	八巻八冊	
106	天保6年（一八三五）	7月	女教百人一首合鏡	松川半山他画	天保六乙未孟秋新鐫 書肆 江戸日本橋通壱丁目 須原屋茂兵衛 同貳丁目 小林新兵衛 同芝明神前 岡田屋嘉七 京都寺町松原 勝村治右衛門 大阪心斎橋通安堂寺町 秋田屋太右衛門	一冊	巻名を詠み込んだ長歌「源氏短歌」を所収。●
107	天保8年（一八三七）	1月	掌中源氏物語	尾崎雅堂	天保丁酉歳正月 京 額田正三郎 江戸 須原茂兵衛 大坂 葛城長兵衛	一巻一冊	小本の横本。
108	天保8年（一八三七）		春栄百人一首姫鏡		和泉屋市兵衛（江戸）	一冊	「源氏文字鎖」を「源氏目録文字鎖」として所収。寛政9年蔦屋重三郎原版の再版。●
109	天保8年（一八三七）	5月	源氏百人宝文庫		天保八年丁酉五月吉日 御江戸常磐橋御門本町筋下ル 八丁目通油町書林 鶴屋喜右衛門	一冊	絵入り。初めに「秋景三夕和歌図」とし、定家、西行、寂蓮の人物画と「見渡せば……」の歌を記し、以下「古今集六歌僊」として歌仙絵と和歌、その後に「源氏物語五十四帖歌并香図」とし、一巻一首の歌と図版を配す。●
110	天保8年（一八三七）		源氏物語絵尽大意抄	渓斎英泉画	右元板文化九壬申再板天保八丁酉年 江戸芝明神前 和泉屋市兵衛板	一冊	各巻一面ずつ「五十四帖の絵を写し画上に一首のうたをあげ」る。●

111	天保10年（一八三九）	12月	源氏百人一首	黒沢翁満	天保十年己亥十二月発行 松軒田靖書 楢斎清福画 玉山書堂梓／金花堂蔵板目録 日本橋南通四町目 須原屋佐助	一巻一冊	奥付「天保十二辛丑年正月 発行書林 芝明神前 岡田屋嘉七 日本橋通二丁目 小林新兵衛 本石町十軒店 英大助 中橋広小路 西宮弥兵衛 浅草茅町 同伊八 通四丁目 同佐助 通弐丁目 山城屋佐兵衛」とある本あり。桐壺帝以下123名の画像と、歌・人物の説明を付す。小倉百人一首を模して著作。凡例によれば世に流布する54帖の巻名の歌によるかるたでは、物語の内容を知ることができないことから、登場人物の歌から一首ずつを取り上げて注解するとともに、小伝も付す。	●
112	天保11年（一八四〇）（序）		源氏遠鏡	栗田直政	京師三条通升屋町御書物作出雲寺和泉掾	二巻二冊	無刊記本あり。	
113	天保12年（一八四一）	1月	源氏百人一首	黒沢翁満	天保十二辛丑年正月 発行書林 芝明神前 岡田屋嘉七 日本橋通二丁目 小林新兵衛 本石町十軒店 英大助 中橋広小路 西宮弥兵衛 浅草茅町 同伊八 通四丁目 同佐助 通弐丁目 山城屋佐兵衛（奥付）	一巻一冊	天保10年版の項目参照。	●
114	天保12年（一八四一）		大宝百人一首紅葉錦	芳〔鄰〕斎主人画図、文宜堂枢斎謾毫	岡田屋嘉七（江戸）	一冊	「源氏文字鎖」を所収。	●
115	天保12年（一八四一）	8月	二藍源氏	黒川春村撰	天保十二歳八月刻成 千東庵蔵	一巻一冊	桐壺以下篝火までの作例歌と挿絵を配す。	★
116	天保14年（一八四三）	12月	女諸礼綾錦	池田東籬編、川部玉園画	天保十四年卯十二月 書肆浪華心斎橋筋 河内屋喜兵衛梓	一冊	巻名を詠み込んだ長歌「源氏短歌」を所収。	●
117	弘化元年（一八四四）	7月	掌中源氏物語系図	山田常典	天保十五甲辰七月発兌 板元江戸下谷御成道 英文堂	一冊		

	刊行年	刊行月	書名	編著者	刊記	巻冊数	備考
118	嘉永2年（一八四九）	1月	百人一首女訓抄	山田常典	嘉永二己酉年正月再刻　銀座四町目　東都書肆頂恩堂　本屋又助寿梓	一冊	「素戔嗚尊御歌」「六歌仙」「和歌二聖」「古今集之歌十二首」（絵入）等が記された後に「源氏五十四帖和歌并香の図」を所収。はじめに「紫式部石山寺図」があり、「これより八丁口画、広重画」とし、以下上段3分の1に香図、巻名、各巻の歌、下段に巻意を示す花鳥画を描く。●
119	嘉永2年（一八四九）	6月	源氏物語玉の小櫛	本居宣長	嘉永二己酉年六月　須受能耶蔵板　弘所　江戸　須原茂兵衛　京都　銭屋利兵衛　伊勢松阪　柏屋兵助	九巻九冊	
120	嘉永6年（一八五三）		源氏物語新釈	萩原広道	嘉永六年癸丑新刻　鹿鳴草舎蔵板（第4冊）	一四巻一三冊	
121	文久元年（一八六一）（序）		さとひ源氏写真鏡	若本貴世	京書林　寺町御池下ル町　橘屋久兵衛	一冊	巻名による道歌と、源氏香図、人物画を描く。★
122	明治14年（一八八一）		女教草大和錦	一琴楼胤信		一冊	「源氏文字鎖」を「源氏物語名寄文」として所収。多色刷。●
123	〔江戸〕		雲隠六帖		鱗形屋新板	六巻六冊	雲隠（2図）、巣守（2図）、桜人（3図）、法師（2図）、ひはり子（1図）、八橋（1図）に挿絵。無刊記本あり。★
124	〔江戸〕		雲隠六帖	未詳	無刊記	六巻六冊	
125	〔江戸〕		源氏絵合かるた	一笑斎房種画		一枚	短冊型の各巻の絵54巻54図を一紙に印刷。歌はなく、絵だけを描く。★
126	〔江戸〕		源氏かるた絵合	洗入斎綾岡		一枚刷	各巻の内容を示す図を短冊型で示したもの。中央には石山寺の鳥瞰図。★
127	〔江戸〕		〔源氏絵物語〕	一陽斎豊国画	一陽斎豊国筆　栄久堂梓（表紙）	一巻一冊	極彩色の絵入り。1巻1図、「源氏香の図」と、巻意を示す歌1首を配す。★
128	〔江戸〕		源氏仮名文章	長雄耕文	長尾源氏かな文章　本石町十軒店　書林　山崎金兵衛　彫工　町田助左衛門	一巻一冊	夢浮橋までの巻名を折り込んだ文章と、仮名の消息より成る。手習い本。

129	（江戸）		源氏五十四帖かな文	三条西実隆（仮託カ）	金華堂江戸馬喰町二丁目菊屋幸三郎謹製	一巻一冊	冒頭に紫式部の石山寺月見の図あり。源氏香、巻ごとの歌、関連する動植物、道具類の絵が描かれる。★
130	（江戸）		源氏双六（外題）			一枚	静嘉堂文庫蔵。★
131	（江戸）		源氏物語年立	一条兼良	二条通衣棚　京都書肆　風月荘左衛門	二巻二冊	
132	（江戸）		雛鶴源氏絵百人一首	奥村政信画		二冊	百人一首と源氏物語の歌を対応させる。●
133	（江戸）		桃花百人一首曲水宴		日本橋通四丁目　金花堂須原屋佐助	一巻一冊	「紫式部の伝并源氏五十四帖」を所収。他の百人一首類にも挿入される。●
134	（江戸）		御家流源氏六十帖			特大本一冊	女子用往来物。異称『源氏六十帖』。『源氏名寄文章』『源氏表白文章』と同様に『源氏物語』54帖の名称を形容句を伴う女子消息文中に列記する。『源氏物語』の成立に簡単に触れたうえで各巻の名を紹介する。巻末に「桃の節句祝儀状」「端午節句祝儀状」など6通の準漢文体書簡を付す。なお、本書と密接な関連のある往来として『石山詣』がある。●
135	（江戸中期）		〔源氏〕		通油町　村田次郎兵衛開板	六冊	淡彩画入り。各冊5丁の絵草子。夢浮橋巻の後に付される絵は、紫式部が上東門院に物語を献上する図。★
136	（江戸中期）		俗源氏五十四帖	国貞画他		一巻一冊	絵本。現存するのは18図。★
137	（江戸中期）		絵本袖中雛源氏		丁字屋源治郎（巻末）	一冊	彩色絵入りの袖珍本。巻ごとに歌と挿絵を一面ごとに配す。★
138	（江戸中期）		源氏歌仙絵抄		江戸日本橋南一町目出店　出雲寺和泉掾	二巻二冊	外題「新註絵入伊勢物語改正」。柱刻「源氏歌仙絵抄」。上段3分の2ほどは「歌仙絵抄」とし、下段は「伊勢物語」の全文を所収。54巻の1巻1図の絵と和歌より成る。挿絵は一般的に継承される場面を描く。その後に「源氏香図」「女歌仙絵抄」等が付される。★
139	（江戸後期）		源氏物語忍草	北村湖春	東都金免　堂名箋記（他に「金花堂蔵板目録　日本橋南通り四町目　須原屋佐助」を付すものなどあり）	五冊	詳細な梗概書。初学のために『湖月抄』よりもさらに大意を俗語によって記す。

刊行年	刊行月	書名	編著者	刊記	巻冊数	備考
140 〔江戸後期〕		石山詣			横本一冊	「隅田川詣」「都詣（都往来）」とともに合綴された往来物。『源氏物語』の由来に終始した内容。『御家流源氏六十帖』と類似する文言を交えながら、60帖の成立や54帖になった経緯に触れる。●
141 〔江戸末期〕		五十四帖源氏発句双六	魚堂	北冥舎魚堂輯　松高斎春亭画　馬喰町江崎屋板	一枚	彩色画。中央に紫式部石山寺参籠図あり。★

【別表B】源氏物語関係往来物一覧

［凡例］小泉吉永『往来物解題辞典』（大空社、二〇〇一年）、「往来物データベース」（http://www.bekkoame.ne.jp/ha/a_r/indexB.htm）より、源氏物語に関連する記載が確認できる出版物を抽出した上で、「国書データベース」で補記。【別表A】にも記載されるものは「記載内容・備考」欄末に▲を付した。

	成立	書名	編著者	刊記	分類	記載内容・備考
1	承応3年（一六五四）	女手本〈かほよ草〉	素証子書	承応三年（一六五四）以前刊。［京都か］刊行者不明。	女子用	第四条の他の類本には「源氏品定」に言及する記述。
2	延宝3年（一六七五）	女五経	小亀勤斎作	寛文一一年跋。延宝三年、［京都］西村市郎右衛門（寿詞堂・載文堂）刊。	女子用（仮名草子）	第一巻から第三巻の前半部は、明石入道の娘（姫君）と公家の大臣との恋愛を綴った物語で、これは『源氏物語』『岩屋の草子』『中将姫本地』などを下敷きにしたもの。また別に［京都］梅村弥右衛門（甘節堂・玉池堂）版（延宝九年版）、［江戸］松会三四郎（正本屋・草紙屋・村田氏・加藤三四郎）版（同）あり。
3	元禄二年（一六八九）	婦人養草	村上逝水作・序・跋	貞享三年序。元禄二年、［金沢］塚本半兵衛ほか刊。	女子用	第一巻「援引和漢之書目」に『源氏物語』など129の書名を連ねる。

4	元禄4年（一六九一）	〈四季〉女文章	小野通（二世か）書	元禄四年、［大阪か］大塚屋刊。	女子用	「『源氏物語』拝借の文（前記「『源氏物語』借用状」とは別内容）」「通天の紅葉見物誘引状」「男子出産祝儀状」の三通と、独特な散らし書きの和歌四首を増補した改題本が享保頃刊『女筆春の錦』。
5	元禄5年（一六九二）	〈ゑ入〉女重宝記	苗村丈伯作・序	元禄五年、［京都］吉野屋次郎兵衛ほか刊。	女子用	巻五に「源氏物語目録」。
6	元禄11年（一六九八）	〈頭書絵抄〉女用文章大成	居初津奈原作、改編者不明	元禄一一年、［大阪］柏原屋清右衛門刊。	女子用	中巻の口絵「紫式部の事并絵抄」「源氏物がたりもくろく」。
7	元禄11年（一六九八）	壺の石文	熊沢蕃山作か	元禄一一年、［江戸］松会三四郎刊。	女子用	「賢女・貞女の判」は『源氏物語』中の女性を賢女・貞女の観点から論じる。
8	宝永4年（一七〇七）	わかみとり	長谷川妙躰書	宝永四年、［江戸］御簾屋又右衛門（簾屋又右衛門）ほか刊。	女子用	『源氏物語』講釈に出席する意向を伝える文あり。
9	正徳3年（一七一三）	伊勢物語大全	戸部尚作・書	正徳三年、［京都］田井利兵衛刊。	女子用	巻頭に「源氏名寄長歌」。▲
10	正徳3年（一七一三）	女源氏教訓鑑	山本序周作・序	正徳三年、［大阪］大野木市兵衛刊。	女子用	『源氏物語』54帖の概説を中心とした女子用往来。▲
11	正徳4年（一七一四）	〈寺沢〉かな手本	寺沢政辰書	正徳五年、［江戸］野田太兵衛（量久）ほか刊。	女子用	『源氏物語』を学ぶ人への激励の手紙。
12	享保元年（一七一六）	女大学宝箱	柏原屋清右衛門作か	享保元年、［大阪］柏原屋清右衛門刊。	女子用	前付に「源氏物語絵抄」「同引歌」。
13	享保2年（一七一七）	〈頭書絵抄・和漢女礼式〉女庭訓御所文庫	下河辺拾水・月岡丹下画	享保二年、［大阪］万屋彦太郎刊。	女子用	前付に「紫式部石山記」「源氏香の図」「源氏貝和歌」。
14	享保6年（一七二一）	〈湖月文章・万用宝訓〉女要珠文庫	寺田正晴作	享保六年、［大阪］寺田正晴（寺田与右衛門）刊。	女子用	『源氏物語』の各帖を詠んだ和歌一首と、主要な登場人物一名の肖像画を最初に掲げ、さらに各帖にちなんだ仮名文（計五四通）を掲載。
15	享保8年（一七二三）	便用謡	三浦久之丞作	享保八年、［江戸］三浦久之丞蔵刊。	合本科（謡曲）	曲名の一つに「源氏之題（54帖の題名）」。

	成立	書名	編著者	刊記	分類	記載内容・備考
16	享保14年（一七二九）	女五常訓	坂本源兵衛作	享保一四年、［大阪］本屋庄太郎ほか刊。	女子用	本朝の女性には『百人一首』『伊勢物語』『源氏物語』『土佐日記』など風雅の書を学ばせるのが習わしだが、これらでは五常を習得できないことを強調。
17	享保14年（一七二九）	〈児女躾方・万宝〉女訓文章真砂浜	蘭下人乞童作鳥飼幸十郎編	享保一四年、［大阪］吉文字屋市兵衛刊。	女子用	頭書に「源氏物語目録」。
18	［享保19年］（一七三四）	女筆春の錦	小野通（二世か）書	享保一九年以前、［大阪］藤屋弥兵衛刊か。	女子用	『源氏物語』借用状など。
19	享保20年（一七三五）	〈当世女鑑〉女用文章唐錦	春名須磨作・書	享保二〇年、［大阪］吉文字屋市兵衛刊。	女子用	頭書に「源氏物語目録」。
20	元文元年（一七三六）	女源氏教訓鑑	山朝子	元文元年丙辰九月吉日出来　書林江戸日本橋南一丁目　須原茂兵衛　大坂心斎橋安堂寺町　秋田屋大野木市兵衛	女子用	女子用往来物。源氏物語に関しては「源氏六十帖注釈」「同本哥五十四首」「源氏之略系図」「源氏六十帖目録」「同六十帖之大意」「源氏巻数の大意」を所収。正徳3年版、享保6年版、寛政8年版あり。『江戸時代女性文庫』（大空社）。▲
21	元文3年（一七三八）	〈長雄・数楽〉用文集要〈詩歌〉	長雄耕雲・長雄耕文跋	元文三年、［江戸］吉文字屋治郎兵衛刊。	消息科	「『源氏物語』須磨の巻についての所見を述べる文」を含む。
22	元文6年（一七四一）	女消息華文庫	植村玉枝子編、丹羽房書	元文六年、［京都］植村藤右衛門（伏見屋藤右衛門・錦山堂・玉枝軒）刊。	女子用	房女が「『源氏』『伊勢物語』を始、大和歌の詞をとり交、四季通用の文章」に仕立て、それを玉枝が編集して上梓した女用文章。
23	延享元年（一七四四）	女訓万要品鏡	桃江舎漁舟作	延享元年、［大阪］河内屋八三郎（向井八三郎・文典堂）刊。	女子用	『源氏物語』帚木の巻に出てくる「雨夜の品定め十八問答」を男女間の良い教訓であるとする著者が、婦女子に平易に会得できるように当世風に書き改めた教訓。
24	延享4年（一七四七）	女文章都織	居初津奈作・書田中友水子補、寺井重信画	延享四年、［大阪］安井弥兵衛刊。	女子用	石山寺参詣した旨をを伝える手紙で紫式部を偲びつつ『源氏物語』の話題を展開し、その返状で『源氏物語』執筆までの経緯を述べる。消息文形式をとりながら、『伊勢物語』『源氏物語』『狭衣物語』『枕草子』等の作者・内容・故実等を紹介。

25	寛延4年（一七五一）	〈日用重宝〉女諸礼綾錦	北尾辰宣作・画田千里序	寛延四年序、［大阪］田原屋平兵衛刊。	女子用	序の巻に「源氏短歌」。
26	宝暦11年（一七六一）	絵本深見草	吉文字屋市兵衛作・月岡雪鼎画	宝暦一一年序、［大阪］吉文字屋市兵衛刊（『大阪出版書籍目録』による）。	女子用	巻頭に「源氏物語一部之大意」。▲
27	宝暦13年（一七六三）	新編書札指南	長友松軒	宝暦一三年跋、［大阪］大野木市兵衛刊。	消息科	頭書に「西三条殿逍遙院御作源氏文字久佐里」。また別に［大阪］河内屋太助版（後印）あり。
28	明和3年（一七六六）	女要文章宝鑑	吉文字屋市兵衛作	明和三年、［江戸］吉文字屋次郎兵衛ほか刊。	女子用	附録記事「源氏物語」。
29	明和5年（一七六八）	女文苑栄花	吉文字屋市兵衛作	明和五年、［江戸］吉文字屋次郎兵衛ほか刊。	女子用	前付に「紫式部（ほか略伝）」「源氏物語（五十四帖引歌・香図）」。
30	明和5年（一七六八）	〈幼訓学問〉寺子宝久種	長友松軒作・北尾辰宣画	明和五年、［大阪］糸屋市兵衛刊。	教訓科	前書・頭書に「鏡くさ（『源氏物語』各帖の名称等を綴った社会科往来）」。
31	明和5年（一七六八）	長雄年中往来	長雄耕雲・佐藤対雲書	明和五年、［江戸］奥村喜兵衛刊。	消息科	『源氏物語』に関する文（散らし書き仮名文）を掲載。
32	明和6年（一七六九）	〈御家直弟・玄海堂書〉連玉用文筆法蔵	長友松軒書	明和六年、［大阪］秋田屋市兵衛刊。	消息科	「西三条殿逍遙院御作源氏文字久佐里」。
33	明和9年（一七七二）	〈長雄〉源氏かな文章	長雄耕文書	明和九年、［江戸］山崎金兵衛刊。	女子用	『源氏物語』五四帖の名を七五調の美文で綴った大字・三行・無訓の手本。前半部を改訂した往来が寛政7年刊『源氏名寄文章』。
34	安永2年（一七七三）	〈女教訓・身持鑑・要語〉女要倭小学	随時老人作、西川祐信・石川豊信画	安永二年、［京都］武村嘉兵衛ほか刊。	女子用	前付に「源氏八景」。また別に［京都］西村平八版あり。
35	安永2年（一七七三）	はつ音往来	児島貞蔵	安永二年、［大阪］村上伊兵衛刊。	女子用	『源氏物語』借用状など。
36	安永4年（一七七五）	〈女要躾方・伊勢物語・天明新刻〉女万宝大和文林〈女年中用文大全〉	沢井随山作・書下河辺拾水画	安永四年官許。天明七年、［京都］西村平八（青雲館）ほか刊。	女子用	頭書に「源氏物語目録」。

	成立	書名	編著者	刊記	分類	記載内容・備考
37	安永9年（一七八〇）	女用千尋浜	浅田恒隆書 下河辺拾水画	安永九年、［京都］菊屋長兵衛ほか刊。	女子用	頭書に「源氏貝おほひ并歌かるた」。
38	安永10年（一七八一）	源氏名寄文章		安永十年辛丑春正月 江戸書肆藻雅堂発行 須原屋嘉助	女子用	統一書名「源氏文字鎖」。寛政7年版、文政4年版あり。冒頭に石山寺をはじめとする八景図あり。▲
39	天明3年（一七八三）	女教平生珠文庫		天明三年、［江戸］蔦屋重三郎刊。	女子用	頭書に「源氏香の図」。また別に［江戸］英大助版（後印）あり。
40	天明5年（一七八五）	女文章教草	浅田恒隆書・下河辺拾水画	天明五年、［京都］菊屋長兵衛刊。	女子用	「源氏貝おほひ并歌かるた」。
41	天明5年（一七八五）	源氏百人一首錦織	北尾重政画	天明五載乙巳正月吉辰 書林 御江戸芝明神前 奥村喜兵衛門 同日本橋通三丁目（書肆名欠）	女子用	「和歌三神之像」「つれ〳〵草四季の段」「名婦花鳥風月勝詠之図」「百人一首五ケの大事といふ事あり」等があり、下段には百人一首の歌と人物像、上段に「三十六歌仙図」「女手習状絵解」「婦人七去の事」等のほかに、「源氏物語 引歌 香図」も収める。▲
42	天明5年（一七八五）	新撰女倭大学	洛北唱子	天明五年、［京都］菊屋太兵衛（菊舎太兵衛・田中太兵衛）ほか刊。	女子用	女性に有益な書物のひとつとして『源氏物語』を掲出。▲
43	天明7年（一七八七）	〈万宝字尽〉女用続文章	去留斎桃牛・芥子庵鍊子作・速水春暁斎画	天明七年、［京都］菊屋安兵衛（鹿野安兵衛・菊英館）ほか刊。	女子用	頭書に「源氏文字鎖」。
44	寛政7年（一七九五）	〈頭書絵入〉源氏名寄文章〈詩歌并香名寄入〉	高橋尚富書 高井蘭山校	寛政七年、［江戸］花屋久治郎刊。	女子用	『源氏物語』54帖の名を七五調で詠み込んだ往来。明和9年刊『源氏かな文章』の改編版。また別に［江戸］岩戸屋喜三郎版（文政4年版）あり。
45	寛政8年（一七九六）	女源氏教訓鑑	山朝子	寛政八年丙辰九月吉日求板 書林 江戸日本橋通壱丁目 須原屋茂兵衛 大坂心斎橋順慶町 柏原屋清右衛門	女子用	元文元年版の項目参照。▲

46	享和2年（一八〇二）	消息文例	藤井高尚	寛政一二年跋。享和二年、［伊勢］藤井高尚蔵刊。	消息科	雅言と俗言の相違などを『源氏物語』などの中古文に基づいて解説した雅文の参考書ならびに案文集。
47	文化5年（一八〇八）	〈風月余情〉四季扇文章	千葉なを書・高井蘭山校補	文化五年、［江戸］花屋久治郎（星運堂）刊。	社会科	源氏絵に因んで『源氏物語』由来などを記した往来。また別に［江戸］山口屋藤兵衛（錦耕堂）版あり。
48	文化5年（一八〇八）	女要大成小倉麓	玉峯画		女子用	巻名を詠み込んだ長歌「源氏短歌」を所収。▲
49	文化9年（一八一二）	源氏物語五十四帖絵尽	渓斎英泉画	右元板文化九壬申再板天保八丁酉年　江戸芝明神前　和泉屋市兵衛刊	女子用	女子用往来物。本書の改題本が天保8年刊『源氏物語絵尽大意抄』。特小本。▲
50	文化13年（一八一六）	書札独稽古	岩田夫山	文化一三年（一八一六）序。文化一四年、［江戸］角丸屋甚助（衆星堂・衆星閣・森甚助）刊。	消息科	女用之部の頭書に「源氏之歌同香図」。また別に［江戸］岡田屋嘉七ほか版あり。
51	文化13年（一八一六）	〈御家流手習本〉源氏表白文章	伝聖覚作・橘正敬作書	写本は寛政九年（一七九七）書。刊本は文化一三年（一八一六）序、［江戸］鶴屋金助（双鶴堂）刊。	女子用	『源氏物語』各帖の名を入れて作った表白文で、寛政7年刊『源氏名寄文章』とは別文。
52	文政5年（一八二二）	近江八景文章	吉岡いわ書	文化（一八〇四～一八）頃書か。	地理科	『源氏物語』ゆかりの石山寺以下、近江八景等の秋の風趣や故事を紹介した往来。
53	文政5年（一八二二）	〈御家〉季寄文章	和田良朔	文政五年序、［高崎］華陽堂（鶴鳴堂）刊。	社会科	『徒然草』を模した序や『源氏物語』を背景にした表現など、古典的知識を豊富に取り込むのが特徴。
54	文政7年（一八二四）	女用文色紙染	十返舎一九作・序	文政七年、［江戸］鶴屋喜右衛門（仙鶴堂）刊。	女子用	前付に「源氏物がたり目録」。
55	文政9年（一八二六）	集芳帖〈芝泉堂先生書〉	坂川暘谷書	文政九年跋、［江戸］和泉屋吉兵衛刊。	消息科	仮名文の中に『源氏物語』の趣旨を綴った文。
56	文政9年（一八二六）	論婦道書	落合東堤	文政九年作。文久三年（一八六三）書。	女子用	『源氏物語』は寓言なるも「好色文」であると厳しく戒め、女子の学問は『伊勢』『源氏』ではなく、『司馬温公家訓』『孝経』『論語』『列女誡』の類を読むことだと諭す。
57	天保3年（一八三二）	風雅帖	坂川暘谷	天保三年跋、［江戸］和泉屋吉兵衛刊。	消息科	後半に『源氏物語』54帖の巻名。

	成立	書名	編著者	刊記	分類	記載内容・備考
58	天保4年（一八三三）	消息案文	黒沢翁満作	文政一二年（一八二九）作。天保四年（一八三三）序・刊（前編）／嘉永三年（一八五〇）作。安政六年（一八五九）刊（後編）。［名古屋］永楽屋東四郎刊。	消息科	『源氏物語』などから150通に及ぶ消息文を抽出（後編）。
59	天保4年（一八三三）	女用文章往かひ振		天保四年、［江戸］須原屋伊八ほか刊。	女子用	頭書に「源氏目録文字くさり」。また別に［江戸］須原屋伊三郎（松成堂）ほか版もあり。
60	天保4年（一八三三）	奈良名所	三宅利明書	天保四年書。	地理科	「源氏名寄」。
61	天保4年（一八三三）	筆要雑録	村一榎書・跋	天保四年書。	合本科	「源氏名寄文章」。
62	天保5年（一八三四）	〈四季要文〉女風月往来	堀原甫作・森川保之画・西川竜章堂書	天保五年、［京都］林権兵衛ほか刊。	女子用	源氏香。また別に［京都］額田正三郎ほか版あり。
63	天保6年（一八三五）	女四書芸文図会	畑銀鶏編か・浦辺良斎・中林子博書・村田嘉言画	天保六年、［大阪］秋田屋太右衛門刊。	女子用	源氏香図。また別に［大阪］敦賀屋喜蔵ほか版（後印）あり。
64	天保6年（一八三五）	女教百人一首合鏡	松川半山他画	天保六乙未孟秋新鐫　書肆　江戸日本橋通壱丁目　須原屋茂兵衛　同貳丁目　小林新兵衛　同芝明神前　岡田屋嘉七　京都寺町松原　勝村治右衛門　大阪心斎橋通安堂寺町　秋田屋太右衛門	女子用	巻名を詠み込んだ長歌「源氏短歌」を所収。▲

65	天保8年（一八三七）	〈児女重宝〉源氏物語絵尽大意抄	渓斎英泉画	天保八年序、[江戸] 和泉屋市兵衛（甘泉堂）刊。	女子用	文化9年刊『源氏物語五十四帖絵尽』の改題本。従来の『源氏物語』注釈書が童蒙には難解なことから、平易な大意を頭書に示し、各帖にちなんだ挿絵や引歌・香図などを半丁ずつ掲げた絵本。▲
66	天保8年（一八三七）	春栄百人一首姫鏡		和泉屋市兵衛（江戸）	女子用	「源氏文字鎖」を「源氏目録文字鎖」として所収。寛政9年蔦屋重三郎原版の再版。▲
67	天保8年（一八三七）	源氏百人宝文庫		天保八年丁酉五月吉日　御江戸常磐橋御門本町筋下ル　八丁目通油町書林　鶴屋喜右衛門	女子用	絵入り。初めに「秋景三夕和歌図」とし、定家、西行、寂蓮の人物画と「見渡せば…」の歌を記し、以下「古今集六歌僊」として歌仙絵と和歌、その後に「源氏物語五十四帖歌并香図」とし、一巻一首の歌と図版を配す。▲
68	天保10年（一八三九）	源氏百人一首	黒沢翁満	天保十年己亥十二月発行　松軒田靖書　楢斎清福画　玉山書堂梓／金花堂蔵板目録　日本橋南通四町目　須原屋佐助	女子用	奥付に「天保十二辛丑年正月　発行書林　芝明神前　岡田屋嘉七　日本橋通二丁目　小林新兵衛　本石町十軒店　英大助　中橋広小路　西宮弥兵衛　浅草茅町　同伊八　通四丁目　同佐助　通弐丁目　山城屋佐兵衛」とある本あり。桐壺帝以下123名の画像と、歌・人物の説明を付す。小倉百人一首を模して著作。▲
69	天保12年（一八四一）	源氏百人一首	黒沢翁満	天保十二辛丑年正月　発行書林　芝明神前　岡田屋嘉七　日本橋通二丁目　小林新兵衛　本石町十軒店　英大助　中橋広小路　西宮弥兵衛　浅草茅町　同伊八　通四丁目　同佐助　通弐丁目　山城屋佐兵衛（奥付）	女子用	天保10年版の項目参照。▲
70	天保12年（一八四一）	〈婦人調法・暦事和解〉女用文章栄花鏡	北山兼芳書・芳鄰斎画	天保一二年、[江戸] 岡村庄助ほか刊。	女子用	前付に「源氏文字鎖」。

	成立	書名	編著者	刊記	分類	記載内容・備考
71	天保12年（一八四一）	女用手習鏡	田中秋麿作・松川半山画・観章堂書	天保一二年、［大阪］秋田屋太右衛門ほか刊。	女子用	巻頭口絵に「紫式部、石山寺にて『源氏物語』を作り給ふ図」を掲げる。
72	天保12年（一八四一）	大宝百人一首紅葉錦	芳〔鄰〕斎主人画図、文宜堂枢斎書	岡田屋嘉七（江戸）	女子用	「源氏文字鎖」を所収。▲
73	天保14年（一八四三）	女諸礼綾錦	池田東籬編、川部玉園画	天保十四年卯十二月　書肆浪華心斎橋筋　河内屋喜兵衛梓	女子用	巻名を詠み込んだ長歌「源氏短歌」を所収。▲
74	弘化4年（一八四七）	女論語躾宝	随時老人	弘化四年、［京都］近江屋卯兵衛（宇兵衛）ほか刊。	女子用	前付に「源氏八景」。また別に［京都］丁子屋定七（定七郎・瑞宝堂）ほか版あり。
75	嘉永2年（一八四九）	百人一首女訓抄		嘉永二己酉年正月再刻　銀座四町目　東都書肆頂恩堂　本屋又助寿梓	女子用	「素戔嗚尊御歌」「六歌仙」「和歌二聖」「古今集之歌十二首」（絵入）等が記された後に「源氏五十四帖和歌并香の図」を所収。はじめに「紫式部石山寺図」があり、「これより八丁口画、広重画」とし、以下上段3分の1に香図、巻名、各巻の歌、下段に巻意を示す花鳥画を描く。▲
76	嘉永6年（一八五三）	〈錦橋堂・改正〉女中用文玉手箱	山東京山作・序松岡鶴斎書	嘉永四年序。嘉永六年、［江戸］山田屋庄兵衛（錦橋堂）刊。	女子用	女子消息の由来を『源氏物語』『続詞花集』などから検討。
77	安政4年（一八五七）	〈頭書〉女用文袖珠	井亀道人か	安政四年、［江戸］井上某蔵版。山城屋佐兵衛ほか売出。	女子用	頭書に「源氏短歌」。
78	慶応2年（一八六六）	女訓手習か、美	内野善邦書・歌川国貞二世画・	慶応二年序、［江戸］内野屋弥平治刊。	女子用	本文に「源氏名寄」、前付に「源氏の歌づくし」「源氏物語一部の大意」。
79	明治11年（一八七八）	〈開化〉女用文抄	平山銓	明治一一年、［沼津］小松浦吉（尚古軒）刊。	女子用	『冠辞考』『源氏物語』『徒然草諺解』などを引きながら「あら玉」など八語について長文の注釈を掲載。

80	明治13年（一八八〇）	〈頭書類語〉小学女用文	関葦雄作・深沢菱潭書	明治一三年（一八八〇）、［東京］江島金太郎刊。	女子用	頭書に「源氏五十四帖」。
81	明治15年（一八八二）	女用文宝箱	島不苦子作 吟光画	明治一五年、［東京］高梨弥三郎（明輯堂）刊。	女子用	頭書に「源氏五十四帖引歌香の図」。
82	明治18年（一八八五）	〈貴女至宝〉大全女用文姫鏡	田島象二作 平田登圃書 松斎吟光画	明治一八年、［東京］須原鉄二（畏三堂）刊。	女子用	「源氏物語作者の事并ニ香の図」。
83	明治14年（一八八一）	女教草大和錦	一琴楼胤信		女子用	「源氏文字鎖」を「源氏物語名寄文」として所収。多色刷。▲
84	明治29年（一八九六）	女子手紙文	大倉保五郎編小野鵞堂書	明治二九年、［東京］大倉書店（大倉保五郎）刊。	女子用	頭書（活字）に「源氏五十四帖歌」。
85	〔江戸中期〕	女筆文章（仮称）	小野通（二世か）書		女子用	『源氏物語』借用状など。
86	〔江戸後期〕	女文章都文箱		［京都］辻本九兵衛ほか刊。	女子用	「源氏五十四帖」。
87	〔江戸後期〕	女用文姫鑑		［江戸］藤岡屋慶次郎刊。	女子用	第6状の「源氏名寄文ちらし書」は消息文ではなく『源氏物語』を題材にした往来。
88	〔江戸後期〕	源氏かな文	佐藤慎一郎書	［江戸］菊屋幸三郎刊。	女子用	明和9年刊『源氏かな文章』または寛政7年刊『源氏名寄文章』の改編。七五調・美文体で『源氏物語』の各巻名を列記。
89	〔江戸後期〕	美屋古路・源氏名寄			地理科・社会科	『東海道往来』と『源氏物語名寄文』を合綴した往来。後者は『源氏物語』の各帖の名称を織り込んで綴った文章。

あとがき

個人的な思い出話から始めることをお許しいただきたい。高校一年・二年の時に古典を教えてくださったのは、四十代の非常勤の先生で、『源氏物語』を学び、お茶大から東大の大学院に進み、池田亀鑑の教えを受けた方であった。『源氏物語大成』にも協力された。当時は女性が研究者になるのは極めて困難な状況であり、研究者の道を断念して教員になったとおっしゃったのを覚えている。その先生の授業は実に刺激的で、他の授業と全然違っていた。私はその授業をきっかけに『源氏物語』にのめりこみ、高校の三年間、ただ『源氏物語』を耽読し続ける日々を送った。何もわかっていないのに、図書館の『源氏物語』の研究書を読みあさり、東大の駒場キャンパスに行って秋山虔氏の講義をこっそり拝聴した。そんな様子を御覧になっていた先生は、隔週土曜日の午前中に、ご自宅で『源氏物語』を一緒に読もうと誘ってくださった。それはまず本文を音読し、注釈していくものであった。高校生だった私は何も知らず、調べ方もわからず、ただ朝日古典全書の注を頼りに読むだけだったけれど、それは、最初から研究書などを読むべきではなく、『源氏物語』の原文を身体にしみ込ませるのが良いという本質的な教えだったのだと思う。芦花公園近くのお宅にお邪魔して、玄関横の畳の部屋で文机を挟んで向かい合った。静けさの中、外から斜めに差し込む朝の光、講ずる先生の柔らかな温かい声。今も記憶に鮮明である。子どものいる女性教師にとって、ボランティア的なその時間を捻出するのがどれほど大変なことだったか、同じ立場を経験した今はわかるけれど、当時はまるでわかっていなかった。そして、教育というのはただ与えることであり、それを与えられた者にとっては何かの一齣が生涯忘れられない記憶となる、ということも、今は少しわかる。

大学の国文学科に入学し、目の前に古典文学の世界が一気に広がった時、『源氏物語』から少し離れようと思い、中世和歌に魅力を感じて、卒論も修論も『新古今集』の歌人を取り上げた。やがて研究者をめざす道に入っていったが、あの高校の三年間がなければ、おそらく全く別の道に行っていたと思う。そして、数十年後の今、一旦離れていた『源氏物語』に立ち戻って何かについて考えられる機会を、この上なく幸せに感じている。

それにしても思う。私が今研究者でいることができるのは、ただの幸運な偶然であって、その恩師の先生をはじめ、研究者になりたくてもなれなかった多くの人たちの存在があるということを。女性も男性も、さまざまな状況によって、多くの優秀な方々が研究の道を断念した。このことを忘れたことはない。そして、もしかしたら『源氏物語』の時代の女房たちも、同じように感じていたのではないかと想像する。彼女たちは才能と言葉をもち、現在にまで『源氏物語』をはじめとする散文・韻文の作品を届けてくれたが、文学史や和歌史にその名が残る女房はごく一部であり、そこには名前の残らない多数の女房たちがいて、そしてさらにその外側には、発信する言葉すら持たない女性たちが無数にいた。『源氏物語』の作者たちがそのことを思わないはずがない。『源氏物語』を読むと、なぜか、そうした見えない女房たち、女性たちの存在を強く感じ、彼女たちの無数の声を感じる。それは『源氏物語』の作者たちが、そこにはいない女性たちとさまざまな感情を分かち合い、ジェンダー・身分差・権力などを意識化し、声なき声を形にすることを志しながら書いているゆえではないかと思ったりする。

さらに、こんなことを思う。私は『源氏物語』についてこのような思い出をもっているけれども、『源氏物語』という作品に関しては、この本の執筆者の全員が、さらに言えば古典文学に関わる人々みなが、何らかの形でこのような記憶を持っているのではないだろうか。『源氏物語』はそうした記憶を与え続ける、ほんとうに類い稀な作品なのである。

中古、中世、近世の種々の領域で、『源氏物語』をはじめ、諸々のことを研究対象としてその分野の研究を領導し、厖大な知見とスキルを蓄えた研究者たちが、今この本の中で一堂に会し、『源氏物語』と対峙した。その結果生まれたさまざまな視点からの分析・検証を浴びて、『源氏物語』とそれを継承した文化が新たな相貌をみせ、まるでこれまでにない姿をあらわしたかのようである。『源氏物語』のひらく沃野はあまりにも広闊であり、時代も領域も超えた研究者層の厚みと広さとを必要とする作品なのであろう。

『源氏物語』は、創成の時から今まで、どの時代においても、文化的記憶として絶えず文学・文化に刺激を与え、それと共にそれぞれの時代の中で刺激を受けて生まれ変わってきた。『源氏物語』は世界中ではるかな道程をこれからも辿っていき、新たな記憶となって再生され続けるに違いない。現在の『源氏物語』研究もそれに連なるものである。執筆者の方々によって、ここでまた新たに『源氏物語』のある面が引き出され、これを読んでくださる方々に手渡されて、『源氏物語』の未来を引き寄せていく。そのような端緒となる本にしてくださった執筆者の方々に、そして今これを読んで下さっている方々に、心からの感謝を捧げたい。

二〇二四年十一月

田渕　句美子

執筆者紹介（論考収録順）

高田 祐彦（たかだ ひろひこ）
青山学院大学教授
著書・論文：『源氏物語の文学史』（東京大学出版会、2003年）、『新版古今和歌集』（訳注、KADOKAWA、2009年）、『高木市之助　文藝論の探求』（岩波書店、2021年）など。

鈴木 裕子（すずき ひろこ）
駒澤大学教授
著書・論文：『『源氏物語』を〈母と子〉から読み解く』（角川書店、2005年）、『源氏物語大事典』（共編著、角川書店、2011年）、「源氏物語における死と救済―葵の上の死をめぐり―」（『駒澤大学総合教育研究部紀要』第18号、2024年3月）など。

田渕 句美子（たぶち くみこ）　**＊編者**
早稲田大学教授
著書・論文：『百人一首―編纂がひらく小宇宙―』（岩波新書、2024年）、「『紫式部日記』首欠説をめぐって―中世からの視野―」（川村裕子編『平安朝の文学と文化―紫式部とその時代―』（武蔵野書院、2024年）、「ジェンダーから再構築する題詠恋歌―『正治初度百首』を中心に―」（『日本文学研究ジャーナル』30、2024年6月）など。

陣野 英則（じんの ひでのり）
早稲田大学教授
著書・論文：『源氏物語論―女房・書かれた言葉・引用―』（勉誠出版、2016年）、『堤中納言物語論―読者・諧謔・模倣―』（新典社、2022年）、「『源氏物語』において揺り戻される時間」（川村裕子編『平安朝の文学と文化―紫式部とその時代―』武蔵野書院、2024年）など。

松薗 斉（まつぞの ひとし）
愛知学院大学教授
著書・論文：『日記の家—中世国家の記録組織—』（吉川弘文館、1997年）、『中世禁裏女房の研究』（思文閣出版、2018年）、『中世の王家と宮家—皇子たちの中世—』（臨川書店、2023年）など。

海野 圭介（うんの けいすけ）
早稲田大学教授
著書・論文：『和歌を読み解く 和歌を伝える—堂上の古典学と古今伝受—』（勉誠出版、2019年）、『天野山金剛寺善本叢刊 1～5』（共編著、勉誠出版、2017～2018年）、「いわゆる立川流『阿字観』の変容」（『日本文学研究ジャーナル』29号、2024年3月）など。

渡邉 裕美子（わたなべ ゆみこ）　**＊編者**
立正大学教授
著書・論文：『新古今時代の表現方法』（笠間書院、2010年）、「彷徨する寂蓮—寿永百首家集『寂蓮集』雑部をめぐって—」（『日本文学研究ジャーナル』20、2021年12月）、「『毎月抄』の〈読者〉考」（佐々木孝浩・佐藤道生・高田信敬・中川博夫 編『古典文学研究の対象と方法』花鳥社、2024年）など。

佐々木 孝浩（ささき たかひろ）
慶應義塾大学教授
著書・論文：『日本古典書誌学論』（笠間書院、2016年）、「「大島本源氏物語」の「若紫」末尾四行の筆者について—「大島本」書写環境の再検討—」（『斯道文庫論集』56、2022年2月）、「大内文化と「阿弥陀寺本平家物語」」（松尾葦江編『長門本平家物語の新研究』花鳥社、2024年）など。

小川 剛生（おがわ たけお）
慶應義塾大学教授
著書・論文：『二条良基』（吉川弘文館、2020 年）、『中世和歌史の研究―撰歌と歌人社会―』（塙書房、2017 年）、『兼好法師』（中央公論新社、2017 年）など。

盛田 帝子（もりた ていこ）
京都産業大学教授
著書・論文：『近世雅文壇の研究―光格天皇と賀茂季鷹を中心に―』（汲古書院、2013 年）、『古典の再生』（編著、文学通信、2024 年）、『江戸の王朝文化復興―ホノルル美術館所蔵レイン文庫『十番虫合絵巻』を読む―』（共編著、文学通信、2024 年）など。

齋藤 真麻理（さいとう まおり）
国文学研究資料館教授・総合研究大学院大学教授（併任）
著書・論文：『異類の歌合―室町の機智と学芸―』（吉川弘文館、2014 年）、『妖怪たちの秘密基地―つくもがみの時空―』（平凡社ブックレット、2022 年）、『戯画図巻の世界―競う神仏、遊ぶ賢人―』（編著、KADOKAWA、2024 年）など。

加藤 弓枝（かとう ゆみえ）
名古屋大学大学院准教授
著書・論文：『小沢蘆庵自筆 六帖詠藻 本文と研究』（共著、和泉書院、2017 年）、「絵入百人一首の出版―女子用往来物を中心に―」（中川博夫・田渕句美子・渡邉裕美子編『百人一首の現在』青簡舎、2022 年）、「近世絵入り歌書の出版―視覚化された古典和歌―」（『文学・語学』241、2024 年 8 月）など。

『源氏物語』創成と記憶
平安から江戸まで

二〇二四年十二月二十五日　初版第一刷発行

編者……………渡邉裕美子・田渕句美子

装幀……………山元伸子

発行者…………相川　晋

発行所…………株式会社花鳥社

https://kachosha.com

〒一〇一-〇〇五一　東京都千代田区神田神保町一-五十八-四〇二

電話　〇三-六三〇三-二五〇五

ファクス　〇三-六二六〇-五〇五〇

ISBN978-4-86803-014-0

組版……………メデューム

印刷・製本……モリモト印刷